Susan Power

Die Grastänzer

BUCH Ein geheimnisvoller Zauber umgibt die Liebe des Siouxpaares Red Dress und Ghost Horse: Seitdem der Tod die beiden vor langer Zeit getrennt hat, versuchen ihre Geister verzweifelt, wieder zueinanderzufinden. Keiner ihrer Nachfahren kann sich der magischen Gewalt dieser Liebe entziehen. Unablässig werden sie vom Schicksal ihrer Ahnen verfolgt – und auf rätselhafte Weise immer wieder zueinander geführt.

Susan Powers eindrucksvoller Debütroman erzählt eine wundervoll poetische Geschichte über ewige Liebe und irdische Leidenschaft, über Eifersucht und Haß, unverbrüchliche Treue und die erlösende Gnade des Verzeihens. Er entführt die Leser in die magische Welt indianischer Mythen und Legenden, die ungebrochen die profane Welt des amerikanischen Alltags überdauern und die Geschicke der Menschen bis heute lenken.

AUTORIN Susan Power gehört zum Stamm der Standing-Rock-Sioux-Indianer. Sie wurde in Chicago geboren und studierte Jura an der Harvard University. Mit *Die Grastänzer* gelang ihr ein sensationelles Erstlingswerk. Ein zweiter Roman von ihr ist bei Goldmann in Vorbereitung.

SUSAN POWER

Die Grastänzer

Roman

Aus dem Englischen
von Helga Pfetsch
und Marion Sattler-Charnitzky

GOLDMANN

Die amerikanische Originalausgabe
erschien unter dem Titel »The Grass Dancer«
im Verlag G. P. Putnam's Sons, New York

Umwelthinweis:
Alle bedruckten Materialien dieses Taschenbuches
sind chlorfrei und umweltschonend.

Der Goldmann Verlag
ist ein Unternehmen der Verlagsgruppe Bertelsmann

Genehmigte Taschenbuchausgabe

Umschlaggestaltung: Design Team München
Umschlagfoto: TIB / Yoshido
Made in Germany · Verlagsnummer: 44175

ISBN: 3-442-44175-7

Für meine Mutter Susan Kelly Power,
die mir die Geschichten erzählte.
In liebendem Gedenken an meinen Vater
Carleton Gilmore Power,
der sie mir jeden Abend vorlas.

Und den beiden bedeutenden Frauen,
die mir die Schlüssel zu zwei Städten gaben,
meinen Großmüttern,
Josephine Gates Kelly und Marjorie Gilmore Power.

Still, wir haben zu viele Geschichten
auf dem Rücken zu tragen wie Häuser.

Joy Harjo, *In Mad Love and War*

Prolog

Kronen aus Glas

Wenn Harley seinen Vater Calvin Wind Soldier und seinen Bruder Duane im Traum sah, trugen sie Kronen aus Glas. Blutstropfen liefen ihnen über die Stirn, hingen wie Perlen an ihren schwarzen Wimpern und rollten in die Mundwinkel. Vier Wochen bevor Harley geboren wurde, waren sein Vater und sein älterer Bruder bei einem Autounfall ums Leben gekommen. Folgendes war passiert:

Henry Burgers bester Freund Lloyd drückte zum sechsten Mal an jenem Abend die Kombination E-5 in die Musikbox. Und Patsy Cline sang »Crazy« mit einer Stimme, die Henry wie flüssig gewordener Kummer erschien, so, als lägen Tränen auf ihren Stimmbändern.

»Jetzt reicht's aber!« rief jemand, aber es war zu dunkel im Border Beer, als daß Henry den Wirt hätte ausmachen können.

Lloyd überhörte die Bemerkung und jaulte »I'm cra-a-azy for lo-o-ovin' you-ou« einen halben Takt hinter Patsy her und umklammerte den langen Hals seiner Bierflasche nur noch fester.

Henry langte hinüber und packte Lloyds sommersprossigen Arm. »Ganz ruhig, okay?«

Lloyds Kiefer schnappte zusammen. Er zeigte grinsend die Zähne und ließ die Flasche los. »Patsy will dir was sagen, Junge. Aber ich will dir auch was sagen.« Lloyd ballte die rechte Hand zur Faust und sagte: »Jeannette.« Er hob die linke Faust: »Leonard.« Dann stieß er beide mit einem häßlichen Geräusch zusammen.

Henry Burger schloß die Augen. *Ich weiß es doch*, dachte er. *Und du weißt, daß ich's weiß. So was nennt man Rache.* Es hatte nur eine Woche gedauert, bis Lloyd seinem guten Freund Henry heimgezahlt hatte, daß der sich geweigert hatte, seine Unterschrift unter eine dubiose Anleihe zu setzen. *Beim Geld hört die Freundschaft auf*, hatte Henry gedacht, aber natürlich nicht gesagt, als Lloyd ihn in seinen neuesten Plan eingeweiht hatte, schnelles Geld zu machen. Diesmal war es die Idee, die Buffalo-Bill-Wild-West-Show wieder aufleben zu lassen und dafür ein paar der Indianer zu engagieren, die regelmäßig besoffen unter die klebrigen Tische des Border Beer sackten.

»Die beißen sofort an!« hatte Lloyd gesagt. »Wie sollen die sonst jemals New York City zu sehen kriegen?«

»Wie kommst du drauf, daß sie New York überhaupt sehen wollen?« hatte Henry gefragt. Er wußte, daß das Lloyds sehnlichster Wunsch war, aber er bezweifelte sehr, daß Amerikas Ureinwohner so scharf darauf waren.

»Schon gut, vergiß es. Du Pessimist«, hatte Lloyd geantwortet. Aber es war nicht vergessen, und jetzt konnte er der Versuchung nicht widerstehen, Henry an den letzten Seitensprung seiner Freundin zu erinnern.

Bis zu jenem Abend, als Lloyd, untermalt von Patsy Clines Gesang, offen davon sprach, war es Henry Burger gelungen, die ganze Sache zu verdrängen. Er war nicht blind. Er sah, daß Jeannette ihn langsam satt hatte. Er war ihr wohl nicht helle genug. Sie war an der Ostküste aufs College gegangen und hatte mehr Bücher gelesen, als er je zu Gesicht bekommen hatte. Ihr Bücherregal war so vollgepackt, daß sich die Bretter durchbogen.

»Nicht mehr lange, und ich bin weg«, drohte sie regelmäßig, und Henry wußte nicht, ob sie damit meinte, daß sie ihn oder das Sioux-Reservat verlassen wollte.

»Was soll das heißen?« hatte er mehrere Male nachgehakt. »Hast du Heimweh? Willst du weg aus North Dakota?«

Normalerweise seufzte sie dann, aber einmal hatte sie »Ach Gott, ja« gemurmelt.

Er hatte rasch eine Erklärung parat. »Du kennst das Land hier gar nicht. Warst die ganze Zeit über nur im Reservat. Das ist doch kein Leben.«

Da war Jeannette explodiert und hatte zu Henry gesagt, er würde die ruhmreiche Nation der Dakota nie verstehen und solle die Klappe halten. Henry hatte keine Lust, mit Jeannette zu streiten und zuzuschauen, wie die Farbe aus ihrer grauen Iris wich und sie die Augen zusammenkniff, bis die Fältchen wie Speichen von ihren Augenwinkeln ausstrahlten. Deshalb war er still.

Er versuchte, Verständnis zu haben. Um Jeannette McVay nicht zu verlieren, diese magere Blonde, die alle Flüsse der Welt aufzählen konnte, während sie ihn auf die Schulter küßte, übersah Henry sogar ihr Interesse für andere Männer, Sioux-Männer. Solange es ihm niemand unter die Nase rieb, konnte er es einfach ignorieren und sich um seine eigenen Angelegenheiten kümmern. Aber jetzt hatte Lloyd alles verdorben. Henry Burger trank an diesem Tag mehr und hastiger als je zuvor in seinem Leben. Er ging von Bier zu Scotch über, bis ihm die Schnapsgläser durch die Finger glitten und er nicht mehr in der Lage war, sie zum Mund zu führen.

Henry verließ die Kneipe am Rand des Reservats, um heim nach Mandan zu fahren.

»Meine Empfehlung an die junge Dame!« rief ihm Lloyd hinterher.

Henry schaffte es bis zu seinem Pickup, vergaß aber, das Licht einzuschalten. Er hatte das dumpfe Gefühl, daß etwas nicht stimmte, als er aus dem Parkplatz bog, war aber zu beschäftigt, in der völligen Dunkelheit die Route 6 ausfindig zu machen, um dem Problem auf die Spur zu kommen. Als er die Straße dann gefunden hatte, fuhr sie sich wie von selbst; schließlich kannte er sie wie seine Westentasche. Er spürte, wie sie gerade und eben vor ihm lag, hörte das vertraute Geräusch unter den Reifen. *Daram-daram-daram.* Es beruhigte ihn, und seine Augen wollten ihm gerade vor Müdigkeit zufallen, als er die ersten Schottersteinchen gegen die Seite seines Wagens prasseln hörte. In anderen Nächten war ihm das Geräusch gar nicht aufgefallen, weil er mehr auf die tanzenden Schatten jenseits der Straße geachtet hatte. In solchen Nächten erinnerte er sich an Geschichten aus seiner Kindheit. Geschichten von rachsüchtigen Indianern, von wilden Kriegern, die immer bereit waren zu sterben, aber auch von einer schönen Frau, die einen hellroten Fetzen als Kleid trug und Männer in den Tod lockte.

In dieser Nacht jedoch war Henry blind, und seine anderen Sinne übernahmen die Führung. Er hörte Stimmen, die sich mit dem Wind bewegten, spöttische Stimmen in einer ihm unbekannten Sprache. Sioux wahrscheinlich. Noch mehr Schottersteinchen schlugen gegen seinen Wagen, nagten an den Seiten und wurden unter dem Fahrgestell hervorgeschleudert. Vorübergehend vergaß Henry Burger seine untreue Freundin und den guten Kumpel, den er hämisch grinsend an der Bar zurückgelassen hatte. Statt dessen stand der alte Feind wieder auf, um ihn herauszufordern.

Diese verdammten Indianer, die geben nie auf, dachte er. Henry kurbelte das Fenster hinunter und brüllte die Sioux-Geister an, die, dessen war er sich sicher, seinen Wagen mit Steinen bombardierten. »Ihr Scheißkerle kennt mich ja nicht mal!« schrie er. Er zeigte ihnen den erhobenen Mittelfinger und kurbelte sein Fenster wieder so schnell er konnte hoch, damit ihn die wütenden Geister nicht aus seinem Wagen zerren konnten.

Ein paar Augenblicke später sah Henry Augen auf sich zukommen, die rundesten Augen, die er je gesehen hatte. Indianergeister, dachte er. Sie hatten Augen geschickt, damit er vor Schreck aus seiner weißen Haut fuhr, wollten zusehen, wie er seine Seele abstreifte. Tote Indianer versuchten Henry Burger reinzulegen.

Er wischte seine schwitzenden Hände am Wollbezug des Autositzes ab und nahm das Lenkrad fest in die Hand.

»Ich dresch euch zurück in die Hölle«, flüsterte er den Augen zu und nahm sie aufs Korn. Er stürmte mit seinem vierradgetriebenen Pickup auf ihr seltsames Licht zu, um es für immer auszulöschen.

Henry Burger wurde eins mit seinem Lenkrad, und Harley Wind Soldiers Vater und Harleys älterer Bruder wurden durch die Windschutzscheibe aus ihrem Auto herausgesogen, wo sie wie Verzierungen auf der Motorhaube liegenblieben.

Grastänzer

(1981)

Charlene Thunder hielt sich ein Mikrofon vor den Mund und blies in das silbermaschige gewölbte Netz. Eine Rückkopplung pfiff durch die Lautsprecher, und die Leute hielten überrascht beim Aufbau der Verkaufsbuden und Kunsthandwerksstände inne, um nach Sturmwolken am Himmel Ausschau zu halten. Als Charlenes Atem klar wie ein Windstrom aus den Northern Plains durch die Lautsprecher strich, schloß sie die Augen und lauschte. Sie stellte sich vor, sie stünde neben Harley Wind Soldier und bliese ihm sanft auf das Brustbein. Sie würde ihn abkühlen, nur um ihn um so mehr aufzuheizen. Mit den sanften Fingern ihres Atems würde sie die Konturen seines Ohres nachzeichnen, ohne ihn zu berühren. Sie würde seine Nackenhaare kitzeln, mit einem langen Atemzug ganze Haarpartien anheben und dann wieder das Haar mit warmen Atemstößen in einzelne Strähnen teilen.

Auf dem Boden unter dem Podium war Chuck Norris, der Kung-Fu-Hund. Er sah sich vorsichtig nach allen vier Himmelsrichtungen um, bevor er auf Charlene Thunders handgearbeiteten Lederbeutel pinkelte. Den ganzen Morgen hatte er sie beobachtet und auf einen Augenblick gewartet, in dem sie verwundbar war und er Gelegenheit hatte, ihr zu zeigen, was er von ihr hielt. Als Charlene ihre Tasche unbedacht neben das Podest hatte fallen lassen, um beim Aufbau der Lautsprecheranlage zu helfen, war Chuck hingeschlichen, hatte geziert sein gesundes

Bein gehoben und dem Haß gegen Charlene in einem dicken Urinstrahl freien Lauf gelassen.

Chuck Norris konnte gehässig sein. Manche glaubten, der Grund dafür sei, daß er in seinem plumpen Körper immer nur ein einziges Gefühl verarbeiten könne, so daß er entweder ganz von Zuneigung oder ganz von Bosheit verzehrt werde. Er hatte die Ehre, der einzige Spitz im Reservat zu sein, vielleicht sogar in ganz North Dakota, und war daher so etwas wie eine lokale Größe.

Das Powwow-Komitee war mitten in den Vorbereitungen für ein dreitägiges Tanzfest, das Dakota-Days-Contest-Powwow. Etliche junge Männer, unter ihnen Harley Wind Soldier und sein Freund Frank Pipe, stellten Tipis auf. Sie steckten Zeltstangen ineinander und spannten dann über die im Boden festgepflockten Rippen Segeltuch. Harley balancierte hoch über dem Boden auf den Schultern eines Freundes, um die Stangen mit Seilen zusammenzubinden. Der Himmel lag wie eine niedrige Decke über der Prärie und drückte schwer auf seinen Kopf, und ihm war, als könne er sich leicht ein paar Wolken schnappen, wenn er die Arme nur ausstreckte.

»Was macht Charlene dort oben?« rief ihm Frank zu.

»Ich denk, sie probiert das Mikro aus.«

»Warum kann sie nicht einfach ›Test, Test‹ sagen wie alle anderen? Wieso muß sie so in das Ding reinpusten?«

Harley zuckte mit den Schultern. Andere dachten möglicherweise dasselbe, aber niemand wäre auf die Idee gekommen, Charlene zu unterbrechen. Sie konnte in das Mikrofon blasen, bis sie außer Atem geriet, konnte in den schwarzen Metallkonus schnattern oder die Nationalhymne singen, wenn sie Lust hatte. Der Grund dafür, daß sich niemand darüber beschweren würde, saß im Rollstuhl unter einer Überdachung aus geflochtenen Weidenästen. Die Jungen, die in dem kreisförmigen Powwow-Dach die alten Äste durch frisch geschnittene Ruten ersetzten und darunter Bänke aufstellten, hatten die alte Frau in den Schatten geschoben.

Charlenes Großmutter Mercury Thunder beobachtete ihre Enkelin vom Rollstuhl aus und schüttelte ihren großen Kopf über das törichte Verhalten des Mädchens.

»Die Sache mit den Wind Soldiers gefällt mir nicht«, hatte sie ihre Enkelin noch vor einer Woche gewarnt. Aber Charlene hörte nicht darauf. »Man kann sich nicht raussuchen, wen man liebt, *Unči*«, hatte sie protestiert.

»Doch, das kann man. Man liebt sich selbst, man liebt seine Familie, aber man läßt nicht einfach seinen Gefühlen freien Lauf und liefert sich damit ganz einem anderen Menschen aus.« Mercury machte eine Faust.

»Man nimmt sein Leben selbst in die Hand und dirigiert es dorthin, wo man es haben will.«

Mercury glaubte, daß sie nichts über ihr Leben herausließ. Sie plauderte nicht hier und da etwas aus und verschwendete Lebenskraft. Sie hatte sogar einen neuen Namen angenommen, sich Mercury statt Anna genannt, nach der wissenschaftlichen Bezeichnung für Quecksilber. Ihre Enkelin war damals in der achten Klasse gewesen und hatte das Periodensystem mit nach Hause gebracht und ihr erklärt: »Ein Element ist ein Stoff, der nicht in einfachere Stoffe zerlegt werden kann.«

»Genau wie ich«, hatte Mercury zu Charlene gesagt und war mit ihrem dicken Zeigefinger die Liste der Elemente entlanggefahren. »Ich bin aus einem Stück.«

Charlene hatte schon angesetzt, um zu widersprechen und zu erklären, daß ihre Großmutter niemals ein chemisches Element sein könne, dem eine Atomzahl und ein festes Atomgewicht zugeordnet sind. Aber Mercury herrschte wie eine Naturgewalt über die Küche. Charlenes Worte wurden den Gedanken entrissen, noch bevor sie bei den Stimmbändern angelangt waren. Ihr kam es vor, als würden ihre Worte in das Energiefeld der alten Frau gesogen, in die elektrisch geladene Luft, die Mercurys Körper wie eine Hülle umgab.

Mercury Thunder galt als die Hexe des Reservats. Hätte sie guten Zauber praktiziert, dann hätte man sie als Medizinfrau der Dakota angesehen und bei jeder Gelegenheit ihre Nähe gesucht. Aber Mercurys Magie war selbstsüchtig. Sie würde so lange Schicksal spielen, bis sich ihre Macht ganz über die Dakota erstreckte.

Niemand kam daher auf die Idee, ihre Enkelin zur Rede zu stellen, aus Angst, am nächsten Tag mit einem schielenden Auge oder einer verknoteten Zunge aufzuwachen. Niemand legte sich mit Charlene an und nahm ihr das Mikrofon aus der Hand, um dem Rauschen ein Ende zu setzen, das wie ein Sturm über das Powwow-Gelände hinwegfegte. Nur ein einziger Zuhörer war mutig – oder verrückt – genug, ein Zeichen des Mißfallens zu äußern: ein kleiner ockerfarbener Hund, der Charlene anknurrte, als sie sich auf dem Podest wiegte.

Chuck Norris behielt Charlene im Auge, während er sich knurrend und mit gebleckten Zähnen in Harleys Richtung zurückzog. Bei Harley angekommen, stellte er sich schützend vor ihn und schnappte nach der unsichtbaren Brise, die Charlene von der Bühne herabblies. Selbst Chuck Norris begriff, woher der Wind wehte.

Eine Stunde später waren die Tipis aufgestellt, die Lautsprecheranlage war installiert, und das Powwow-Komitee schwärmte über den Platz aus, um mit den aus allen Teilen des Landes angereisten Tänzern und Sängern zu plaudern.

Frank Pipe ruhte sich gerade im Schatten des Tanzdachs aus, als Charlene ihn fand. Sie schlich sich von hinten an, packte seine langen Zöpfe und schlang sie ihm in gespieltem Würgegriff um die Kehle. Er hob die Hände hoch, als wolle er sich ergeben, und Charlene schlug ihm leicht mit einem Zopf ins Gesicht.

»Ich will wissen, wo das Biest ist«, sagte sie.

»Wer?«

»Der verrückte Hund. Schau, was er gemacht hat.« Charlene hielt ihre Ledertasche weit von sich und schob Frank die uringetränkte Klappe unter die Nase.

»Mensch, der haßt dich aber wirklich«, lachte Frank und versuchte, nicht zu Chuck hinüberzuschauen, der sich hinter einer Mülltonne versteckte und Charlene beobachtete.

»Das beruht auf Gegenseitigkeit. Diesmal bring ich ihn um. Sag mir Bescheid, wenn du ihn siehst.«

Frank nickte und sah zu, wie Charlene ihre Suche nach Harleys Hund auf dem Powwow-Gelände fortsetzte. Sie mochte die besudelte Tasche nicht über die Schulter hängen, und so baumelte sie statt dessen an ihrer Hand. Als Charlene nicht hersah, rannte Chuck zu Frank und biß ihn liebevoll in den Saum seiner Jeans.

»Könnt ihr euch nicht endlich vertragen?« schimpfte Frank. Er fuhr mit den Fingern durch das dicke Fell, das Chucks Nakken wie eine buschige Halskrause umgab. Chuck und Charlene standen schon seit zwei Jahren miteinander auf Kriegsfuß, seitdem sich Charlene im zweiten High-School-Jahr in Harley verliebt hatte. Chuck wälzte sich winselnd im Gras und streckte seinen Bauch nach oben.

»Wir verstecken dich besser eine Weile im Wagen.« Frank nahm den Hund unter den Arm und trug ihn zu Harleys verbeultem Pickup. Damit sich Chuck im Wagen ruhig verhielt, kaufte er ihm noch seine Lieblingsspeise – feuchte, bauschige Zuckerwatte, die wie Büschel aus rosa Fell an seinem Hundegesicht kleben blieb.

Pumpkin saß ruhig auf dem Rücksitz von Nathan Hills verrostetem Pinto-Kombi. Die Hill-Brüder saßen vorne und aßen Feigenkekse. Twyla John streckte ihren Kopf von hinten zwischen sie und zeigte mit dem Finger auf die Kassette, die sie spielen sollten. Den ganzen Weg von Chicago nach Minnesota hatten die Brüder Powwow-Kassetten gehört, und jetzt bettelte Twyla um ein wenig Earth, Wind & Fire.

Mit ihren achtzehn Jahren war Pumpkin die Älteste im Auto und damit zur Aufpasserin bestimmt. Natürlich nannte sie niemand so, aber sie war sich dennoch ihrer Aufgabe bewußt, die sich auf ihren untadeligen Ruf in der indianischen Community gründete. Schließlich war sie die einzige in der Abschlußklasse der Sand-Creek-High-School in Chicago gewesen, die nicht schwanger gewesen war. Außerdem war sie zur Abschiedsrednerin gewählt worden und hatte eine Rede mit dem Titel »Ausgesperrt: Zur Situation der Indianer in den Großstädten« gehalten, die von der überwiegend indianischen Zuhörerschaft mit großem Interesse aufgenommen worden war.

Pumpkin dachte, daß auch ihr Aussehen Vertrauen einflößte, denn sie galt nicht als übermäßig attraktiv, war nicht der Typ Mädchen, der einen in Schwierigkeiten brachte. Ihr leuchtendrotes Haar und die marienkäfergroßen Sommersprossen stachen merkwürdig von der dunklen Haut ab, die sie von ihrer Mutter, einer echten Menominee-Indianerin, geerbt hatte. Von ihrem Vater, der dank seiner halbirischen Abstammung für ihr rotes Haar verantwortlich war, hatte sie den Spitznamen »Pumpkin« – Kürbis – erhalten, der an ihr hängengeblieben war, bis alle vergessen hatten, daß sie noch einen anderen Namen besaß.

Pumpkin schleppte ihren guten Ruf wie ein Zentnergewicht mit sich herum, wohl wissend, daß er die Kluft zwischen ihr und ihren Altersgenossen noch mehr vergrößerte. Sie war immer anders gewesen, auch wenn sie versuchte, es nicht zu sein. Denn sie war unfähig, ihre Neugierde zu zügeln, die sie eine Unmenge Bücher verschlingen ließ. Ihre Welt vergrößerte sich ständig, bis es ihr irgendwann einmal nicht mehr gelang, im Einklang mit der Kultur zu leben, die ihr am meisten bedeutete.

Ich stehe außen vor, dachte sie. Dann fiel ihr auf, daß sie es laut gesagt haben mußte, denn ihre Begleiter drehten sich zu ihr um und sahen sie an, sogar Nathan, der sich eigentlich auf die Straße hätte konzentrieren sollen.

»Ach, nichts«, sagte sie.

»Plemplem«, lästerte Twyla, bevor sie sich wieder den Musikgefechten auf den Vordersitzen zuwandte.

Wenigstens kriege ich noch ein paar Powwows mit, bevor ich weggehe, tröstete sich Pumpkin. Wenn sie ans College dachte, berührte sie das auf angenehme und unangenehme Weise zugleich. Im Herbst würde sie nach Stanford gehen und ihrer akademischen Neigung nachgehen können, aber sie war auch voller Angst, von einer Kultur in eine andere überzuwechseln.

Das bedeutet mehr, als Heim und Eltern zu verlassen, hatte sie in dem Aufsatz geschrieben, der von allen Bewerbern verlangt wurde. *Ich weiß, daß ich die nötigen Voraussetzungen für ein Studium mitbringe, weil ich bereit bin, einen großen Einsatz dafür zu leisten. Ich werde eine Weltanschauung beiseite schieben und – wenngleich auch nur vorübergehend – eine andere annehmen müssen. Aus dem, was ich bisher gelernt habe, weiß ich, daß sich diese beiden Anschauungen nicht gegenseitig ergänzen, sondern nahezu unvereinbar sind, und so melodramatisch es auch klingen mag: Ich habe manchmal das Gefühl, mit dem Weggang von der indianischen Community meine Seele aufs Spiel zu setzen.*

Pumpkin war entschlossen, den Sommer weidlich auszunutzen und bei möglichst vielen Powwows dabeizusein, bevor sie nach Chicago zurückging. Sie glättete auf ihrem Schoß das Flugblatt, das die Dakota Days ankündigte, und strich gedankenverloren über das Gesicht eines Tänzers auf dem Foto unterhalb des Textes. Der Tänzer war ungefähr in ihrem Alter, und obwohl sein Gesicht von jener Schminkfarbe bedeckt war, die die Männer bei Powwows benutzten, konnte Pumpkin erkennen, daß er gut aussah. Sein Haar fiel von dem spitz zulaufenden Haaransatz zur Seite, und seine dunklen Augen verengten sich wie bei einer Katze zu einem schrägen, leicht nach oben gezogenen Schlitz.

Pumpkin schaute auf das Programm. »Wir werden wohl das Begrüßungsessen versäumen, aber zum Glück ist heute abend noch kein Tanz. Den Großen Einzug morgen dürften wir dann mitkriegen.«

»Wenn wir jemals dort ankommen«, sagte Twyla.

*

Am Freitag morgen stand Harley früh auf, um sein Kostüm in Ordnung zu bringen. Seine Mutter hatte das weiße Satinhemd, das er unter dem schweren Brustpanzer aus Röhrenknochen trug, und sein schwarzes Halstuch gebügelt. Sie gab ihm beides, schweigend wie immer, mit einem Lächeln auf den Lippen. Ihr schönes schwarzes Haar war zu einem Pferdeschwanz nach hinten gebunden, aber ein paar Strähnen hatten sich am Haaransatz gelöst und kringelten sich nun über ihrer Stirn. Sie wirkte sehr jung. Sie hätte Harleys Schwester sein können. Er nahm sie in die Arme – was er nur noch selten tat, seit er siebzehn geworden war –, denn als er sie anschaute, verschwamm ihr Bild an den Rändern, als ob ihre Existenz langsam von einem geisterhaften Finger ausgelöscht würde. Er wollte spüren, daß sie da war, ihre große, schlanke Gestalt an sich drücken, ihr Gesicht auf gleicher Höhe mit seinem haben.

»Es wird bestimmt ein gutes Powwow«, sagte Harley. Er fühlte, wie ihr Kopf sich zustimmend auf und ab bewegte, und ließ sie los. Seine Mutter ging von dem winzigen Wohnzimmer in die Küche, wo sie den größten Teil ihrer Zeit verbrachte. Das Schweigen folgte ihr wie ein Schatten, breitete sich über die Bodendielen aus und waberte an Harleys Beinen hoch wie dichter Nebel. Harley hatte seine Mutter nie sprechen hören. Er kannte nur ihre Singstimme, die sie manchmal bei Tänzen erklingen ließ, um in ein altes, besonders schönes Lied einzustimmen. Seit dem Unfall, der ihren Mann Calvin und Harleys Bruder Duane das Leben gekostet hatte, weigerte sie sich, auch nur ein einziges Wort zu sprechen. Wäre dieses Verstummen nicht selbst gewählt, dann hätte sie andere Formen der Verständigung gefunden, die Zeichensprache etwa, davon war Harley überzeugt. Aber sie benützte nur ganz reduzierte Ausdrucksformen, ein leichtes Anstoßen mit dem Arm oder ein Schulterzukken, und ließ so einen leeren Raum zwischen sich und ihrem Sohn entstehen, den Harley immer als tiefen Schnitt empfunden hatte.

Harley konnte sich nicht daran erinnern, jemals das schwarze, zwischen Herz und Lungen gähnende Loch in seinem Brustkorb nicht gespürt zu haben. Es saß dort fest, scharfkantig wie eine Stahlkassette. Als er klein war, sagte er sich, daß es nur eine Frage der Zeit sei, bis es sich mit neuen Erfahrungen und plötzlichen Einsichten füllen werde. Wenn er mit Buntstiften Bilder von sich malte, vergaß er nie, dieses leere Loch als schwarzen Fleck auf seinem Bauch zu zeichnen. Die Erwachsenen lachten darüber: »Du kannst deinen Bauchnabel doch nicht auf deine Kleider draufmalen. Guck mal, dein Nabel ist unter dem Hemd versteckt.« Seine Grundschullehrerin hatte ihn deswegen vor der Klasse ausgeschimpft. Da hörte er auf, das Loch zu zeichnen, um es ihr recht zu machen, aber er wußte, daß es da war. Er konnte es unter dem mit Buntstift gemalten Hemd sehen, so als hätte er einen Röntgenblick, der durch das Papier hindurchbrannte.

Auch als Harley älter wurde, füllte sich die leere Stahlkassette nicht, wie er gehofft hatte. Statt dessen dehnte sie sich aus und paßte sich seiner neuen Größe an. Sie wuchs, als seine Knochen in die Länge gingen und sein Herz anschwoll. Sie wurde dehnbar. Als Harley vor dem Badezimmerspiegel stand und sich mit einem nassen Kamm durch das dichte schwarze Haar fuhr, sah er sein Gesicht, ohne sich damit, wie andere Leute es tun, zu identifizieren – ganz beiläufig, unbewußt, unmittelbar. Harley schlug mit dem Kamm auf das Porzellanbecken und stieß mit dem Zeigefinger gegen den Spiegel. Er deutete auf sein Gesicht. Das Gesicht deutete auf ihn.

»Was glaubst du, wer du bist?« murmelte er.

Harley griff in den Arzneischrank nach den Schminkstiften, die er benutzte, um sein Gesicht für den Tanz zurechtzumachen. Seine Finger zitterten, als er die drei zylinderförmigen Stummel anfaßte – die neueren blauen und schwarzen Stifte und den abgenutzten weißen Kreidestift. Die Muster, die Harley zeichnete, waren uralt, jeweils vom Vater auf den Sohn vererbt, oder, wie in seinem Fall, von der Mutter auf den Sohn. Es war, wie hinter die Maske der Vorfahren zu schlüpfen. Und während Harley sich anmalte und mit einem Papiertuch den Schweiß von

Stirn und Schläfen tupfte, war ihm, als höre er das heisere Flüstern seiner toten Großväter ums Haus streichen, ein Knistern wie Funkstörungen im Radio.

Wir stehen auf, wir stehen auf, murmelten die Stimmen. Als Harleys Maske fertig war, prallte eine wütende Elster gegen das Badezimmerfenster und kreischte: *Wir sind hier, wir sind hier.*

Harley und Frank kamen eine Stunde später auf dem Powwow-Gelände an, und Chuck Norris war der erste, der aus dem Wagen sprang. Die beiden sahen belustigt zu, wie Chuck all die anderen Hunde piesackte, die viel größer waren als er. Niemand wußte so recht, wie Chuck die hartgesottenen Hunde im Reservat unterworfen hatte. Es hatte ihn zwar ein halbes Ohr gekostet, aber es war ihm gelungen. Jetzt führte er das Rudel an und suchte den Platz nach Zuckerwatte und Karamelmais ab, um sein Schleckermaul zu befriedigen. Harley gab Frank einen leichten Stoß, als ein vom Kampf gezeichneter Hund, der nachweislich von einem Kojoten abstammte, einen halbgeschmolzenen Schokoriegel fand und vor Chucks Pfoten fallen ließ. Der Spitz grinste und leckte dem alten Hund das Gesicht ab.

»Er ist ein Pirat«, sagte Harley stolz.

»Du hast recht«, stimmte Frank zu.

Die meisten Leute drückten bei Chuck ein Auge zu, der unter tragischen Umständen ins Reservat gekommen war. Er war ausgesetzt worden, möglicherweise von Touristen auf dem Weg zu den Black Hills, und hatte ganz erbärmlich ausgesehen: Sein Fell war verfilzt und schmutzig, und eins seiner Hinterbeine schleifte völlig zertrümmert und unbrauchbar hinter ihm her. Franks Großvater Herod Small War hatte Chuck damals in einem Kissenbezug eingefangen und wieder zusammengeflickt, aber der Hund konnte nie wieder sein gebrochenes Bein richtig benutzen. Wenn er aufgeregt war, schoß es mit wildem Zucken zur Seite, was Chuck den Beinamen Kung-Fu gab. Herod gewöhnte sich an den Hund und wollte ihn behalten, aber Chuck hatte andere Pläne; er beschloß, bei Harley zu bleiben.

Chuck folgte Harley in der Regel wie ein Schatten und beobachtete ihn eifersüchtig, nur bei Powwows ließ er sich überreden, seiner eigenen Wege zu gehen. So konnte Harley in Herods Tipi schlüpfen, ohne daß Chuck ständig um seine Füße herumrannte oder darum bettelte, getragen zu werden.

Frank mochte Powwows im Freien nicht so sehr wie die in Turnhallen oder Gemeindehäusern, weil das Gras das Klacken seiner schwarzen Cowboystiefel dämpfte. Er fand, daß sein schmächtiger Körper nicht genug Raum in der Welt einnahm, daher hatte er sich Eisenbeschläge auf seine Stiefelsohlen nageln lassen. Auf diese Weise kündigte sich sein Kommen an, lange bevor er zu sehen war, mit Schritten, die auf dem Gehweg wie Münzen klimperten.

Frank war schmal gebaut und hatte feine Gesichtszüge. Als er klein war, hatten die Frauen ein Theater um ihn gemacht und ihn ein schönes Kind geheißen, was er verabscheute. Wie sein Großvater rieb er sich Sesamöl in das schwarze Haar, bis es merkwürdig schillerte. Es war so lang, daß die Enden seiner Zöpfe seine Knie streiften. Wenn er Basketball spielte oder eine Schlägerei auf sich zukommen sah, drehte er sein Haar zu einem Knoten zusammen, den er mit großen Haarnadeln feststeckte, und nahm die beiden Silberreifen ab, die seine Ohrläppchen durchbohrten. Er war stolz auf die Narbe, die seine linke Augenbraue teilte, und auf die andere unter seinem rechten Auge, die einem Pfeil glich, weil sie seinem bartlosen Gesicht die Glätte nahmen.

»Was für ein zerfurchter Sioux«, neckte ihn Harley, wenn er ihn dabei erwischte, wie er seine Narben befühlte.

Als Harley sich umziehen ging, machte sich Frank auf den Weg zu den drei älteren Männern, die er in der Nähe des Tanzplatzes entdeckt hatte. Einer von ihnen war sein Großvater, ein *Yuwipi*-Mann, dessen Rat in spirituellen Angelegenheiten oft eingeholt wurde. Neben ihm stand Herods ältester Freund Archie Iron Necklace, der sich mit seinem ganzen Gewicht auf einen dicken Spazierstock stützte. Der jüngste von ihnen war

Harleys Vetter Leonard Fire Cloud, der ein ähnliches Kostüm wie Harley trug. Der hochdekorierte Vietnam-Veteran Leonard hatte die Ehre, die amerikanische Flagge an der Spitze des sogenannten Großen Einzugs zu tragen. Er schaute sich nach seinem Vetter Harley um, der neben ihm tanzen und die Standarte der Sioux, einen langen, mit Adlerfedern geschmückten Stab, tragen sollte.

»Wo ist er?« rief Leonard Frank zu.

»Richtet sich wohl nach der Indianerzeit«, sagte Frank. »Er muß jeden Moment hier sein.«

Herod hielt ihm eine dampfende Plastikschüssel hin, die bis zum Rand mit *waštunkala*, der Maissuppe der Sioux, gefüllt war. »Möchtest du was?« fragte er Frank.

»Nein, danke.«

Ein schrilles Kläffen schreckte die Gruppe auf, und alle schauten nach unten, in Richtung der Geräuschquelle. Chuck Norris zog seine Bettel-Show ab, machte demütig Männchen und dann in schneller Folge drei Rollen.

»Okay, okay, tut mir leid, daß ich vergessen hab', *dich* zu fragen«, sagte Herod zu ihm. Der alte Mann fischte ein gut bemessenes Stück Fleisch aus der Suppe und gab es Chuck.

»Gib ihm doch nicht das gute Fleisch«, schimpfte Archie. »Ich kann nicht mit ansehen, wie du diesen Köter verwöhnst. Das ist doch bloß eine große gelbe Ratte, und wenn sein Bein jemals heilen täte, würd' ich ihm einen Tritt geben, daß er in hohem Bogen hier rausfliegt.« Chuck knurrte Archie an, der ihm mit seinem Stock einen leichten Stoß gab. »Sei still, du *šiča*!«

»Da kommt er«, sagte Frank. Harley kam auf sie zugerannt, gefolgt von einer Schar kleiner Mädchen.

»Harley und sein Fanclub«, sagte Archie.

»Du bist nur eifersüchtig«, bemerkte Herod. »Nach dir würden sich die Frauen nicht mal umdrehen, wenn du hier splitternackt durchmarschieren würdest.«

»Bring mich nicht auf Ideen«, sagte Archie. Seine dicken grauen Augenbrauen zuckten.

»Komm, wir gehen«, meinte Leonard zu Harley. »Wir müssen sehen, daß die Vorstellung anfängt.«

Die beiden gingen ihre Flaggen holen. Frank blieb allein zurück, die Hände lässig in den Gesäßtaschen. Der Große Einzug stand unmittelbar bevor, und er beobachtete, wie sich die Tänzer nach Geschlecht und Tanzstil in Gruppen aufteilten. Frank tanzte nie, außer bei Ehrengesängen und beim Rabbit Dance, bei dem Damenwahl war. Tanzen hieß, daß man für ein Kostüm verantwortlich war, und Frank wollte frei sein und jederzeit weggehen können, unbehindert von Federbüschen, Rehhaarkopfputz, Messingglöckchen, schwerem Perlenschmuck oder anderen Tanzrequisiten.

Frank schaute Leonard und Harley zu, wie sie nebeneinander tanzten, groß und aufrecht wie Kiefern. Ihre Gesichter waren mit schwarzen Tränen auf weißem Grund bemalt, und ein blauer vertikaler Streifen zog sich von ihrem spitz zulaufenden Haaransatz über die kräftigen Nasen bis zum Kinn hinunter. Die schweren Flaggen hielten sie mit ausgestrecktem Arm nach vorne. Als sie vorbeitanzten, stießen sich die kleinen Mädchen an, und die älteren bekundeten ihren Beifall mit dem uralten hohen *le-le-le-le*-Trillern. Frauen, die hinter dem eingefleischten Junggesellen Leonard her waren, machten kecke Bemerkungen hinter vorgehaltener Hand oder hinter ihren Fächern aus Adlerfedern und kicherten entrüstet über das, was sie sich von ihm erzählten.

Die anderen Tänzer folgten paarweise der Ehrengarde, beschrieben einen großen Kreis, bis schließlich alle Tänzer in der Arena waren. Frank betrachtete das Schauspiel und schüttelte den Kopf. Er nahm es Harley nicht übel, daß man ihm so viel Aufmerksamkeit zollte; ihn empörte nur, daß Harley das nie zu bemerken schien.

Herod tippte ihm auf die Schulter und reichte ihm die Schüssel mit der Suppe. »Bin gleich wieder da. Ich muß die Götter um ihren Segen bitten.« Herod ging zum Podest, um ein Gebet zu sprechen, damit das Powwow endgültig beginnen konnte. Herod dankte *Wakan Tanka*, dem Großen Geist, daß er sie alle zusammengeführt habe, all die Vertreter verschiedener Stämme und Staaten. »Wir sind noch da«, sagte er, und viele Trommler schlugen ihre Trommel zur Bestätigung. »Unsere Kultur blüht noch immer, und es macht mich froh, daß ich, wenn ich um mich blicke, so viele junge Leute hier sehe.« Er betete für ein erfolgreiches Powwow und bat um Schutz für die Teilnehmer. Herod hielt viel von kurzen Gebeten und kehrte bald wieder zu seinem Enkel und seinem alten Freund zurück, um sich mit ihnen zusammen den ersten Intertribal-Tanz anzusehen.

»Schau mal, dort drüben«, sagte Frank. Er deutete auf eine junge Frau in einem Grastanzkostüm, die am Rand des Tanzplatzes stand. Es war ungewöhnlich, eine Frau in einem Männerkostüm zu sehen, aber es stand ihr. Fransen aus Garn, die das lange Gras darstellten, umspielten in roten und gelben Wellen den Körper des Mädchens. Sie steckte gerade ihre Wettkampfnummer auf der Vorderseite ihres Schurzes fest und strich die Fransen glatt, damit die Zahl nicht verdeckt wurde.

Frank betrachtete sie eine Zeitlang. Er hätte nicht sagen können, warum er sie so anziehend fand. Sie war nicht im landläufigen Sinne hübsch, aber ihr Gesicht vergaß man nicht so leicht.

»Hast du schon mal ein Mädchen als Grastänzer gesehen?« fragte Frank Herod.

»Nein, bisher noch nicht. Aber ich denke, es ist an der Zeit. Es steht ihnen zu.«

Frank schaute Herod überrascht an. Sein Großvater galt, was Frauen anging, nicht als besonders liberal.

»Du darfst nicht vergessen, daß es zwei Arten von Grastänzern gibt«, erklärte der alte Mann. »Den Grastänzer, der den Tanzboden für ein Powwow ganz wie früher herrichtet und das Gras mit den Füßen niedertritt, damit es flach wird. Und dann gibt es noch den spirituellen Tänzer, der die Geheimnisse des Grases kennenlernen will, indem er es nachahmt, und seinen Körper mit dem Wind bewegt. Ich denke, man sollte es den Frauen schon selbst überlassen, welchen Stil sie wählen.«

»Welcher ist denn besser?« fragte Frank.

Herod lachte. »Archie, hast du das gehört? *Welcher ist besser?* Beide. Beide. Wäre es nicht das beste, wenn man beides lernen könnte, wie Gras zu werden *und* das Gras zu beherrschen?«

»Sehen wir uns mal an, was die hier macht«, sagte Frank. Er holte für seinen Großvater, Archie und sich Klappstühle aus Harleys Pickup. Dann ließen sie sich auf den Stühlen nieder, um dem Mädchen beim Tanzen zuzusehen.

Als Pumpkin Harley sah in seinem mit schwarzen und weißen Perlen bestickten Kostüm und den gemalten Tränen, die von der Stirn zum Kinn hinunterliefen, erkannte sie ihn sofort wieder als den Tänzer auf der Powwow-Ankündigung. Ihr rechter Oberschenkel begann zu jucken.

Das Jucken wurde zum stechenden, glühenden Schmerz, der von der hakenförmigen Narbe ein paar Zentimeter über der Kniekehle ausging. Sie hätte ihre Hand auf die Stelle legen und die brennende Haut mit einem Stückchen Eis kühlen mögen, aber sie wußte, daß es nutzlos wäre.

Ihr Bein pochte, als Harley mit der Flagge der Sioux in der Hand auf sie zukam. Er war groß und tanzte aufrecht, hielt die Schultern gerade. Er maß nicht die Reaktion der Menge, seine Augen waren nicht auf sie gerichtet. Er schien seine Umgebung gar nicht wahrzunehmen, und sein ins Weite schweifender Blick faszinierte Pumpkin. Sie war fest entschlossen, sich ihm bemerkbar zu machen. Die Narbe brannte immer stärker, und Pumpkin war erleichtert, daß ihre Tanzgruppe sich jetzt in die Arena bewegte. Ein kühlender Luftzug entstand und linderte ihren Schmerz.

Sie wußte, daß der Schmerz Gefahr ankündigte, aber sie hatte ihre Angstzustände satt. Als Kind hatte sie unter panischer Angst so heftig gelitten, daß ihre Eltern befürchteten, sie sei Epileptikerin. Aber in dem Sommer, als sie dreizehn wurde, verlor sie die Geduld mit sich, und da geschah zweierlei: Sie bekam die Narbe, und sie setzte ihrer panischen Angst ein Ende.

Der Michigansee hatte sie verlockt. Er war von klarem Smaragdgrün, und sie konnte bis zum Grund sehen. Der Sand sah weich aus. Ihre Eltern mieden überfüllte Strände und bevorzugten die einsamen Uferbereiche des Sees, die nicht von Bademeistern überwacht wurden. Sie sprangen von Felsen, auf denen »SCHWIMMEN UND TAUCHEN VERBOTEN!« stand. Pumpkin wartete meistens auf einem Stein auf sie, die Knie mit den Armen gegen die Brust gedrückt und inbrünstige Gebete flüsternd, daß ihre Eltern ja nicht ertrinken sollten. Sie schwammen weit nach draußen, und ihre Köpfe tanzten dann nur noch als schwarze Punkte neben den Bojen auf und nieder, die die Schiffe vor dem flachen Ufer warnten. Pumpkin wußte, daß sie sich ein paar Minuten an den Bojen festhielten, um etwas zu verschnaufen, bevor sie zurückschwammen.

Pumpkin schaute ins Wasser. Es schwappte sanft gegen die Wellenbrecher aus aufgetürmten Felsen, plätscherte gleichmäßig wie ein Metronom hin und her. Es hatte seine eigene Sprache, und an jenem Tag hörte Pumpkin seine Stimme. *Kühles Wasser*, rauschte es. *Herrlich kühles Wasser.* Pumpkin ließ einen Fuß am Stein hinuntergleiten, um das Wasser auf ihrer Haut zu fühlen. Es war glatt wie gepreßte Seide, die direkt vom Ballen kam. Ihr Fuß glitt hindurch. Tränen füllten Pumpkins Augen, und sie schauderte.

»Ich hab's satt. Ist mir egal, was passiert!« rief sie und sprang mit den Füßen voraus in den Michigansee, obwohl sie nicht schwimmen konnte. Es stellte sich heraus, daß das Wasser seicht war und ihr Kopf beim Gehen aus dem Wasser schaute. Der See war ungewöhnlich warm, und sein Wasser löste ihre heftigen Angstkrämpfe und trug sie fort.

Sie erinnerte sich, daß das der Tag war, an dem ihre Angst zerbrach. Am selben Tag verfing sich an der Rückseite ihres Oberschenkels ein Angelhaken, der von einem unerfahrenen Angler an einer nahen Mole ausgelegt worden war. Sie merkte es nicht gleich, erst als der Mann an der Schnur zog. Der Haken saß nicht tief, sie konnte ihn leicht herausreißen. Aber die Narbe sollte später bläulich schimmern und sie immer dann plagen, wenn sie Angst hatte.

Jetzt, da sich ihre Angst lokalisieren ließ, war sie in der Lage, sie zu ignorieren. Die Narbe pochte, als sie für ein Stipendium an einer Ballettschule in der Innenstadt vortanzte, sie stach, als sie die Aufnahmeprüfung für die High-School ablegte, und sie brannte wie Feuer, als sie sich heimlich für Stanford bewarb. Pumpkin war nicht mehr vor Angst gelähmt, der lästige Schmerz spornte sie eher an. Und so zog es sie zu Harley hin, weil diese Anziehung ihr angst machte.

»Wo ist Ihre Wettkampfnummer?« fragte ein Powwow-Schiedsrichter Charlene, als sie während des Großen Einzugs in die Arena tanzte. Er notierte die Nummern aller anwesenden Tänzer, denn für jeden Spezialtanz erhielten die Wettkämpfer Punkte. Sie schüttelte den Kopf, und der Schiedsrichter lächelte.

»Recht so. Es ist schön, daß die jungen Leute aus Spaß und nicht nur wegen der Preise tanzen«, sagte er.

Charlene genoß es, zu tanzen und sich dem Rhythmus so hinzugeben, daß es ihr manchmal vorkam, als sei sie eins geworden mit der Musik. Aber das war nicht der Grund, warum sie Wettkämpfe mied. Sie machte nicht mehr mit, weil sie immer gewann. Ihre Großmutter Mercury führte sich vor jedem Wettkampf das Bild des Tanzrivalen vor Augen, während sie den gummiartigen Klumpen unglückbringenden Zaubers vorbereitete. Sie kaute den klebrigen Ball, der hauptsächlich aus Schweinefett bestand, bis ihr der Konkurrent über den Weg lief, und spuckte ihn dann zielsicher an die Stelle, die der Rivale gerade verlassen hatte. Ihr Zauber versagte nie. Der Tänzer, auf den sie es abgesehen hatte, verstauchte sich prompt den Knöchel oder bekam eine sonderbare Grippe, bevor er die Endausscheidung erreichte.

Unter diesen Umständen war es Charlene zuwider, einen Preis zu gewinnen, und sie hatte nicht die geringste Lust, ihn während der Ehrenrunde in der Luft zu schwenken, auch wenn Mercury von der Tribüne rief: »Lächeln. Los, lächeln! Zeig deinen Preis!« Sie machte Charlene Zeichen, ihre Trophäe hochzuheben und in die Kamera zu schauen. Aber Charlene verdrückte sich und ging ihrer Großmutter aus dem Weg, in der Hoffnung, daß niemand Mercury auf die Schliche gekommen war oder gar dachte, *sie* hätte gewollt, daß Mercury das Ergebnis manipulierte.

Charlene kam sich vor wie Darrin aus der Fernsehserie »Verhext«. Sosehr der auch versuchte, Zauber und Hexerei aus seinem Haus zu verbannen, verstrickte ihn seine Hexen-Frau Samantha doch immer wieder aufs neue in die Zauberei und machte ihn halb wahnsinnig. Manchmal sprach Charlene mit dem Fernsehapparat und schalt die schöne Blondine mit der zuckenden Nase: »Wenn du so weitermachst, bekommt er noch ein Magengeschwür.« Und dann spürte Charlene ihren eigenen Schmerz, die sich spiralförmig von den Augenbrauen zur Schädeldecke hin entladenden Kopfschmerzen.

Während Charlene bei den Intertribal-Tänzen mittanzte, wartete sie darauf, daß der Ansager den Rabbit Dance ankündigte, zu dem sie Harley auffordern wollte. Da bemerkte sie eine junge Frau in einem Grastanzkostüm, die ihr irgendwie bekannt vorkam. Sie hatte sie wahrscheinlich schon bei anderen Powwows gesehen. Mercury machte im Sommer gerne eine Powwow-Runde und brachte einen der jungen Männer dazu, für sie und Charlene den Chauffeur zu spielen. Sie waren bis nach Chicago, Milwaukee und Grand Rapids zu Powwows gefahren, hatten sie verglichen und von überall Souvenirs mitgebracht. Charlene ging auf das Mädchen zu, um sie willkommen zu heißen. Vielleicht konnten sie für das Wochenende Freundinnen werden. Gewöhnlich durchstreifte Charlene die Powwows allein, ein wenig einsam, von den anderen gemieden, die ihre Großmutter fürchteten. Vielleicht hatte dieses Mädchen noch nie etwas von Mercury Thunder gehört.

»Hallo du«, begrüßte Charlene Pumpkin. »Tolles Ding, ein Mädchen als Grastänzer.«

Sie gaben sich lächelnd die Hand und stellten sich einander

vor. Den Tanz über unterhielten sie sich, bis Pumpkin schließlich auf die seltsame Tätowierung zwischen Charlenes Daumen und Zeigefinger zeigte, auf ein Muster aus runden schwarzen Tränen.

»Was bedeuten denn diese Tätowierungen?« fragte Pumpkin. »Ich habe ein paar Sioux-Mädchen damit gesehen. Ist das eine Art Clubabzeichen?«

Charlene schüttelte den Kopf und strich mit den Fingern über die Tätowierung. »Nein, es war meine Idee, und die anderen haben es mir nur nachgemacht. Es ist wegen diesem Jungen«, flüsterte sie. »Warte, bis du ihn siehst. Dann verstehst du's.« Es dauerte nur ein paar Sekunden, bis Charlene Harley vorbeitanzen sah. »Da ist er.« Sie deutete mit dem Kinn auf ihn.

Pumpkin sagte eine Weile lang nichts, nickte nur wie abwesend mit dem Kopf. Endlich sagte sie: »Ich weiß. Ich habe auch ein Auge auf ihn.«

Charlene biß sich auf die Lippen. *Bleib weg von ihm*, schrie es in ihrem Kopf. *Du kannst hier nicht einfach aus dem Nichts auftauchen und dich vordrängeln.*

Möglichst beiläufig fragte sie Pumpkin: »Du hast bestimmt einen Freund in der Stadt?«

»Nein. Ich glaube, ich bin viel zu eigenwillig«, lachte Pumpkin.

»Wieso? Wegen der Art, wie du tanzt?« Charlene versuchte Pumpkin nicht anzustarren, aber sie war neugierig.

»Wegen der Art, wie ich denke«, antwortete Pumpkin schließlich.

Harley war um die Trommel herumgetanzt und kam wieder in Charlenes Blickfeld. Sie interessierte sich nicht mehr für die Grastänzerin. Einen Moment lang wünschte sie sich ein wenig von der Zauberkraft ihrer Großmutter, dann könnte sie das Mädchen von Harley fernhalten und sie anzischen: *Ich besitze magische Kräfte, die ich mir nichts, dir nichts gegen dich anwenden kann!* Charlene schnippte mit den Fingern, als ob sie diese Worte laut gesprochen hätte. Pumpkin blickte sie an.

»Wir sehen uns sicher noch«, sagte Charlene. Sie kehrte dem Mädchen den Rücken und ging hinüber zur Imbißbude, um eine Dose Mineralwasser zu kaufen. Sie war so wütend, daß sie überhörte, wie der Ansager den Rabbit Dance ankündigte. Als sie auf die Tanzfläche zurückkehrte, hatten sich bereits Paare gebildet. Das zweite Paar hinter den beiden Vortänzern waren Harley und Pumpkin. Charlene mußte einen Moment die Augen schließen, weil sie der Anblick von Pumpkins rotgoldenem Haar, das in der Sonne schimmerte, überwältigte.

Während der Abendveranstaltung, als sich das flache Land mit der untergehenden Sonne abgekühlt hatte, gingen die Tänzer noch ausgelassener und verschwenderischer mit ihren Kräften um. Charlene war nach einem Lied der Rocky Boy Singers völlig außer Atem. Sie legte ihre Stola um die Schultern, bevor sie sich hinter der Haupttrommel auf einen Klappstuhl setzte. Sie fragte sich, ob Harley ihren Triumph mitbekommen hatte, als sie nach einer Drehung auf einem Bein genau mit dem letzten Trommelschlag des Liedes zum Stehen kam. Sie beendete den Tanz so vollkommen, als hätte ihr Mokassin das Ende des Liedes in der Erde festgepflockt. Noch süßer als dieser Triumph war, daß sie Pumpkin hatte übertreten sehen. Nach dem letzten Trommelschlag hatte sie noch einmal zu einem weichen Hüpfer angesetzt, als erwartete sie, daß das Lied weiterging.

Charlene lachte schadenfroh und schüttelte ihre Beine aus, um die verkrampften Muskeln zu lockern. Mit einem Ruck rutschte sie tiefer in den Stuhl. Eines der Kunststoffbänder unter ihr war gerissen.

»Was, zum...« Charlene beugte sich zur Seite und schaute unter den Sitz. Chuck Norris grinste sie an. Zwischen seinen kleinen schiefen Zähnen hielt er das gerissene Kunststoffband.

»Du abscheuliches kleines Mistvieh!« zischte Charlene und stieß ihn mit der Hand weg. »Mach nur weiter so, dann landest du bei meiner Großmutter im Suppentopf. Als zähes Stückchen Fleisch!«

Chuck Norris bellte und schnappte nach ihr, bevor er hinter einer Gruppe von Kindern herjagte. Charlene vergaß ihn schnell, als die Trommel ein Lied zu Ehren der Kriegsveteranen anstimmte. Es war ein Lied der Dakota, nicht eines der üblichen Intertribal-Lieder, die aus Lautabfolgen statt Wörtern bestanden. Es stammte aus dem Zweiten Weltkrieg. Die Männer stimmten enthusiastisch in den Refrain ein, und Charlene brauchte ein wenig, bis sie den Text ins Englische übersetzen konnte. Nach den vielen Jahren an der Schule war sie nicht mehr so geübt in der Sprache der Dakota:

Sie schicken Sioux-Jungs nach Deutschland
Hitler, paß gut auf

Sie mußte lächeln. *Diese Sioux-Machos*, dachte sie.

Veteranen der letzten drei Kriege tanzten in Jeans und Cowboystiefeln. Sie bewegten sich lässig mit zweifachen Stampfschritten vorwärts, ihre Arme baumelten linkisch herunter oder hielten die amerikanische Flagge über der Schulter fest. Die Trommel leitete zu einem anderen alten Lied über, einem Liebeslied als Antwort auf den Krieg:

Als die jungen Männer vorbeigehen, halte ich Ausschau nach ihm.
Aufs neue überrascht mich, daß er fort ist.
Das ist es, womit ich mich nicht abfinden kann.

Eine hohe, klagende Stimme brach in den Refrain ein wie Geistergesang und hob das Lied zum Himmel. Es war Harleys Mutter Lydia, die seit siebzehn Jahren kein Wort mehr gesprochen hatte. Charlene sah, wie sich Harley neben seine Mutter schob und auf der Stelle tanzte. Die beiden standen hinter den sitzenden Trommlern und waren umringt von Leuten, die Kassettenrekorder in der Hand hielten, um Lydias berühmte Stimme einzufangen. Lydia schien die Aufregung in der Menge nicht zu bemerken. Mit zurückgeworfenem Kopf und geschlossenen Augen bewegte sie sich im Takt der Musik hin und her.

Eine zweite Stimme wälzte sich plötzlich über den Platz, eine tiefe, eintönige Stimme, die zäh wie Teer war und alle anderen erstickte. Mercury Thunder fuhr zur Trommel, stellte die Bremse an ihrem Rollstuhl fest und erhob sich mit majestätischer Würde. Ihre dröhnende Stimme war heftig, völlig anders als Lydias Stimme, die in ihrer Wehklage bebte, und da Mercury ihre Knie nicht zum Tanzen beugen konnte, schob sie stattdessen die Fäuste auf und nieder wie eine Frau, die Weißzeug auf einem Waschbrett reibt.

Zu Mercurys Rechten hielt Sonny Wilson einen Teller mit Indian Tacos, die er für sie besorgt hatte. Zu ihrer Linken wollte Junior Black Owl sie stützen, als sie zum Singen aufstand, aber sie schüttelte ihn ab, ohne ihn eines Blickes zu würdigen. Beide Männer waren Mitte Zwanzig und ungewöhnlich attraktiv, beide sahen verwundert, ja fast ein wenig benommen drein, so als hätten sie gerade Prügel bezogen. Charlene kannte diesen Gesichtsausdruck. Mercurys Liebhaber wirkten alle etwas durcheinander, ausgezehrt von dem Zauber, den sie mit Löffeln anrührte. Wenn Mercury mit einem Mann fertig war, ließ sie ihn gehen, und in seine Augen kehrte wieder Leben zurück. Er konnte sich dann kaum mehr an die Affäre erinnern, nur manchmal, wenn er von Mercury träumte, merkte er beim Wachwerden, daß er wie ein kleiner Junge ins Bett gemacht hatte.

Charlene wußte, daß sie Harley auf Mercurys Art haben konnte, wenn sie wollte. Sie konnte ihrer Großmutter ausgefallene Haare von Harley oder Federn von seinem Kostüm bringen, und Mercury würde sie zu einem Pulver verbrennen. Daraus würde sie eine Liebespaste machen, die sie in Plätzchen buk, oder eine Liebessuppe mit Büffelfleisch, und nach dem Essen wäre Harley von Charlene betört. Aber es wäre nicht echt. Harleys Blick wäre leer und sein Bemühen zu gefallen zu verzweifelt.

Charlenes Knie wippten automatisch im Rhythmus des alten

Liedes, aber es schien auseinanderzubrechen. Es war schwierig, ihm zu folgen. Sie begriff, daß alles Mercurys Werk war. Sie hatte es nicht geschafft, Lydias Singen zu übertönen, daher richtete sie ihre ganze Aufmerksamkeit nun auf die Trommler. Sie brachte sie mit ihrem Blick aus der Fassung, einen nach dem anderen schüchterte sie so ein, daß ihm der Trommelstock aus der Hand glitt und leise zu Boden fiel. Bald schwieg die Trommel, und Mercury nickte befriedigt mit dem Kopf. Aber das Lied klang unvermindert weiter. Lydia sang von Liebe und Leid, ein jeder Ton zerriß die Luft wie ein Schrei. Sie sang es bis zum Ende, dann trocknete sie ihr Gesicht an ihrer Schürze ab und ging zurück zur Imbißbude. Kein einziges Mal hatte sie zu Mercury hingesehen.

Während der Abendveranstaltung brachte Harley endlich den Mut auf, Pumpkin anzusprechen. Sie war ihm schon aufgefallen, bevor sie ihn zum Rabbit Dance aufgefordert hatte. Sie war der beste Grastänzer in der Arena, wurde zum biegsamen Halm, der sich gen Himmel reckte, sich zum Boden neigte, sich bog im Wind. Sie war trocken und spröde, von Dürre gezeichnet und dann wieder schwer vom Regen. Harley pausierte bei zwei Liedern, um Pumpkin zuzusehen. Als sie sich zum Ausruhen auf die Tänzerbank setzte, ging er zu ihr hinüber.

»Du tanzt gut«, sagte er. »Ich seh dir gern zu.«

Sie lächelte. »Du auch.«

Harley ging über das Lob hinweg. »Wie kommt's, daß du dich für den Grastanz entschieden hast?« fragte er.

»Er ist eine Herausforderung. Ich habe es mit dem Women's Traditional und Women's Fancy Shawl probiert, aber ich war immer nur ich selbst da draußen. Als Grastänzerin versuche ich, etwas anderes zu werden. Ich trete aus mir heraus. Weißt du, was ich meine?«

Harley nickte. »Ich glaube schon.«

»Ist das dein Hund?« fragte Pumpkin. Sie deutete auf Chuck Norris, der die beiden beobachtete, dabei bewegte sich sein Kopf hin und her, als ob er der Unterhaltung folgte. Pumpkin streckte die Hand aus und nahm ihn hoch.

Harley machte eine abwehrende Bewegung.

»Laß lieber. Er kann ganz schön bösartig sein.«

Aber Chuck Norris ließ sich von Pumpkin ohne Widerwillen im Arm wiegen.

»He, wir passen zusammen«, sagte sie zu dem ockerfarbenen Hund, sie küßte ihn sogar auf den Kopf. Chuck schloß die Augen und entspannte sich. Er sah aus, als würde er gleich zu schnurren anfangen.

»Das ist ja unglaublich!« sagte Harley. »Du weißt gar nicht, wie ungewöhnlich das ist. Er mag dich anscheinend auf Anhieb.«

Pumpkin und Harley saßen auf der niedrigen Bank und sprachen über Chuck, darüber, daß Pumpkin nach Stanford gehen und welche Powwows sie dann versäumen würde. Einige Mitglieder des Powwow-Komitees begannen, mit Abfallsäcken herumzugehen und das Gelände zu säubern.

»Hast du Lust, noch ein bißchen zu reden, wenn die Tänze vorbei sind?« fragte Harley Pumpkin. »Ich wüßte eine Stelle, wo wir hingehen könnten, um dem Trubel zu entkommen. Es ist nicht weit von hier.«

»Klar. Aber ich muß meinen Freunden Bescheid sagen. Wo treffen wir uns?«

Harley zeigte ihr seinen Pickup und nahm den schlafenden Hund in den Arm.

Als Abschluß des Abendprogramms führte er die Tänzer aus der Arena und brachte den Federstab der Sioux weg. Er vertauschte sein Kostüm wieder mit Jeans und verstaute seine Ausrüstung im Wagen.

»Bist du bereit zur Abfahrt?« fragte Frank. Chuck Norris schlief auf dem Autositz. Er schnarchte laut, und seine Pfoten zuckten.

»Eigentlich habe ich so 'ne Art Verabredung«, sagte Harley.

Frank pfiff. »Ich glaub's nicht, der Einsiedler hat 'ne Verabredung. He, ich bin stolz auf dich!« Er klopfte Harley auf die Schulter. »Ich kann mit ein paar Crow-Mädchen mitfahren, die ich kennengelernt habe. Sie wohnen in der Nähe von mir, und ich glaub', die mögen mich.« Er blinzelte Harley zu.

Harley grinste erleichtert. »Könntest du das Monster mitnehmen?« fragte er.

Frank hob Chuck aus dem Auto. »Ausführlicher Bericht morgen früh!« rief er über die Schulter.

Charlene sah Harley mit Pumpkin neben sich im Auto das Powwow verlassen. Sie versuchte, sich zu beruhigen. *Das ist nur eine von diesen Powwow-Geschichten*, dachte sie. Aber Charlene hatte nie zuvor gesehen, daß sich Harley für ein Mädchen interessierte. Er war in der Regel allein, und seine vielen weiblichen Bewunderer trösteten sich mit Frank. Charlene saß zitternd im Gras. *Sie ist bald wieder weg*, sagte sie sich. *Stadtmädchen sind so. Sie wird nicht lang genug hier sein, um Entscheidendes zu verändern.* Charlene zwang sich, nicht zu weinen.

Mercury plauderte mit ihren jungen Männern. Charlene konnte ihren Rollstuhl neben dem großen Lagerfeuer sehen. Mercurys Gesicht glänzte vor Schweiß. Sie war ungefähr siebzig, sah aber um Jahre älter aus. Ihre Haut war von Falten übersät, und sie hatte fast keine Zähne mehr. Ihr weißes Haar war kurz und stand widerspenstig vom Kopf ab. Charlene befürchtete, daß sie Mercurys Figur geerbt hatte: breite Schultern und eine kräftige Taille, die in dünne Beine überging.

Charlene fragte sich oft, wie ihre Eltern wohl ausgesehen haben, aber Mercury behauptete, sie habe keine Fotos von ihnen. »Sie haben dich zu mir gebracht«, hatte sie zu Charlene gesagt, »und dann sind sie in eine dieser großen Städte abgehauen und haben sich um den Verstand gesoffen.« Mercury schwor, sie seien innerhalb von zwei Monaten hintereinander weggestorben, aber sie hatte nie einen Totenschein vorgezeigt oder Charlene verraten, wo sie beerdigt waren.

Charlene hatte feines braunes Haar – von ihrer Mutter, nahm sie an –, ein flaches, rundes Gesicht, das sie für ein Erbteil ihres Vaters hielt, und den Kopf voll mit Mercurys Ideen. Mercury hielt nichts von der Schule, sie glaubte an das, was sie *Lebenslehren* nannte.

»Ich sollte ein dickes Buch schreiben, das alle Fragen beantwortet«, hatte sie Charlene eines Morgens, am Valentinstag, verkündet. Charlene war damals zehn Jahre alt und glaubte, daß ihre Großmutter Antworten auf alles besaß, eingenäht in einen Kalikosack, der oben mit einem weißen Schuhbändel zugeschnürt war. Charlene hatte Jahre damit zugebracht, das Bündel zu suchen. Sie war völlig sicher, es an seiner Form und Schwere zu erkennen, und hatte sich vorgestellt, wie es sich anfühlen würde, wenn all diese Antworten wie Sonnenblumenkerne durch ihre Finger rannen.

Mercury war gerade dabei, die Schokoladenschildkröten zu essen, die Reuben Broken Nose ihr kurz nach Sonnenaufgang gebracht hatte. Sie hatte Charlene erlaubt, sich eine davon zu nehmen, aber nicht mehr.

»Schließlich hab' ich sie bekommen«, flüsterte sie Charlene ins Ohr.

Reuben Broken Nose lehnte am Türrahmen zwischen Diele und Küche, um Mercury beim Essen zuzusehen. Ihm war kein Stuhl angeboten worden. Als Mercury den letzten Rest von Karamel aus ihrem kaputten Weißheitszahn saugte, gab sie Reuben das Valentinstagsgeschenk, das sie für ihn gemacht hatte. Es war ein türkisfarbenes Baumwollhemd, das mit eierschalenfarbenen Bändern und silbernen Nieten verziert war. Charlene fiel auf, daß Saum und Kragen ziemlich dick waren, als ob etwas hineingenäht worden wäre. Reuben zog es über sein Flanellhemd, und nachdem er es einmal mit seinen Händen glattgestrichen hatte, fiel er auf einen Küchenstuhl und starrte Charlene wie ein Blinder an.

»Die Wunderwirkung des Salbeis«, sagte Mercury glucksend und schlurfte zu ihm hinüber. »Lehre Nummer eins!« rief sie.

Charlene sprang von ihrem Stuhl auf und stellte sich neben Mercury. »Siehst du diesen Mann?« fragte Mercury. Sie schaute Charlene so lange an, bis ihre Enkelin nickte. »Ich weiß, du denkst, er ist was Besonderes. Du bist wie alle anderen hier, die sich herausputzen und versuchen, ihn abzuschleppen.« Wieder nickte Charlene und berührte sogar Reubens schlaffe Hand mit einem Finger. Er war der Herzensbrecher des Reservats, nicht so sehr, weil er gut aussah mit seinem hübschen Mischlingsgesicht, sondern weil er lustig war.

»Also, *ich* sage dir, daß er nichts Besonderes ist. Nicht wie ich und nicht wie du. Er ist völlig durchschnittlich.«

Aber du bringst mich nicht zum Lachen, dachte Charlene.

»Mit Frauen laß ich mich erst gar nicht ein, weil du bei denen nie sicher sein kannst. Oft besitzen sie eine ziemliche Kraft, und du mußt vorsichtig sein. Aber die meisten Männer, die ich kenne, gehen einfach so zu Boden.« Mercury schnalzte mit den Fingern. »Du kannst den einfachsten Zauber, die ältesten Tricks anwenden. Pulver, die so alt sind, daß du denkst, du solltest sie wegwerfen, weil ihre Wirkung dahin ist. Ich werde dir zeigen, wie man die Macht übernimmt.«

Charlene sah zu, wie ihre Großmutter ihr Gesicht bis auf ein paar Zentimeter dem von Reuben näherte. Sie gab ihm eine Reihe von Befehlen, eine Liste von Arbeiten, für deren Erledigung er den ganzen Tag brauchen würde. Dann richtete sie sich auf und klatschte in die Hände. Reuben erhob sich schwankend und machte sich auf den Weg zum Holzhaufen vor Mercurys hübschem Haus. Ein paar Augenblicke später hörten sie, wie Holz in kleine Scheite gehackt wurde. Mercury wandte sich ihrer Enkelin zu und streckte die Hände aus.

»Siehst du«, sagte sie.

Harleys Gesicht war immer noch mit der Tränenmaske bemalt, als er mit Pumpkin zu dem verlassenen Haus fuhr, das mitten in eingetrocknetem Schlamm stand. Auf dem Fußweg zum Haus überzogen sich ihre Stiefel und der herunterhängende Zipfel der

Decke, die Harley über dem Arm trug, mit grauem Staub. Wie in ein Puppenhaus konnte man in das Gebäude hineinsehen, dessen nach Osten zeigende Wand zu einem Haufen Schutt zusammengestürzt war. Harley erklomm ihn gewandt mit einer starken Taschenlampe in der Hand. Pumpkin setzte die Füße an dieselbe Stelle und hielt das Gleichgewicht, indem sie sich an Harleys Gürtel klammerte.

»Nach dir«, sagte er und trat zur Seite, damit Pumpkin in das ehemals vornehme Wohnzimmer gelangen konnte. Bierdosen und Flaschen lagen auf den zersplitterten Bodendielen herum. Harley kickte den Schutt in eine Ecke und breitete die Decke in der Mitte des Bodens aus.

Graffiti bedeckten die Wände, und Pumpkin kniff die Augen zusammen, um die Satzfetzen zu entziffern. *Frank macht es besser*, stand da mit rotem Lippenstift geschrieben, was eine Diskussion auf der Wand ausgelöst hatte. Zu Franks Ehre mußte man sagen, daß er nichts an die Wände geschrieben hatte. Aber seine Person war ein beliebtes Thema. Man war sich darüber einig, daß Frank es wirklich besser machte, und sein Name stand in so viele Herzen gekritzelt, daß Harley dachte, es sei schwierig, sie alle zu zählen. Franks Name war sogar mit viel Liebe und in einer aufreizend runden Schrift an die abgesackte Zimmerdecke geschrieben.

»Frank ist wohl sehr beschäftigt«, sagte Pumpkin und zeigte auf die Wände.

Harley lächelte. »Ich glaube, er ist olympiareif. Ich weiß nicht, wie er das macht. Er hat so viele Freundinnen, eine nach der anderen, aber er schafft es immer, daß sie später Freunde bleiben.«

»Das ist eine seltene Gabe«, murmelte Pumpkin. Sie zog Harley auf die Decke, wo sie beide, die Knie mit den Händen umklammert, sitzen blieben und den schwarzen Himmel betrachteten.

»Wie ist das mit dir?« fragte sie. »Schwärmst du auch von einem Mädchen zum andern?«

Harley lachte. »Brauchst nur auf den Wänden nachzusehen.«

Es stimmte, Harleys Name war nirgends an die abblätternde Tapete geritzt, aber Pumpkin hatte mindestens ein Dutzend Tätowierungen gesehen, die ihm galten. *Warum gerade ich?* fragte sie sich. *Was ist an mir Besonderes?*

Harley griff nach ihrer Hand. Pumpkin schnappte nach Luft, denn an ihrer Narbe war der Schmerz aufgeflammt, als hätte man ihr ein brennendes Feuerzeug an die Haut gehalten.

»Ist alles in Ordnung?« fragte er. Pumpkin nickte. Sie rieb sich die empfindliche Stelle mit der freien Hand.

Der Schmerz machte Pumpkin Mut. Sie lachte plötzlich, warf den Kopf zurück und löste ihren Zopf. Sie wollte sich selbst überrumpeln, sich so benehmen, wie sie sich selbst nicht kannte, ihren guten Ruf und die helle Angst abschütteln. Während Harley ihr mit vor Überraschung aufgerissenen Augen zuschaute, zog sich Pumpkin bis auf ihre weiße Unterhose völlig aus.

»Ich habe so etwas noch nie gemacht«, sagte Pumpkin, und Harley glaubte ihr.

»Du fürchtest dich wohl vor nichts«, flüsterte er. Er beugte sich hinunter, um ihren Hals zu küssen, einen duftenden Teich aus Schatten.

Harleys Hände bewegten sich sanft und vorsichtig über Pumpkins Körper. Sie stellte sich vor, er forme sie aus Ton. Er zeichnete die Form ihrer Rippen nach, knetete ihre Hüftknochen zu steilen Dämmen und drückte ihren Bauch mit den Handflächen zu einer hohlen Mulde. Sie merkte, wie einsam ihr Körper bisher gewesen war. Sie war selten berührt worden, nicht einmal von ihren Eltern, die so scheu waren, daß sie sich fragte, wie sie mit ihr als Baby umgegangen waren. Hatten ihre Eltern sie wirklich im Arm gehalten, sie gebadet und ihr eigenhändig Brei in den Mund gelöffelt?

»Du hast den Körper einer Tänzerin«, murmelte Harley, als er an ihren Kniescheiben drehte, als könne er sie wie Kreisel tanzen lassen.

Pumpkin sprang auf. Sie wollte Harley zeigen, wie groß ihre

Körperbeherrschung war. Sie tastete mit der linken Hand nach der schimmelfeuchten Wand, die nach Westen zeigte, um mit den Fingerspitzen die Balance zu halten. Ihr rechtes Bein wies nach vorne, und dann hob es sich vom Boden bis auf Brusthöhe zu einer gestreckten Arabesque. Mondlicht spielte auf dem Bogen, den ihr Körper beschrieb, und betonte die sichelförmige Kurve. Ohne es zu senken, bewegte sie das gestreckte Bein zur Seite. Einen Moment lang wippte es noch ein wenig höher, dann schwenkte es nach hinten. Sie lehnte den Oberkörper nach vorne, und während er sich dem Boden näherte, hob sich das rechte Bein immer weiter. Ihre Beine machten fast einen Spagat, als sie Harley ehrfürchtig »Du bist so anders« flüstern hörte.

Das genügte, um Pumpkin in ihrer Vorführung zu stören, ihre Beine schlossen sich wie Scherenblätter. Sie drückte sich mit dem Körper an die Wand und brachte Harley mit einem Zischlaut zum Schweigen.

»Ich hab's nicht bös gemeint«, sagte er und streckte die Hand aus, um sie auf die Decke zurückzuholen.

»Ich weiß«, sagte sie, als sie neben ihn schlüpfte. »Aber so was darf man einfach nicht sagen. Man sollte nie zu überheblich oder zu laut über das reden, was man ist. Ich glaube vielleicht nicht an Gott, aber ich glaube an bestimmte Mächte. Und die sind neugierig. Verrat ihnen nicht, daß du hier bist. Zünde keine Freudenfeuer an. Wandle im Schatten, und du wandelst ewiglich.«

»Wer hat das gesagt? Das mit dem Schatten?« fragte Harley.

»Ich«, antwortete Pumpkin.

Pumpkin küßte Harley, um wiedergutzumachen, daß sie sich so abrupt von ihm abgewandt hatte. Die Narbe brannte immer noch, aber sie achtete nicht darauf und zog Harley enger an sich. Diesmal war er es, der sich losmachte, die Arme von sich streckte, als versuche er, das Gleichgewicht zu halten.

»Warte«, sagte er. »Mir ist, als ob ich falle.«

»Ich laß dich nicht los«, hauchte ihm Pumpkin ins Ohr.

Er schaute sie an und dachte, sie könnte ein rotgoldener indianischer Engel sein, der seine Arme wie Taue um seinen

Körper geschlungen hatte und eine Haut so weich wie Federn besaß.

»Du kannst mir ruhig alles sagen«, meinte Pumpkin.

»Hier ist nichts drin.« Harley nahm ihre weichen Hände und drückte sie auf sein Herz.

»Du täuschst dich«, versicherte sie ihm. »Ich kann dein Herz da drin fühlen, es schlägt wie ein Twostep.«

»Da ist nichts drin«, wiederholte er. Harley stand auf und ging bis zum Ende des Zimmers, wo Balken in die Luft ragten. »Ein paar Wochen bevor ich geboren wurde, ist mein Bruder gestorben, Duane. Er hat alles mitgenommen.«

Pumpkin fröstelte. »Das verstehe ich nicht«, sagte sie.

Aber Harley konnte ihr nicht mehr sagen, obwohl er seine Mutter neben dem Sarg stehen sah. Sie war mit Harley schwanger, interessierte sich aber nicht für ihn. Ihre Hände waren mit ihrem ersten Sohn beschäftigt, ihrem schlafenden Sohn. Sie bürstete seine Haare glatt und legte ihm eine mit Sternen verzierte Decke um die Schultern. Sie wischte sich die Tränen mit quadratischen Fetzen aus Baumwollstoff ab, die sie unter Duanes Seidenkissen schob, aber die traditionellen Tränentücher reichten nicht aus. Harley sah, wie seine Mutter auf ihren Leib drückte, als wolle sie Duane noch mehr geben.

Er stellte sich vor, daß sie sein Seelenhäutchen ausfindig machte, mit dem Fingernagel den Rand davon erwischte und es von ihrem ungeborenen Kind abzog. Es sah aus wie Zellophan und knitterte, als sie es zu einer kleinen Oblate in der Größe einer jener Hostien zusammendrückte, die Pater Zimmer bei der Kommunion verteilte. Und so fütterte Lydia ihren schlafenden Sohn mit der Seele seines Bruders, die sie zwischen seine zusammengepreßten Lippen zwängte. Bevor sie den Sargdeckel schlossen, sah Harley seine Mutter Duane küssen und ihm eine letzte Botschaft zuflüstern: »Ich gebe dir auch meine Stimme.«

Es war, als könne Pumpkin Harleys Gedanken lesen, so fein war ihre Wahrnehmung. Sie wußte, was sie tun mußte.

»Komm«, befahl sie sanft und drängte ihn, sich auf der Decke auszustrecken. Sie setzte sich rittlings auf seinen Rücken und drückte ihre Handballen auf seine angespannten Muskeln, um sie zu lockern.

»Ich bin jetzt deine Freundin«, verkündete sie Harley, als sie ihm Nacken und Schultern massierte. »Ich habe viel Seele übrig. Ich reibe sie gerade in dich hinein. Merkst du's?« Sie war dabei, den unteren Teil seines Rückens mit den Fingerknöcheln zu kneten, und Harley nickte, weil sich Wärme in ihm ausbreitete. Pumpkin fand den Weg zu seinem Herzen, erleuchtete die Winkel seiner leeren Seele mit einer rotgoldenen Flamme.

»Du bist jetzt nicht mehr allein«, sang Pumpkin leise. »Ich bin ein Teil von dir, ob du's willst oder nicht.«

Und Harley konnte schlafen. Er konnte die Augen schließen, ohne in der Dunkelheit fortgewirbelt zu werden. Er dachte, neben Pumpkin zu schlafen, müsse besser sein als Frank Pipes verrückte Sexabenteuer, aber er würde es geheimhalten. Er würde sie in der kleinen Herzkammer verschlossen halten, in die sie mit den Fingern gelangt war, durch die Mauer seines Rückens hindurch.

Als Harley bei Morgengrauen erwachte, hatte er das Gefühl, als sei sein eisiger Körper an den von Pumpkin geschweißt. Die Temperatur war über Nacht um zwanzig Grad gefallen, und der Frost war so tief in Harleys Knochen gedrungen, daß er selbst zum Zittern zu steif war. Er fuhr mit einem Ruck hoch und zog die Decke um Pumpkins Schultern, so daß sie wie in einen Kokon gehüllt war. Er machte die Druckknöpfe an seiner Jeansjacke zu und kauerte sich an die nach Süden zeigende Wand. Er wandte den Kopf ab, weil er nicht in die aufgehende Sonne schauen wollte. Ihr blaßrotes Licht ergoß sich über sein Profil und färbte für kurze Zeit die abgestorbenen weißen Bäume, die in einem Fluß aus Schlamm standen. Als er wieder zu Pumpkin blickte, sah er für einen kurzen Moment die Herrin des Hauses vor sich.

Er hatte Pumpkin nicht erzählt, daß es in dem verlassenen Haus angeblich spukte. Seine Bewohnerin war eine ältere weiße Frau, die alle bisherigen Geisterklischees Lügen strafte. Man hörte sie weder jammern noch klagen, sie war nicht anmutig und vornehm, sie rang nicht verzweifelt die Hände, noch glitt sie über die Bodendielen. Sie hatte die Statur eines Ringers und war selbst als Geist so schwergewichtig, daß der Boden knarrte, wenn sie durch das Haus stapfte. Man sah sie immer bei der Hausarbeit: Butter machen, Socken stopfen, Teppiche klopfen, Böden aufwischen. Ein alter Trunkenbold hatte sogar behauptet, sie beim Säugen eines Geisterbabys überrascht zu haben, und als sie ihn in der Ecke ihres Wohnzimmers mit einer Flasche Thunderbird-Wein entdeckte, habe sie ihm, so erzählte er, ihre zweite Brust angeboten, was er aber abgelehnt habe. Touristen hatten sie schon einige Male fotografiert, ihre verschwommene Gestalt auf Film gebannt, und obwohl ihr Gesicht von einem undurchdringlichen Schleier verborgen blieb, konnte man ihren strengen Haarknoten deutlich ausmachen und auch den scheltenden Finger, mit dem sie all den unnützen Leuten drohte, die ihre Zeit verschwendeten.

Harley hatte sie noch nie gesehen. Er blieb still sitzen, um sie im Auge zu behalten, denn aus einem bestimmten Blickwinkel verschwand sie wieder. Diesmal war die alte Frau ausnahmsweise nicht mit schwerer Arbeit beschäftigt. Vielmehr lag sie auf ihren dicken Knien neben Pumpkin und streichelte das glänzendrote Haar des Mädchens mit ihrer bleichen fleischigen Hand. Die alte Frau weinte lautlos, und ihre dunklen, dicken Tränen fielen auf den Boden. Nach ein paar Augenblicken verschwand sie, und Harley ging hinüber, um an ihrer Stelle niederzuknien. Er fuhr mit seiner Hand über den fleckigen Boden, in der Hoffnung, ihre tintenschwarzen Tränen zu verstehen.

Wie viele andere Besucher hatte Mercury Thunder es vorgezogen, in dem Powwow-Gelände zu übernachten, obwohl sie ganz in der Nähe wohnte. Charlene hatte im Tipi ihrer Großmutter geschlafen und Mercury am frühen Samstag morgen in ihrem Rollstuhl schlafend vor dem Lagerfeuer entdeckt, die Fäuste voller Asche.

»*Unči*, wie geht's dir? Alles in Ordnung?« Charlene rüttelte Mercury leicht an der Schulter. »Wieso bist du hier draußen geblieben?«

»Ich hatte über wichtige Dinge nachzudenken. Ich war mit dem Feuer beschäftigt.« Charlene entschied, daß sie nichts davon wissen wollte, aber Mercury fuhr fort. »Weißt du, welcher Gedanke mir kam? Es gibt einen männlichen Teufel, aber keinen weiblichen. Ich könnte eine glühende Königin sein und feurige Handküßchen in die Luft blasen. Ich würde den alten Teufelskerl bei Laune halten, und wenn er mir krumm kommen wollte, Junge, dann würde ich ihm Feuer unterm Hintern machen.« Mercury leckte sich mit ihrer leuchtendroten Zunge, die Charlene kochend heiß schien, über die Lippen.

»Das ist Gotteslästerung.« Charlene versuchte ebenso überzeugt zu klingen wie Pater Zimmer in seinen Schulstunden am Freitagnachmittag.

»Laß mich in Ruhe mit deinem Gott!« stieß Mercury hervor. »Nimm den nur gleich wieder dahin mit, wo du ihn gefunden hast, und bring ihn ja nicht zu mir! Der hat mir zu viele Gesichter. Man weiß nie so recht, wo man mit dem dran ist. Mir ist der aufrichtige Teufel da viel lieber. Von dem weiß ich wenigstens, daß er mich reinlegen will, und ich seh ihn schon meilenweit kommen.«

Charlene war schockiert. »Warum bist du so böse auf Gott?« fragte sie.

Mercury sank in ihrem Rollstuhl zusammen und rieb sich die kranken Knie. »Du würdest es mir doch nicht glauben, wenn ich es dir erzähle«, antwortete sie schließlich.

Das war ein seltener Augenblick für Charlene. Ihre Großmutter schien eher verletzlich als allmächtig. Aber sie wußte, daß Mercury sich erholen würde, deshalb ging sie weg. Sie würde den Fehler von vor sechs Jahren nicht wiederholen.

Charlene war damals elf Jahre alt gewesen, als die Arthritis in Mercurys Knien so schlimm wurde, daß sie in den Rollstuhl mußte. Charlene meinte, daß dies Mercurys Liebesleben beeinträchtigen würde, aber die jungen Männer setzten ihre Besuche fort, klopften weiterhin schüchtern an die Tür und kamen wie Schlafwandler herein.

»Warum kannst du deine Knie nicht heilmachen?« hatte Charlene ihre Großmutter eines Morgens gefragt, als sie ihr aus dem Bett in den Rollstuhl half.

Mercury antwortete erst, als sie sicher im Rollstuhl saß. »So funktioniert das nicht. Ich bin keine Wunderheilerin.«

Da beschloß Charlene, die Gesundheilerin in der Familie zu werden. Sie ging mit ihren Ersparnissen in die Stadt und kaufte ein Paket Fertig-Kitt. Spät am Abend formte sie aus der fleischfarbenen Masse die rundliche Figur ihrer Großmutter. Auf den kahlen Kopf der Figur drückte sie ein Büschel von Mercurys Haar, den sie aus ihrer Bürste gestohlen hatte. Dann fing Charlene an, die kurzen, spindeldürren Beine der Puppe zu bewegen, beugte und streckte sie wieder und wieder, um sie beweglich zu machen. Schließlich bettete sie die winzige Figur in eine leere Streichholzschachtel und legte ein Papiertaschentuch wie eine Decke über sie, bevor sie selbst zu Bett ging.

Am nächsten Morgen konnte Mercury nicht aufstehen und hieß Charlene, ihr eine Tasse beruhigenden Tee aus wilder Minze zu bringen. Charlene hatte noch nie erlebt, daß ihre Großmutter den Tränen so nah war.

»Das war vielleicht eine schlimme Nacht«, jammerte Mercury. »Mir ist, als wäre ich bei einem dieser verrückten Marathons mitgerannt.«

»Geht es deinen Knien kein bißchen besser?« fragte Charlene.

»Besser!« Mercury verschüttete ihren Tee. »Sehen sie besser aus? Fürcherlich sind sie!« Sie schob die Decke zur Seite, und Charlene fuhr zurück, als sie die geschwollenen Knie ihrer Großmutter sah, aufgedunsen und unförmig wie Teig.

*

Am Sonntag, dem letzten Tag des Powwows, wurden die Gewinner der Tanzwettbewerbe ermittelt. Herod Small War war bei den Männerdisziplinen zum Schiedsrichter in der Endauswahl bestellt worden, und während des Grastanz-Wettbewerbs beobachtete er Pumpkin sehr genau. Eine Gänsehaut überzog seine Arme und Beine. Ihm schien, als schaue er keinem Mädchen zu, sondern dem Geist des Grases, der sich durch einen sterblichen Tänzer offenbarte. Pumpkin hatte die Farbe brennenden Grases: Gras, das dem Himmel in einem Gebet dargeboten wird. Als das Lied endete, war Herod unfähig, die Gewinner für den zweiten und dritten Platz zu benennen, denn er hatte keinen außer Pumpkin tanzen sehen. Zum Glück gab es noch drei weitere Kampfrichter, die das Malheur wieder gutmachen konnten.

Als man die Namen der Gewinner ausrief, war niemand überrascht, daß Pumpkin als erste genannt wurde. Ihr Freund Rodney Hill wurde zweiter, so daß die beiden zusammen zwei Trophäen und 500 Dollar einheimsten. Mehr als genug, um sie zum nächsten Powwow zu bringen, das auf ihrer Reiseroute lag.

Bevor Pumpkin mit ihren Reisebegleitern weiterfuhr, kündigte der Zeremonienmeister ein besonderes Lied an, das zu ihren Ehren gespielt werden sollte. Harley hatte das veranlaßt. Er hatte dem Ansager mitgeteilt, daß Pumpkin im Herbst nach Stanford gehen würde, und der alte Mann war begeistert.

»Wir wollen es für dieses junge Menominee-Mädchen aus Chicago hören. Was für eine Leistung!« brüllte er ins Mikrofon. Die Zuschauer klatschten und pfiffen, die Trommler schlugen ihre Trommeln, jeder war stolz und reckte den Hals, um einen Blick auf Pumpkin zu erhaschen. Der Sprecher forderte die Chi-Town-Trommler auf, das Ehrenlied anzustimmen. Die Leute erhoben sich, und Pumpkin wurde in die Arena gedrängt. Sie tanzte eine Runde allein, dann schlossen sich ihr die anderen an. Sogar Charlene rückte ihre Stola zurecht und gesellte sich dazu.

Angehörige aller Stämme steckten Pumpkin Geld zu und schüttelten ihr die Hand. Schließlich gab ihr jemand einen Korb, den sie benutzen konnte, um die Gaben einzusammeln.

Harley tanzte etwa in der Mitte der Gratulantenreihe, so daß Pumpkin in der Arena erst einen Bogen machen mußte, bis sie ihm gegenüberstand. Auf ihrem Stirnband war in der Höhe ihrer Augenbrauen ein Kreis aus roten, orangefarbenen und gelben Perlen, und es sah aus, als gehe auf ihrer Stirn eine glühende Sonne auf. Ihr geflochtenes Haar hatte sich an manchen Stellen gelöst und glitzerte, als sei es mit Funken übersät. Harley dachte daran, was Pumpkin über das Anzünden von Freudenfeuern und das Aufschrecken bestimmter Mächte gesagt hatte. Aber er hatte keine Angst um sie, obwohl er glaubte, daß alle Geister, Engel und Götter im Umkreis von Meilen Pumpkins Schwingungen aufgefangen haben mußten und zum Powwow-Camp herangeschwebt waren, um Zeugen ihres Ehrenlieds zu werden. Er zweifelte nicht daran, daß sie kapitulieren und vor ihr her eilen würden, um ihr den Boden zu ebnen und die Hindernisse auf ihrem Weg in Staubpyramiden zu verwandeln.

Pumpkin ließ die Hill-Brüder das Fort-Berthold-Reservat ansteuern, das ungefähr 150 Meilen nordwestlich vom Dakota-Days-Powwow-Gelände lag. Sie hatten gehört, daß dort am folgenden Abend ein Adlerhaubentanz stattfinden sollte.

Die erste halbe Stunde war Pumpkin auf der Fahrt von ihren Freunden geneckt worden, weil sie die letzte Nacht fort gewesen war.

»*Du* bleibst doch selbst ständig über Nacht weg«, wand Pumpkin ein, als Twyla sie mit erhobenem Finger ermahnte.

»*Ich*, ja. Alle anderen auch. Aber du bist nicht wie die anderen.«

Pumpkin hielt die Powwow-Ankündigung mit Harleys Foto am unteren Rand fest in der Hand. Seine Augen blickten sie an, und sie erwiderte diesen Blick lange Zeit. Er hatte seine Adresse auf die Rückseite des Blatts geschrieben, und Pumpkin fuhr mit dem Finger ganz vorsichtig über die Buchstaben, um den schwachen Abdruck auf dem Papier zu spüren. Sie suchte danach, ob sie noch eine andere Bedeutung besaßen, eine, die sich durch das

Betasten der Worte erschloß. Sie fragte sich, ob sie die Nacht in dem verlassenen, von Schlamm umgebenen Haus nur geträumt hatte. Hatte sie Harley wirklich ein Stück ihrer Seele gegeben? Pumpkin hätte die Erinnerung daran gerne ausgekostet, wollte sie immer wieder in Gedanken durchgehen, bis sie verstehen würde, was geschehen war. Sie wollte die merkwürdigen und unvermuteten Zusammenhänge herauskriegen. Aber Twyla zappelte neben ihr auf dem Rücksitz herum und machte es Pumpkin schwer, sich zu konzentrieren.

In der Nähe von Mandaree im Fort-Berthold-Reservat wich die Ebene steilen Hügeln, an deren Hängen dunkle Streifen zu erkennen waren, die Pumpkin an jene alten Zeiten erinnerten, in denen dieses Land von Wasser bedeckt war.

»Das stand einmal alles unter Wasser«, murmelte Pumpkin. Die Streifen waren rot, orange- und erikafarben. Lila Beifußsträucher wuchsen an den Hängen, und das Gras auf den Kuppen war saftig grün.

»Hättet ihr gedacht, daß die Farben so leuchtend sind?« fragte Pumpkin, aber niemand gab Antwort. Twyla und Rodney waren eingeschlafen, und Nathan konzentrierte sich auf die gewundene Straße, die sich durch die Hügel zwängte.

Pumpkin hatte von Muscheln gehört, die man im Gras finden konnte, wenn man suchte; röhrenförmige Muscheln, die viele der älteren Sioux-Kostüme schmückten. Der Wind war wie Wasser, er klatschte durch die offenen Wagenfenster, und Pumpkin meinte, den Ozean zu schmecken. Tatsächlich war es der Geruch von Regen, der in den Wagen drang und sogar Twyla und Rodney aufweckte. Die Reisenden fuhren in einen Regenschauer, der so heftig war, daß Pumpkin fürchtete, er würde das Wagendach eindrücken. Das Auto schoß über die glitschige Straße und fuhr immer schneller.

»Fahr langsamer!« schrien die Mitfahrenden auf Nathan ein, doch als er auf die Bremse trat, verlor er die Kontrolle über den schlingernden Wagen.

Zum ersten Mal in ihrem Leben hatte Pumpkin keine Angst, weil der Augenblick so schrecklich war, daß er sie in Hochstimmung versetzte. Das Auto schoß über den Felsrand, die Räder drehten sich wie Propeller, und Pumpkin flog im Auto hinaus in die Badlands.

Rodneys Trophäe segelte aus seiner Hand durch das offene Fenster, und Pumpkin sah ihr nach, wie sie durch die Luft glitt und sich dabei überschlug. Sie nickte lächelnd und schleuderte auch ihre Trophäe aus dem Fenster, gerade so wie man unnötigen Ballast über Bord wirft.

Das Auto landete schließlich auf der Kühlerhaube und schob sich wie eine Ziehharmonika zusammen. Aber Pumpkin flog noch immer. Sie streifte ihre Ängste und Unsicherheiten ab wie alte Häute und verflüchtigte sich zu einem kühlen, weichen Dunst. Pumpkin verschmolz mit dem Himmel, und deshalb fiel sie nie herunter.

Harleys Zunge war wie gelähmt, als er von dem Unfall hörte. Herod, Frank und Leonard überbrachten ihm die Nachricht zu Hause. Ihre Stimmen wollte ihnen nicht so recht gehorchen; zu dritt mußten sie die Geschichte zusammenstammeln, der eine fuhr da fort, wo dem anderen die Stimme versagt hatte.

Die Worte ließen Harley felsenschwer werden. Er hatte das Gefühl, daß Sand aus seinen Augenhöhlen strömte, sich in seinen Körper ergoß und ihn von oben bis unten anfüllte, so als wäre er nichts weiter als ein nutzloser Sack. Chuck Norris winselte zu Harleys Füßen und wollte auf seinen Schoß springen, um Harleys Gesicht mit der Zunge wieder zum Leben zu erwekken, aber Harley stemmte die Fäuste wie Felsblöcke auf die Oberschenkel. Schließlich gingen die Männer, und Lydia setzte sich an ihrer Stelle an den Küchentisch. Sie schwieg wie immer, aber ihre Anwesenheit schien den Raum zu erwärmen.

Als Harley ein paar Stunden später in der Lage war aufzustehen, hatte er das Gefühl, seine Glieder trieben von ihm fort, nachdem der Sand zwischen seinen Zehen herausgetreten und auf den Boden gerieselt war. *Wieder leer*, dachte er, als er zum Arzneischränkchen ging.

Dort waren die Stifte, und er begann zu malen. Weil er nicht weinen konnte, zeichnete er die Tränen, die aus seinem Herz gespült worden waren. Er malte mehr Tränen als je zuvor, Schicht um Schicht schwarze Tropfen, bis sie ineinander verschmolzen und einer Kriegsbemalung glichen.

Eine Stimme in seinem Kopf flüsterte: *Ich bin ein Teil von dir, ob du's willst oder nicht.* Und die plötzlich fließenden Tränen gruben Spuren in die Farbe.

Ich würde dich zurückgeben, wenn es etwas helfen würde, antwortete er. *Ich würde dich zurückgeben.* Aber seinen Brustkorb wärmte eine rotgoldene Flamme, und nicht einmal seine salzigen Tränen konnten sie auslöschen.

In der Nacht nach dem Unfall träumte Charlene, daß sie und Pumpkin in der Endausscheidung eines Wettbewerbs im Buchstabieren standen. Beide waren sie ungefähr zehn Jahre alt und hatten marineblaue Faltenröckchen mit Trägern an. Die Rückseite von Charlenes Beinen juckte, und als sie auf ihre Füße schaute, stellte sie fest, daß ihre Schuhe ausgetreten waren. Sie konnte nicht aufhören, unbehaglich hin und her zu rutschen.

Pumpkins rotes Haar war zu einem kunstvollen Zopf geflochten, und ihre grünen Augen sprühten Funken aus orangefarbenem Licht. Charlene merkte, daß Pumpkin gewinnen würde. Ihre Hände waren schüchtern hinter dem Rücken verschränkt, und obwohl sie versuchte, ihren Mund nicht zu bewegen, spielte immer wieder ein Lächeln um ihre Lippen.

Mercury hielt die Prüfung ab und schwang auf ihrem Rollstuhlthron einen Stock. Sie zeigte damit auf Pumpkin. »Buchstabiere *Gras*«, sagte sie.

»Das ist zu leicht«, protestierte Charlene, aber Mercury brachte sie mit einem Schwung ihres Stockes zum Schweigen.

»Wir warten«, sagte Mercury freundlich.

Pumpkin verzog ihr sommersprossiges Gesicht zu einem Lächeln und hob ihre Hände. Sie öffnete den Mund, um das einfache Wort zu buchstabieren, aber kein Laut war zu hören.

»Na los. Das ist ein ganz leichtes Wort mit vier Buchstaben. Mach schon und buchstabier's.« Charlene dachte, Pumpkin mache eine Pause, um die Spannung zu erhöhen.

Pumpkin öffnete wieder den Mund, und ein Schwarm winziger, fingerhutgroßer schwarzer Vögel flatterte heraus. Sie schossen nach vorn, prallten aber gegen eine Glasscheibe, die nicht einmal Charlene gesehen hatte. Jedesmal, wenn Pumpkin die Lippen öffnete, kamen Vögel heraus und wurden zerschmettert.

»Halt!« schrie Charlene den arglosen Vögeln und Pumpkin zu. »Hör auf, sie umzubringen!«

Aber Mercury hatte sich umgedreht und rollte bereits fort, den Stock zwischen den Zähnen, um die Hände frei zu haben.

Als Charlene zitternd erwachte, konnte sie sich nicht mehr an den Traum erinnern. Aber eine Frage, die sie so tief ihrem Bauch entrang, daß ihr ganz schlecht wurde, wußte sie noch: *Hat Mercury es getan? Hat sie es für mich getan?*

Herod Small War bat Harley und Frank, ihn hoch nach Fort Berthold zum Unfallort zu fahren.

»Ich möchte für diese Kinder ein Gebet sprechen«, sagte er zu den Jungen. »Sie kommen den weiten Weg hierher, sind so fern von der Heimat, und ihre Seelen irren vielleicht in den Bergen umher und finden nicht mehr nach Chicago zurück.«

Unterwegs kamen sie an Dutzenden von weißen Kreuzen vorbei, jedes davon Zeuge eines tödlichen Verkehrsunfalls. Daß so viele Indianer ihr Leben auf den Straßen ließen, war bekannt, aber bei den meisten Unfällen war Alkohol im Spiel.

Harley hatte nicht vorgehabt, Chuck Norris mitzunehmen, aber der kleine Hund hatte darauf bestanden und nach Harleys Knöcheln geschnappt, als er weggehen wollte. Chuck hatte Harley seit dem Unfall nicht aus den Augen gelassen. Die Sitzbank des Pickups war so voll, daß Chuck auf Harleys Schoß sitzen mußte, die Vorderpfoten auf dem Steuerrad, als sei er der Fahrer.

»Hier ist es«, sagte Herod, als sie in der Nähe von Mandaree waren. Harley fuhr den Wagen an den Straßenrand, und die drei Männer stiegen aus. Harley hielt Chuck die Tür auf, aber der wollte nicht herausspringen.

»Kommst du jetzt?« fragte er ungeduldig. Chuck zog sich mit zitternden Knien und gesenktem Kopf von der Tür zurück.

»Dann bleib drin«, sagte Harley und schlug die Tür zu.

Herod schien erleichtert, als er sah, daß die versengte Erde von einem breiten Streifen flachen Präriegrases umgeben war. Er zupfte Harley am Ärmel und zog ihn näher zu sich, damit er dasselbe sah.

»Schau doch!« rief er und zeigte auf die verwüstete Stelle. »Das können nicht alles die Rettungsleute gewesen sein.«

Harley und Frank verstanden nicht. Geduldig warteten sie auf eine Erklärung.

»Das erinnert mich an die Powwow-Plätze, als ich noch klein war. Die Grastänzer von damals haben ganze Arbeit beim Plattstampfen der Prärieböden geleistet. Sie gingen durch die hüfthohen Halme, als wateten sie durch einen Fluß, und das Gras legte sich wie von selbst zu Boden. Ganz wie von selbst.« Wieder deutete Herod auf die plattgewalzte Fläche, die sich über die Stelle des Aufpralls hinaus erstreckte.

»Was willst du damit sagen?« fragte Frank. »Wer soll das denn gemacht haben?«

»Diese Kinder. Diese vier Menominees. Jetzt sind sie die wahren Grastänzer. Jetzt wissen sie wirklich, wie man den Weg bereitet.«

Frank schaute skeptisch, aber Harley glaubte dem alten Mann, denn als er sich zum letzten Mal umsah, bevor er in den Wagen stieg, meinte er vier Gestalten zu erblicken, die anmutig wie Wellen das Gras zu einem Teppich tanzten.

Das Christentum kommt zu den Sioux

(1977)

Harley Wind Soldier saß auf einem harten Metallstuhl, der ihn wie ein Folterinstrument festhielt. Seine Ellbogen waren auf ein schmales, an den Stuhl geschraubtes Brett gestützt, das als Schreibunterlage diente. Harley und seine Klassenkameraden hatten, obwohl sie im Kreis angeordnet waren, die Augen wie gewohnt auf die Lehrerin gerichtet, die mit übereinandergeschlagenen Beinen auf dem Pult saß.

Jeannette McVay, die in der achten Klasse der Saint Mary's School Sozialkunde unterrichtete, hatte die hellste Hautfarbe im Klassenzimmer, obwohl sie den Sommer damit verbracht hatte, auf einer Metallfolie in der Sonne zu braten. Sie wandte sich an ihre Dakota-Schüler mit – wie sie hoffte – aufmunterndem Mitgefühl: »Ihr fragt euch wahrscheinlich, warum ich eure Stühle umgestellt habe«, sagte sie. »Ich fand einen Kreis einfach passender, wo euer Volk doch eine zyklische Weltanschauung hat. Und weil es hier um Geben und Nehmen geht und ich genauso damit rechne, von euch zu lernen, wie ich mein Wissen mit euch zu teilen hoffe, will ich die Welt zur Abwechslung einmal mit euern Augen sehen. Spannend, oder?«

Harley Wind Soldier scharrte mit den Füßen und starrte auf seinen großen Zeh, der aus einem Loch in seinen Basketballschuhen herausschaute. Er war erst vierzehn, aber er erfaßte die Absicht der Frau. Er fand sie *unšika*. Bedauernswert. Er sah, daß violette Halbmonde unter einer Tünche von flüssigem Make-up im Gesicht seiner Lehrerin blühten: Die frischen Blutergüsse stammten ohne Zweifel von ihrem Freund Virgil Ribs. Unter dem rechten Auge war eine kleine Wunde, die Jeannette zu verbergen versuchte, indem sie das Kinn in die Hand stützte und mit den Fingern die Stelle kaschierte. Aber Harley hatte die schorfige Narbe erspäht. Er hoffte, daß sie zurückschlug.

Ich wette, die hat auch noch Mitleid mit Virgil, wenn er sich an ihr die Fäuste wundschlägt. Er tut ihr leid, nur weil er Indianer ist, dachte Harley.

Jeannette McVay saß einem Zimmer voller träger Kinder gegenüber, deren bronzene Gesichtsfarbe und glattes schwarzes Haar sie bewunderte, obwohl die Mädchen sich ihrer Meinung nach das Haar mit fransigen Stufenschnitten ruiniert hatten, die ihr Gesicht wie schwarze Flügel umrahmten; eine Sioux-Version des Farrah-Fawcett-Looks. Sie selbst färbte ihr Haar passend zu ihren Schülern kohlrabenschwarz, auch wenn Virgil behauptete, sie sähe damit aus wie für Halloween verkleidet.

Jeannette fragte sich oft, was sie in dieser abgelegenen Gegend hielt, wo sie befürchten mußte, für immer eine Fremde zu bleiben. Die Antwort, die ihr am häufigsten einfiel, war: *die Kinder. Wer kann ihnen den Reichtum, der in ihrer Armut liegt, besser begreiflich machen als ein Außenseiter?* Jeannette liebte ihre Schüler abgöttisch, betrachtete sie als kleine Exilkönige. Auf ein kleines Bord, das in die Wand hinter ihrem Pult eingelassen war, hatte Jeannette die gesammelten Werke von James Fenimore Cooper gestellt. Sie las ihren Schülern laut aus den Büchern vor und bemerkte es nicht, wenn sie sich untereinander augenrollende Blicke zuwarfen.

Eines Tages, als Jeannette eine besonders lange Passage aus *Die Prairie* vorgelesen hatte und von ihrem Buch aufschaute, stand Frank Pipe vor ihr. Er leckte sich über die Lippen und zeichnete leere Kreise auf die glatte Oberfläche ihres Pults.

»Ja?« ermunterte sie ihn.

Frank räusperte sich. »Wir haben uns gedacht«, er schaute um sich, schien zu finden, was er suchte, und wandte sich wieder der

Lehrerin zu. »Könnten Sie statt dem Zeug hier nicht vielleicht was von Vine Deloria vorlesen?«

Jeannette nahm ihren Stift und schrieb den Namen auf einen Block. »Und wer ist das?« fragte sie liebenswürdig.

Frank schaute ihr zum ersten Mal direkt in die Augen. »Er ist unser Cousin«, sagte er.

Von dem Tag an tauchte Jeannette McVay in die Literatur der Indianer ein. James Fenimore Cooper brachte sie zu einem Second-Hand-Laden in Bismarck. Jeannette wurde mehr Sioux als ihre Schüler, die sie nicht mehr mit dem Namen anredete, weil das, wie sie gelesen hatte, bei früheren Generationen nicht üblich war. Wenn sie hörte, daß die Kinder sich untereinander riefen und gedankenlos ihre Namen aussprachen, schimpfte sie.

»Eure Vorfahren haben das nicht getan. Ihr solltet zu den alten Bräuchen zurückkehren. Sie sind so schön.«

Schließlich hatte sie ihre Schüler in einen Kreis gesetzt, um ihren Gedanken die richtige Richtung zu geben. Vielleicht funktionierte ihre Idee sogar, denn Harley Wind Soldier achtete jetzt nicht mehr auf Jeannettes verletztes Gesicht oder das trübe Klassenzimmer. Seine Gedanken wanderten zu dem schlammig gelben Missouri. Er saß oben auf einer steilen Uferböschung im frischen Gras. Er verschloß die Ohren vor der Stimme seiner Lehrerin, ignorierte ihre langen Ostküstenvokale und lauschte statt dessen dem Lied des langsam dahinströmenden Wassers.

Harley erinnerte sich an eine Wanderung, die er mit seinem Freund Frank Pipe und dessen Großvater, Herod Small War, vor genau einer Woche unternommen hatte. Herod hatte sie zum Ufer geführt und den Fluß hinuntergedeutet.

»Von da kam das Christentum«, hatte er zu den Jungen gesagt. Harley blinzelte auf das Wasser und stellte sich Jesus vor, wie er auf einem Floß flußaufwärts stakte. Seine Füße in den Sandalen waren naß von der schäumenden Gischt oder – falls er bei Niedrigwasser reiste – vom Gang über die Sandbänke, auf denen seine Schritte keine Fußabdrücke hinterließen.

»Wie meinst du das?« hatte Frank Pipe gefragt.

»Na, ich sehe das so.« Der alte Mann führte seine Handflächen aneinander und rieb sie gedankenverloren. Harley hörte ein trockenes Rascheln: das Geräusch von dürrem Laub. »Eines Tages schaffte es ein Dampfschiff den Missouri herauf, mit Hilfe von Pfählen, um über die Sandbänke zu kommen. Es brachte das erste Klavier in diese Gegend, das erste, dessen Klang unser Volk je vernahm. Die Menschen fanden Gefallen an dieser Musik, wahrscheinlich weil sie voller Dramatik ist, ihr wißt ja, wie wir sind, immer für ein großes Spektakel zu haben. Dieser Klang ließ sie, besser als jedes Priesterwort, an das Himmlische glauben. Sie konnten es ja schließlich hören, nicht wahr? Nachdem dieses Klavier und die ganze Kirchenmusik unseren Stamm erreicht hatten, gab es viele, die in die Kirche eintraten und Choräle in unsere Sprache übersetzten.«

Herod ging ans Wasser, sagte ein paar Worte, so leise, daß die Jungen sie nicht hören konnten, und ließ eine Prise Tabak in den Missouri fallen.

»Was war das?« fragte sein Enkel, als er zurückkam.

»Ich habe nur zu *Wakan Tanka* gesagt, daß ich ihn nicht vergessen habe. Ich bin nicht den Weg des Dampfers und des großen Klaviers gegangen. Ich höre auf seine Stimme und die Musik, die er im Wasser und durch den Wind macht.«

Harley hatte sich ein paar Schritte von Herod und seinem Freund entfernt, damit er nur noch den Fluß sah. Er hielt Ausschau nach dem Dampfschiff, überzeugt, das Klavier auf Deck zu sehen und die mitreißenden Akkorde zu hören, die ein rastloser Passagier anschlug. Aber das Wasser strömte schifflos dahin, und Herod Small War sagte zu Harley, daß es Zeit sei zu gehen.

»Ich finde, wir sollten uns ein paar Geschichten erzählen.« Die Stimme seiner Lehrerin holte Harley vom Fluß fort und brachte ihn in die Langeweile und verbrauchte Luft des Klassenzimmers zurück.

Jeannette McVay erklärte ihr Vorhaben näher: »Ich möchte gerne von jedem im Laufe der nächsten beiden Tage etwas hören. Jeder Schüler in diesem Raum ist ein Gefäß der uralten

Weisheit. Ich weiß, daß sie in euerem tiefsten Innern schlummert. All die Geschichten, die ihr gehört habt, Gebete, die ihr gelernt habt, oder Bräuche, die ihr für ganz selbstverständlich haltet. Die werden wir jetzt aus euch herausholen.«

Jeannette stieß ihre weiche Faust in die Luft und zog sie mit einem Ruck wieder zurück. Harley fand, daß es aussah, als betätige sie die Toilettenspülung.

»Wir werden hier außergewöhnliche Geschichten erzählen und unsere Art, die Welt zu betrachten, bestätigt finden. Eure Beiträge sind wertvoll.« Sie zeichnete Kreise in die Luft. »Wertvoll und notwendig, und, da bin ich sicher, überzeugend. So, jetzt geht's los. Du.« Jeannette deutete auf Frank, da sie seinen Namen nicht nennen durfte.

Frank Pipe fummelte an seinen langen Zöpfen, bohrte die Finger durch die geflochtenen Strähnen und zog daran, dann wickelte er die losen Spitzen wieder und wieder um seinen Zeigefinger.

Jeannette forderte ihn auf, sich in die Mitte des Kreises zu stellen, weil, wie sie sagte, »auf diese Weise in früheren Zeiten die Versammlungen eures Volkes abgehalten wurden«.

Frank fühlte bei seinen Klassenkameraden Anteilnahme und Furcht vor dem eigenen Auftritt. Er holte tief Luft und begann mit einer Geschichte über Iktomi, die durchtriebene Spinne, die klug und unvorsichtig zugleich war und deren Abenteuer der Belehrung dienten. Frank hielt das für Kinderkram, aber er wußte, seine Freunde verstünden, wie unpassend es wäre, wenn er öffentlich über die Zeremonien seines Großvaters sprechen oder vor allen anderen sein Innerstes preisgeben würde. Während er sprach, fiel ihm eine andere Geschichte ein, die er Harley vielleicht eines Tages nach einem wilden Baseballspiel erzählen würde, wenn sie beide wie erschlagen auf dem Boden lägen und die Dachsparren der Turnhallendecke zählten.

Es war eine Erinnerung aus seiner Kindheit an eines der ersten Male, als er einer *Yuwipi*-Zeremonie seines Großvaters beiwohnte. Herod sollte einen rätselhaften Vorgang aufklären.

Irgend jemand tötete systematisch die Hunde im Reservat, ein Tier pro Woche, strangulierte sie und ließ die leblosen Körper im Hof der Besitzer zurück. Der Mörder schoß auch auf Kojoten und legte die Kadaver in Schuppen und Keller. Die Dakota lieben ihre Hunde und haben Respekt vor den zähen Kojoten; Herod sollte den Täter finden.

Die Zeremonie begeisterte Frank, auch wenn er sich dabei zitternd an seine Mutter drückte. Die Lichter waren fast den ganzen Abend über gelöscht und die Fenster mit schweren Decken zugehängt. Die Geister waren laut, als sie kamen, und boshaft; den einen zogen sie an den Haaren, einem anderen hielten sie die Rassel so nah ans Ohr, daß er erschrak.

Nie würde Frank Pipe das Geräusch von berstendem Glas in dem dunklen Raum vergessen. Irgend etwas war durch das Fenster hinter ihm hereingestürzt, und Frank hatte Glück, daß die davorhängende Steppdecke den größten Teil der herumwirbelnden Glassplitter abfing. Im Mondlicht erkannte er plötzlich, daß es der mächtigste Kojote war, den er je gesehen hatte, groß wie ein Pony. Der Kojote stürzte sich auf einen der Anwesenden, und obwohl man versuchte, ihn festzuhalten, wurde das Opfer wie ein Knochen weggetragen. Sein Kopf krachte gegen den Fensterrahmen, als der Kojote in die Nacht hinaussprang. Leo Mitchells Leiche wurde dann am nächsten Tag am Fuße des Angry Butte gefunden, von bleistiftdicken Bißwunden übersät.

Herod sagte: »Den Geistern genügte es nicht, den Menschen, der diese schrecklichen Dinge getan hatte, zu entlarven. Sie wollten Vergeltung.«

Frank hatte nie herausgefunden, warum Leo Mitchell, ein als sanftmütig bekannter junger Mann und gewandter Hoop-Tänzer, es auf die Hunde abgesehen hatte. Aber er hatte etwas über die schnelle Rache erfahren, zu der Geister fähig waren. Er fragte sich, wie Jeannette die Geschichte aufnehmen würde. Würde sie ihm vorhalten, geträumt zu haben, oder würde sie annehmen, er sei verrückt?

Frank beendete seine Erzählung über Iktomi und kehrte an seinen Platz zurück.

»Vielen Dank für dieses faszinierende Gleichnis!« sagte seine Lehrerin begeistert. Und einen Moment lang fragte sich Frank, ob sie die Spinne oder den Kojoten meinte.

»Wen wollen wir als nächstes aufrufen?« Jeannettes Blick schweifte über die Gruppe und blieb an Charlene Thunder hängen, die in ein altmodisches Kleid gezwängt war, das ihre Großmutter genäht hatte. Winzige Narzissen waren über ihre kräftige Figur verteilt, über ihrem Bauch spannte sich ein Feld von Blumen. Sie steckte die Hände tief in die aufgesetzten Taschen, um ihre Finger zu verbergen, denn noch vor ein paar Sekunden hatte sie so heftig an ihrer Nagelhaut gekaut, daß sie blutete.

»Nimm dir Zeit«, ermutigte Jeannette sie. »Fang einfach an, wenn du soweit bist.«

Charlene stand im Kreis mit dem Rücken zu Harley Wind Soldier, weil er ihr Schwarm war. Sie konnte es nicht ertragen, daß er sie genauer ansah und dabei die Kratzer auf ihren kurzen Beinen entdeckte, die von den Streifzügen querfeldein – mit Rock und ohne Strümpfe – herrührten. Auch ihre abgetragenen Halbschuhe mit den schiefen Absätzen versuchte sie zu verbergen.

Charlene flüsterte fast. Sie erzählte der Klasse eine einfache Geschichte über eine Dakota-Frau, die so unglücklich war, als ihr Mann sich eine zweite Ehefrau ins Haus nahm, daß sie so lange schmollte, bis sie zu Stein wurde. Charlene vermutete, daß ihre Mitschüler über sie grinsten; sie wußten schon viel zuviel über sie, kannten die vielen Geschichten und zahlreichen Legenden über Mercury Thunders Zauberkräfte und ihre Wirkungen. Es waren Dinge, über die es Charlene schwerfiel zu sprechen, daher erzählte sie ihre Geschichte von der bestraften Frau nur ganz leise und dachte dabei die ganze Zeit an ihre Großmutter und wie *die* wohl jemand anderen in einen Fels verwandeln würde. Ihre eigene Haut jedenfalls würde sie dabei ganz sicher zu retten wissen.

Charlene dachte an einen Wintertag vor drei Jahren zurück, als Mercury Thunder beschlossen hatte, ihr Haus so zu beleuchten, daß es in der Form eines Sternbildes über die Plains strahlte. Eine Eisschicht überzog ihr raffiniertes zweistöckiges Walmdach, aber Mercury blieb dabei: Sie wollte die Lichter anbringen. Nachdem er eine Portion ihrer köstlichen Maissuppe verdrückt hatte, die sie mit getrockneter Petersilie aus ihrem Garten bestreut hatte, war ein junger Mann names Luther Faribault zu allem bereit. Er bestieg Mercurys Dach, die von der alten Frau in einem Ramschladen in Bismarck erstandene Weihnachtslichterkette über der Schulter. Charlene verfolgte in panischer Angst, wie seine Füße abrutschten und er nur noch mit den Fingern an der Dachschräge hing. Dann, beim nächsten Schritt, glitten seine Hände von dem unsicheren Halt ab, und nur seine gutplazierten Zehen, die sich ins Eis bohrten, retteten ihn vor dem Absturz.

Er hatte den tückischen Dachfirst erreicht und war gerade dabei, die Lichter anzubringen, als er sich zu sehr zur Seite neigte und stürzte. Er landete auf dem Rücken und konnte einen Augenblick lang nicht atmen. Mercury stand mit neugierig blinzelnden Augen über ihm, während Charlene neben ihm im Schnee kniete und Tränen ihr über die kalten Wangen rannen.

»Glück gehabt«, sagte Luther schließlich.

»Was?« Das Mädchen beugte sich weiter hinunter.

»Der Schnee hat mir das Leben gerettet.« Luther rappelte sich auf und stapfte den Schnee von den Stiefeln. Er schien unverletzt zu sein, bis auf die linke Schulter, die er sich ausgerenkt hatte.

»Du gehst besser zum Indian Health«, sagte Charlene zu ihm.

Luther schüttelte den Kopf. »Nein, ich mach jetzt noch einen Versuch.«

Charlene wandte sich an ihre Großmutter, weil sie sah, daß Luther Faribault irgendwo hinter seinen Augen versunken war und nur von Mercurys Wünschen gesteuert wurde. »Erlaub es ihm nicht!« flehte sie.

Die alte Frau legte ihre schwere Hand auf Charlenes Kopf und sagte: »Aber es wird so hübsch aussehen.«

Noch einmal bestieg Luther Mercury Thunders Haus, und er konnte nun dabei nur noch einen Arm benutzen. *Die Geister müssen Erbarmen mit ihm haben*, dachte Charlene, als er es irgendwie schaffte, die Lichterkette zu befestigen.

»Ich denke, über diese Geschichte müssen wir ein wenig reden«, sagte Jeannette zu ihrer Klasse und schreckte Charlene auf.

Sie ging zu ihrem Stuhl zurück. Das Bild vom funkelnden Dach ihrer Großmutter brannte in ihren Augen.

»Toll«, fuhr Jeannette fort. »Das ist ideal für eine echte Diskussion.« Sie rutschte von ihrem Pult und lehnte sich dagegen, den Blick auf ihre spitzen Stiefel geheftet. »Ich möchte gerne wissen, was die Mädchen über die schwierige Lage dieser Frau denken. Welche Alternativen hatte sie denn, als die zweite Ehefrau einzog?«

Jeannette versuchte tapfer, mit ihrer Klasse ein Gespräch über den alten Dakota-Brauch der Vielweiberei zu beginnen. Aber die Schüler zu einer Äußerung zu bewegen, war etwa so leicht, wie eine zappelnde Seeforelle aus dem Wasser zu ziehen. Einigen von ihnen war das alles völlig gleichgültig. Sie hatten nicht das geringste Interesse an diesem Thema, das sie für ein unwichtiges Detail ihrer Geschichte hielten. Andere waren der Meinung, ihre Lehrerin würde die Vielschichtigkeit der Beziehungen innerhalb eines Stammes nie verstehen – daß eine Frau, die geknechtet und den Launen ihres Ehemannes ausgesetzt zu sein schien, durchaus in der Lage war, den Spieß umzudrehen, sich eines Tages im Kampf neben ihn zu stellen, wenn sie wollte, und daß sie ihm befehlen konnte, das Haus zu räumen, das einzig ihr Besitz war.

Das ist kompliziert, überlegte Harley Wind Soldier, nicht willens, es weiter zu erklären.

Die Dinge sind oft nicht so, wie sie erscheinen, dachte Frank Pipe im stillen.

Und Charlene sah nur ihre Großmutter vor sich – als aufgeplustertes, majestätisches Beifußhuhn, als Raubfliege, als steil aufragenden Berg –, wie sie ihre langen Arme um die Erde schlang und sie so fest zusammendrückte, daß ihre Feinde in die endlose Weite des Weltalls wirbelten.

Am nächsten Tag rief Jeannette Harley auf. Er war der größte Schüler der Klasse und stand in der Mitte wie eine steife Rote Zeder. Er schaute auf den Boden und versuchte, in seinem trockenen Mund Speichel zu sammeln. Harley wußte nicht, was er sagen sollte. Er war nicht in einem Haus aufgewachsen, in dem gesprochen wurde, er konnte keine Geschichten wiedergeben, die seine Mutter ihm erzählt hatte. Was er tat, überraschte ihn selbst. Er erfand eine Geschichte. Sie handelte von einem einsamen Krieger, der wegen seiner Schwäche für Lügengeschichten von seinem Stamm ausgestoßen worden war. Für den Krieger waren es von Anfang an Märchen gewesen, aber er trug sie so überzeugend vor, daß sich seine Zuhörer immer wieder mitreißen ließen, nur um am Ende der Erzählungen festzustellen, daß sie erfunden waren. Bald wollte ihm niemand mehr zuhören, und er zog allein durch die Prärie und erzählte seine Geschichten dem Wind und dem Gras. Die Geschöpfe aber, die nicht menschlich waren und nicht hinter der Wahrheit herjagten, schätzten seine Anekdoten und blieben unauffällig in seiner Nähe, um nichts zu verpassen. Sie beschlossen, ihm für die vielen angenehmen Stunden, die er ihnen geschenkt hatte, zu danken, und so diente ihm jede Nacht ein anderes Tier als Führer durch ihre Welt. Er rieb sich mit den Bären den Rücken an den Bäumen, grub mit den Präriehunden Tunnel in die Erde, durchmaß die Lüfte mit den Habichten und lief mit den Maultierhirschen auf den Grasflächen um die Wette. Schließlich kehrte er heim zu seinem Stamm und erzählte, was er erlebt hatte. Die Leute lachten – sogar seine Nachbarn und seine Cousins. Seine Onkel sagten zu ihm: *Du machst uns Schande.* Der Krieger wurde verspottet, bis schließlich die Geschöpfe, die nicht menschlich waren, aus dem ganzen Lande kamen und sich um ihn versammelten. Ein Adler ließ sich auf seiner Schulter nieder und maß die

Leute mit zornigem Blick, Grashüpfer ritten auf dem Spann seiner Füße, ein grauer Präriefuchs tadelte die Menschenmenge mit einem kurzen Heulen. Die Tierversammlung ernannte den Krieger zu einem der Ihren und nahm ihn in ihre Gesellschaft auf. Da ging er weg und kehrte nie wieder zurück, auch wenn einige sagten, daß er gelegentlich seinesgleichen folgte, aus Sehnsucht nach einem Gespräch.

Harley zuckte am Ende mit den Achseln und ließ sich auf seinen Stuhl fallen.

»Wie wundervoll«, seufzte Jeannette. »Und wie traurig. Wo kommt die her?«

Harley kratzte an einem harten Kaugummiklumpen, der unter seinem Stuhl klebte. Erneutes Achselzucken.

»Einfach irgendwo gehört?« fragte Jeannette.

Er nickte als Antwort, weil er sich in Wahrheit so leer fühlte, daß er glaubte, die Geschichte müsse von irgend jemandem, nur nicht von ihm selbst gekommen sein.

»So, eure Lehrerin hat euch also Geschichten erzählt?« fragte Herod Small War.

»Nein, sie hat *uns* welche erzählen lassen«, antwortete Frank Pipe.

Herod, sein Enkel und Harley waren dabei, den Hof vor der Hütte des alten Mannes aufzuräumen. Als Herods Frau Alberta ihnen Limonade brachte, machten sie eine Pause und saßen gemütlich neben der Hintertür.

»Ich will dir was erzählen«, sagte Herod zu Harley. »Ich habe in letzter Zeit fast jeden Tag an einen deiner Vorfahren denken müssen. Wahrscheinlich ist er es leid, darauf zu warten, daß ich spreche, daher plagt er meine Gedanken.«

Harley saß auf dem Boden, den Rücken zur Hüttenwand.

»Der, den ich meine, ist dein Onkel, Ghost Horse. Genaugenommen ist er der Bruder deines Ururgroßvaters. So weit geht das zurück.«

Harley nickte; er hatte den Namen schon einmal gehört.

»Dieser Onkel von dir hatte einen mächtigen Traum, in dem ihm die Donnervögel erschienen sind. Weißt du, was das heißt?«

»Ja«, sagte der Junge.

»Natürlich. Er mußte *heyo'ka* werden. Und das ist schwer.« Herod beschrieb mit dem Daumen gezackte Linien auf seinem Arm. »Er malte sich das Zeichen des Blitzes auf Arme, Beine und auch aufs Gesicht. Er tat immer das Gegenteil von dem, was man normalerweise macht, und sagte, was er nicht meinte.«

Harley sah auf. »Er log also?«

»Nein.« Der alte Mann schüttelte den Kopf. »Er sagte nur alles in umgekehrter Bedeutung. Aber jeder wußte das und verstand, was er eigentlich meinte.«

Harley zog seine Finger durch den Staub und hinterließ Spuren, die wie parallel verlaufende Blitze aussahen.

»Dieser Mann war furchtlos und riskierte auf dem Schlachtfeld viel. Dein Vater war auch so. Du stammst von einem alten Geschlecht von Kriegern ab.«

Harleys Atem stockte bei der Erwähnung seines Vaters, dem Mann auf dem Foto, der ihn nie in den Armen gehalten hatte. »Er hat gekämpft?« Harley brachte es nicht fertig, *mein Vater* zu sagen.

»O ja. In Korea. Und einige würden sagen, auch hier.« Der alte Mann hustete in die Hand und erhob sich umständlich. »Ghost Horse, laß mich jetzt in Ruhe«, schimpfte er. »Ich habe deinem Nachkommen deinen Namen genannt.«

Frank Pipe fand, daß Harley Wind Soldier unerträglich geworden war. Er imitierte das widersprüchliche Verhalten seines Vorfahren. Frank ärgerte sich nicht nur über das seltsame Benehmen, sondern auch über die Tatsache, daß Harley vor keinem Respekt hatte, sondern so tat, als treibe er ein Spiel. Es war Ende September und immer noch ziemlich warm, aber Harley lief fröstelnd in einer Windjacke herum und blies sich in die Hände.

»Ist ja so kalt«, behauptete er. »Frier mich noch zu Tode.« Er hatte sich mit einem Kugelschreiber Blitze auf Arme und Beine gemalt, die wie blaue Tätowierungen aussahen. Und wenn er jetzt auf den Basketballkorb warf, zielte er, anstatt ins Netz, auf den Rand und fluchte, wenn der Ball sauber durch den Ring flog.

»Spiel richtig«, sagte Frank ärgerlich. Aber Harley schien nichts zu hören.

Auf dem weitläufigen Parkplatz eines Kinos in Bismarck verlor Frank schließlich die Beherrschung. Die beiden waren mit ihrer Klasse dorthin gefahren, um »Star Wars – Krieg der Sterne« zu sehen, ein Samstagsausflug, den Jeannette McVay organisiert und aus eigener Tasche bezahlt hatte. Die Schüler waren so begeistert von dem Film, daß sie ihre Lehrerin überredeten, sitzen zu bleiben und den Film ein zweites Mal anzusehen. Jeannette beobachtete ihre gespannten Gesichter im flimmernden Licht und fragte sich, was wohl in ihren Köpfen vorging. Sie sah sich nicht den Film, sondern ihre Klasse an.

Harley Wind Soldier starrte gebannt auf die Leinwand. Er fühlte sich in eine andere Zeit und Galaxis versetzt, in eine Welt, in der Gut und Böse klar voneinander geschieden sind und es keine Zweideutigkeit gibt. Gegenwärtig war er besessen von der Idee, alles fest einordnen zu wollen, und hielt sein seelisches Gleichgewicht aufrecht, indem er dem Gegenteil seiner Wünsche nachspürte und dies dann aussprach. Harley war sich des positiven Raums, den er in der Welt einnahm, so wenig sicher, daß er den negativen erforschte. Wenn er aber über sein verändertes Verhalten nachdachte, dann im Zusammenhang mit seiner Abstammung. Er sah sich in einer langen Reihe von Männern, aufrechten Kriegern, die in vollendetem Gleichmaß aufeinanderfolgten. Er wollte sich am Schluß einreihen, auf dem ihm zugewiesenen Platz, gerade und vertrauensvoll die Augen nach vorne gerichtet, ohne nach links und rechts zu schauen.

Als der Film zum zweitenmal zu Ende war, erhob er sich schnell von seinem Sitz und erreichte vor allen anderen den Parkplatz. Frank stieß bald zu ihm. Noch ganz unter dem Eindruck des Films erzählte er vom vierdimensionalen Raum, von der Lichtgeschwindigkeit und einer Welt mit zwei Sonnen.

»War das nicht toll?« fragte er Harley, enttäuscht über das Schweigen seines Freundes.

»Nein«, sagte Harley leise und meinte ja. »Es war das Dümmste, was ich je gesehen habe.«

Frank Pipes Faustschlag, der voll aus der Schulter kam, überraschte sogar Frank selbst. Er traf Harley mitten ins Gesicht und brach ihm das Nasenbein.

Am nächsten Samstag ging Harley Wind Soldier früh am Morgen aus dem Haus und suchte den trägen Missouri auf. Er ahmte jetzt nicht mehr das Gegenteil-Leben seines Vorfahren Ghost Horse nach. Er wanderte stromaufwärts in Richtung der Quelle und ließ sich vom vollen Klang des Wassers besänftigen. Er ging in die Hocke und fragte sich, was wohl seine Stammesbrüder gedacht hatten, als sie zum ersten Mal ein Dampfschiff sahen. Es mußte ihnen wie ein Ungeheuer erschienen sein, das ihre Bäume auffraß, um Kraft für die Reise zu bekommen. Und dann mußte es sie wie ein mächtiger Geist in den Bann gezogen haben mit der wunderbaren Musik, die es mitbrachte.

Das Wasser war voll von dunklen Akkorden, denen Harley angestrengt lauschte. *Hätte meinem Vater diese Musik gefallen?* fragte er sich.

Harley Wind Soldier kniff die Augen zusammen und schaute angestrengt aus schmalen Schlitzen auf den Missouri. Er sah nun Gestalten aus der Vergangenheit auftauchen und den heutigen Fluß säumen. Seine Vorfahren zogen in ihrer weichen Wildlederbekleidung mit würdevollen Schritten an ihm vorbei. Hinter ihnen folgten die Kinder, tobten Hunde; ganze Dörfer rückten aus, um dem Ereignis beizuwohnen.

Ein Beben lief durch die Menge, die sich weiter nach vorn schob, um bessere Sicht zu haben. Harley war der letzte, der sah, wie es auf ihn zuglitt. Das Dampfschiff mit dem flachen Boden schob sich, von seinem großen Rad vorwärts getrieben, übers

Wasser. Der Junge suchte das Deck ab, und da war es, ein elegantes Klavier mit Einlegearbeiten aus Perlmutt. Die Pedale glänzten in der Sonne, und die elfenbeinfarbenen Tasten erinnerten Harley in ihrer vollendeten Symmetrie an die Gräten eines Fisches.

Ein junger Mann mit schwarzem Hut setzte sich an das Instrument und trat mehrmals in die Pedale, als wolle er sie prüfen. Seine Finger hoben sich zu den Tasten, und dann entlockte er dem Tisch aus Holz und Elfenbein mit geschlossenen Augen und bewegtem Oberkörper Musik. Er bemerkte die dichte Menge entlang dem Ufer gar nicht, so konzentriert war sein Spiel, und er wäre niemals auf die Idee gekommen, daß er einer neuen Religion Tür und Tor auftat.

Die Zauberhöhle

Herod Small War
(1976)

Meinen alten Freund Archie Iron Necklace amüsierte es sehr, mich in der Vorratskammer schlafen zu sehen. Sein Gelächter weckte mich, und als ich den Kopf drehte, sah ich seine kurzen Wurstfinger durch die Ritzen zwischen den vorgezogenen Brettern der Rückwand zu mir hereinwinken. Jeden Abend, bevor ich ins Bett ging, hantierte ich mit Kaugummi und Holzspänen, um die Spalten zuzustopfen, aber während ich schlief, machte sich der Wind an meiner behelfsmäßigen Abdichtung zu schaffen, lockerte sie und blies mir Schmutz und Insekten auf die Zudecke. An diesem Morgen fand ich beim Aufwachen nistende Grashüpfer in meinem Haar, eine fingerdicke Sandschicht auf meinem Bett und zwei kecke Feldmäuse, die in der Kuhle meines Stetson eingeschlafen waren. Der Wind mußte mir den Hut vom Kopf geblasen und auf den Fußboden geweht haben.

»Da schau an«, neckte Archie mich. »Zurück zur Natur!«

Ich kippte die Mäuse aus meinem Hut und schüttelte mir die Grashüpfer aus dem Haar. Dann griff ich nach einem der schweren Eisentöpfe meiner Frau, die an der Wand neben meinem Bett hingen, und schlug damit so dicht neben Archies dicken Fingern gegen die Holzwand, daß er zurückfuhr.

»Plag mich doch nicht schon am frühen Morgen«, knurrte ich.

»Oh, verzeih«, sagte er. »Mir war entfallen, daß du ein alter Mann bist.«

Das trieb mich aus dem Bett. Ich wußte, daß er mich sehen konnte, deshalb achtete ich nicht auf die Schmerzen in Hüfte und Knie, sondern tat, als ob meine Gelenke geölte Scharniere wären und ich damit aufspringen könnte wie ein junger Mann. Schlitzohrig wie ich war.

»Du mußt mir grade mit alt kommen«, sagte ich. »Du hast doch schon für George Washington Kundschafter gespielt, wenn ich nicht irre! Und hast du der Martha nicht so lange Kuhaugen gemacht, bis sie dich weggejagt hat?«

Archie lachte nur. Es machte ihm Spaß, mir unter die Nase zu reiben, daß er zwei Jahre jünger war als ich – vierundsiebzig gegen meine sechsundsiebzig.

»Bin gleich draußen«, sagte ich. Ich mußte durch die Küche, um zur Hintertür zu gelangen, und kam dabei an meiner Frau Alberta vorbei, die vor dem Herd stand und Haferbrei kochte. So wie die Dinge im Augenblick in meinem Haus standen, hatte ich keine Ahnung, ob sie plante, den Brei zum Frühstück zu essen oder ihn sich als eine Art Schönheitskur ins Gesicht zu packen.

»Archie ist da«, murmelte ich. Sie nickte. »Ich geh mal schauen, was er will.«

Ich fand Archie auf den Fersen kauernd, den Rücken an die Vorratskammer gelehnt. Unwillkürlich zuckte ich zusammen, als ich mein neues Schlafzimmer von außen betrachtete. Es war ein jämmerlicher Anblick, dieser winzige Anbau, der an der Rückseite unserer ordentlichen Hütte klebte. Er neigte sich bedenklich nach rechts und sah aus, als wolle er gleich einstürzen.

Archie deutete mit dem Daumen auf das klapprige Gebäude hinter sich. »War das Albertas Idee?«

Ich schüttelte den Kopf. »Nein, meine.«

Archie lächelte, aber ich merkte, daß er enttäuscht war. Er hatte sich sein Leben lang für meine Frau interessiert und hätte nichts dagegen gehabt, mich in Ungnade fallen zu sehen. Ich wartete auf eine Erklärung für seinen Besuch so früh am Morgen, aber er blieb schweigend in der Hocke sitzen. Erst da wurde mir klar, daß dieser Angeber mir damit demonstrieren wollte, wie leicht er auf den Fersen die Balance zu halten vermochte. Er hatte eine verspiegelte Sonnenbrille auf, um sein kleineres rechtes Auge dahinter zu verbergen, das im spitzen Winkel nach oben stand. Er fuhr sich mit den Händen durch die beiden weißen Strähnen, die seinen ansonsten kohlrabenschwarzen Schopf durchzogen und ihn wie ein Stinktier aussehen ließen. Als er immer noch nicht sprach, kehrte ich ihm den Rücken zu. Ich hielt mein Gesicht in den warmen Wind, holte tief Luft und gab vor zu meditieren. Ich war damals schon ein ziemlich berühmter *Yuwipi*-Mann, einer, der verlegte Gegenstände, vermißte Personen, Antworten auf Fragen findet. Gelegentlich erwies sich ein solcher Ruf als nützlich. Ich konnte mein Gesicht völlig ausdruckslos werden lassen, mich in meine Gedankenwelt zurückziehen, und die Leute in meiner Umgebung warteten dann still und respektvoll, in der Überzeugung, daß ich gerade eine Vision erlebte. Manchmal stimmte ihre Vermutung, aber in neun von zehn Fällen war ich nur geistesabwesend. Archie mußte das wohl geahnt haben, denn er unterbrach meine Träumereien.

»Ich warte auf eine Lieferung«, sagte er. »Wart, bis du siehst, was ich gestern abend beim Bingo gewonnen habe. Aljoe bringt es in seinem Pickup aus Bismarck.«

»Ach, hast du mit den alten Damen Bingo gespielt?« Ich konnte nicht anders, ich mußte einfach sticheln. Ich sah ihn richtig vor mir an dem langen Tisch – viel zuviele Zahlenkarten vor sich, um den Überblick zu behalten, die täppischen Finger zwischen den roten Plastikscheiben, die er als Bingomarkierungen benützte. Wahrscheinlich stieß er versehentlich welche zu Boden und bumste dann gegen den Tisch, wenn er sie aufheben wollte. Bestimmt ließen die alten Damen links und rechts von ihm einen Platz frei, weil er so ungeschickt war und ihre kostbaren Karten in Gefahr brachte.

»Wenn du so viel Glück hättest wie ich, würdest du jeden Abend spielen«, sagte er. Ich konnte ihm die gute Laune nicht verderben. Dazu war er viel zu erfüllt von dem, was mein Neffe Aljoe in unserem Hof abladen sollte.

Während wir warteten, zeigte ich ihm meinen neuen Nachbarn, einen prächtigen Brahma-Bullen, die Erwerbung eines Ranchers, der mehrere Morgen von meinem Land gepachtet hatte. Auch der Bulle beäugte uns, starrte uns unhöflich direkt ins Gesicht. Mit zuckenden Muskeln und aufgeblasenen Nüstern schüttelte er sich mehrere Male. Er war voller Verachtung.

Ihr alten Klatschbasen, sagten seine blutunterlaufenen Augen. *Kommt bloß einen Schritt näher, und ich puste euch um.* Der Holzzaun, der ihn umgab, schien plötzlich sehr zerbrechlich.

»Sieht ziemlich vertrottelt aus, was?« sagte Archie. Die verspiegelte Sonnenbrille verzerrte offenbar seine Wahrnehmung.

In diesem Augenblick kam Aljoe auf den Hof gefahren. Sein Oberkörper hing aus dem offenen Fenster. Er streckte die Faust hoch in die Luft und stieß ein Freudengeheul aus. Eine Sekunde lang verlor er die Herrschaft über den Wagen, und ich glaubte, er würde in unsere Hütte rasen und die baufällige Vorratskammer abrasieren, aber da trat er auf die Bremse. Aus dem Führerhaus stürzten Aljoe, mein Enkel Frank und sein Freund Harley und rannten um das Auto herum nach hinten. Ich nahm mir Zeit, zu ihnen zu gelangen. Ich wollte nicht zu neugierig erscheinen. Die Jungen machten sich an einer staubigen Plane zu schaffen, die Archies Preis zudeckte, und als sie sie schließlich zurückgerissen hatten, biß ich mir auf die Lippen. Mir stockte der Atem. Auf der Ladefläche des Pickup stand eine schwarz-silberne Harley-Davidson, eine schwere Maschine mit wassergekühltem Motor und Scheibenbremsen. Sie war verrucht schön.

»Ist die für mich?« witzelte ich. Aber Archie reagierte gar nicht. Gedankenverloren hatte er die Hände andächtig an das Vorderrad gedrückt und dabei den Kopf gesenkt. Es sah aus, als bete er die Maschine an.

»Oh, Mann, so eine will ich auch!« flüsterte Frank.

»Da mußt du noch ein bißchen warten«, sagte ich. Schließlich war mein Enkel erst zwölf.

Zu fünft mußten wir anpacken, um die Maschine auf den Boden zu hieven. Archie schärfte uns ein, ja keinen Kratzer an seinen Liebling zu machen. Als die Maschine schließlich wohlbehalten auf dem Seitenständer stand, zog er sein rotes Schnupftuch aus der Gesäßtasche und rieb vorsichtig über die glänzenden Chromteile, um unsere Fingerabdrücke abzuwischen. Schließlich schwang er sich auf die Maschine und packte den Lenker fester.

»Fertig«, sagte er.

»Du bist doch noch nie auf so einem Ding gefahren«, sagte ich zu ihm.

Er tat das mit einer Handbewegung ab. »Ich habe nichts zu verlieren.« Bevor ich weitere Einwände machen konnte, ließ er den Motor aufheulen und fuhr los. Das Hinterrad drehte durch und schleuderte uns Dreck ins Gesicht.

»Nur keine Sorge! Ich hab' ihm gezeigt, wie's geht!« schrie Aljoe, um den Krach des Motors zu übertönen.

Und als mein alter Freund Archie Iron Necklace dann mit seinem Motorrad die Lehmstraße hinauf- und hinunterjagte, den Bullen wild machte und Alberta nach draußen lockte, weil sie sehen wollte, was los war, schwoll mir die Brust vor Stolz.

»Schaut ihn euch an!« brüllte ich. Er zerteilte die Luft mit seiner scharfen Nase, und fast spürte ich den Wind am eigenen Gesicht vorbeisausen. Ich schlug Frank auf die schmale Schulter und schickte einen Schlachtruf in die Staubwolke, die hinter Archies Sturmfahrt aufwirbelte. Wir waren wie gebannt und standen mit offenen Mündern staunend da. Jeden Augenblick konnte er über unsere Köpfe aufsteigen, über dem Sioux-Reservat seine Kreise ziehen und hoch auf dem Hinterrad auf den Häuserdächern Kunststücke vollführen. Auch alte Männer wie wir konnten noch den Donner lostreten. Es war eine glorreiche Fahrt.

Doch Archie ließ sich von seinem Herzen, von seiner Liebe zu meiner Frau betören. Als er Alberta neben mir entdeckte, riß er den Gasgriff voll auf. Das Motorrad machte einen Satz nach vorn, schoß unter Archie weg wie ein bockendes Pferd und warf ihn zu Boden. Es segelte ein paar Meter durch die Luft, über den

Holzzaun, und landete zu Füßen des Bullen. Archie wälzte sich auf der Erde, konnte aber wieder aufstehen. Er hinkte auf uns zu, mit hängendem Kopf, die Hände in den Gesäßtaschen.

»Alles in Ordnung?« fragte ich ihn. Er nickte. »Das war vielleicht eine Fahrt.« Von einer Bewegung jenseits des Zauns abgelenkt, wanderte mein Blick über Archies Schulter. Dort startete der Bulle einen wütenden Angriff auf Archies Motorrad. Er leistete volle Arbeit, trat mit den Hufen dagegen und stampfte es ins Gras.

»Der bringt es um!« sagte Harley.

Archie lief zum Zaun, fuchtelte mit den Armen und brüllte: »He-he-he! Weg da!« Der Bulle hielt inne und drehte den Kopf zur Seite. Er ließ sein schwarzes Auge von Archie zu mir und von mir zu dem Motorrad wandern. Dann hob er die Vorderbeine, landete auf dem blitzenden Metall und zermalmte mit seinem gesamten Gewicht Archies Schatz bis zur Unkenntlichkeit.

»Eins zu null für dich«, rief ich dem Bullen zu. Er senkte den Kopf und lächelte.

»Ist Archie verrückt?« fragte Alberta mich später während des Abendessens. Ich war dabei, mit ihrem köstlichen, in Fett gebakkenen Brot die Hähnchensoße aufzutunken, aber ihr Kommentar ließ mich stocken. Ich legte das Brot auf den Teller.

»Bring mich nicht in Fahrt«, warnte ich. »Wenn hier jemand verrückt ist, dann ist das Josephine Fredericks.«

Josephine war zufällig die beste Freundin meiner Frau, und es gab Beweise in Hülle und Fülle, die meine Beschuldigung belegten. Ein ärgerliches Schweigen schob sich zwischen uns, und Alberta nahm das Buch in die Hand, in dem sie schon den ganzen Tag gelesen hatte, sogar beim Kochen. Ich konnte den Titel von der anderen Tischseite nicht lesen, aber ich sah, daß Papierstreifchen bestimmte Abschnitte markierten. Ich wußte, daß auch dies Josephines Werk war. Meine Frau las ganz gierig, so in Anspruch genommen von dem, was da stand., daß ich sie ungestört betrachten konnte. Bis vor zwei Monaten, als ihre zudringliche Freundin beschloß, sie umzukrempeln, war sie wunderschön gewesen. Ihre Siebzig sah man ihr nicht an. Ihr Gesicht war rund und glatt, bis auf die Lachfältchen. Sie hatte einen leichten Überbiß und Grübchen in den Wangen. Aber jetzt wirkte sie fremd: Die schmalen Lippen waren größer geschminkt, als sie in Wirklichkeit waren, und ihr dichtes braunes Haar war in kleine Löckchen gelegt, die sie nicht auskämmte, sondern gekringelt ließ wie Sprungfedern.

Ich deckte den Tisch ab und spülte das Geschirr. Normalerweise griff meine Frau ein, bevor meine Hände naß wurden, aber an diesem Abend ließ sie mich in der Küche herumhantieren. Sie nahm ihre Umgebung überhaupt nicht wahr.

»Gute Nacht«, sagte ich, als ich mich zu meinem harten Lager in der Vorratskammer aufmachte.

»Mmm«, war alles, was sie herausbrachte.

Aber als ich im Bett war, kam ich nicht zur Ruhe. Ich fröstelte unter den Decken, obwohl Sommer war und ich lange Unterhosen anhatte. In Dakota kann es nachts empfindlich kalt werden, aber es war nicht nur die Temperatur. Meine Frau fehlte mir.

Josephine Fredericks stand im Mittelpunkt unserer Probleme, aber sie hatte nicht immer einen schlechten Einfluß ausgeübt. Früher einmal hatte ich sie sogar lieber gemocht als ihren Mann Lyle, der sich als selbsternannter Stammesältester aufspielte und viel zuviel Wind um seine traditionsbewußte Erziehung machte und zu schnell bereit war, Fremde in unsere Schwitzhütte mitzunehmen. Solange er lebte, hielt sich Josephine im Hintergrund, war leise und fleißig. Sie kleidete sich einfach, in lange Baumwollröcke und weite Oberteile, und trug das Haar zu Zöpfen geflochten. Keine zwei Sekunden nachdem Lyles Hals wegen eines Bienenstichs zugeschwollen war – Josephine sagte gern, er sei »an den Bienen« gestorben –, hatte sich diese Frau das Haar schon so kurz geschnitten, daß es sich sträubte wie die Rückenhaare eines Stachelschweins, und ihre Kleider gegen Hosenanzüge in schreienden Farben und klobigen Plastikschmuck vertauscht. Sie veranstaltete Frauentreffen und setzte alle Hebel in

Bewegung, damit ein Bücherbus ins Reservat geschickt wurde. Dann brachte sie ihre Freundinnen zum Lesen.

Ich wußte, daß mir einiges bevorstand, als ich eines Abends von einer *Yuwipi*-Zeremonie nach Hause kam, mein Schlafzimmer von Dutzenden geweihter Kerzen erhellt und das Haar meiner Frau mit rotem Glitzer besprüht vorfand. Sie nahm mich an der Hand und führte mich zum Bett.

»Ich will dich«, hauchte sie.

Ich fuhr zurück und umklammerte das Zauberbündel, das ich bei der Zeremonie dabeigehabt hatte. Ich sah sie mir genau an, weil ich nicht sicher war, ob vielleicht grausame *heyo'ka*-Geister von ihrem Körper Besitz ergriffen hätten. Mein bescheidenes Weib war nie so direkt gewesen.

»Hab' ich dich erschreckt?« Sie sah dann doch unsicher aus, ein bißchen beschämt. Als ich mich nicht von der Stelle rührte und stumm blieb, brachte sie rasch alles wieder in Ordnung. Sie löschte die Kerzen und spülte sich den Glitter aus dem Haar. Ich dachte, damit wäre die Sache erledigt, es sei ein Augenblick momentanen Wahns, ein Fall von Hüttenkoller gewesen. Aber Alberta las die von Josephine empfohlenen Handbücher noch einmal. *Freude am Sex* und *Unser Körper, unser Leben* und andere, und das verstärkte nur ihren Entschluß, mich zu ihrer Welt der Leidenschaften zu bekehren. Ein neuer Wortschatz kam in unser Heim. Wörter wie »Höhepunkt«.

»Ich möchte, daß wir zusammen den Höhepunkt erreichen«, erklärte meine Frau, aber ich mußte mir dabei immer vorstellen, wie wir unsere alten Knochen den Mount Everest hinaufschleppten. Mich erfüllte diese Art zu sprechen mit Abscheu, weil sie der spröden Art der Dakota Hohn sprach. Ich weigerte mich einfach, Alberta ernst zu nehmen.

»Was ist nur in dich gefahren?« fragte ich sie.

Sie deutete auf ihre Bücher. »Neue Wege, Herod. Ich lerne jetzt neue Wege kennen und habe neue Erwartungen.« Sie sagte das beherzt, aber mir fiel auf, daß sie beim Sprechen den Boden ansah.

Ehrlich gestanden war ich einigermaßen in Sorge, ob ich wohl in der Lage wäre, ihre Erwartungen zu erfüllen, der Sache sozusagen gewachsen sein würde. Mit sechsundsiebzig war ich zwar noch recht gut in Form, aber manchmal ging mein Körper eigene Wege und hörte nicht auf mich. Deshalb floh ich, nachdem ich mein ganzes Leben lang die Nächte neben Albertas weichem Körper verbracht hatte, in die Vorratskammer, wo das Feldbett hart war und der Wind sein Spiel mit mir trieb, aber die kleinen Hände meiner Frau mein Fleisch nicht aufreizen konnten.

Schließlich schlief ich in dem kühlen Raum ein, umschlungen von meinen eigenen einsamen, mit Gänsehaut überzogenen Armen.

Am nächsten Morgen wurde ich vom verzweifelten Gackern eines hartnäckigen Präriehuhns geweckt, dem es irgendwie gelungen war, seinen glatten Kopf durch die Ritzen in der Vorratskammerwand zu stecken, nur um dann festzustellen, daß es festsaß. Ich hörte es mit den Füßen gegen die Bretter kratzen und beim Versuch, sich zu befreien, wild mit den verkümmerten Flügeln schlagen. Und über dem Lärmen des Huhns hörte ich noch ein anderes Geräusch, nämlich Archies Gelächter.

»Sie sehen hier den Grundstock für einen Reservatszoo!« gackerte er und hörte sich genau wie das Huhn an.

Ich wälzte mich von meinem Feldbett und faßte vorsichtig den Kopf des Huhns an, immer auf der Hut vor seinem scharfen Schnabel. »He, du Dummerchen«, sagte ich. »Beruhige dich doch, dann kriegen wird das schon hin.« Das Huhn wurde ruhiger, als ich sprach, so daß ich seinen Kopf durch die Öffnung zurückschieben konnte. Ich hatte gedacht, der Vogel würde, sobald er frei war, weglaufen, zurück ins offene Grasland. Aber statt dessen jagte er hinter Archie her und pickte ihn in seine Schlangenlederstiefel. Wütend plusterte er seine Federn auf, bis er groß wie ein Puter zu sein schien. Archie hüpfte von einem Fuß auf den anderen, schüttelte die Beine und brüllte das Huhn an: »Das sind Stiefel, nix zu fressen, du blödes Huhn!«

Schließlich floh er zu Albertas Ford, warf sich auf die Motorhaube und blieb dort bäuchlings liegen. Das Huhn lief vor dem Auto auf und ab und ließ nur widerstrebend von ihm ab. Ich kam meinem Freund nicht zu Hilfe. Ich fand, er hatte Strafe verdient. Aber Alberta jagte das Präriehuhn mit einem Besen aus dem Hof.

»Möchtest du Kaffee?« fragte sie Archie. Er nickte und folgte ihr in unsere Hütte.

»Und, kommst du nicht raus, um deinen Besuch zu begrüßen?« rief meine Frau mir zu. Ich zog ein Paar Jeans über und fuhr mir mit dem Kamm durch das weiße Haar, das mir bis über die Schultern fiel.

»Morgen, Herod«, sagte Archie, als ich aus der Vorratskammer kam. Er schüttelte mir die Hand, wieder voller Würde.

»Was hast du diesmal gewonnen?« fragte ich.

»Nein, nein, ich komme geschäftlich.« Er trug keine Sonnenbrille, und mir fiel auf, daß sein kleineres Auge noch stärker zusammengekniffen war als sonst und mich anschielte. »Ich möchte, daß du mir etwas deutest«, sagte er.

Alberta klapperte beim Frühstückmachen mit Töpfen und Pfannen, um uns zu verstehen zu geben, daß sie nicht lauschte. Archie packte mich am Arm und beugte sich näher zu mir. »Ich habe von der Zauberhöhle geträumt. Meinst du nicht, daß das so etwas wie ein Zeichen ist?« Er lächelte so breit, daß ich den Goldzahn hinten in seinem Mund aufblitzen sah. Er wußte, daß er mir Konkurrenz machte, da er in mein Territorium von wichtigen Träumen und Visionen eingedrungen war.

»Erzähl ihn mir«, sagte ich. Und er tat es.

Dreißig Jahre lang hatte Archie Iron Necklace mir bei der *Yuwipi*-Zeremonie getreulich geholfen. Er übernahm die Aufgaben, die man üblicherweise einem Sohn aufträgt, um ihn die heiligen Bräuche zu lehren, die von einer Generation auf die nächste übergehen. Ich hatte drei Töchter und keinen Sohn, aber ich hätte meine Mädchen in ein paar meiner Geheimnisse eingeweiht und sie Gehilfen werden lassen, wenn sie nur Interesse gezeigt hätten. Ich rechnete damit, die alten Bräuche eines Tages an meinen Enkel Frank Pipe weitergeben zu können, aber bis es soweit war, würde Archie herhalten müssen.

Nun organisierten wir zum ersten Mal eine *Yuwipi*-Zeremonie in eigener Sache. Wir brachten die Frage nach Archies Traum direkt vor die Geister. Wir fasteten, hielten ein Schwitzbad ab und versammelten die tugendhaftesten und traditionsbewußtesten Stammesältesten, die wir kannten. Nachdem wir das hüttenartige Holzgebäude, das für die Zeremonie benützt wurde, hergerichtet hatten, zog Archie mir die Schuhe aus und stellte sie außerhalb des Kreises von Tabakopfern ab. Aber diesmal zitterten seine Hände, als er seinen Pflichten nachkam. Er band mir Hände und Füße mit Seilen zusammen und bedeckte meinen Kopf mit einer gesteppten Sternendecke, die er mit Lederriemen an meinem Körper festband. Ich konnte den Salbei riechen, den er unter die Bänder gesteckt hatte, sogar durch die Deckenfüllung und den schweren Stoff hindurch. Er senkte mich langsam zu Boden, bis ich auf dem Bauch lag, und dann blies er die Kerosinlampe aus. In der Dunkelheit kamen Geister und erzählten ihre Geheimnisse, zuerst leise, um ihre Stimmen zu erproben, und dann immer lauter. Ich hatte ausgehöhlte Kürbisse auf einen Altar aus Salbei gelegt, und Geisterfinger hoben sie vom Boden auf, schüttelten sie, bis es in der Luft einen Knall tat und die zugehängten Fenster klapperten. In der Dunkelheit lösten sie mit scharfen Fingernägeln die Seilknoten und ließen mich frei, das Seil lose aufgewickelt und die Sternendecke ordentlich gefaltet.

Schau, ihr seid zu viert, sagten die Geister auf dakota zu mir, aber sie redeten jeder für sich und unterschiedlich schnell, so daß sich ihre Stimmen überlagerten und wie Echos hallten:

Iho! (Iho!) (Iho!) Topa. (Topa.) (Topa.)

Sie zeigten mir Archies Traum, gossen Bilder über die schwarzen Wände, und ich erkannte, daß seine Vision einen Augenblick aus der Geschichte zeigte – ein Ereignis, das in dem heißen

Sommer 1877 stattgefunden hatte, ein Jahr nach der Schlacht gegen Custer. Nur die vier jungen Krieger, die damals eine so wichtige Rolle gespielt hatten, waren andere. An ihre Stelle waren ich, Archie Iron Necklace, mein Enkel Frank und sein Freund Harley getreten. Aber wir waren nicht ganz wir selbst, irgend etwas war verschoben, und dann merkte ich, daß die Jungen um ein paar Jahre älter aussahen, wie sechzehn vielleicht, und Archie und ich gleich alt wie sie waren. Wir waren wieder jung. Archie ähnelte nicht mehr einem Stinktier, sondern das Haar fiel ihm tiefschwarz über den Rücken, dicht wie die Mähne eines Indianerpferds. Wir ritten ohne Sättel, und unsere kräftigen Schenkel dirigierten die Pferde, damit wir die Hände frei hatten. Wir dachten, wir seien allein, deshalb spielten wir wie vier Kinder, jagten einander auf unseren schnellen Pferden, strahlten und lachten. Archie mußte so lachen, daß er vom Pferd fiel, und wir anderen kreisten ihn ein, während er sich auf dem Boden wälzte, und berührten ihn wie eine Billardkugel sanft mit unseren Stäben.

»Hinter euch«, flüsterte ich. Ich spürte, wie sich mein runzliger Mund in der Dunkelheit bewegte, während ich mir zusah, wie ich das Pferd mit den Knien lenkte und es drängte, enge Kreise zu ziehen. Wir waren nicht allein, sondern wurden von Soldaten beobachtet, die die Hügel und das Grasland nach kleinen Jagdgrüppchen wie dem unseren durchkämmt hatten, von Rachegedanken erfüllt.

Vielleicht verwirrte die Sonne uns den Kopf, oder uns war schwindlig vor Hunger, nachdem wir in drei Tagen nur einen mageren Feldhasen gegessen hatten, jedenfalls verhielten wir uns unvernünftig. Wir ließen uns in einem Talkessel überraschen, auf allen Seiten von geübten Scharfschützen umzingelt, die mit schweren Kugeln die Luft zerfetzten. Glücklicherweise ging der Geschoßhagel vor uns nieder; wir waren knapp außer Reichweite. Sie hätten uns leicht im Sturm nehmen können, aber sie spielten mit uns, beschlossen, in den um uns aufsteigenden Hügeln zu kampieren. Ich glaube, sie wollten uns demütigen und uns aushungern, aber wir brachten sie um ihren Triumph. Nach einigen Tagen fielen unsere Pferde tot zu Boden, waren verdurstet, und als die Soldaten die Sache untersuchten, stellten sie fest, daß wir verschwunden waren. Die Abergläubischen unter ihnen behaupteten, wir seien gewiß weggeflogen, hätten uns in Adler oder Präriehabichte verwandelt und kreisten jetzt über ihren Köpfen. Andere glaubten, wir hätten uns ganz mit schwarzer Erde bemalt und seien in der Nacht unbemerkt wie ein Bodennebel an ihnen vorbeigekrochen, auf jene Indianerart, von der sie schon so viel gehört hatten. Sie lagen falsch. Die Geister zeigten mir die Wahrheit, und ich nickte beim Zusehen. Ich hatte die Geschichte schon einmal gehört.

Die Erde hatte Mitleid mit diesen vier jungen Kriegern, die Erde griff zu unseren Gunsten ein, indem sie vor unseren Füßen ihre Hülle spaltete. Die Zauberhöhle tat sich auf und führte in einen tiefen unterirdischen Tunnel, der sich wie eine Hauptader unter der Erdhaut dahinwand. Ich sah zu, wie wir auf allen vieren aus dem Tal krochen, blind wie Maulwürfe, und eine Meile jenseits der Hügel aus der Erde wieder auftauchten.

Nachdem die Erde uns gerettet hatte, setzte sie ihren Leib wieder instand und schloß die Zauberhöhle, damit die Soldaten nicht folgen konnten. Tränen flossen mir über das alte Gesicht; der Atem der Geister blies sie mir sanft aus den Augen, so daß sie in alle Richtungen flogen, mir ins Haar sickerten, in die Ohren tröpfelten, auf die Hände fielen. Ich sah zu, wie ich weglief. Ich wußte, daß wir vier viele Meilen weit laufen würden, mit gleichmäßigem Atem und mit regelmäßigem Schritt, so als könnten wir endlos weiterlaufen. Ich streckte die Hand aus, um das Bild meines starken jungen Rückens zu berühren, und die Vision verschwand.

Die Geister sammelten sich, machten sich bereit zu gehen. Ihre letzte Botschaft an mich war ein merkwürdiges Lied, das sie mit hoher Stimme trillerten wie eine Gruppe von Mädchen. *Du wirst die Zauberhöhle finden*, sangen sie. *Du wirst sie finden.*

*

»Wir werden die Sache richtig anpacken«, sagte ich zu Archie, als die *Yuwipi*-Zeremonie und das abschließende Festessen zu Ende waren und die Ältesten ihre *wateča*-Eimer mit Resten gefüllt hatten. Zu viert würden wir zu der Stelle im Tal reiten und die Zauberhöhle suchen. Ich brauchte ein paar Tage, um die Pferde von meinen Nachbarn zusammenzuleihen, und dann mußte ich noch meinen Enkel und Harley in den Plan einweihen. Ich glaube, sie hatten nicht so recht das Gefühl, daß es ihre heilige Pflicht war, uns gefällig zu sein, sondern betrachteten es als ein Abenteuer. Ich glaube, wenn ich noch jung gewesen wäre, hätte ich auch das Abenteuer darin gespürt, aber mittlerweise war es schon lange aus meinen Knochen gewichen.

Drei Tage nachdem Archie Iron Necklace mir von seinem Traum erzählt hatte, machten wir vier uns auf, die Satteltaschen prall gefüllt mit Wasserflaschen und belegten Broten. Alberta saß neben der offenen Hintertür auf einem Stuhl. Ein heißer Windhauch fuhr durch die Seiten des Buchs, das sie las. Sie beschattete mit ihrer kleinen Hand die Augen und beobachtete unsere Vorbereitungen eingehend.

»Sieht aus, als kommt ein Gewitter«, sagte sie.

Am Himmel ballten sich graue Wolken zusammen, aber ich konnte es nicht über mich bringen, die Suche zu verschieben.

»Macht nichts«, sagte ich. »Wir sind wieder da, bevor es losgeht.« Ich küßte Alberta auf die Wange. Ich war überrascht, wie glatt und voll sie sich anfühlte, wie eine reife Traube, die vor Süßigkeit zu bersten schien. »Was hältst du denn von der Sache?« Ich war vorher noch nicht auf den Gedanken gekommen, sie zu fragen.

Sie musterte mich von den Zehenspitzen bis zur Hutspitze.

»Könntest was Besseres tun, um wieder zu Saft und Kraft zu kommen«, sagte sie. Sie stand auf und ging nach drinnen.

Ich blinzelte erstaunt und glaubte das trockene Rascheln von Papier zu hören. Ich sah auf meine Hände hinunter, gefaßt darauf, das spröde Fleisch in der sengenden Hitze rissig werden und sich vom Knochen lösen zu sehen.

»He, du Träumer«, rief Archie irgendwo über meinem Kopf. Die anderen hatten ihre Pferde bestiegen und beobachteten mich.

»Auf geht's!« rief ich und zog mich auf die übriggebliebene Mähre hinauf. Ich setzte mich sorgsam zurecht und steckte die Füße tief in die Steigbügel, denn ich hatte das Gefühl, daß es nur eines Windstoßes bedurfte, um mich vom Pferd zu werfen. Ich war leer wie eine Strohpuppe, aller Lebenskraft beraubt.

Die Jungen ritten vor uns her, und es war tröstlich, ihre Rücken zu betrachten. Abgesehen von ihren modernen Kleidern – Jeans und T-Shirts mit »Star Trek«-Aufdrucken – hätten sie Dakota aus der alten Zeit sein können, so geschickt gingen sie mit ihren Pferden um. Archie und ich ritten schweigend. Unsere Pferde suchten sich ihren Weg am Rand einer Präriehundkolonie entlang, deren Bewohner in ihren Löchern verschwunden waren, so daß nur Erdhügel und kurzes Büffelgras zu sehen waren. Als wir uns dem Tal näherten, das nur ein Dutzend Meilen von daheim entfernt war, bemerkte ich höhere Gräser, Bartgräser und Quecken. Die Sonne kam hinter den Wolken hervor, und die Landschaft überzog sich mit Farbe, mit Tupfen von Sonnenblumen, Blauglöckchen, Flammenblumen und lila Salbei. Archie lächelte, und ich begann gerade, den Ritt zu genießen, als wir etwa eine Meile vor unserem Ziel an ein verlassenes Gehöft kamen.

Die eine Wand des Hauses war eingestürzt, und die Grundmauern aus Stein zerfielen wie Zucker. Der Bach, der sich an einer Seite des Hauses vorbeiwand, war ausgetrocknet, und das Gebäude stand jetzt mitten im Schlamm, der sich zu Mergel verfestigt hatte. Grauer Staub legte sich auf die Hufe der Pferde. Mehr als fünfzig Jahre war ich nicht mehr an dieser Stelle gewesen – ich hatte sie vergessen.

Archie brachte sein Pferd neben meins. »Ist alles in Ordnung?« fragte er. Ich muß wohl ja gesagt haben, denn er ritt weiter.

Ich betrachtete das Haus und suchte nach ihr, die, wie ich

wohl wußte, gar nicht dasein konnte. Sie war schon lange tot. Aber die Sonne blendete mich mit ihrer Kraft. Sie holte den glänzenden Bach und den ans Ufer geklebten Bisamrattenbau zurück. Ich sah Bisamratten in der Strömung schwimmen, die dünnen Schwänze aus dem Wasser gebogen. Das trügerische Licht rief Clara Miller ins Leben zurück, versetzte sie auf den Hof, wo sie vor einem glänzenden Metallzuber saß und mit ihren kräftigen Händen Maiskolben schälte. Der Ort war mir vertraut, denn ich hatte 1921 hier gearbeitet. Dort stand der Hühnerstall, den ich reparieren sollte. Da lag das Werkzeug.

Ich stieg ab, und falls Archie mir etwas zurief, hörte ich es nicht. Ich ging auf das zitternde Trugbild zu, von Claras verschwimmenden, entstellten Gesichtszügen angezogen. Als ich die Hände nach ihr ausstreckte, brach das Bild auseinander und zerschmolz in der Hitze.

»Laß uns weiterreiten. Sonst verlieren wir die Jungen!« rief mein Freund mir zu. Es widerstrebte mir, den Ort zu verlassen, jetzt, da ich ihn wiederentdeckt hatte, aber Archie sah so besorgt aus, daß ich mich in den Sattel schwang und ihm in das Tal folgte.

Frank und Harley waren schon dabei, den Boden abzusuchen, als wir sie einholten. Sie hatten ihre Pferde abgezäumt, damit sie grasen konnten, und wir folgten ihrem Beispiel.

»Wie sieht das Ding eigentlich aus?« fragte Frank, praktisch wie immer.

»Das kann ich dir nicht sagen, aber du wirst es erkennen, wenn du es siehst.«

»Und laßt euch nicht von den Ziesellöchern zum Narren halten«, neckte Archie. »Versucht nur mal, euch in eins zu verkriechen, und aus der Traum!« Frank verdrehte die Augen.

Wir stellten uns in eine Reihe, und ich kennzeichnete das Gelände, das jeder absuchen sollte. »Ruft, wenn ihr etwas findet«, sagte ich.

Früher am Tage hatte ich mir unsere Suche ausgemalt, überzeugt, daß sie erfolgreich sein würde. Ich hatte mir meinen Enkel auf der weiten Fläche vorgestellt, fast nicht zu erkennen im hohen Gras, wie er jubelte: »*Tunkašida*« – Großvater –, »ich sehe sie! Jetzt hab' ich sie!« Wir würden am Rand der Zauberhöhle stehen, alle jung, alle stark – denn die Erde, voller Trauer um zwei alte vertrocknete, von der Sonne ausgedörrte Männer, würde genügend Mitleid haben, um uns an Körper und Geist zu erneuern. Die Erde würde eine wohltuende Salbe bereitstellen, um die Schmerzen zu lindern, die ich bei jeder Bewegung spürte. All das hatte ich mir vorgestellt. Aber jetzt war ich verwirrt und tappte wie ein Blinder durch das Unkraut. Ich befand mich nicht in der Gegenwart, sondern in der Vergangenheit. Ich sah nicht, was vor mir lag, sondern nur, was hinter mir war.

In gewisser Hinsicht fand ich zwar, wonach ich suchte, denn in mir stand der junge Mann wieder auf und schnaubte vor Wut. Ich hatte seine Gegenwart schon lange nicht mehr gespürt. Jetzt war er so stark, daß ich ihn förmlich vor mir sah; er grollte, doch legte die Gemütsbewegung seine Stirn nicht in Falten, sondern sie spannte sich glatt unter dem glänzenden Haar.

Es war Alberta, zischte er mir ins Ohr. *Du alter Narr, siehst du das denn nicht? Sie hat dir die Qualen verursacht,* sagte er zu mir. Und das hatte sie wahrhaftig.

1921 arbeitete ich bei Miss Clara Miller und machte dort alle Gelegenheitsarbeiten, die notwendig waren, um Haus und Hof instand zu halten. Es war damals die einzige Arbeit, die ich im Reservat bekam. Ich ging davon aus, daß sie mich hassen mußte, denn ihr Vater war einer jener Soldaten, die am Little Bighorn in Montana getötet worden waren. Sein Degen zierte ihre Wohnzimmerwand, und ich fragte mich, ob sie ihn wohl gerne ergriffen und mich damit durchbohrt und zu meinen Sioux-Vorfahren geschickt hätte. Aber sie war immer höflich, wenn auch ein wenig distanziert, und sprach sowenig wir irgend möglich. Damals war sie um die Fünfzig, eine füllige Frau mit silbernem, zu einem Knoten geschlungenen Haar. Sie war nie verheiratet gewesen.

Es war eine einsame Zeit für mich. Meine Frau schlief oft im Bett unserer Tocher; wenn ich sie berührte, schalt sie mich. »Was für ein Dakota bist du nur? Kannst du deine Gefühle nicht beherrschen?« Sie erinnerte mich daran, daß unsere Tochter noch ein Kleinkind war und es der Brauch der Sioux vorschrieb, daß ein Kind selbständig sein mußte, etwa vier Jahre alt, bevor das nächste gemacht werden durfte.

»Das war früher!« bedrängte ich sie manchmal. »Als die Soldaten unser Volk jagten.« Damals konnten wir es uns nicht leisten, mehr Kleinkinder zu haben, als wir beim Laufen tragen konnten. Inzwischen war alles anders, aber meine Frau legte mich auf ihre strenge Auslegung unserer Fortpflanzungsregeln fest.

Ein anhaltender dumpfer Schmerz breitete sich von meinem Bauch zur Brust aus. Ich meinte, die Einsamkeit wie Nadelstiche in den Fingerspitzen zu spüren, sie hinten im Gaumen zu schmekken. Auch Clara Miller muß einsam gewesen sein, sich nach Berührung gesehnt haben. Eines Tages, als sie vor ihrem bis zum Rand mit Zuckermais gefüllten Zuber saß, faßte sie nach hinten an ihren Kopf und zog die Nadel aus ihrem silbernen Haar. Es fiel über ihren Rücken wie ein weißer Spitzenmantel. Sie schob ihre Röcke hoch bis zu den Knien, und ich sah, daß sie die Strümpfe ausgezogen hatte. Ihre Beine waren schwer und milchweiß, fest wie Säulen. Sie schob die Röcke noch weiter hinauf, bis sie sich in ihrem Schoß bauschten.

Als ich sie auf den Nacken küßte, zitterte sie wie der sterbende Fasan, den ich eine Woche zuvor geschossen und getötet hatte. Ihr silbernes Haar roch wie Rauch. Clara und ich verwickelten uns ineinander wie der Ballen Draht, der neben dem noch nicht ausgebesserten Hühnerstall lag. Wir waren schamlos, fielen zu Boden, wateten in den Bach, suchten uns den Weg zu ihrem Bett.

»Ich verzeihe dir«, murmelte sie und küßte mich dabei auf die Kehle, die Ohrläppchen, den Scheitel. »Ich verzeihe dir.« Als wir in Claras Haus gestolpert waren, versteckte sie als erstes den Degen ihres Vaters unter dem Sofa. Dann drehte sie sein Porträt zur Wand, damit er nicht Zeuge ihres Verrats wurde.

Ich wollte kein Verzeihen. Ich bedauerte es, zu spät geboren zu sein, um gegen die Kavallerie zu kämpfen, aber ich schwieg, weil Clara Miller zuließ, daß ich sie in den Armen hielt.

Eine Woche lang leisteten wir einander Gesellschaft. Aber dann kam eines Abends Archie vorbei, um mit mir heimzugehen, und bemerkte, was los war. Er zog mich vom Haus weg und schlug mit den Fäusten auf mich ein.

»Du hast eine gute Frau!« schrie er. »Du verdienst Alberta nicht!«

Ich dachte, er würde mich kurz und klein schlagen, aber statt dessen klappte er zusammen, seine langen Beine versagten ihm den Dienst, und zornige Tränen liefen ihm übers Gesicht. Danach ging ich nie mehr zu Clara Millers Haus zurück.

Jetzt stolperte ich durch Schlangenkraut und Roggentrespe und hatte die Zauberhöhle schon fast vergessen. Allmählich begriff ich mein selbstauferlegtes Exil, den Rückzug von meiner Frau. Noch fünfundfünfzig Jahre danach spürte ich Albertas steife Hände vor meiner Brust, die mich fortschoben, wenn ich versuchte, sie zu umarmen. Ich sah sie noch in der Küche stehen, wie sie meine Unterhosen stärkte und mit Weihwasser besprengte, um in mir den jugendlichen Appetit abzutöten. Das war der Grund für meine Bitterkeit, der Grund dafür, daß ich absichtlich mein Verlangen zurückdrängte, es von Stengel zu Samen zerpflückte, von Samen zu Hülsen, von Hülsen zu Staubteilchen, die mir der Wind entriß, wenn ich schlief, und über der Prärie verstreute: ein potenter Dünger.

Du warst es, Alberta, flüsterte ich in meine schweren Hände.

»Schaut, was ich gefunden habe!« Archies Stimme schreckte mich auf. Ich kämpfte mich durchs Gras, um zu sehen, worauf er deutete. Er hatte ein großes Loch freigelegt, das in den Hang gegraben war, aber es war nur der Bau eines Kojoten. Die Jungen stöhnten auf vor Enttäuschung.

»Sie muß in der Talsohle liegen«, erinnerte ich sie.

Wir waren wieder auf dem Weg zu unseren zugeteilten Geländestreifen, als Blitze uns ins Gesicht zuckten. Donner krachte, scharf wie Geschützfeuer, und dunkle Wolken jagten über den Himmel. Zuerst waren die Regentropfen groß und warm wie reife Beeren; rasch wurden sie aber zu scharfen, kalten Schrotkörnern. Die Jungen jagten hinter den Pferden her und versuchten, die Zügel zu fassen, aber die verschreckten Tiere liefen in wildem Galopp in Richtung Heimat davon.

»Was machen wir jetzt?« schrie Frank gegen den Wind an.

»Bäume suchen«, schrie ich zurück. Aber in diesem Tal gab es keine Bäume, auch nicht am Saum der Hügel. Wir waren ungeschützte Ziele.

»Wir können zu dem Haus zurück!« sagte Archie. Ich schüttelte den Kopf. Plötzlich wollte ich dort nicht hin.

»Hast du Angst vor dem Geist?« fragte mich Harley. Er sah überrascht aus.

Bevor ich antworten konnte, packte Archie mich am Arm und zog mich hinter sich her. Zu viert stolperten wir durch glitschiges Gras, und draußen vor dem Tal fielen wir in der schlüpfrigen Erde immer wieder hin, einer nach dem anderen, bis wir von grauem Brei überzogen waren. Als wir das Haus erreichten, zog Archie mich über den Schutthaufen vor der eingestürzten Wand hinweg. Wir kletterten verrottende Stufen hinauf zu dem Raum, der einst Claras Wohnzimmer gewesen war. Ich erwartete halb, den Degen ihres Vaters vorzufinden, in der Scheide verrostet, aber die Wände waren schmucklos und leer.

Wir drängten uns in einer Ecke zusammen, um auf das Ende des Gewitters zu warten. Nachdem wir aus dem Sturm heraus waren, hätten wir einander gut verstehen können, aber wir hatten keine Lust zu reden. Harleys Worte fielen mir wieder ein: *Hast du Angst vor dem Geist?* Ich brauchte eine Weile, um den Sinn zu verstehen. Ich hätte es schon begreifen müssen, als ich die Geschichten hörte, die sich die Leute über Clara erzählten. Sie beschrieben ein verlassenes Haus, in dem eine kräftige weiße Frau umging. Sie sei sehr beschäftigt, klopfe Teppiche aus, wische die Böden, arbeite den Flickkorb leer. Clara versuchte, ihr Haus in Ordnung zu bringen. Sie hatte keinen, der ihr half.

Als es spät wurde und das Gewitter anhielt, sagte ich zu den Jungen, sie sollten versuchen zu schlafen. »Wir gehen morgen früh nach Hause.«

Archie schien fröhlich zu sein, ganz unbelastet von den Erinnerungen an das, was in diesem Haus stattgefunden hatte. Er summte ein Ehrenlied – um die Gewitterwolken zu beschwichtigen, wie er sagte – und schlief rasch ein. Ich fror, und der feuchte Boden war hart. Ich legte mich auf die Seite, dann auf den Rücken. Ich dachte, ich würde überhaupt nicht zur Ruhe kommen. Aber ich muß dann doch eingeschlafen sein, denn ich erinnere mich daran, wie ich aufwachte. Die Wärme machte mich munter, die Wärme eines Körpers, der sich an mein Fleisch schmiegte. Mein Arm war um eine andere Person gelegt. Ich drückte sie an mich.

»Alberta«, hauchte ich. Ich rieb meine kalte Nase an ihrem Hals. »Es tut mir so leid. Ich verzeihe dir. Verzeihst du mir auch?«

Ja, flüsterte sie. *Ich verzeih dir.* Dann riß sie sich los und entzog sich meiner Umarmung. Ich machte die Augen auf und erblickte Clara. Ihre Hände waren mit den gebogenen Haarnadeln gefüllt, die sie benützte, um ihr Haar zu einem straffen Knoten aufzustecken. Sie warf mir mit ihren weißen Fingern eine Kußhand zu und schwebte zur Decke. Dort strich sie sich mit der fleischigen Hand über die Rüschenschürze und hob einen Zipfel, um die Fensterscheibe sauberzumachen, bevor sie durch sie hindurchglitt.

Die Zunge war mir an den Gaumen gekettet. Als *Yuwipi*-Mann hatte ich Geisterstimmen gehört und war toten Vorfahren begegnet, aber ein weißer Geist war etwas ganz anderes. Ich sah mich auf dem Boden um. Archie und die beiden Jungen schliefen tief, obwohl sie in ihren feuchten Kleidern fröstelten. Die leeren Hände hatten sie zu Fäusten geballt.

Ich ging zum Fenster und sah Clara draußen vor dem Haus herumschweben, durch eine gesprungene Glasscheibe von mir getrennt.

»Und was ist mit der Zauberhöhle?« fragte ich sie.

Clara schwebte hoch über dem Boden, ihre großen Füße bewegten die Luft, und ihr Kleid hob sich und ließ ein Stück ihrer milchweißen Beine sehen. Sie lächelte mich an, mit fest geschlossenen Lippen. Sie fuhr mit den Fingerspitzen über das Fenster, dann klopfte sie mit den Fingerknöcheln daran. Das Geräusch erinnerte mich an Geisterrasseln. Bilder blitzten hinter meinen Augen auf: Josephine Fredericks, hinten im Bücherbus sitzend; Archie auf seinem sich aufbäumenden Motorrad, im Begriff abzuheben; meine Frau Alberta, von Kerzen beschienen, das Haar glänzend rot und golden und braun.

Bevor sie verschwand, deutete Clara auf den Boden unter ihren herabhängenden Füßen. Vier berittene Krieger funkelten im roten Licht der jungen Sonne, auf ihren Schultern glitzerte Morgentau. Adlerfedern steckten in ihren Haaren, als Zeugnis tapferer Taten, aber sie waren nicht für die Schlacht bemalt. Alle vier sahen mich an. Ich hörte, wie der Wind ums Haus strich, aber ihnen hob er kein Härchen und brachte nichts an ihren Federn in Unordnung.

Ich drückte die Hände gegen die Fenster und wiederholte die Frage, die ich Clara gestellt hatte. »Und die Zauberhöhle? Werde ich sie je finden?«

Die Geisterkrieger lächelten, und einer hob die Hand, die Handfläche nach außen; sie leuchtete auf wie ein Spiegel.

Du bist die Zauberhöhle, sagte er.

Mondspaziergang

(1969)

Margaret Many Wounds lag im Sterben. Vor drei Jahren hatte man bei ihr Diabetes festgestellt, und nun weigerte sie sich, ins Krankenhaus zu gehen, obwohl sie spürte, daß ihr Gesundheitszustand sich drastisch verschlechterte.

»Ich bin doch schon alt«, sagte sie zu ihrer Familie. »Laßt mir meine Ruhe.«

Eines Morgens rief sie nach ihrer Tochter. »Gib mir einen Spiegel.« Lydia holte ihrer Mutter eine Puderdose und nahm die Quaste heraus, bevor sie ihr den Spiegel in die Hand gab. Margaret bedankte sich bei Lydia und schickte sie mit einer leichten Handbewegung hinaus.

Margaret betrachtete ihr Spiegelbild, bewegte den Spiegel im Kreis, um ihr Gesicht ganz sehen zu können. Sie fand, daß sie so durchsichtig aussah wie die winzigen Flußkrebse im Little Heart River. Margaret war nie eitel gewesen, keine von denen, die in jeden Spiegel schauten, an dem sie vorbeigingen, oder die sich das Haar glattstrichen, wenn ihr Blick auf ihr Spiegelbild in einem Schaufenster fiel. Sie wollte sich nur vergewissern, daß sie noch da war, Fleisch und Blut und silbernes Haar. Es gab Tage, an denen war sie so leicht, daß sie sich ihrer Existenz nicht sicher war. Sie hatte das Gefühl, unter ihren Decken zu schweben und nur vom Schweiß und den Quilts mit dem Dreisternmuster festgehalten zu werden. Sie konnte nichts mehr essen. Zartes Fleisch erschien ihr wie Knorpel, weiche Brötchen wie Kieselsteine, und Sonnenblumensamen, die sie so gern gemocht hatte, kamen ihr hart wie Kirschkerne vor. Aber sie verlangte eine letzte Schüssel mit *waštunkala*, der Maissuppe der Sioux. Sie war eines der Hauptnahrungsmittel im Reservat gewesen, wurde aber immer mehr zu einer Delikatesse, da die Zubereitung viel Zeit in Anspruch nahm. Margarets Zwillingstöchter waren in der Küche damit beschäftigt, die vielleicht letzte Mahlzeit ihrer Mutter zuzubereiten. Evie weichte getrockneten Mais in Wasser ein, während Lydia Rehfleisch in Streifen schnitt.

Evie streckte den Kopf in das Schlafzimmer ihrer Mutter und fragte: »Meinst du, daß du sie auch essen kannst, wenn sie fertig ist?«

»Die Brühe läuft mir bestimmt wie von selbst runter«, antwortete Margaret und strich sich mit ihren abgemagerten Fingern über den Hals.

»Es dauert noch eine Weile«, sagte Evie, denn der Mais mußte erst über Nacht einweichen und die Suppe dann den ganzen nächsten Tag kochen.

»Ich weiß«, sagte Margaret.

Evie war ungeduldig. Sie hätte ihrer Mutter die Suppe gern gleich serviert, um ihre dunkelbraunen Augen aufleuchten, noch einmal die Bernsteinfunken darin tanzen zu sehen. *Das ist typisch*, dachte Evie. Sie fand, das Leben im Reservat war aus dem Gleichgewicht geraten; ganz alltägliche Dinge nahmen hier ungeheuer viel Zeit in Anspruch, während alles Entscheidende sich rasend schnell ereignete. *Das ist der Grund, warum ich damals weggegangen bin*, sagte sie sich im stillen. *Und warum ich nie zurückgekommen bin. Bis jetzt.*

»Was?« fragte Margaret. Sie klappte die Puderdose zu und legte sie auf ihren Nachttisch.

»Nichts.« Evie ging zurück in die Küche, den Mittelpunkt in Margarets kleinem Haus.

»Und laß diesen Pater Zimmer nicht in meine Nähe!« rief Margaret ihrer Tochter hinterher. »Der will nur das letze Wort über meinen Körper haben und meine Seele einfangen.«

Margaret hatte viele Jahre lang zu Pater Zimmers Gemeinde gehört. Aber in den vergangenen Wochen, in denen sie bettlägerig und mit den letzten Dingen beschäftigt war, hatte sie sich von ihm zurückgezogen.

»Ich bin kein Schaf«, hatte sie spät in der Nacht geschimpft, als alle schliefen. »Noch ist Zeit umzukehren.« Margaret hatte zu einem alten Glauben aus ihrer Jugend zurückgefunden, aus den Tagen, als es noch Zauberei gab, bevor der Gedanke der Sünde über die Dakota hereingebrochen war und sie mit stehendem Wasser überflutet hatte wie der Oahe-Stausee ihr Reservat.

Ich fühle mich letztlich doch schuldig, hatte Margaret entschieden. Und dann ließ sie ihren Enkel Harley Wind Soldier den Rosenkranz aus Zedernholz im Hof vergraben. »Vielleicht wächst etwas Nützliches daraus«, sagte sie zu ihm. Sie begann zu *Wakan Tanka,* dem Großen Geist ihrer Kindheit, zu beten. Er war kein eifersüchtiger Gott gewesen, dachte sie, sondern hatte geduldig darauf gewartet, daß sie ihm Ehre erweisen würde.

»Mama hat wohl was gegen den alten Pater«, sagte Evie. Lydia nickte, sie säuberte das gezahnte Messer, das sie benutzt hatte, um Fleisch zu schneiden. »Ich hätte gedacht, daß sie sich in solch einem Augenblick an ihn klammern und Trost bei ihm suchen würde«, fuhr Evie fort. Lydia zuckte die Schultern.

»Na ja, *ich* laß ihn jedenfalls nicht herein.« Evie hatte nicht vor, ihrer Mutter den katholischen Glauben aufzudrängen. Sie fand, daß der Glaube allein wenig ausrichten konnte, und vertraute lieber einer Welt, die sie mit eigenen Augen sehen konnte.

»Wo Philbert wohl hin ist«, überlegte Evie. Ihr Mann war am frühen Morgen in dem verbeulten Chevy weggefahren. »Ich werd' mich mal auf die Suche nach dem Land der Krieger machen«, hatte er zu Evie gesagt, als er mit einer Kußhand die Hütte verlassen hatte.

»Wahrscheinlich hat er einen Six-pack und ein paar nichtsnutzige Kumpels entdeckt«, brummte Evie vor sich hin.

Einen Augenblick später hörte sie im Hof eine Autotür schlagen, und der vermißte Ehemann platzte mit Kaugummi im

Mund, um seine Bierfahne zu überdecken, in die Küche, schlang Evie den Arm um die Taille und drückte sie, als sei er durch ihre Gedanken magisch angezogen worden.

Evie war nicht mehr zurückgekommen, seit sie vor sieben Jahren aus dem Reservat weggegangen und nach Minneapolis gezogen war. »Wenn du zurückblickst, kommst du nie aus dem Reservat weg«, hatte sie zu Philbert gesagt, als er Heimweh hatte. Aber Lydias kurze Nachricht – *Bitte komm, Mama liegt im Sterben* – hatte sie aufgerüttelt.

Philbert und Evie fuhren in einem Tag nach North Dakota und hielten nur in Bismarck kurz an, um Lebensmittel einzukaufen. Es war der 17. Juli 1969, und den ganzen Weg von Minneapolis hatten sie im Radio die neuesten Meldungen über die Apollo-11-Mission gehört. Die Astronauten Neil Armstrong und Edwin Aldrin sollten drei Tage später auf dem Mond landen.

»Das ist ein wahres Wunder«, hatte Philbert am Schluß eines jeden Sonderberichts gesagt. Als sie es zum x-tenmal hörte, warf sie ihm einen wütenden Blick zu. Er merkte es gar nicht. Er steuerte den Wagen mit den Ellenbogen, damit er die Hände frei hatte, um sich den Schweiß von Stirn und Oberlippe zu wischen.

»Wenn wir bloß eine Klimaanlage hätten«, stöhnte er und streckte den Kopf aus dem Fenster, um sich Kühlung zu verschaffen, bekam aber nur Staub und Sand ins Gesicht.

Evie fand, daß Philbert wie ein Käfer aussah. Von Jahr zu Jahr ähnelte er einem solchen Tier mehr – mit seinen langen, dünnen Armen und Beinen, die wie Fangarme an ihm baumelten, und dem gedrungenen runden Leib. Sein Haar war kurzgeschoren, weil er faul war und sich nicht gern kämmte. Philbert war dreißig, drei Jahre älter als Evie, und gegenwärtig im Ruhestand. Auf dem Höhepunkt seiner Rodeolaufbahn als Champion im Brahma-Bullen-Reiten war er unter die Hufe geraten. Der Huf des Bullen hinterließ eine kleine V-förmige Narbe genau da, wo sein Herz saß. Und obwohl mehrere Ärzte ihn für gesund erklärt hatten, behauptete er, sein Herz könne nichts mehr verkraften.

»Das hält mein Herz nicht mehr aus«, sagte er zu Evie, wenn sie ihn drängte, wieder bei einem Rodeo mitzumachen.

Evie hatte wenig Verständnis für Philberts Herzprobleme, aber sie stritt nicht mit ihm. Sie arbeitete tagsüber als Sekretärin bei einem Rechtsanwalt, und wenn sie abends nach Hause kam, kochte sie für Philbert das Abendessen. Sie nahm an, daß es in Amerika Frauen gab, die sie für diese sklavische Hingabe schelten würden, aber die wußten etwas nicht, was sie wußte: daß sie ihn nie geliebt hatte. Sie hatte sich zu ihm hingezogen gefühlt, weil er ein erfolgreicher Brahma-Bullen-Reiter war, weil er O-Beine hatte und sich ohne seinen staubigen Cowboyhut, der wie angegossen auf seinem Kopf saß, unwohl fühlte. Kurz, er hatte sie angezogen, weil er genau dem Bild entsprach, das sie sich von ihrem Vater zusammengesponnen hatte. Evie verwöhnte Philbert, um sich so bei ihm für ihre fehlende Zuneigung zu entschuldigen.

Während der langweiligen Fahrt von Minnesota hatte Evie Zeit, sich das Wiedersehen mit Lydia auszumalen. Die endlosen Vergleiche, die sie früher angestellt hatte, hatten in den Jahren des Getrenntseins nachgelassen, aber während ihr Mann am Autoradio herumdrehte, merkte Evie, wie sie wieder in diese Gewohnheit verfiel.

Lydia war immer die brave Tochter gewesen, gutmütig und zurückhaltend. Sie hatte nie davon geträumt, auf und davon zu gehen. Evie war keine Schönheit wie Lydia. Ihre Nase war zu dünn und die Oberlippe so schmal, daß sie beim Lächeln fast verschwand. Ihr Haar war von den vielen Dauerwellen spröde und kraus, und sie trug eine Brille mit schwarzem Rand, die an einer mit Perlen verzierten Kette um ihren Hals hing. Philberts Herz hatte sie gewonnen, weil sie das geerbt hatte, was er die Ausstrahlung ihrer Mutter nannte – ein Wort, das Evie haßte.

Ihr Leben lang hatte sie die Schwester um ihre Schönheit und ihr ruhiges Wesen beneidet. Bis zu dem Zeitpunkt, als Lydias Mann bei einem Autounfall umkam. Lydia war damals mit Harley schwanger, und Evie war davon überzeugt, daß nur seine

Existenz ihre Schwester noch am Leben hielt. Aber sie hatte ihre Schwester dafür Teile ihres Selbst aufgeben sehen, auch ihre Stimme. Seit dem Unfall hatte sie kein Wort mehr gesprochen, doch sie sang bei Powwows.

Die Leute sagten, sie habe eine Stimme wie ein Geist. Wenn Lydia sang, trugen die Frauen ihre Kassettenrecorder zur Trommel, um ihren Gesang aufzunehmen, und die Männer dämpften ihre Stimmen, damit die von Lydia sich über die Köpfe der Tänzer erheben konnte, über den Rauch der Zigaretten und des brennenden Salbeis hinweg, bis hin zu, wie einige meinten, jenem dunklen Ort, wo die Luft dünn ist und *Wanaği Tačanku,* die Straße der Geister, beginnt.

Als Evie und Philbert schließlich vor Margarets kleiner Hütte hielten, sahen sie den fünfjährigen Harley im Hof spielen; er legte gerade kunstvolle Muster aus Kieselsteinen und ausrangierten Schlüsseln. Harley betrachtete mit ernster Miene seine Tante und seinen Onkel, als sie aus dem Auto stiegen.

»Die Großmutter stirbt«, sagte er mit einer überraschend tiefen, heiseren Stimme.

»Ich weiß«, sagte Evie und ging an ihm vorbei ins Haus. Philbert blieb zurück, um mit seinem Neffen, den er nur von Fotos kannte, zu plaudern.

Margarets kleines Haus war weiß getüncht und sauber, aber schmucklos. Als die Schwestern klein waren, hatte es einen Lehmboden, jetzt waren dort Holzdielen mit rotgesprenkeltem Linoleum ausgelegt. Es gab zwei große Räume und einen Abort im Hof. Lydia hatte Kornblumen auf den Küchentisch gestellt und bereitete gerade *wožapi,* einen Beerenauflauf, zu, als ihre Schwester eintrat.

Evie war gespannt, ob ihre Schwester wohl nach fünf Jahren endlich ihr Schweigen brechen würde, um sie zu begrüßen, aber sie legte nur den Rührlöffel beiseite und umarmte Evie kurz.

»Schön, dich zu sehen«, flüsterte Evie. Lydia nickte und nahm den Löffel wieder zur Hand.

Evie schaute zu ihrer Mutter hinein, die so bleich war, daß sie fast weiß erschien. *Sie stirbt nicht, sie verblaßt,* schoß es ihr durch den Kopf.

Als Margaret Evie sah, sagte sie: »Mein Mädchen« und hob ihre bleiche Hand.

Mama sieht wie eine Weiße aus, dachte Evie, als sie sich auf Margarets Bettkante setzte.

»Du warst immer mein Lieblingskind«, flüsterte Margaret ihrer Tochter zu.

»Nein, Mama, ich bin Evelyn«, sagte Evie laut.

»Ja, ja. Ich weiß.«

Mama ist verwirrt, stellte Evie fest.

»Mein Mädchen, ich habe dich vermißt.« Margaret nahm Evies Hand. »Ich habe nur ein paar Sachen zu vererben, drum sag ich dir, was ihr tun sollt.«

Margaret teilte Evie mit, daß Harley an seinem fünfzehnten Geburtstag in zehn Jahren eine Reihe von Büchern bekommen sollte, einschließlich der gesammelten Werke von Jane Austen. Lydia sollte die Hochzeitsmokassins ihrer Mutter haben, die nur das eine Mal getragen worden waren. Sie waren mit einem wunderschönen Perlenmuster verziert: Ein weißer Perlenhintergrund umgab tiefrote aufgestickte Rosen. Evie sollte ein goldenes Medaillon bekommen, von dessen Existenz sie nichts gewußt hatte. Margaret zog es unter ihrem Nachthemd hervor. Der Anhänger war so groß wie ihr Daumen, darauf das Monogramm MMW. Evie hätte gerne gewußt, was darin war, fragte aber nicht.

Die nächsten Tage kümmerten sich die Schwestern gemeinsam um ihre Mutter und verbrachten Stunden damit, am Küchentisch Rommé zu spielen. Das Spiel machte Evie keinen Spaß mehr. Als sie klein war, wollte sie immer gegen Lydia gewinnen, auch wenn sie dafür schummeln mußte. Sie versteckte dann einfach die schlechten Karten hinter den passenden, die sie fächerförmig anordnete und triumphierend ablegte. Lydia schien trotz Evies Gewinnsträhnen nie Verdacht zu schöpfen und spielte Runde um Runde mit nie endender Begeisterung, so als erwarte sie, jeden Moment zu gewinnen.

Obwohl Evie jetzt nicht mehr schummelte, gewann sie noch immer mit der gleichen Regelmäßigkeit. Es war zu einfach. Wieder und wieder warf Lydia Karten ab, die Evie benötigte, und selbst wenn sie diese Karten nicht aufnahm, um Lydia gewinnen zu lassen, war die Karte, die sie aus dem Stapel zog, immer von gleichem Wert für sie. Sie konnte nicht verlieren. Aber Evie spielte trotzdem weiter, weil Lydias Schweigen beim Spielen weniger bedrückend war. Als Kinder hatten sie immer, ohne miteinander zu reden, Karten gespielt. Mit einem Blick hatten sie verstanden, worauf die andere hinauswollte und was sie vorhatte. Evie war zwar klar, daß die fehlende Unterhaltung nun etwas ganz anderes zu bedeuten hatte, sie fand sie aber dennoch beruhigend. So hatten sie immer Karten gespielt.

Zwei Tage nach der Heimkehr der verlorenen Tochter hatte Margaret nach Maissuppe verlangt. Es tat gut, die Mädchen zusammen in der Küche hantieren zu hören. Die Suppe würde nicht vor dem nächsten Tag fertig sein, aber Margaret konnte sie schon schmecken und die warme Flüssigkeit im Magen fühlen.

Später am Abend fuhren Lydia und Harley zurück in ihr Haus, eine halbe Meile weiter unten an der Schotterstraße. Evie und Philbert schlugen ihr Nachtlager auf dem Küchenboden auf, und Margaret hörte sie noch eine Weile im Dunkeln flüstern.

Margaret versuchte zu schlafen, aber sie hörte schlurfende Schritte und unterdrücktes Kichern am Fußende ihres Bettes und sah, wie sich ihr Schlafzimmer mit Menschen füllte. Sie saßen auf kleinen, ihrem Bett zugewandten Holzstühlen wie wartende Zuschauer. Margaret wollte fragen, wer sie waren, nahm sich aber noch rechtzeitig zusammen. Das wäre unhöflich. Die Gastfreundschaft der Dakota verlangte, daß sie alle Besucher willkommen hieß.

»Wollt ihr, daß ich euch die Geschichte erzähle?« fragte Margaret die dunklen Gestalten. »Sie geht mir nun schon so viele

Tage im Kopf herum.« Alle nickten. Margaret schloß die Augen, preßte die Hände zusammen und begann zu erzählen:

»Charles Bad Holy MacLeod kehrte 1912 ins Reservat zurück, ich war damals siebzehn. Er kam von der Indianerschule in Carlisle in Pennsylvania und trug einen Anzug wie die Weißen und einen hohen gestärkten Kragen. Er kehrte mit zwanzig Büchern zurück und hatte den Kopf voller Bildung. Aber er war einsam und unwissend. Er sah aus wie ein Vollblut, bis auf die Art, wie er sein kurzes Haar scheitelte, von der Mitte glatt zur Seite, doch er wußte keine einzige Geschichte mehr über seinen Stamm. Er kannte kein einziges Ehrenlied mehr.

Wir schlossen einen Handel ab und lernten voneinander. Er las mir vor, bis ich schließlich die Wörter verstehen lernte. Unser Lieblingsbuch war *Stolz und Vorurteil* von Jane Austen. Ich mochte das kleine weiße Mädchen Elizabeth Bennet, weil sie Witz und Rückgrat hatte. Ich fand, aus ihr wäre eine gute Sioux geworden. Dafür erzählte ich ihm alle Geschichten und Legenden über seine Herkunft und brachte ihm viele Lieder bei. Die von den Kriegern gefielen uns am besten, weil die immer so eingebildet waren. Wir lachten, wenn wir den Refrain sangen: *Ich bin da, nun wird der Kampf bald enden.* Eines Nachts bin ich sogar mit ihm zum Grand River gegangen, damit er einen Geist hören konnte. Es war der Geist eines Häuptlingssohnes, der ein *winkte* war – ein Mann, der Männer liebt – und der um seinen im Kampf gegen die Arikara gefallenen Geliebten trauerte. Man konnte ihn noch immer dort singen hören, wo seine Leute am Fluß ihr Lager hatten.

Ich wollte Charles Bad Holy MacLeod für den Stamm und für mich zurückgewinnen. Er tat mir leid, weil ihn der für das Reservat zuständige Verwaltungsbeamte im Alter von vier Jahren weggeholt und in Pennsylvania gelassen hatte, bis er einundzwanzig war. Ich war meinen Eltern dankbar, daß sie mich, bewacht von *Šunka Sapa,* dem Schwarzen Hund, im Unterholz des Angry Butte immer gut versteckt gehalten hatten, wenn der Beamte kam. *Šunka Sapa* hätte ihm eher den dürren Hals durchgebissen, als zuzulassen, daß er mich mitnahm. Der Schuß ging für die Weißen aber in der Regel nach hinten los, denn die nach Carlisle gebrachten Indianer kehrten wieder ins Reservat zurück, holten die verlorene Zeit auf und wurden die fanatischsten Traditionalisten. Auch Charles hätte seinen Anzug abgelegt und die alten Tänze gelernt, wenn er lange genug mit mir zusammen gewesen wäre.

Ich brachte ihm sogar meine krummen Wege bei und schokkierte ihn. In unserer Hochzeitsnacht zog ich mich im Lampenlicht aus, faltete jedes einzelne Kleidungsstück, das ich ablegte, und hängte es über die Stuhllehne. Ich löste meine Zöpfe und bedeckte mit meinem Haar die Brüste. Meine Mutter wäre über meine Schamlosigkeit empört gewesen. Ich tat es nur deshalb, weil der Scheitel meines Ehemannes wie eine kerzengerade weiße Straße aussah, der ich nie folgen würde. Als ich sah, daß sein Körper braun war, war ich erleichtert. Ich dachte, die engen Kleider hätten ihn so eingezwängt, daß alle Farbe aus seinen Zellen gewichen und er vielleicht weiß geworden sei. Ich mußte ihm all diese Knöpfe aufknöpfen, um ihn zu befreien, denn er konnte sich nicht bewegen.

Dann kamen die beiden schönsten Jahre meines Lebens. Charles machte die Buchhaltung für einen Ladenbesitzer, dem es nichts ausmachte, offen zuzugeben, daß ein Indianer rechnen konnte und er nicht. Wir waren überglücklich. Meine Mutter meinte, daß wir zu glücklich seien. Sie wollte wissen, wann sie mit einem Enkel rechnen könne. Seltsamerweise wurde ich in diesen beiden gemeinsamen Jahren nicht schwanger. Mit einem Sohn oder einer Tochter von Charles Holy MacLeod hätte ich es vielleicht besser verwunden, als er an Tuberkulose starb. Und nicht so viel von mir in seinem Sarg zurückgelassen.«

Margarets Stimme hatte Evie und Philbert aufgeweckt. Wie versteinert lauschten sie einer Geschichte, die sie nie gehört hatten.

»Warum macht sie das? Mit wem redet sie?« fragte Evie.

»Sie erzählt ihr Leben«, erklärte Philbert. »Wahrscheinlich versucht sie, es loszulassen.«

»Das ist gemein«, flüsterte Evie wütend. »Ich hab', als ich klein war, so darum gebettelt, daß sie mir was erzählt, Familiengeschichten, alles mögliche. Und sie hat nur gelacht und gesagt, ich müsse meine eigenen Antworten im Leben finden.«

Evie weinte. Philbert hatte sie noch nie weinen sehen und wußte nicht, was er tun sollte. Er legte den Arm um sie und zog sie an sich, aber ihr Körper war wie versteinert, unnachgiebig wie der harte Boden unter ihnen.

»Ich glaube, die Leute verändern sich, wenn sie den Tod kommen sehen«, sagte Philbert zu seiner Frau. Sie war plötzlich ganz still und hatte zu weinen aufgehört. Philbert dachte, sie sei eingeschlafen, da hörte er sie seufzen.

»Was wohl die Astronauten jetzt machen«, sagte sie.

Am Morgen wartete Margaret darauf, daß die Sonne in ihr Zimmer schien, damit sie die Gesichter ihrer Zuhörer sehen konnte. Aber die Gestalten und die Stühle waren verschwunden. Margaret hörte ein Husten und schaute zum Fenster. Dort waren sie, um ihr Haus geschart, und schauten herein, ganze Familien mit Kindern, die auf den Schultern ihrer Väter saßen. Sie konnte nicht erkennen, wer sie waren.

»Es ist schon ziemlich heiß, so früh am Morgen«, sagte Margaret. Die Menge nickte, und Margaret sah weiße Taschentücher aufblitzen und über feuchte Gesichter wischen.

Ich werde die Geschichte zu Ende erzählen, dachte Margaret.

»In vierundsiebzig Jahren hatte ich nur zwei Männer. Mit dem einen war es die große Leidenschaft, mit dem anderen gegenseitiges Verstehen. So ein Glück, nicht wahr? Leidenschaft und Verständnis zu haben?

Ich war siebenundvierzig Jahre alt, als ich 1942 nach Bismarck zum Arbeiten kam. Sie nannten mich dort Krankenschwester, aber ich hatte keine Ausbildung, nur die Bereitschaft, Kriegsgefangene zu pflegen. Ungefähr tausend waren im Lager in Bismarck.

Ich half Doktor Sei-ichi Sakuma, einem Chirurgen aus San Francisco. Er arbeitete als Freiwilliger in dem Lager, nachdem seine Frau in Manzanar an einer Lebensmittelvergiftung gestorben war. Doktor Sakuma hatte seine eigenen chirurgischen Instrumente mitgebracht, sie waren besser als alle anderen im Lager. Ich fand diese Instrumente schön und schrecklich zugleich. Sie lagen gut in der Hand, und ihr Gewicht war gerade richtig. Ich ging geschickt mit ihnen um, wenn ich dem Arzt assistierte. Bei der Arbeit erzählte er mir von seiner Frau. Daß sie Limericks geschrieben und gerne Jitterbug getanzt habe. Ihr Name war Evelyn. Ich erinnere mich an sie wie an jemanden, den ich kannte, obwohl wir uns nie begegnet sind. Doktor Sakuma meinte, daß ich ihr ein wenig ähnlich sehe, und betrachtete mich ganz genau. ›Ich habe noch nie einen Indianer persönlich gekannt‹, sagte er.

In unserer Einsamkeit wurden wir ein Liebespaar. ›Ich dachte immer, ich würde nie mehr einen anderen wollen. Es ist dreißig Jahre her‹, sagte ich zu ihm. Aber wir haben nicht viel darüber gesprochen. Wir hatten keine Zeit. Wir hatten nicht einmal Platz, wir mußten in den Arzneimittelraum gehen, um ungestört zu sein. Doktor Sakuma hatte dünnes Haar und trug eine Nikkelbrille, die ihm die Nase zusammenkniff. Er war stark, aber seine Gesichtsknochen sahen zerbrechlich aus. Wenn ich ihn küßte, war ich sehr sanft.

Meine Mutter hatte mir nie gesagt, daß man es im Stehen tun kann. Wir hatten keine Wahl, der Arzneimittelraum war so klein, nur knapp einen Quadratmeter groß. Aber die meisten Regale waren leer, so daß wir unsere Arme auf die Bretter legen konnten, um die Balance zu halten. Wir rochen nach Franzbranntwein und mußten jeden Laut unterdrücken, um unser Geheimnis zu wahren. Es wurde zu einer Art Willensprobe, zu sehen, wie leise wir sein konnten – leidenschaftlich, hemmungslos, aber schrecklich leise.

Es klingt ordinär, aber es war überhaupts nichts Ordinäres dran. Wir haben einfach jemanden gebraucht, an dem wir uns festhalten konnten, um sicher zu sein, daß wir noch lebendig waren. Für mich war es, als ob ich auftaute.

Ich hatte keine Angst davor, schwanger zu werden. Ich glaube, ich hielt mich für eine alte Frau. Dann habe ich eines Nachts geträumt, daß ich zwei Murmeln verschluckt hätte. Ich konnte sie in meiner Magengrube fühlen. Sie unterhielten sich da drin wie zwei Quasselstrippen. ›Ruhe, seid still‹, schimpfte ich. Später wurde mir klar, daß es meine Zwillingsmädchen waren, die im Traum mit mir sprachen.

Von dem Tage, an dem ich bemerkte, daß ich schwanger war, mied ich das Lager. Ich habe den Oberarzt angerufen, gekündigt und bin nie wieder hingegangen. Ich habe Doktor Sakuma ohne Erklärungen verlassen, obwohl ich wußte, daß er nicht vom Lager fortkonnte, um mich zu suchen. Als der Krieg zu Ende war, dachte ich, daß er es vielleicht versuchen würde. Aber wenn er es getan hat, dann habe ich nie etwas davon erfahren.

Ach, ich habe mich ja so oft gefragt, warum ich das getan habe. Vielleicht fürchtete ich, daß meine Mädchen gehänselt würden, weil ihre Mutter mit dem Feind ins Bett gegangen war. Vielleicht hatte ich Angst, daß man sie Mischlinge nennen würde. Vielleicht hatte ich auch Angst, daß Doktor Sakuma mich verstoßen würde, wenn er es erfuhr.

Nachdem Lydia und Evelyn geboren waren, kehrte ich mit einer dicken Lüge ins Reservat zurück. Ich erzählte, ich hätte einen Indianer aus Kanada geheiratet und wäre von ihm verlassen worden. Diese Lüge machte mich zur Katholikin und meine Töchter zu Vollblutindianerinnen. Aber alles hat nie so richtig nach Wahrheit geschmeckt, und vielleicht krieg ich deshalb das Essen nicht runter, das meine Töchter mir kochen. Vielleicht weisen mich die höheren Mächte zurecht und geben mir zu verstehen, daß die Lüge mich nähren soll, so wie ich sie genährt habe. Aber es ist an der Zeit, daß das Lügen ein Ende hat.«

*

Evie war fassungslos und zu verärgert, um weinen zu können. Sie war froh, daß nur sie Margarets Beichte gehört hatte. Lydia und Harley waren noch nicht da, und Philbert machte einen Spaziergang, gefolgt von einem Schwarm wilder Truthähne. Evie brachte es nicht fertig, ihre Mutter anzuschauen. Sie stellte sich vor, daß sie die Worte quer durchs Zimmer aufgereiht über dem Bett ihrer Mutter hängen sähe.

Margaret hatte ihren Töchtern erzählt, ihr Vater sei ein Blood-Indianer aus Calgary, ein berühmter Rodeo-Reiter, der den All-Around-Titel in North-Dakota gewonnen hatte, als Margaret siebenundvierzig war und auf den Geschmack kam. Er sei zehn Jahre jünger, aber bis über beide Ohren in sie verliebt gewesen und habe sie mit heim nach Kanada genommen, wo sie heirateten. Schließlich hätte er sie verlassen, und sie sei ins Reservat zurückgekehrt, um Evie und Lydia zu bekommen.

Das war die Legende. Auf ihr hatte Evie ihre eigene Geschichte aufgebaut. Margaret hatte seinen Namen geheimgehalten, angeblich, um die Mädchen vor dem Versuch zu bewahren, ihren Vater ausfindig zu machen. Sie benutzten den Familiennamen Many Wounds, Margarets Mädchennamen. Aber Evie hatte den Namen ihres Vaters herausgebracht. Im Traum hatte sie ihn auf einem Brahma-Stier reiten sehen, die linke Hand triumphierend erhoben. Sie konnte ihn nicht deutlich erkennen, denn der Stier machte Sätze und wand sich, aber sie hörte den Ansager seinen Namen rufen. »Der beste Ritt. Beifall für Sonny Porter!«

Ihr ganzes Leben lang war Evie die Tochter von Sonny Porter gewesen. Sie hatte Philbert geheiratet, weil er Brahma-Bullen genauso ritt wie ihr Vater. Einmal hatte Evie sogar die Auskunft von Calgary angerufen und gefragt, ob es einen Eintrag auf den Namen Sonny Porter gäbe. Sie hatte kein Glück, stellte sich aber vor, daß er überall sein konnte.

Als sie acht war, hatte sie ein Bild von ihm gezeichnet mit der silbernen All-Around-Trophäe in der Hand. Sein Gesicht entbehrte jeglicher Züge bis auf ein breites Lächeln, das als runder Bogen über seinem Kinn gezeichnet war.

Sie hielt ihren Vater für einen leidenschaftlichen Abenteurer. *Ich schlage ganz nach ihm,* hatte sie sich die ganzen Jahre über gesagt, und diese Vorstellung hatte ihr gefallen.

Ein heißer Windstoß zog durch die Küche, und Evie hielt sich am Küchentisch fest, halb darauf gefaßt, durch das offene Fenster nach draußen geweht zu werden.

Als Philbert von seinem Spaziergang zurückkam, hatte sie sich wieder gefangen. Sie widmete ihre Aufmerksamkeit der köchelnden Maissuppe und einer Flut von Radioberichten über die Mondlandung.

Philbert hatte den Fernseher von Lydia geholt und ihn zu Margaret gebracht. Er stellte ihn auf ihre niedrige Kommode, damit sie vom Bett aus fernsehen konnte.

»Was macht der denn?« fragte Margaret Evie.

»Die Astronauten betreten heute abend den Mond. Wir dachten, daß du das gern sehen würdest, Mama.«

»Ich war schon da«, sagte sie zu Evie und beobachtete Philbert, der sich abmühte, an die Steckdose hinter der Kommode heranzukommen.

»Was soll das heißen?« fragte Evie, ärgerlich über die Bemerkung ihrer Mutter.

»Als ich klein war, weckte mich mein *tunkašida,* mein Großvater, einmal mitten in der Nacht. Ich war ungefähr in deinem Alter«, sagte sie zu Harley, der dicht hinter Philbert stand.

»Er trug mich auf den Schultern hinaus in die Prärie, wo ihm das Gras bis an den Bauch reichte. Er zeigte mir den Mond und sagte, daß ich dorthin kommen könne, wenn ich es nur fest genug wolle. Und genau eine Sekunde lang war ich dann wirklich dort oben und schaute auf die Erde hinunter, die sich wie ein leuchtendes blaues Auge drehte.«

»Oh«, sagte Evie. Vor Jahren hätte diese Anekdote sie entzückt, aber sie kam zu spät, jetzt konnte sie sich nicht mehr daran erfreuen, geschweige denn sie glauben.

Philbert brachte für Evie und Lydia Küchenstühle herein,

damit sie im Sitzen darauf warten konnten, bis die Astronauten aus ihrer Raumfähre auftauchten.

Margaret schenkte der Übertragung keine Beachtung. »*Takoja,* komm und setz dich zu mir.«

Harley setzte sich zu seiner Großmutter aufs Bett. Sie streichelte seinen Hinterkopf.

»Eines Tages, wenn du erwachsen bist, mußt du unbedingt das Kleid von meiner Großmutter befreien«, sagte sie zu ihm.

»Mama, wir können ihm das mit dem Kleid später sagen. Willst du nicht die Männer auf dem Mond sehen?«

Margaret deutete auf den Fernseher. »Tanzen die jetzt? Geben die gleich eine Vorstellung?«

»Ja«, antwortete Evie. Philbert schaute sie überrascht an. »Laß nur«, sagte sie zu ihm.

»Das Kleid meiner Großmutter war das schönste und ungewöhnlichste Kleid, das man je gesehen hat«, erzählte Margaret Harley. »Es hat Jahre gedauert, bis das Oberteil vom Kragen über die Ärmel bis zur Taille fertig mit Perlen bestickt war. Der Hintergrund war aus blauen Perlen gestickt, vor ihm hoben sich Büffel und reitende Dakota-Krieger ab, die durch die Luft jagten. Es waren die Bilder von ihren Geistern, denn viele von ihnen waren schon tot. Sie trug es nur zu den allerheiligsten Zeremonien, und wenn sie am Rand des Kreises der Tänzer tanzte, sagte sie, daß sie sie tanzend zum Leben erweckte.«

Harley konnte sich eine Büffeljagd am Himmel vorstellen. Er nahm den rechten Arm nach hinten und zielte mit einem unsichtbaren Pfeil auf die im Mondstaub gelandete Raumfähre.

»Okay, jetzt ist es jeden Augenblick soweit. Schau her, Mama, die Astronauten machen sich fertig zum Ausstieg.« Evie fand es wichtig, daß ihre Mutter das sah. Sie blickte Lydia hilfesuchend an, aber ihre Schwester sah unverwandt auf den Fernseher.

»Irgend jemand hat das Kleid weggenommen, nachdem Großmutter starb, und jetzt ist es im Field Museum in Chicago«, fuhr Margaret fort. »Abteilung Prärie-Indianer. Ich war nur einmal vor Jahren in Chicago, und es war das einzige, was ich sehen wollte. Ich stand praktisch den ganzen Tag lang davor und suchte nach einem Weg, wie ich das Kleid zurückholen könnte.«

Harley nahm die Hand seiner Großmutter und gab ihr den rostigen Dietrich, den er im Garten gefunden hatte. »Ich hol es eines Tages für dich raus«, sagte er zu ihr, rutschte vom Bett und stellte sich neben den Stuhl, auf dem seine Mutter saß.

Evie wartete ungeduldig darauf, daß die Astronauten die Raumfähre verlassen und den Mond betreten würden. Sie mußte es sehen und wissen, daß es echt war: ein mit Hilfe von Gleichungen ausgetüfteltes Wunder der Wissenschaft. »Das wird in die Geschichte eingehen«, sagte sie laut.

»Alles geht in die Geschichte ein«, gab Margaret zurück. Sie knetete den Dietrich in ihrer Hand, als suche sie einen Weg aus ihrer Haut.

Evie und Lydia brieten in der Pfanne Brot, während sie darauf warteten, daß die Maissuppe abkühlte, die sie ihrer Mutter bringen wollten. Philbert saß am Küchentisch und aß das Brot, kaum daß es fertig war.

»Laß was für Mama übrig«, schimpfte Evie.

Sie hatte schlechte Laune. Ihre Mutter war völlig unbeeindruckt von den Bildern der ersten Menschen auf dem Mond gewesen. Evie hatte das Schlafzimmer enttäuscht verlassen, überzeugt davon, daß Margaret sehr krank war und die Bedeutung dessen, was gerade geschehen war, nicht verstand.

Sogar Lydia schien ungerührt und knetete wie gewohnt den Teig. *Sie wird immer mehr wie Mama,* dachte Evie.

Nur Harley war bei seiner Großmutter geblieben, um ihr Gesellschaft zu leisten. Er sah, daß es zwei Monde auf der Welt gab: einen im Fernsehen und einen am Himmel, draußen vor Großmutters Fenster.

»Zwei Monde«, sagte er zu Margaret und schaute dabei durch ein aus seinem Daumen und Zeigefinger gebogenes Fernrohr.

»Mehr«, sagte Margaret zu ihm, »viele, viele mehr. Für jeden, der ihn sieht, gibt es noch einen.«

Harley bedeckte seine Augen mit den Händen. Dieser Gedanke füllte alle Himmel, die er sich vorstellen konnte, und alle Zimmer und die Zwischenräume zwischen den Bäumen. Monde purzelten schließlich wie dunkle Murmeln vom Himmel und wälzten sich als ungeheure Lawine die Berge und Hügel hinunter.

»Dann hat jeder seinen eigenen Mond.«

Harley streckte den Arm aus, so daß seine Hand den Mond draußen vor dem Fenster säuberlich abdeckte. Dann schloß er die Finger um das weiße Bild und versuchte, es in seiner gewölbten Hand zu halten.

»Meiner soll ein Jo-Jo sein«, sagte er zu Margaret und versuchte dabei, den Mond vom Himmel zu nehmen.

»*Takoja,* komm her. Ich will dir den Mond zeigen.«

Harley wandte sich vom Fenster ab und stellte sich neben Margarets Bett. Sie forderte ihn auf, die Augen zu schließen und so zu tun als ob. Sie würde mitmachen. Er spürte, wie der Mond in seinen Hinterkopf drang, mit den Schädelknochen verschmolz und seine Ohren verschloß. Dann merkte er, wie der Mond sich ausdehnte, bis er genau hineinpaßte. Harley stand vor seiner Großmutter, den Mond im Kopf, und aus seinen Augenhöhlen strömte kühles Licht auf ihren in Decken gehüllten Körper. Sternenwind brauste durch seine Gehörgänge, Woge um Woge wie das an- und abschwellende Rauschen in einer Muschel.

Harley konnte nicht hören, was seine Großmutter sagte, aber er las es von ihren Lippen. »Das ist der Mond«, sagte sie. »Das ist der Weg in den Mond.«

Er schüttelte den Kopf, weil er es nicht verstand. Da deutete sie auf den Bildschirm, wo sich die Männer schwebend fortbewegten, schwerfällig und leichtfüßig zugleich.

»Die können nur auf der Oberfläche gehen«, sagten Margarets Lippen.

Harley konnte nicht mehr denken. Sein Gehirn war zusammengedrückt und irgendwo dicht hinter seine Augen gequetscht worden. Der Mond wich so plötzlich aus ihm, daß er auf das Bett fiel. Seine kleinen Ärmchen schlugen mit einem Ruck auf Margarets Beine und ließen sie erzittern. Harley begann zu weinen.

»Ist schon gut«, sagte Margaret. »Es wird alles wieder gut. Aber vergiß dieses Gefühl nicht. Vergiß nicht, was es heißt, der Mond zu sein. Und du selbst die Dunkelheit und das Licht.« Ihre Hand beschrieb einen Kreis.

Margaret Many Wounds beschloß, früher zu sterben: noch bevor sie ein letztes Mal *waštunkala* kosten, noch bevor sie ihre Familie zum Abschied umarmen, noch bevor Pater Zimmer ihr die Letzte Ölung geben konnte, um ihre unsterbliche Seele zu läutern. Sie brauchte diese Zeit für ihren eigenen Zauber.

Hast du genug Vertrauen? fragte sie sich. Sie nickte und ließ sich ins Wasser gleiten, das schon seit zwei Tagen um ihr Bett herumfloß und sich vor Evies Füßen teilte, gegen Harleys Turnschuhe plätscherte und ihr heiße Gischt ins Gesicht sprühte.

Aber jetzt war das Wasser kühl. Sie brauchte nicht zu atmen und merkte, wie sie sich bewegte. *Ich bewege mich,* dachte sie, hätte aber nicht sagen können, in welche Richtung. *Ich bin ich,* dachte sie erleichtert.

Das Wasser verschwand plötzlich. Margaret stand in farblosem Licht. Sie war allein. Sie fühlte ihren Körper nicht, aber er war noch da. Sie sah ihn von außen.

Sie trug das Kleid ihrer Großmutter mit den passenden Beinkleidern und Mokassins. Die Perlen leuchteten heller als in ihrer Erinnerung. Jede einzelne Perle glitzerte, blendend wie eine Sonne. *Ich erinnere mich an die Sonne,* dachte sie. Eine Adlerfeder steckte hinten an ihrem Kopf, ein wenig nach rechts geneigt. Silberne Muscheln zierten ihren schwarzen Ledergürtel, dessen eine Schlaufe, silbern am Ende, bis zu den Fesseln reichte. Drei Paar Muschelohrringe baumelten an Löchern, die in kurzen Abständen ihre Ohren säumten. Ihr Haar war zu zwei dicken Zöpfen geflochten, die an den Enden mit Haarbändern aus Kugeln und Knochen beschwert waren. Sie versuchte, ihr Alter zu schätzen, aber es war vergeblich. *Ich bin schön,* dachte sie.

Sie blickte aus ihrem Körper nach draußen. Vor ihr stand jemand: Charles Bad Holy MacLeod in seinem Anzug.

»Ich habe auf dich gewartet«, sagte er zu ihr.

»Ich bin froh, dich wiederzusehen«, antwortete sie verwirrt, denn ihre Freude war so verhalten. »Lassen sie es zu, daß du solche Kleider trägst?« Margaret hatte sofort bemerkt, daß sein hoher Kragen, jetzt aus einem brennenden, bläulich-heißen Weiß, ihm noch immer in den Hals schnitt.

»Ich war einfach daran gewöhnt«, erklärte er.

»Ich bin früher von zu Hause weggegangen«, sagte Margaret, und Charles nickte. »Es gibt noch etwas, was ich vorher machen will.«

»Damit sind wir einverstanden«, sagte er, und einen Augenblick lang glaubte Margaret, die anderen zu hören. »Tu nur, was du tun mußt, und komm dann zu uns ans Ratsfeuer.«

»Und wie finde ich es?« Margaret wünschte, direkt dorthin gehen zu können, so begierig war sie, das Wissen der Vorfahren zu teilen.

»Geh die *Wanaǧi Tačanku* bis ans Ende. Es wird nicht lange dauern. Sobald du den Rand des Universums erreichst, siehst du uns schon am Feuer sitzen. Überschreite die Grenze. Fünf Schritte, und du bist bei uns.«

»Mama, deine Suppe ist fertig.« Evie kam mit der *waštunkala* ins Zimmer ihrer Mutter.

»Sie ist nicht da«, sagte Harley. Er saß am Fußende des Bettes und schaute auf den Bildschirm.

»Natürlich ist sie da«, sagte Evie gereizt. Ein wenig Suppe schwappte über und verbrühte ihr die Hand. »Mist.« Evie stellte die Schale auf dem Nachttisch ab und kühlte ihre Hand mit der Zunge. »Wach auf, Mutter, du hast doch die ganze Zeit darauf gewartet.«

Margarets Körper war noch warm, aber als Evie ihre Mutter an die Schulter faßte, wußte sie, daß sie tot war. Evie fühlte sich nackt und ängstlich. »Siehst du mich?« fragte sie. »Ich kann dich nicht mehr sehen. Vielleicht sehe ich dich nie wieder.« Evie setzte sich neben ihre Mutter und nahm ihre weiche Hand. Sie griff nach dem weißen Zopf ihrer Mutter und führte ihn an die Nase. Er roch nach dem Babyshampoo, mit dem Lydia Margaret das Haar wusch. Evie küßte ihre Mutter auf die Wange.

Sie weinte erst, als sie Margarets Medaillon unter dem Nachthemd hervorzog. Es sprang mit einem Klicken auf, und Evie wischte mit ihrem kleinen Finger die Fusseln von den winzigen Fotografien. Charles Bad Holy MacLeod war auf der einen Seite zu erkennen, das schwarze Haar streng in der Mitte gescheitelt und an beiden Seiten glatt nach hinten gekämmt. Ein hoher Kragen schnürte ihm den Hals zu, und seine Augen glühten vor Klugheit. Das andere Foto zeigte einen japanischen Herrn mittleren Alters mit schütterem Haar. Sein Lächeln war voller Schmerz, die Zähne hinter den verzogenen Lippen verborgen. Evie erkannte das Lächeln und die sanften Augen. Es war Lydias Gesichtsausdruck.

Alle hatten Harley vergessen. Er zog den Rohrstuhl vor den Fernseher und kniete sich auf den Sitz. Die Hände auf die Kommode gestützt, betrachtete er die spiegelnde Oberfläche von Neil Armstrongs dunklem gläsernen Visier.

Hinter ihm wuschen Evie und Lydia ihre Mutter mit milder Seife und sanften Bewegungen. Sie wuschen ihr Haar und breiteten es auf dem Kissen zum Trocknen aus. Es floß über die Ränder wie ein Wasserfall aus weißen Bändern. Lydia bemalte Margarets Gesicht nach dem alten Brauch: Sie tupfte sich dunkelroten Lippenstift auf den Zeigefinger und zog damit den Scheitel ihrer Mutter nach. Dann zog sie große Kreise über beide Wangenknochen und malte sie aus. Lydia entfernte auch den alten Nagellack und lackierte die Nägel frisch mit klarem Lack.

Danach streiften sie und Evie ihr das weiche Wildlederkleid über, das sie zu Powwows getragen hatte, und hüllten sie in einen Tanzschal, auf dessen Rückseite ein Donnervogel gesteppt war.

Mit kräftigen Flügeln wirst du fliegen, war Lydias Gedanke dabei.

Du wirst nie mehr tanzen, dachte Evie.

Sie legten Margaret die Hochzeitsmokassins an, die sie Lydia vermacht hatte, und als die Schuhe angezogen waren, stockte den Schwestern fast der Atem, denn es sah aus, als wüchsen ihr auf beiden Füßen Rosen.

Pater Zimmer saß in der Küche vor einer Tasse schwarzem Kaffee. Er war untröstlich. Philbert stand ihm gegenüber, er hatte die Hände tief in den Hosentaschen vergraben und klimperte mit Kleingeld. Ihm schien, als würde der Priester gleich anfangen zu weinen.

»Ich hätte dasein müssen, um ihr den Heimgang zu erleichtern«, sagte Pater Zimmer und rührte in seinem Kaffee, obwohl er keinen Zucker genommen hatte. Dampf stieg auf wie Seelendunst. Er mußte weinen, wenn er daran dachte, daß Margarets Seele wie ein Nebelschleier über den Bergen hing, weil sie ohne seinen Segen gestorben war. Er wollte nicht, daß sie sich zwischen dem Diesseits und dem Jenseits verfing.

»Ich werde eine Messe für sie lesen«, sagte er, und Philbert neigte den Kopf.

Harleys Knie begannen zu schmerzen, aber er blieb weiter auf dem Stuhl knien. Während er noch zuhörte, waren die Stimmen von Walter Cronkite, den Astronauten und der Bodenstation in Houston plötzlich weg. Statt dessen dröhnte die Hymne der Sioux aus den schwarzen Schlitzen des Fernsehers, aber niemand außer ihm schien es zu bemerken, wie Harley mit einem Blick über die Schulter feststellte.

Als Neil Armstrong und Edwin Aldrin vor der Kamera standen, mußte Harley lächeln, denn sie erinnerten ihn an zwei weiße, aufrecht stehende Schildkröten. Armstrong benutzte eine

Aluminiumschaufel mit Teleskop-Stiel, um Gesteinsproben zu sammeln, ohne sich zu bücken. Aldrin hob mit einer Zange größere Gesteinsbrocken auf.

Irgendwo zwischen der Musik hörte Harley eine vertraute Stimme, die »*takoja*« rief.

Harley war nicht mehr allein und nicht mehr unsichtbar auf seinem Stuhl. Er sah die Gestalt seiner Großmutter auf dem Bildschirm auftauchen, am fernen Horizont, weit hinter den Astronauten, und sich tanzend auf ihn zubewegen. Er erkannte ihren schlängelnden Tanz als Sioux-Powwow-Schritte, nur das wunderschöne, mit blauen Perlen bestickte Kleid hatte er noch nie gesehen.

Großmutter ist jung, sagte er vor sich hin. Aber als sie ihn anlächelte, war ihr Lächeln alt. Ihr Haar war schwarz, und es war weiß. Ihr Schritt war fest und unterschied sich deutlich vom hüpfenden Gang der Männer in den Raumanzügen.

Er wartete darauf, daß Armstrong und Aldrin sie bemerkten, aber die schienen nur den Boden zu sehen. Schließlich ging sie auf die beiden zu, und Harley hielt den Atem an, denn Margaret tanzte durch Neil Armstrong hindurch. Der Astronaut grub einfach weiter und hinterließ Fußabdrücke wie schwere Panzerspuren, nur sein Sauerstoffgerät bebte ein wenig, als sie durch ihn hindurchging.

Margaret Many Wounds tanzte auf dem Mond. *Schau dir meine krummen Spuren an, wie von einer Schlange,* dachte sie. Zuerst schien es, als würde sie lange brauchen, um ihren Kreis zu ziehen. *Tanze ich, oder fliege ich?* fragte sie sich, als sie ihn überraschend schnell vollendete. Nie gehörte Namen kamen ihr in den Sinn. *Das ist das Meer der Krisen,* wußte sie, *und das ist das Meer der Heiterkeit.* Sie durchmaß das Meer der Fruchtbarkeit und machte dann kehrt zum Meer der Ruhe. Und hier fühlte sie Harleys Gegenwart.

Takoja, rief sie ihn im Geist. *Schau her zu mir. Siehst du den Zauber? Es gibt noch immer Zauberei auf der Welt.*

Margaret tanzte an den Astronauten und ihrem starren Metallbanner vorbei, bis sie schließlich an den Anfang ihrer Spur kam, die im staubigen See der Träume fast verwischt war. Sie hob den Fuß und fand *Wanaği Tačanku,* die Straße der Geister, die sich zu ihren Füßen kräuselte. Sie machte sich auf, tanzte jetzt nicht mehr, sondern ging rasch auf das Ratsfeuer zu, fünf Schritte jenseits des Universums.

Morsezeichen

Crystal Thunder
(1964)

Martin Lundstrom war weiß, ein Schwede mitten im Farmland von North Dakota, und trotzdem ein Außenseiter. Statt eines einzigen Wirbels hatte er gleich drei, eine Dreifaltigkeit widerspenstiger Haarbüschel, die wie Hörner von seinem braunen Kopf abstanden. Sein Gesicht war reizvoll – *mir* gefiel es –, fast scharf geschnitten, aber gemildert durch Leberflecken an Schläfe und Kinn, und wenn er lächelte, was selten vorkam, entstand ein entzückendes Grübchen in seiner linken Wange. Die anderen nannten ihn Tiny Tim, denn er humpelte auffällig beim Gehen, was durch den dicken orthopädischen Schuh nur teilweise ausgeglichen wurde. Wenn ich »die anderen« sage, meine ich nicht die indianischen Schüler, die Dakota aus unserem Reservat. Wir waren Außenseiter im eigenen Land und überließen es den Deutschen und den Skandinaviern, sich gegenseitig nach Kräften zu piesacken. Wir mieden sie soweit wie möglich.

Als ich die Abschlußklasse der Saint Mary's High-School erreicht hatte, war auch ich zur Außenseiterin geworden, von meinen Stammesangehörigen gemieden, weil meine Mutter zu viele Liebhaber hatte und gemunkelt wurde, daß sie indianischen Zauber praktiziere. Regina Red Horn folgte mir aufdringlich wie ein lästiger Schatten, starrte in der Aula andauernd zu mir herüber und lutschte dabei am Ende ihres schwarzen Zopfes. Ihr Gefolge von sehnsüchtig wartenden Cheerleader-Kandidatinnen – hübsche, sportliche Mädchen, aber zu dunkelhäutig, um je ausgesucht zu werden, und trotzdem immer noch voller Hoffnung – zeigte flüsternd auf mich, bis ich mich von den scharfen Fingernägeln von hinten durchbohrt fühlte. In wütender Verzweiflung kramte ich das alte Ledersäckchen heraus, in dem ich meine Jackstones und den kleinen Gummiball aufgehoben hatte, und hängte es mir um. Als Regina mich wieder aus der Ferne zu mustern begann, ging ich zu ihr hin, die Hand um das Säckchen geklammert. Ich drückte so fest, daß ich die spitzen Metallkanten spürte.

»Ich kratz dir die Augen aus«, drohte ich ihr, »und tu sie in meinen Beutel. Such dir lieber ein anderes Ziel!« Ich hörte, wie es ihr den Atem verschlug, und sehr schnell waren Regina Red Horn und ihre anmutige Schar ans andere Ende des Saals verschwunden. Ihre Mißbilligung war so stark, daß ich sie riechen konnte, ein metallischer Gestank wie angesengtes Schießpulver, aber als sich die rauchige Wolke verzogen hatte, blieb nur noch der Geruch von Seife auf ihrer Haut.

Ich bewunderte Martin Lundstrom aus der Ferne. Ich hielt ihn für einen talentierten Künstler und war versessen auf die Skizzen, die er in seine Hefte kritzelte. Er riß sie ständig heraus und warf sie in den Papierkorb, aus dem ich sie herausangelte, wenn keiner hinsah. Mir gefiel, wie er Pferde zeichnete, wie er die überdrüssige, zynische Haltung stämmiger Ackergäule einfing, ihre gesenkten Köpfe und angespannten Muskeln, während sich seine eleganten indianischen Ponys mit den schlanken Fesseln am Papierrand aufbäumten, als wollten sie von dort herunterspringen. Nachdem ich diese Zeichnungen wochenlang gesammelt, glattgestrichen und mir ihre Linien eingeprägt hatte, folgte ich der Spur geradewegs bis hin zur Quelle. In der Schulcafeteria ging ich auf Martin Lundstrom zu, mir schmerzhaft bewußt, wie meine Schritte in dem riesigen Raum hallten, der einmal eine Kapelle gewesen war. Ich schaute unverwandt zu der hohen Decke hinauf, entschlossen, mein Ziel geheimzuhalten, bis ich es erreicht hatte. Martin Lundstrom saß auf dem Stuhl, der am dichtesten bei den Abfalleimern stand. Er war allein, wie üblich, aß ein Stück gelben Kuchen und starrte dabei ins Leere. Ich hörte ihn mit ziemlich vollem Mund sagen: »Sie kommt herüber.« Ich blieb stehen, die Zeichnungen so fest in der Hand, daß sie knitterten.

»Sie ist stehengeblieben«, sagte er, an niemanden gewandt. Ich verkleinerte den Abstand zwischen uns.

»Sie ist da«, sagte ich zu Martin Lundstrom, und er lächelte. »Ich bin Crystal Thunder. Ich finde, du kannst toll zeichnen.«

Da sah er mich an, nicht starr, aber so konzentriert, als überlegte er, wie er mein Gesicht am besten zeichnen könnte. Ich hatte ein plattes Pfannkuchengesicht, aber funkelnde Augen, die das, wie ich hoffte, wettmachten. Alles an mir war ein und dieselbe Farbe, braunes Haar, braune Augen, bräunliche Haut – der einzige Farbfleck war das seltsame rote Muttermal auf meiner Stirn, das wie ein Hufeisen gebogen war. Wenigstens hatte ich mein glattes Haar in eine modische, schulterlange Außenrolle gedreht. Vielleicht würde es ihm Spaß machen, diese Linien zu zeichnen. Martin beendete seine Prüfung und deutete auf den nächsten Stuhl.

»Der Platz ist frei.« Ich setzte mich und hielt dabei noch immer seine herausgerissenen Seiten fest, nach denen er jetzt die Hand ausstreckte. »Ihr gefällt also meine Arbeit?«

Was sollte nur dieses »sie« und »ihr«, fragte ich mich. Als hätte er meine Gedanken gelesen, entschuldigte er sich: »Ich spreche nicht viel mit Menschen. Ich denke eher laut. Ich hab' mir da was Schlechtes angewöhnt.« Martin zog ein Stück Kohle aus der Hosentasche und drehte eines der zerknitterten Blätter um. »Halt still.«

Seine Augen bohrten sich in mich wie Angelhaken, und ich machte ein- oder zweimal den Mund auf wie ein riesiger, nach Luft schnappender Fisch. Um mich von der Spannung zu befreien, verdrehte ich die Augen und schielte auf den steilen Rücken meiner Nase, der eine gänzlich aus Paaren bestehende Welt trennte.

»Das sollte sie nicht tun«, schalt Martin, und ich ließ es sein. Sein Blick löste sich nicht ein einziges Mal von meinem Gesicht, das weiß ich genau, und doch sah ich seine Hand über das Papier zucken. Das Werk seiner Finger folgte einer eigenen Vision. Als Schwester Francis mit einer kleinen silbernen Handglocke läutete, um das Ende der Mittagspause anzukündigen, war er fertig. Er gab mir die Zeichnung, schob dann schnell die Hände in die Taschen und humpelte davon. Aber das konnte doch nicht mein Gesicht sein, von dem ich wußte, daß es rund wie ein Kuchenblech und fast so platt war. Dieses Gesicht war von wunderbarer Symmetrie: Wangenknochen so klar wie gleichschenklige Dreiecke, ein festes, eckiges Kinn und ebenmäßige mandelförmige Augen, die wie geschliffener Edelstein glänzten. Sogar das Muttermal war verwandelt und zu einer zarten, sich öffnenden Rosenknospe geworden.

Die ganze Schule regte sich über meine Beziehung zu Martin Lundstrom auf. Wenn wir zusammen durch die Eingangshalle gingen, gab es Geraune auf beiden Seiten, und die Münder standen nicht still.

»Klingt wie ein Heuschreckenheer, das sich über ein Weizenfeld hermacht«, sagte Martin.

Schwester Nora bat mich eines Tages, nach der Stunde dazubleiben und ihr beim Putzen der Tafel zu helfen. Während ich mit einem nassen Lappen über den Schiefer wischte, hörte ich sie hinter mir seufzen.

»Bist du nicht noch ein bißchen zu jung, um dich für Jungen zu interessieren?« Ihre asthmatischen Lungen erstickten die Worte fast.

»Ich bin siebzehn«, erklärte ich. So leicht wollte ich es ihr nicht machen.

»Hast du mit deiner Mutter darüber gesprochen?«

»Ja«, log ich.

»Aber sie kann das doch nicht billigen. Das ist eine delikate Angelegenheit bei Mädchen. Der gute Ruf. Vergiß das nicht.«

Ich nickte, aber das reichte Schwester Nora nicht. »Wirst du dran denken?« beharrte sie.

»Ja, Schwester.« Aber mir wurde etwas ganz anderes klar. Die meisten meiner Klassenkameradinnen hatten Verabredungen mit Jungen, bekamen von Studenten die College-Nadel angesteckt oder von anderen Freunden ein schweres Armband mit eingraviertem Namen geschenkt – Rituale, die mir wie das Brandmarken von Kühen vorkamen. Keiner fand etwas dabei, wenn Deutsche mit Schweden gingen oder Dakotas mit Assiniboins, solange sich gleich zu gleich gesellte. Deshalb gingen Martin und ich unserer eigenen Wege und achteten einfach nicht auf den Klatsch, der um uns wütend toste wie ein Staubsturm.

Martins verwitwete Mutter arbeitete als Telefonistin in Bismarck. Er sagte: »Sie hört mit, wenn sie kann, und beschäftigt sich mit den Problemen von wildfremden Menschen. Ich glaube, das sind die einzigen, mit denen sie umgehen kann, die Probleme, die weiter weg liegen.«

Wir vereinbarten, unsere Gefühle vor unseren Müttern geheimzuhalten; ich war erleichtert über dieses Versprechen. Meiner Mutter würde es vielleicht nichts ausmachen, daß Martin weiß war, aber bestimmt würde sie ihm den Einfluß, den er auf mich hatte, verübeln. Sie gönnte nicht einmal Jesus den Raum, den er in meiner Seele einnahm, obwohl ich ihr schwor, daß es nur ein Eckchen sei. Meiner Meinung nach stand er ganz am Rand und hielt einen Zipfel meiner Seele zwischen seinen kalten Fingern, als wolle er sie zusammenfalten.

»Und wer soll hier drinnen sein?« hatte ich sie einmal gefragt.

»Ich bin deine Seele bis zu dem Tag, an dem du mich verstehst, und dann sollst du sie selbst übernehmen.«

Aber auch wenn ich neunzig Jahre werden sollte, würde ich meine Mutter niemals verstehen, all ihre Geheimnisse und ihre Erinnerungen und Wünsche. Sie erhob Anspruch auf meine Seele für alle Ewigkeit.

*

Ein paar Wochen vor der Abschlußprüfung kaufte Martin sich einen eleganten schwarzen Thunderbird.

»Der erste, den ich hier in der Gegend sehe«, sagte er. »Fällt völlig aus dem Rahmen.«

Es stimmte, auch ich hatte noch keinen gesehen – wir lebten im Lande der Pickups –, aber ich fand, daß er gar nicht fehl am Platz war. Er schien wie dafür gemacht zu sein, sich schwarz und schlangengleich die Schotterstraßen entlangzuwinden und auf weißen Feldern dem eigenen Schatten hinterherzupirschen.

»Wie hast du den bloß bezahlt?« fragte ich ihn.

»Ich hab' einen Job. Keiner weiß das, außer meiner Mutter.«

Es stellte sich heraus, daß er, seit er fünfzehn war, für den Katalog der Oscar H. Will Seed Company das Titelbild entwarf.

»Die Bilder werden immer beliebter. Ich höre, daß der Umsatz steigt«, sagte Martin achselzuckend.

Ich ging in die Bibliothek, um mir die letzten Hefte anzusehen, und breitete sie auf einem schweren Eichentisch aus. Martin Lundstroms Hormone tobten sich über dem Lande aus. Die bäuerlichen Szenen, die er malte, waren sinnlich und bebten vor verzweifelter pubertärer Energie. Auf einem Titelbild standen vor einer heiß glühenden Sonne zwei Frauen mit Körben voller Mais in den Armen. Winzige Schweißtropfen lagen süß wie Perlen auf ihren Oberlippen, und langes, welliges Haar klebte ihnen am Körper. Auf einer anderen Zeichnung ragte ein Silo vom Boden auf wie ein in den Himmel stoßendes männliches Glied. Ich spürte förmlich die Bewegung, fühlte die Erde beben. Mir wurde klar, warum die Bilder so erfolgreich waren. Ich konnte mir lebhaft den älteren Farmer vorstellen, der einen zusammengerollten Katalog in der Gesäßtasche trug. Immer mal wieder faßte er nach hinten, um das Rohr zu betasten und es wie einen Glücksbringer zu reiben. Auf Wochen hinaus würde er hitzige Träume haben, scharf wie Chilischoten, die ihm noch beim Frühstück die Schamröte ins Gesicht trieben und ihn häufiger als sonst nach seiner Frau greifen ließen.

*

Martin ging behutsam und sanft mit mir um; er behandelte mich wie ein wildes Pferd. Erst im Juni riskierte er einen Kuß auf den Mund, und als unsere Lippen sich berührten, weiteten sich seine Augen, auf Zeichen der Abwehr gefaßt.

»Ist schon gut«, murmelte ich. Ich fuhr ihm mit der Hand durchs Haar und hielt inne, um die gegen den Strich wachsenden Wirbel zu streicheln.

Wir hatten auf einer Lehmstraße geparkt, die eine flache Ebene voller unterschiedlicher Gräser durchschnitt. Martin hatte eine alte Wolldecke über den Kühler gebreitet, und wir lagen dicht nebeneinander und entspannten uns mehr und mehr, als die Hitze des Motors die Decke wärmte und unsere Körper schmolz. Der Himmel war eine weite Fläche aus Blau und Weiß, ein schwereloser Frühlingsquilt, der sich auf unser Bett niedergesenkt hatte. Langsam zogen wir uns aus, legten unsere Kleider zusammen, steckten die Strümpfe in die Schuhe und schoben die Kleiderbündel aufs Autodach. Während wir uns zusammen bewegten, sah ich in Martins grauen Augen mein Gesicht, und das war kein bißchen wie ein Blick in einen Spiegel. Das schöne Mädchen seiner Zeichnung sah mich an, und ihre Augen schimmerten und füllten sich mit Tränen. Ich wandte den Kopf zur Seite, damit Martin mich nicht weinen sah, und bemerkte einen Ebereschenbaum, unseren einzigen Zeugen, der an einem sanften Abhang wurzelte. Seine graue Rinde schien von tiefen Sorgenfalten durchzogen, und mir kam es so vor, als winke er mir mit hochgereckten Arm-Ästen zu. Er machte mir angst, und ich klammerte mich an Martin.

»Crystal«, stöhnte er, und ich hätte ihm gern den Finger auf den Mund gelegt.

Sprich unsere Namen nicht aus, wollte ich ihn warnen. *Wir sind nicht allein.* Aber ich stellte mir vor, wie unsinnig das klingen würde. Martin würde lachen, wenn ich ihm die Wahrheit sagte: *Der Baum, der uns so böse anschaut, ist meine Mutter.* Sie sah uns von dem Abhang aus zu, mit wildem Haar und ausgestreckten Fingern, die dicken Wurzeln tief in der Erde vergraben, so tief, daß sie bis an die Stelle reichten, wo nichts mehr ist als Hitze und Magma – der gesamte kochende Zorn des Planeten.

Mit fünf Jahren erfuhr ich, daß meine Mutter anders war. Die alte Mrs. Elk Nation war freundlich und erlaubte mir, ihr bei Powwows auf Schritt und Tritt zu folgen. Ihr Rückgrat beeindruckte mich; sie hielt sich so gerade, daß ich mir gerne vorstellte, daß sie mit einer Gerte als Wirbelsäule geboren wurde, einer biegsamen Peitsche, die sich mit zunehmendem Alter zu einem aufrechten Stamm gefestigt hatte. Sie war eine gute Tänzerin, eine der besten, wie ein Baum mit elastischen, im Takt der Musik hüpfenden Wurzeln. Stolz thronte ich auf ihrem Schoß und genoß es, wie sie mir die losen Haare an den Schläfen nach hinten strich. Sie meinte wohl, ich sei von ihren sanften Handbewegungen hypnotisiert oder zu jung, um ihrer Unterhaltung zu folgen.

»Die Kleine tut mir leid«, sagte sie zu Emma Two Bulls, einer Pine-Ridge-Sioux, die ihre Cousins in unserem Reservat besuchte. »Sie gehört der Thunder.«

»*Ohan*«, sagte Mrs. Two Bulls. »Von der hab' ich gehört. Die treibt ihr Spiel mit Dingen, von denen man die Finger lassen soll.«

»Schlechter Zauber«, flüsterte Mrs. Elk Nation. Ich spürte ihren feuchten Klatschbasenatem über meinen Scheitel streichen. »Schau genau hin, was sie zum Gemeinschaftsessen mitbringt, und probier ja nichts davon.«

Ich rutschte schnell auf Mrs. Elk Nations Schoß nach vorn und ließ mich von ihren aneinandergedrückten Knien gleiten.

»Na, ungeduldig?« sagte sie. »Magst du wieder tanzen?«

Ich sagte, ich hätte Hunger, was nicht stimmte, aber ich brauchte eine Entschuldigung, um von diesen Worten loszukommen. Ich rieb mir sogar den Kopf, um alle Worte fortzuwischen, die sich mit ihren gemeinen kleinen Widerhaken in meinem Haar verfangen hatten.

Bis zu dem Tag hatte ich nie an meiner Mutter gezweifelt. Ich nahm ihre Gegenwart ebenso selbstverständlich hin wie meine eigene und hatte niemals einen Vater vermißt. Meine frühesten Erinnerungen an sie waren angenehm. Ich konnte mich daran erinnern, daß ich als Kleinkind auf ein Wiegenbrett gewickelt war, das an der Küchenwand lehnte, und ich von dort aus meine Mutter bei ihrer Perlenstickerei beobachten konnte. Sie benützte den Lazy Stitch, bei dem sie neun Perlen auf einmal auf die Nadel nahm, um Beinlinge, Mokassins, die Passen von Wildlederkleidern, Taschen, Pfeifenbeutel und die runden Griffe von Fächern aus Adlerfedern zu verzieren. Sie hatte auch das Schildkrötenamulett bestickt, das oben an meinem Wiegenbrett hing. Manchmal streckte ich die Ärmchen nach dem steifen Roßhaarschwanz aus, aber dann sagte sie: »Nein, nicht anfassen.« Sie gab mir eine kleine perlenverzierte Eidechse zum Greifen in die Hand, und damit durfte ich spielen, solange ich sie nicht in den Mund steckte. Später erfuhr ich, daß meine Nabelschnur in den Schildkrötenpanzer eingenäht war, um mir Gesundheit und ein langes Leben zu schenken. Das Eidechsenamulett war ein Köder für böse Geister, es sollte sie ablenken, falls sie mir meinen Schutz stehlen wollten.

Damals brauchte ich keine Amulette, sondern nur meine hochgewachsene Mutter mit ihrem schönen, von Falten durchzogenen Gesicht. Ich hätte gern ihre gerade Nase und die gewölbten Augenbrauen berührt, wäre gern mit dem Finger über ihre aufgesprungenen, zerbissenen Lippen gefahren. Aber sie war auf der anderen Seite des Zimmers, beschäftigt mit ihrer silbernen Nadel und dem Nylonfaden, und dabei bewegte sie die Hände so schnell, daß es aussah, als spinne sie ein Netz.

Mrs. Elk Nations Worte wurden in meinem Kopf zu Fragen, und diese Fragen wurden zur Plage. Ich glaubte zu hören, wie sie aneinanderschlugen, hinfielen und klapperten wie Knobelknochen, die gegen meine Schädeldecke geworfen wurden. Ich fragte mich, wer mein Vater war und wo er sich befand. Ich fragte mich, warum niemand in unserem Reservat die Kleidungsstücke trug, die meine Mutter bestickte. Ihre Kunden waren weiße Sammler oder Indianer anderer Stämme: Chippewa, Cheyenne, Crow – niemals Dakota. Klack. Klack. Die Fragen häuften sich, doch es gab keine Abhilfe. Ich konnte Anna Thunder, meine hochgewachsene Mutter, die alles auf der Welt zu wissen schien, nicht befragen. Ich hatte sie Kartoffelkäfer zerquetschen und die zarten Schoten von Zaunwicken aufknacken sehen. Sie hatte mich noch nie geschlagen, aber ich hatte Respekt vor ihren gewandten Händen.

Als die Jahre vergingen und meine Fragen unbeantwortet blieben, waren es schließlich so viele, daß ich sie nicht mehr im Kopf behalten konnte, und sie liefen über und riefen einen schmerzhaften Ausschlag auf meinen Armen hervor. Ich betastete die Beulen und erkannte sie: greifbare Zeichen meines Bedürfnisses nach Gewißheit. Jemand mit empfindsamen Fingerspitzen oder einer, der mit der Brailleschen Blindensprache vertraut war, hätte meine Arme vielleicht wie ein Buch lesen können. Meine Mutter ließ niemals auch nur einen Finger über mein aufgebrochenes Fleisch wandern, sondern deckte die Stellen mit sauberen weißen Lappen zu und packte mich ein wie eine Mumie.

»Sie sollte mich heiraten«, sagte Martin im Herbst, als mein Körper schwoll und ich mir ein Gummiband an den Hosenbund nähen mußte.

»Wer?« fragte ich. Ich wollte, daß Martin in dieser Sache ganz exakt war.

»Crystal Thunder sollte Crystal Lundstrom werden.« Martin steckte den Zeigefinger durch meine Außenrolle, und das steife Haar lockte sich darum.

»Bitte«, flüsterte er. »Bitte.« Ich legte ihm die Hände auf die Schultern und spürte, wie er zitterte. Er hatte sein kürzeres Bein nach hinten gestellt und lehnte sich nach vorn, das Gewicht auf dem guten Bein. Er sah aus, als wolle er gleich losschlagen.

»Dann müssen wir es unseren Müttern erzählen«, sagte ich.

Ich fragte nicht: *Wo werden wir hingehen? Wovon sollen wir leben?* Ich wußte, daß wir arbeiten und uns eine kleine Wohnung mieten konnten. Für mich gab es kein Hindernis außer meiner wilden Mutter Anna Thunder, die mit ihren spitzen Pflöcken eine Tierhaut spannen, sauberschaben und sie dann so lange bearbeiten konnte, bis sie geschmeidig war wie Samt. Genauso ging sie auch mit Menschenseelen um, zu denen sie sich durch die Augen Zugang verschaffte. Sie blinzelte niemals. Ihr weit geöffneter Eulenblick drang ein und erstickte einen dann.

»Das erlaubt meine Mutter nicht«, sagte ich.

»Aber wie soll sie uns denn daran hindern? Wir sind volljährig. Crystal kann tun, was Crystal will.«

Ich schüttelte den Kopf, aber zu Martin sagte ich: »Ja. Ja, ich heirate dich.«

Er neigte sich zu mir, legte die Arme um mich und strich mir über das steife Haar. Ich wollte ihn wenigstens dieses letzte Mal glücklich machen, ihm die Antwort geben, die er hören wollte, und meinen eigenen innigsten Wunsch laut aussprechen.

Ich entdeckte meine Mutter dabei, wie sie ein kleines Amulett in der Form einer Schildkröte bestickte. Der Panzer war eine Spirale aus roten, gelben und blauen Perlen. Ich stand hinter ihr in der Küchentür und schaute ihr über die Schulter, während die Nadel zustach, verschwand und wieder auftauchte.

»Du trägst ein Mädchen«, sagte sie und biß den Nylonfaden ab. Ich stolperte nach vorn und hielt mich an der Lehne eines Küchenstuhls fest. Seine geflochtene Sitzfläche löste sich auf, Stroh stach in alle Richtungen. Wortlos ließ ich mich auf den Stuhl fallen.

Meine Mutter zeigte mit der Nadel auf mich. »Du hast dich mit dem lahmen Schweden eingelassen. Ich hab' dich gesehen. Jetzt will er, daß du mit ihm wegläufst.« Ich schaute die Nadel an und hob einfach den Blick nicht zu ihren Augen. Ich wollte sie nicht hineinlassen, diesmal nicht.

»Er ist nicht lahm. Er liebt mich«, sagte ich, in dieser lächerlichen Reihenfolge.

Anna spuckte in eines der zerknitterten Papiertaschentücher, die sie in der Schürzentasche herumtrug.

»Er liebt dich – als ob das eine Rolle spielt.« Gelächter stieg aus ihrem Brustkorb auf. »Seine Gefühle sind nutzloser Staub!«

»Ich will ihn heiraten«, sagte ich so leise, daß ich dachte, sie könnte es gar nicht hören.

»Tu, was du willst. Lauf doch weg mit diesem lahmen Schweden, und bring ihm ein Dutzend holzbeinige Gören zur Welt, mit noch weniger Sinn und Verstand, als du schon hast. Verschwende dich doch sinnlos, nur zu. Aber dieses Kind verschwendest du mir nicht.« Sie stupste mich in den Nabel. »Eine Seele für die andere.«

Mir war so kalt, daß sich mir die Glieder zusammenzogen und zitterten und meine Fingernägel blau wurden.

»Ich habe noch nicht einmal begonnen, dir etwas beizubringen«, sagte sie. »Du hast deine Macht noch gar nicht gespürt, du weißt überhaupt nicht, wozu du fähig bist. Du könntest dir jeden Mann aussuchen und brauchtest dich nicht mal mit einem zu begnügen. Ich habe dir so viel beizubringen, uraltes Erbe, das von den Toten an die Lebenden weitergegeben wird.«

Mir klapperten die Zähne, und ich schlang die Arme um mich. »Ich will Crystal Lundstrom sein«, stieß ich zwischen den rauhen Lippen hervor.

Meine Mutter warf die Perlenstickerei auf den Tisch und stand auf. »Dieses Kind verschwendest du mir nicht«, drohte sie mir. »Eine Seele für die andere.«

Ich schrieb an Martin Lundstrom, meinen Zukünftigen, daß ich zu ihm kommen würde, wenn mein Kind geboren sei. Ich schrieb ihm, daß meine Mutter mir während der Schwangerschaft beistehen würde, aber nur, wenn ich in ihrem Haus bliebe und ihn bis dahin nicht sähe.

Martin machte es sich zur Regel, mit seinem Thunderbird bis an die Hintertreppe von Annas viereckigem Haus zu fahren. »Komm ans Fenster!« rief er dann.

Und ich tat es jedesmal, stand aber hinter Annas schweren Vorhängen verborgen, so daß mein armer Zukünftiger keinen Blick von mir erhaschen konnte. Sobald er einen Fuß auf die Treppe setzte, öffnete Anna die Tür und stellte sich auf die Schwelle, die Arme energisch unter der felsengleich vorspringenden Brust verschränkt. Sie sagte niemals ein Wort zu ihm; allerhöchstens schnipste sie mit den Fingern – die unhöflichste Geste, die es bei den Dakota-Indianern gibt. Irgendwann zog Martin sich dann zurück und polterte in seinen ungleichen Schuhen laut die Treppe hinunter. In meinen Augen schwebte er, anmutig wie ein Habicht. Einmal saß er eine geschlagene Stunde in seinem Auto, und ich stand ebensolange hinter dem Vorhang, betrachtete sein Gesicht und streichelte es, so gut ich konnte, mit den Augen.

Meine Gefühle für Martin hatten sich nicht verändert, sie waren nur etwas zur Seite geschoben, irgendwo links neben meine Mutter, die jetzt den leeren Raum in mir füllte. Noch nie war sie so geduldig und liebevoll gewesen. Sie war eine richtige Traum-Mutter. Jeden Abend badete sie mich in ihrer klauenfüßigen Badewanne, seifte mir den Rücken ein und wusch mir das Haar mit liebevoll kreisenden Handbewegungen. Mit dem steifen Blütenstand einer Präriedistel kämmte sie mir das Haar, zärtliche hundert Mal, und flocht es mir dann zu zwei kunstvollen Zöpfen. Sie nahm meine Füße in ihren Schoß, zählte die Knochen und strich jeden einzelnen mit dem Daumen aus. Sie setzte mir wilde Rüben und blättrigen Krauskohl vor, Kohleintopf und gebratene Kartoffeln, Maiskolben, die vor Butter glänzten, und saftigen, mit Puderzucker bestreuten Zitronenkuchen. Nachts schliefen wir beide in ihrem breiten Messingbett, damit sie auch dann über mich wachen konnte. Ich glaube, sie sortierte meine Träume und trennte die unerfreulichen Bilder von den harmlosen, so daß ich nie vor dem Morgen aufwachte. Das erste, was ich sah, wenn ich die Augen aufschlug, war das besorgte Gesicht meiner Mutter nur wenige Zentimeter vor mir, und süß wie Minze streifte ihr Atem über meine Wange.

Den langen Winter verbrachten wir drinnen, gemütlich unter Decken von Schnee. Ich hatte meine Mutter ganz für mich; sie hatte ihre Liebhaber für die Dauer dieser Zeit verbannt, nur Roger Bonnin tauchte ab und zu auf, um den Schnee vom Dach zu schippen, den Kamin zu säubern und einen Tunnel von der Hintertür zur Schotterstraße freizulegen. Ich kam mir beschützt und wie in einem Versteck vor. Mir fielen Geschichten ein, die uns die Nonnen in der Schule erzählt hatten, über die Katakomben der frühen Christen. Zuerst vermißte ich die Sonne nicht, die irgendwo über den Schneewänden strahlte. Aber als es März wurde, hatte ich dunkle Ringe unter den Augen, einen dauernden Schatten, den ich der ewigen Dämmerung zuschrieb. Der weite Himmel und die bunten Farben fehlten mir, und ich sehnte mich nach Wind und duftendem Gras.

Das erste Tauwetter kam im März, eine Woche bevor ich gebären sollte. Noch immer türmten sich die Schneebänke zu allen Seiten des Hauses, an manchen Stellen zwanzig Fuß hoch. Ich sah nur einen Lichtspalt über unserem Tunnel, einen Streifen, so schmal wie ein Armband. Ich war von farblosem Weiß umgeben und zauderte, einen Fuß hinauszusetzen, aus Angst, von diesem weißen Nichts verschluckt zu werden.

»Mama«, rief ich mit klagender Stimme, die hoch war wie die eines Kindes, »ich kann überhaupt nichts sehen!«

Meine Mutter half mir ins Bett und empfahl mir, ein Schläfchen zu machen. »Laß mich nur machen«, sagte sie.

Ich wachte spät am Nachmittag wieder auf, und meine Mutter war da, als sei sie keinen Schritt von mir gewichen. Es gibt ein Lied, das »Treppe zum Himmel« heißt, und ich habe religiöse Gemälde gesehen, auf denen fromme Christen eine von Gottes Finger erleuchtete Treppe hinaufsteigen, aber nichts davon ließ sich mit der Treppe vergleichen, die Anna Thunder mit Axt und Schaufel in den hohen Schnee gegraben hatte. Ihr Kleid war von der Anstrengung durchgeschwitzt, und ihre Hände waren voller Blasen.

»Laß uns hinaufgehen, solange die Sonne noch da ist«, sagte

sie. Sie packte mich in eine alte Pendleton-Decke ein und führte mich die steilen Blockstufen hinauf. Sie schob mich von hinten und hielt den größten Teil meines Gewichts, bis ich den kühlen Gipfel erreichte.

Sonnenlicht umflutete mich und drang in meinen Körper ein. Ich schloß die Augen und hob mein Gesicht der Sonne entgegen.

»Danke, Mama. Danke für das hier«, murmelte ich. Das Baby regte sich, bewegte Hände und Füße. »Ihr gefällt es auch«, sagte ich. »Sie ist richtig wach geworden.«

Ich drehte mich nach allen Seiten und suchte nach einem Fleckchen Farbe. »Da.« Meine Mutter deutete auf die Straße in der Ferne, die von Schneepflügen geräumt worden war. Direkt am Straßenrand schoben sich Büschel unerschrockener Krokusse nach oben, die trotz der Kälte in voller Blüte standen. Sie sahen aus wie elegante lavendelfarbene Teetassen, die sehnsüchtig auf ein Picknick warteten.

»Sie sind einen Monat zu früh dran«, sagte ich. Aber meine Mutter schien überhaupt nicht überrascht zu sein.

»Sie sind herausgekommen, um dich zu begrüßen«, erklärte sie. »Sie wissen, wie wichtig das ist.« Sie streckte die Hand aus und bot mir ein Pfefferminzbonbon an. »Lutsch das, und wenn es zergangen ist, sollten wir wieder reingehen.«

Der Abstieg war heikler als der Aufstieg. Meine Mutter ging vor, damit ich mich an ihren Schultern halten konnte. Auf dem Weg nach unten trat mich das Baby voller Unruhe und Enttäuschung. *Können wir nicht noch ein bißchen bleiben?* fühlte ich es drängen. Es war wütend auf mich, und als wir endlich ins Haus traten, hatte sich sein runder Körper gespannt und kämpfte darum, ins Freie zu kommen.

Die alte Mrs. Elk Nation hatte mir auch erzählt, daß mein Vater auf dem katholischen Friedhof begraben lag. »Ich komme immer bei ihm vorbei, wenn ich Albert besuche«, sagte sie. »Sie würden Seite an Seite liegen, nur wächst da ein riesiger Wildkirschenbaum direkt zwischen ihnen. Ich weiß, daß sie die Kirschen mögen.«

»Wie heißt er denn? Und woher wissen Sie, daß er es ist?« fragte ich. Ich hätte es hinausschreien mögen, aber mir fehlte die Luft dazu.

»Alle wissen es«, sagte sie. Sie tätschelte mir mit ihrer von Arthritis verkrüppelten, bleischweren Hand den Arm. »Jetzt, wo du erwachsen wirst, ist es wohl an der Zeit, daß es dir jemand sagt. Solltest doch nicht die allerletzte sein, die es erfährt. Und du trägst das Zeichen der Trauer. Ich will es dir abwaschen.« Ich wußte nicht recht, ob sie meinen Gesichtsausdruck oder das Muttermal auf meiner Stirn meinte.

»Wie heißt er?« fragte ich noch einmal. Jetzt flüsterte ich.

»Clive Broken Rope«, sagte sie. »Geboren 1918, gestorben 1946.«

»Das Jahr, in dem ich geboren bin.«

»Ganz recht. Mehr werde ich dir jetzt nicht sagen. Frag deine Mutter nach allem anderen. Sie ist die einzige, die es ganz sicher weiß.«

Mrs. Elk Nation lächelte mich an, zog sich beim Fortgehen die Stola enger um die Schultern und gesellte sich zu einer Reihe von älteren Frauen, die am Rande des Powwow-Kreises tanzten. Sie blieben beim Tanzen ganz dicht nebeneinander und stimmten ihre Bewegungen vollendet auf den Rhythmus der Trommel ab. Mir gefiel es, wie die Fransen ihrer Tücher übereinanderschlugen und sie miteinander verbanden wie die Ketten aufgefädelter Perlen. Ich zwang mich zum Zuschauen, um den Namen beiseite zu schieben. Clive Broken Rope. Wenn ich nicht aufpaßte, würde ich hören, wie reife Wildkirschen vom Baum fielen, auf hohlem Boden aufschlugen und die Knochen meines Vaters rasseln und seine Zähne klappern ließen. Ich denke, Mrs. Elk Nation meinte es gut, sie wollte mir Gerechtigkeit widerfahren lassen. Schließlich war ich fünfzehn Jahre alt, und es war an der Zeit, daß ich einige der Antworten bekam, nach denen ich mir so sehnsüchtig die wunden Arme zerkratzt hatte. Aber jetzt saß ich in einem noch tieferen Loch – in der Falle sozusagen –, denn aus den Antworten waren wieder neue Fragen entstanden, die sich wie die Kaninchen vermehrten.

Frag deine Mutter nach allem anderen. Ich konnte mir nicht vorstellen, daß sie mir Geheimnisse verraten würde. Noch immer sah ich sie wie damals in meiner Kindheit: Meilen rissigen Linoleums von mir entfernt, wie aus Stein gemeißelt, Teil des großen Unbekannten.

Ich fand meine Mutter im Garten, wo sie in der schwarzen Erde kniete. Sie warf einen breiten Schatten über die Pflanzen, bedrohlich wie eine Sturmwolke. Sie kümmerte sich nicht um das Gemüse, das wir zum Essen anbauten, sondern widmete ihre Aufmerksamkeit den vielen verschiedenen Kräutern, Wurzeln, Wildblumen und Gewürzen, die ihr als private Apotheke dienten. Im Laufe der Jahre hatte sie mich die heilende Wirkung jeder Pflanze gelehrt, hatte mich die Rezepte wiederholen lassen, um mein Gedächtnis auf die Probe zu stellen: Schafgarbe gegen Keuchhusten, Gemeiner Kalmus gegen Diabetes, wilde Zwiebel gegen Bienenstiche, die lila Kegelblume gegen Tollwut oder Schlangenbiß, Flohkraut gegen Rheumatismus, Süßholzwurzel gegen Fieber und so weiter und so weiter.

Auf einem abgeteilten Stück Land hinter unserem Haus baute sie den langstengeligen Prärie-Lerchensporn an, der mir bis zur Taille reichte und in alle Richtungen einen Sternenregen weißer Blüten trieb.

»Vor denen hüte dich«, hatte sie mich einmal gewarnt und sehr zufrieden ausgesehen, als sie eines der elfenbeinfarbenen Blütenblättchen zwischen die Finger nahm. »Sie können giftig sein.« Daneben hatte sie mir die gefiederten Büschel der Prärie-Petersilie gezeigt. »Wenn du diese Pflanze zu benutzen weißt, kannst du dir schwache Menschen gefügig machen.« Sie brach einen der hohlen Stengel ab und kaute die winzigen Blättchen, wie um zu zeigen, daß sie einen starken Geist habe, dem nichts etwas anhaben könne. Ich überlegte, ob dies wohl die Zutat war, mit der sie sich die Zuneigung der gutaussehenden jungen Männer erwarb. Ich konnte mir gut vorstellen, wie sie ihnen die Maissuppe mit den grünen Flöckchen bestreute und zusah, wie ihre Seelen sich ihr Löffel um Löffel öffneten, aufsprangen wie Nußschalen, um den schmackhaften Kern freizulegen. Ein ganzer Schwarm junger Sioux zog durch das Schlafzimmer meiner Mutter, Männer, die nur eine Spur älter waren als Knaben, jung genug, um die Söhne zu sein, die sie niemals gehabt hatte. Sie hielt sie nie lange – einen Tag waren sie hier, am nächsten wieder fort –, und ich war an ihre schweigsame Ankunft und die leeren Augen gewöhnt. War daran gewöhnt zu sehen, wie meine Mutter mit eisenharten Fingern ihre Handgelenke packte und sie nach oben führte. Falls sie mit diesem Kraut Macht über sie gewann, dann war das meines Wissens die einzige Pflanze, die sie wirklich anwandte. Ein ganzer Garten voller Heilkräuter stand ihr zur Verfügung, aber sie machte nie auch nur einen Versuch, jemanden zu heilen. Sie hätte die flachen Büschel der Schafgarbe pflücken, sie zu einem Brei zerkauen und daraus eine Salbe für meine wunden Arme herstellen können, aber die Pflanzen blieben unberührt stehen. Ich hätte es selbst tun können, aber irgendwie begriff ich, daß der Garten ihr gehörte und nicht mir, daß er ihre Sammlung von gehortetem Wissen war. Ich hatte das Gefühl, daß sie genauso eifersüchtig über die Sprossen und Stiele wachte wie die *wašičuns* über ihr Gold. Vielleicht zählte sie die Knospen und Blätter und wußte genau, was sie besaß, wieviel sie dem launischen Boden entlockt hatte.

Mrs. Elk Nation tanzte vermutlich noch mit ihren Freundinnen auf dem Powwow-Gelände, aber mir war, als spürte ich einen ihrer steifen Finger zwischen meinen Schulterblättern.

»Ma«, sagte ich zum gebückten Rücken meiner Mutter. Sie hockte noch immer auf dem Boden und sah auf. »Ma«, flüsterte ich.

Die Fragen erstickten mich fast; sie füllten meinen Hals und hämmerten mir gegen die Zähne. Warum bloß konnte ich sie mir nicht von der Zunge schälen?

»Clive Broken Rope«, sagte ich. Dann blinzelte ich und zuckte in Erwartung einer heftigen Reaktion zurück. Aber der gewohnte, leicht verärgerte Gesichtsausdruck meiner Mutter veränderte sich nicht. Sie streckte die Hand aus, und ich half ihr auf. Dann klopfte sie sich den Staub von ihrem Baumwollkleid.

»Die Hennen müssen gegackert haben«, sagte sie vor sich hin. Zu mir sagte sie: »Clive Broken Rope, das ist eine lange Geschichte, und das Ende gefällt mir nicht.«

Ich dachte, das sei schon alles, was ich zu hören bekäme, und überlegte mir, wie ich von Mrs. Elk Nation Näheres erfahren könnte. Aber meine Mutter überraschte mich: »Ich mache uns einen Roßminzetee, und dann erzähle ich es dir«, sagte sie.

Meine Mutter blies in ihre Teetasse, und der Dampf verbarg ihr Gesicht. Sie sah aus wie ein Geist. »Als dein Vater zu mir kam, war er praktisch tot. Er wollte, daß ich ihm Leben einhauchte, seinem Blut Starthilfe gab. Er kam direkt aus der Armee, als ich ihn bei einem Ehrentanz für die Helden des Zweiten Weltkriegs kennenlernte. Er war in einem der Panzerregimente, die die Konzentrationslager in Deutschland befreiten, und sein Haar, erzählte er mir, sei weiß geworden von dem, was er sah, völlig weiß, innerhalb von ein paar Tagen.«

Weiß wie Lerchensporn, dachte ich. Ich sah seinen Kopf schwanken wie ein Blütenkelch.

»Ich brauchte ihm nur etwas zu essen zu kochen und ihn von seinen Erlebnissen erzählen zu lassen, dann war er glücklich. Er sagte, er würde ein ganz neuer Mensch dadurch. Nach einem Weilchen begann er zu lächeln, und dann konnte er sogar wieder lachen. Er versuchte auch, mich zum Lachen zu bringen, aber das war nicht einfach. Sein bester Trick war, wenn er den kleinen Landstreicher aus dem Stummfilm nachmachte, den mit dem Hitlerbärtchen. Er zog seine großen Armeestiefel an, drehte sie nach außen und watschelte wie eine Ente. Er sah wie ein betrunkener kranker Vogel aus. Ich hab' mir jedesmal fast in die Hosen gemacht, wenn er die Nummer abzog. Stell dir einen Sioux-Krieger vor, der so herumalbert.

Die Leute haben sich die Mäuler zerrissen, wie das so ist, weil er jünger war. Aber uns kümmerte das nicht. Wir haben auf indianische Art geheiratet.«

Ich wußte, daß meine Mutter meinte: *Wir haben in Sünde gelebt*, aber sie war keine Katholikin wie ich. Sie hatte nicht in die katholische Schule im Reservat gehen müssen, wo die alten Krähen-Nonnen auf unseren Seelen herumhackten.

»Dein Vater ist im Krieg nicht verwundet worden, und trotzdem kam er versehrt zurück. Zuerst habe ich das nicht gemerkt, ich dachte, es ginge ihm immer besser; aber als er erfuhr, daß ich schwanger war, brachen die Wunden in ihm auf. Ich glaube, er hatte Angst vor dem, was er dir vererben könnte. Ich weiß es nicht. Ich weiß nur, daß die Erinnerungen an diesen Krieg ihn innerlich zerfraßen.«

Ich wünschte, ich könnte sie bitten, aufzuhören. Viel zu deutlich sah ich alles vor mir: den Schädel meines Vaters, leer und glänzend, wie von innen sauber geleckt. Ich hörte das Geräusch, das meine Mutter machte, wenn sie Knochen zerbrach, um das Mark zu essen.

»Du hattest Angst vor ihm«, erzählte mir meine Mutter. »Jedesmal, wenn er die Hand ausstreckte und sie mir auf den Bauch legte, hast du dich weggeduckt. Als du zu groß dafür wurdest, hast du seine Hand weggetreten. Du wußtest schon, daß etwas nicht stimmte.

Ein einziges Mal hat dein Vater mich geschlagen, aber das reichte. ›Das war dein letzter Fehler‹, sagte ich zu ihm. Mir war egal, ob er halb wahnsinnig oder seine Seele in Deutschland mit allem anderen in die Luft gegangen war. Mir oder den Meinen tut das keiner an.« Meine Mutter stand auf und goß sich noch von dem milden Tee ein. Er duftete kühl und rein wie jungfräulicher Schnee.

»Irgendeine Kleinigkeit hat ihn aufgeregt. Ich weiß nicht einmal mehr, was. Er heulte und zerkratzte sich das Gesicht, daß ihm das Blut in den Kragen lief. Ich hielt seine Hand fest, um ihn daran zu hindern, aber er schlug mich zu Boden. Als ich versuchte aufzustehen, trat er mich hier hin.« Meine Mutter legte die Hand auf ihren Leib. »Und damit hat er auch dich getreten. Seine Stiefelspitze hat das Mal auf dein Gesicht gedrückt.«

Meine Hand hob sich zu dem Muttermal und massierte die Stelle über meinem linken Auge. Es war nur ein Muttermal, sonst nichts, und keinesfalls hatte die Stiefelspitze meines Vaters seinen verrückten Ärger in mein Fleisch tätowiert. Ich wußte, daß es nicht stimmte, und trotzdem glaubte ich es.

»Dein Vater ist eine Woche vor deiner Geburt gestorben«, sagte meine Mutter.

Das war alles, was sie erzählte.

Ich stand auf und ging zum Küchenfenster, um frische Luft zu schnappen. Unter mir schwankten im sanften Wind säuberlich gesetzte Reihen von Prärie-Lerchensporn. Die weißen Gesichter nickten mir zu, bis mir schwindlig wurde und ich fortschauen mußte.

Ich heiratete Martin Lundstrom am 10. März 1964, in einem winzigen Amtszimmer im State Capitol von North Dakota. Der neunzehnstöckige Wolkenkratzer aus glattem Kalkstein hatte mich immer beeindruckt, aber am Tag meiner Hochzeit zogen sich Wolken hinter meinen Augen zusammen, die den Himmel düster und grau aussehen ließen und das majestätische Gebäude in einen kalten Turm verwandelten. Die nicht alltägliche Fahrt mit dem Aufzug machte mir keinen Spaß, und die Angestellten, die uns unverblümt anstarrten, gingen mir auf die Nerven. Ich griff nach Martins Hand, richtete mich auf und hob sogar arrogant das Kinn. Eine rosa Sekretärin, flauschig wie ein Lamm in ihrem Kaschmirkleid, starrte am längsten, und ihr Mund ging so weit auf, daß ich ihre Zahnfüllungen zählen konnte. Kurz bevor wir um die Ecke und aus ihrem Blickfeld verschwanden, schnipste ich mit den Fingern in ihre Richtung.

Martin nahm rasch meine Hand. »Mach dir doch nichts draus. Die haben ja keine Ahnung.« Er hob die Hand an seine Lippen und wärmte sie mit einem sanften Kuß. »Nein«, ergänzte er noch, »die sind nur eifersüchtig.«

Unsere Trauzeugen waren Unbekannte, die gerade Kaffeepause machten, und alle Münder waren in grimmiger Mißbilligung zusammengepreßt. Ein Sturm tobte durch meinen Kopf, und ich mußte mich angestrengt um Konzentration bemühen, um die kurze Zeremonie durchzuhalten und genug zu verstehen, um das Richtige antworten zu können. Als sie vorbei war, senkte sich das Chaos über mich: Donner krachte in meinem Trommelfell, und Nadeln von Licht blitzten durch meinen Schädel. Hagelkörner, groß wie Bonbons, prallten auf mein Gehirn und schlugen mir die Gedanken kaputt. Ich lehnte mich an meinen neuen Ehemann und übergab ihm meine Zukunft.

Ich bin ein schwaches Gefäß, sagte ich zu mir, als ich durch die regennassen Scheiben von Martins Thunderbird hinaussah.

»Schau, dieses Land will uns nicht gehen lassen, es weint sich die Augen nach uns aus«, sagte er. Er legte mir die Hand aufs Knie.

Ich bin ein schwaches Gefäß, klang es in meinem Kopf wie das eintönige Summen eines vertrauten Gebets.

»Morgen sind wir schon in Chicago«, sagte Martin. »Dann wird alles besser, warte nur. Wie wär's mit etwas Musik?«

Aber alles, was wir im Radio hereinbekamen, waren Gospelsongs oder Musiksendungen voll trauriger Choräle, niederdrükkend wie Klagelieder:

Quält dich ein schwerer Sorgenstein, dein Jesus wird ihn heben; es kann ein Christ bei Kreuzespein in Freud und Wonne leben.

Stimmen, getränkt von leidenschaftlichen Tränen, quollen ins Auto, gequälte Harmonien, die fast zusammenbrachen. Wir fuhren durch ein großes Tränenbad, bis wir Minnesota erreichten.

»Jetzt haben wir die Sonne gefunden!« rief Martin. Er kurbelte sein Fenster herunter und streckte seine blasse Hand ins Licht. »Bei Sonne sieht alles ganz anders aus.«

Ich glaube, ich nickte, aber es war eine sinnlose Geste. Die

Stimme meiner Gedanken hatte sich festgefahren; ob Regen oder Sonnenschein, sie holperte immer wieder über dieselbe Stelle. *Ich bin ein schwaches Gefäß*, stotterte sie ohne Unterlaß.

Martin und ich wohnten in einer Dreizimmerwohnung in der Belmont Avenue zur Miete, nicht weit vom Hafen, der voller blitzblanker Segelboote mit verschlungenem Takelwerk lag. Dank eines glühenden Empfehlungsschreibens des Direktors der Oskar H. Will Seed Company konnte Martin sich eine Stellung in der Werbeabteilung der *Chicago Tribune* verschaffen. Plötzlich waren wir ehrbare Leute, die Geld sparten und zu Betriebsfeiern gingen, bei denen nur eine Handvoll der Anwesenden unsere sich beißenden Hautfarben wahrzunehmen schien.

Ich war fest entschlossen, Martin glücklich zu machen, mit den wenigen Mitteln, die mir blieben. Mein Haar war wieder zu einer unnachgiebigen Außenrolle gedreht, und meinem Gesicht verlieh ich Tiefe mit einem dunkelbraunen Augenbrauenstift und korallrotem Lippenstift. Ich machte die Wohnung regelmäßig gründlich sauber und achtete dabei auf jede Kleinigkeit. Unsere Bettwäsche stärkte ich, damit sie glatt und steif war und Frische verströmte, und die schneeweißen Vorhänge, die ich von Hand genäht hatte, bauschten sich fleckenlos vor den offenen Fenstern. In jede Schreibtischschublade legte ich duftende Rosenblätter, die Zimmerdecken bürstete ich mit einem umwickelten Besen ab, um Spinnweben zu vertreiben, und unsere beiden mundgeblasenen Weingläser polierte ich, bis sie von den Borden unseres Küchenschranks glänzten, wo sie noch auf den ersten Gebrauch warteten.

Isabel Lundstrom tauchte am ersten Montag im Juni an unserer Wohnungstür auf, als ich gerade auf dem hinteren Balkon Teppiche ausklopfte und voller Staub und Flusen war. Ich hörte das Klopfen, lief durch alle Zimmer nach vorn und riß die Tür so plötzlich auf, daß ich Martins Mutter und mich selbst erschreckte. Beide fuhren wir zurück.

»Oh!« Sie rang nach Atem. »Oh!« Ich hatte Isabel Lundstrom

nie kennengelernt, aber ich wußte von einem Foto, das Martin auf unseren Kaminsims gestellt hatte, wie sie aussah.

»Kommen Sie doch herein, Mrs. Lundstrom, bitte. Kann ich Ihnen helfen?« Eine erschreckende Anzahl von Koffern und Einkaufstaschen stand und lag um ihre Füße. Ich fragte mich, wie sie die beiden Treppen geschafft hatte. »Hoffentlich haben Sie das nicht alles selbst heraufgetragen.«

»Nein, der Taxifahrer«, sagte sie. Schließlich trat sie ein, während ich mich noch mit ihren Taschen abkämpfte und sie ins Gästezimmer trug. Eine Tüte war unten aufgerissen, und der Inhalt fiel laut klappernd zu Boden.

»Oh, keine Angst, das ist nur die *Plätpanna.*« Sie deutete auf eine schwere gußeiserne Pfanne, die glücklicherweise nicht auf meinem Fuß gelandet war. Trotz der Hitze trug Isabel einen schweren Wollmantel, den ich ihr jetzt ausziehen half. Darunter hatte sie eine braune Strickjacke an und einen dicht am Hals gebundenen gelben Schal. Als sie den Kopf zur Seite legte, mußte ich fast losprusten; sie war das Abbild einer wohlgenährten Wiesenlerche.

Wir aßen in der engen Küche mit Blick auf wacklige Balkone und hielten die Gesichter über die Teekanne, um den Dampf einzuatmen.

»Duftet wunderbar«, sagte Isabel, aber mir kam es nicht so vor, als meinte sie es wirklich. »Ich hoffe, mein Besuch kommt nicht ungelegen. Martin ist noch so jung, und ich möchte sicher sein, daß er auch ordentlich ißt. Er war immer schon ein schlechter Esser. Es war so ein Kampf, daß er Obst aß – ich hatte manchmal Angst, er würde die Schmach des Skorbuts erleiden müssen.«

Isabel stand vom Tisch auf, und ich hörte sie ihre Einkaufstüten durchwühlen. Sie kam mit einem Beutel Orangen in der einen und einer Büchse mürber Ingwerplätzchen in der anderen zurück. »Das sind Martins Lieblingsplätzchen. Ich backe sie eigentlich nur an Weihnachten, aber ich wollte ihm etwas Besonderes mitbringen.«

»Die schmecken sicher köstlich«, versicherte ich ihr.

Sie beschloß, ein Schläfchen zu machen, damit sie frisch wäre, wenn Martin von der Arbeit kam. »Nur ein Nickerchen«, sagte sie. »Bitte weck mich eine halbe Stunde, bevor du denkst, daß er kommt. Zwei Tage im Zug sitzen – ich sehe bestimmt gräßlich aus. Nein, nein, behaupte nicht das Gegenteil. Ich bin aufgedunsen und strapaziert und pfeife auf dem letzten Loch.«

Isabel rauschte ins Gästezimmer, und ich legte meinen Kopf auf den Tisch. Ich brauchte Zeit, diese neue Entwicklung zu verkraften, diesen plötzlichen Schlag, aber ich mußte auch noch das Essen kochen und war noch immer mit einer dicken Staubschicht bedeckt. Wenige Augenblicke später drang Isabels geziertes Schnarchen aus ihrem Zimmer und pfiff mir die Ohren voll. Ich fand es unmöglich, einen einzigen zusammenhängenden Gedanken zu fassen. Immer wenn gerade einer, zart wie eine Seifenblase, ins Bewußtsein trieb, zerstach ihn Isabels durchdringender Schnarchton erbarmungslos, und ich blieb verwirrt zurück.

Martins Ankunft löste eine Flut von Tränen aus; ein Taifun fuhr über ihn hinweg, umarmte ihn und ließ ihn nur unwillig wieder los. Isabel alterte um zehn Jahre in der Zeit, die er brauchte, die Schwelle zu überschreiten; ihr Mund wurde formlos, und ihre Hände begannen kaum merklich zu zittern.

»So eine lange Reise hat sie gemacht!« sagte er, zu ihr, nicht zu mir. »Oh, sie muß erschöpft sein!«

»Ja, sicher. Ich erhole mich nicht mehr so schnell wie früher. Aber ich brauche dich nur anzusehen, und alles ist wieder gut.«

Es drohte ein ausgedehnter Besuch zu werden, und ich beschloß auf der Stelle, daß ich ihn mit Fassung ertragen würde. Isabel würde meine Buße sein, mein härenes Gewand, und ich nahm die Bürde willig auf mich. Dummerweise hatte ich nicht daran gedacht, unser übliches Montagabendessen zu Ehren von Isabels Ankunft abzuwandeln. Mein Fehler wurde mir erst bewußt, als ich das Essen auf den Tisch stellte. Es sah bunt und lächerlich aus: ein Clownessen wie für einen Kindergeburtstag.

Ich servierte scharfe Tacos, eine Schüssel Erbsen, Brause mit Traubengeschmack und zum Nachtisch Karamelpudding.

Isabel knabberte an den Erbsen und stocherte ein wenig Hackfleisch aus der orangefarbenen Sauce. »Sehr gut«, sagte sie. »Ganz köstlich.«

Nach dem Essen bot sie an abzuwaschen. »Die Köchin darf nicht alles machen«, schalt sie. »Du brauchst Ruhe nach solch einem fürstlichen Mahl.«

Wir kämpften um ein Geschirrstück – ich bestand darauf, daß sie sich zu ihrem Sohn setzen und mir das Abwaschen überlassen sollte –, und beide gaben wir im selben Moment nach und ließen den Teller loß, der krachend auf den Boden fiel.

»Ich hebe das auf!« riefen wir beide und stießen fast mit den Köpfen zusammen in unserer Hast, die Scherben aufzulesen.

Martin steckte den Kopf in die Küche. »Ist alles in Ordnung?«

Ohne auf eine Antwort zu warten, humpelte er auf uns zu, die Arme weit ausgebreitet, so daß er uns gleichzeitig umarmen konnte. »Ist das toll, alle zusammen zu haben!« sagte er. Und einen winzigen Augenblick lang fühlte ich mich wirklich an Tiny Tim erinnert, so unloyal ich mir dabei auch vorkam. Strahlend hüpfte er auf den Fußballen auf und ab. Und bemerkte den Blick gar nicht, den seine Mutter und seine Frau austauschten.

Im Nu wurde mein Leben ein einziger langer Hauswirtschaftskurs. Mein Hauptfach war Smorgasbord, das Nebenfach Geduld. Ich lernte, wie man schwedische Pfannkuchen mit Lignonbeermarmelade zubereitet und Kartoffelküchlein, gewürztes Blaukraut, gebratenen Salzhering, hausgeräucherten Schinken und Schweinswurst, Limpabrot, Butterplätzchen, Kaffeekuchen mit Kardamom, Mandeltörtchen und Walnußmeringuen. Martin nahm fünf Pfund zu, und eines Abends, bevor er das Schlafzimmerlicht löschte, bedankte er sich bei mir, daß ich so freundlich zu seiner Mutter sei.

»Sie wird langsam alt«, sagte er.

»Na ja, zweiundsechzig«, erinnerte ich ihn.

»Für manche Leute ist das alt, besonders wenn sie allein sind. Ich glaube, es geht ihr bei uns besser, als es ihr je zuvor gegangen ist.«

Ich küßte ihn auf den Mund, um ihn zum Schweigen zu bringen, und zupfte an seinen Wirbeln. In letzter Zeit drohten sie zu verschwinden, deshalb richtete ich sie auf, wann ich konnte, und drängte sie, ihre frühere Widerspenstigkeit beizubehalten.

»Werd' nie anders«, bat ich meinen Mann.

Ich entdeckte eine merkwürdige Ähnlichkeit zwischen Mutter und Sohn. Martins Scheu, Menschen direkt anzusprechen, war offensichtlich eine ererbte Eigenart. Isabel korrigierte mich nie direkt, wenn ich Fehler machte, sondern legte statt dessen kleine Zettel in der Küche aus, um mir den rechten Weg zu weisen. Ich begann, ihre runde verschnörkelte Schrift unausstehlich zu finden.

Zu wenig Salz, klebte sie an Bräterdeckel. *Kuchen zusammengefallen!* kritzelte sie, wenn es gar nicht mehr nötig war. Oder: *Habe dies vor dem Verbrennen gerettet*. Ich fand sogar einen Zettel in der Badewanne, bevor ich ihn um ein Haar den Abfluß hinuntergespült hätte. *Zu scharfer Scheuersand,* mahnte sie, und ich wechselte das Putzmittel.

Am liebsten war sie mir, wenn sie sich morgens das Haar für den Tag richtete. Es war eine komplizierte Prozedur, zu der das sorgfältige Feststecken von Wellen, Plazieren von Schildpattkämmen und Drehen von feinen silberblonden Haarstähnen gehörte. Diese zwanzig Minuten lang war sie ernst und still und gab zu keinem Thema eine Meinung ab, weder schriftlich noch mündlich. Ich schaute ihr gern dabei zu, wenn sie sich mit ihrem hüftlangen Haar beschäftigte; es war ihre einzige Eitelkeit. Im Laufe der Zeit merkte ich, daß das Ritual ihr Mühe, sogar Schmerzen bereitete. Manchmal glitten ihre Finger ab, und dann mußte sie wieder von vorne anfangen. Ich bot ihr meine Hilfe an, aber lange Zeit lehnte sie ab. Erst im Herbst, als die feuchte Kälte ihr wohl in die Knochen drang, gab sie sich seufzend geschlagen.

»Ein einfacher Knoten wird reichen«, sagte sie.

»Ich kann das nicht besonders gut«, gestand ich. »Aber wenn du mir hilfst und mir sagst, was ich tun soll, werde ich es mit der Zeit schon lernen.«

Ich glaube, sie wußte mein Bemühen zu würdigen und strengte sich deshalb auch ihrerseits an und zwang sich dazu, Anweisungen auszusprechen und meine Handgriffe mit hilfreichen Bemerkungen zu unterbrechen. Am besten kamen wir zurecht, wenn sie an einem niedrigen Frisiertisch saß, den Martin bei der Heilsarmee gekauft hatte. Beide schauten wir in den alten verzogenen Spiegel und beobachteten, wie ihr Haar sich aus einer wirren Masse in eine sorgfältig geformte Krone verwandelte. Im Dezember erlaubte Isabel mir schließlich, ihr das Haar zu bürsten, bevor wir es aufsteckten, und ich merkte, daß sie es genoß, denn sie schloß die Augen, und ihre Falten glätteten sich bei den hundert sanften Bürstenstrichen.

Eine Woche vor Weihnachten nahm mir Isabel die Bürste aus der Hand, als ich mich anschickte, ihr das Haar zu machen. Sie legte ihre Hand auf meine und drückte sie. Wir sahen beide in den Spiegel, graue Augen fanden braune, Hand in Hand atmeten wir in vollkommener Ruhe. Ihre Handfläche war rauh von den vielen Jahren Hausarbeit, kratzte aber nicht bei der Berührung; für mich fühlten sich ihre rauhen Hände wie Seide an.

»Ich möchte dir etwas zeigen«, sagte Isabel. Sie zog eine kleine Schublade in der Mitte ihrer Frisierkommode auf und nahm eine mit schwarzem Samt bezogene Schachtel heraus. »Das hat meine Großmutter gemacht, als sie in dieses Land kam.«

Das Kästchen öffnete sich mit einem Quietschen und gab ein winziges bemaltes Vogelei frei, nicht größer als ein Fingerhut. »Ist das nicht entzückend?« sagte sie. Sie hob es aus dem Stoffnestchen und legte es in meine Hände. »Siehst du, es ist eine winzige Weltkugel.« Das Ei war blau, und die Kontinente waren in bunter Vielfalt aufgemalt, jede Linie zart wie ein Faden.

»Sie muß es mit einer Wimper gemalt haben«, sagte ich voller Respekt vor der sorgfältigen Arbeit.

»Ich weiß nicht, wie sie es gemacht hat. Das hat mir meine Mutter nie erzählt. Aber mit diesem kleinen Ei ist eine Geschichte verbunden, die ich dir gern erzählen würde.«

»Nimm du es lieber wieder«, sagte ich. »Ich möchte es nicht zerdrücken, es ist so zart.« Wir legten das Ei zurück in das Kästchen, ließen aber den Deckel offen, so daß wir es aus sicherem Abstand bewundern konnten. Ich setzte mich auf Isabels Bett, und sie drehte ihren Hocker zu mir herum.

»Ich hatte Zwillingsschwestern«, sagte sie, hielt dann inne und spielte an den Garnfransen ihres Umschlagtuchs. »Sie hießen Beatrice und Dagmar, aber alle nannten sie einfach ›die Engelchen‹, weil sie so hübsche kleine Mädchen waren. Sie hatten dicke Locken, blond wie goldene Münzen, und grüne Augen, Smaragde, wie meine Mutter sagte, die aus Afrika gestohlen waren. Ich liebte die beiden über alles. Sie waren fünf Jahre jünger, aber sie waren mir nie lästig. Ich dachte mir gern Geschichten aus, die ich ihnen spätabends erzählte, wenn sie nicht einschlafen konnten. ›Bell‹, riefen sie mich. ›Erzähl uns was, Bell.‹«

Isabel hielt inne und strich sanft mit einem Finger über das Ei. »Mutter und ich sparten immer die Milch für die beiden auf, wir anderen tranken Wasser. Aber einmal mußte unsere Milchkuh wohl ein giftiges Kraut gefressen haben, denn sie litt wie ein Tier, das vergiftet ist, warf sich auf dem Boden hin und her und konnte und konnte nicht sterben. Wir töteten sie nicht, weil wir hofften, sie würde sich wieder erholen. Kühe waren damals so wertvoll.

Als die Mädchen krank wurden, kam der Doktor und gab ihnen ein schmerzstillendes Mittel gegen Koliken. ›Aber sie haben eine Vergiftung‹, meldete sich Vater zu Wort. Ein Doktor war damals so etwas wie ein Gott, und als unser Doktor sagte, sie seien nicht vergiftet, da waren sie eben nicht vergiftet. Die Engelchen starben kaum eine Stunde, nachdem er gegangen war. Das Ende war schrecklich, aber sie ließen die Hände voneinander niemals los, und meine Eltern bestellten einen besonderen Sarg, damit man sie so, Seite an Seite, begraben konnte.«

Isabel rieb ihr Nachthemd zwischen den Fingern. »Meine

Eltern waren außer sich. Meine Mutter sagte, ohne die Engelchen könne sie nicht weiterleben. Aber es war komisch: Ich konnte nicht weinen. Sie fehlten mir, aber ich konnte überhaupt nicht weinen. Meine Mutter beschloß, den Engelchen Großmutters Ei mit ins Grab zu geben. ›Es wird immer von der Mutter auf die Tochter vererbt‹, sagte sie, ›und jetzt ist das Ende der Linie gekommen.‹ Meine Mutter hob die weiße Satindecke, die wir über die beiden gebreitet hatten, und legte das Ei unter ihre gefaßten Hände. Ich sollte bei meinen Schwestern Wache halten, während mein Vater sich um Mutter kümmerte. Wahrscheinlich weißt du jetzt schon, daß ich sie bestohlen habe. Es war böse. Aber, Crystal, ich würde es wieder tun. Es war nicht recht von meiner Mutter zu vergessen, daß es mich auch noch gab.«

Isabel stand auf und schloß den Deckel. »Das Ende der Linie war noch nicht gekommen und ist es auch jetzt noch nicht. Ich gebe dies an dich weiter.«

Jetzt besaß ich zwei Gegenstände, die mir mehr wert waren als alles andere: Isabels bemaltes Ei und ein mit Perlen besticktes Schildkrötenamulett, das ich hinter meinen Unterröcken versteckt hatte. Ich setzte beides auf meine Kommode, eines neben das andere, und wollte sie eigentlich dort beieinander lassen. Aber ich besann mich rasch anders. An der Schildkröte war etwas, was mich kribbelig machte; sie sah so lebendig aus, so fähig, die zarte Eierschale mit ihren Scharnierkiefern aufzubrechen und die Weltkugel mitsamt den leuchtenden Kontinenten und den glatten Ozeanen zu verschlingen.

Ich hatte ein Mädchen geboren. Das weiß ich, weil Anna Thunder mit triumphierender Stimme sagte: »Ich *wußte*, daß es ein Mädchen wird!«

Ich bat sie um die Nabelschnur, um sie in das Schildkrötenamulett einzunähen, das ich um den Hals trug. Meine Mutter gab sie mir. »Ich nähe sie nachher ein«, sagte sie. »Ich habe jetzt zu tun.« Aber ich hatte vor, das Amulett selbst zuzunähen.

Dann wusch sie das Baby mit einem warmen Waschlappen und wickelte es in Flanell.

Gleich bekomme ich sie, dachte ich, aber Anna ging mit meinem Baby im Arm aus dem Zimmer.

»Mama, was tust du denn?» rief ich. Kurz darauf kam sie mit einem Getränk zurück, das wie gewürzter Apfelwein schmeckte. Es beruhigte mich, half mir, mich zu entspannen.

»Alles in Ordnung«, sagte sie. »Alles in Butter, liebste Mutter.«

Ob ich mich verhört hatte? Meine Mutter hörte sich albern an, wie ein Backfisch. Die Welt brach auseinander, und als ich versuchte, die Stücke wieder zusammenzusetzen, paßte nichts mehr. Mir war, als sähe ich meine Mutter mit dem Baby Walzer tanzen. Sie drehte sich aufwärts zur Decke, ungeachtet der Schwerkraft, und ich schaute ihre Schuhsohlen an. Dann flog ich selbst oder schwebte vielmehr aus dem Fenster und landete auf einer Federmatratze hinten auf einem Pickup Truck. Roger Bonnins Gesicht sauste auf meines zu und schwoll an, bis er den Horizont ausfüllte. Ich wollte schreien, aber meine Zunge war dick wie Baumwolle. Schnee glitzerte in der Luft; es waren zerstoßene Diamanten, und ihr Staub bedeckte mich, bis meine starren Augen blind wurden.

Martin fand mich zusammengerollt auf dem Rücksitz seines Thunderbird, leer, in Decken gewickelt. Als er mich fragte, was passiert sei, wußte ich es, auch wenn ich mich an nichts mehr erinnern konnte. Zum ersten Mal, seit ich im schützenden Schoß meiner Mutter herangewachsen war, gehörte mein Geist mir und war frei und klar. Aber der Preis dafür war die Seele meiner Tochter. Anna Thunder hatte mir meine Tochter gestohlen, um sie selbst aufzuziehen, sie nach ihrem Bilde zu schaffen, damit sie selbst niemals stürbe. Meine Hand bebte, als ich unter mein Nachthemd faßte. Ob es noch da war? Dann atmete ich auf vor Erleichterung: Die Perlenschildkröte war noch da.

»Wo ist das Baby?« fragte Martin. Er grub zwischen den Quiltdecken, als könnte es dazwischen eingekuschelt liegen. Ich nahm seine warmen Hände in meine, und ein kalter Schauer durchfuhr ihn, weil meine Berührung eisig war.

»Das Baby ist tot«, sagte ich zu ihm.

Ich weiß weder, wie meine Tochter heißt, noch wie ihr Gesicht geschnitten ist. In meinen Träumen steht sie mit dem Rücken zu mir, das Haar zu strammen Zöpfen geflochten, steif wie schwarze Seile.

»*Ina*«, sagt sie – Mama –, aber sie sagt es zu meiner Mutter, die vor ihr sitzt und mich über den Kopf meiner Tochter hinweg ansieht. *So ein liebes Kind*, sagt sie in diesen Träumen, und obwohl sie mich anschaut, mir direkt in die Augen schaut, weiß ich, daß sie nicht mich meint.

Manchmal trage ich das Schildkrötenamulett, das Anna für meine Kleine gemacht hat. In dem perlenbestickten Panzer liegt eingerollt die Nabelschnur, ein trockenes Stück Haut, meine Verbindung zu dem kleinen Mädchen mit den schwarzen Zöpfen, die wie schwarze Speere auf ihrem Rücken nach unten weisen. Das Amulett soll sie vor Krankheiten und anderer Unbill schützen, aber ich habe es an mich genommen, weil es die Aufgabe der Mutter ist, auf ihr Kind aufzupassen. Wenn ich das Amulett beschütze, dann beschütze ich bestimmt auch das Mädchen. Zumindest sage ich mir das, wenn ich aus den Träumen aufwache, in denen meine Tochter mit dem Rücken zu mir steht und sich nie umdreht, wenn ich sie rufe, den Kopf nie in meine Richtung wendet, so daß ich nicht feststellen kann, ob sie mir überhaupt ähnlich sieht.

Solange ich zurückdenken kann, war meine Mutter mit ihren Liebhabern beschäftigt. Sie hatte einen großen Hunger, der nie befriedigt wurde. Ungelenk wie Marionetten marschierten die Männer ihre Treppe hinauf, mit leeren Augen, Beweis einer gequälten Magie. Wie ausgelaufene Tinte waren die Augen, von Liebe und Hoffnung leer. Wenn sie überhaupt etwas widerspiegelten, dann war es Angst und nicht das schöne, von Falten durchzogene Gesicht meiner Mutter.

Heute weiß ich, daß die Liebschaften meiner Mutter aus der Verzweiflung geboren waren, aber als ich klein war, dachte ich, es seien große Abenteuer.

Die Laute faszinierten mich: Tierlaute, das schrille Quietschen ihres Messingbetts, aber vor allem das Tapptapp ihres Knies, das an die Wand schlug.

Ich lag auf der anderen Seite dieses Hindernisses und drückte die Hände gern gegen den abgeblätterten Putz, um das Vibrieren zu spüren.

Ich kam zu der Überzeugung, daß ihr rhythmisches Klopfen eine verborgene Botschaft war, eine Art Code. In der Bibliothek entdeckte ich ein dickes Buch über eine Geheimsprache, die Internationales Morsealphabet genannt wurde: eine Abfolge von Punkten und Strichen, kurze und lange Schläge. Endlich konnte ich das mächtige Signal meiner Mutter, ihren reinsten Zauber übersetzen.

In der nächsten Nacht horchte ich aufmerksam auf meinem Posten, das Ohr an der Wand, und notierte die Zeichen auf einem gelben Block. Es bildete sich ein Muster, eine regelmäßige Abfolge von Lauten, die sich immer wiederholten, wie ein Lied mit vielen Strophen: *Lang-lang-kurz/Kurz-lang-kurz/Kurz-lang/Kurz-kurz-kurz!*

Gras, klopfte sie. Das Knie meiner Mutter buchstabierte *Gras*. Ich sank enttäuscht zusammen. Das sollte das große Geheimnis sein, auf das ich so gespannt gewesen war? Ich warf das Buch auf den Boden und zog mir die Decke über den Kopf.

Gras. Ich konnte dem Wort nicht entkommen; wie ein Trommelwirbel hämmerte es gegen meine Wand. Ich sah keinen Sinn darin, bis ich meine Mutter auf einer weiten Ebene vor mir sah, von hohem Gras umgeben, Bartgras vielleicht, das ihr bis an die Schulter reichte. Ich sah, wie sie sich mit den Halmen bewegte, die im Wind zitterten, die Hände in die Luft erhoben und die Finger wie Blütenrispen gespreizt. Die Wurzeln meiner Mutter bohrten sich tief in die Erde, und keiner konnte sie ausreißen. Falls jemand es dennoch versuchte, dachte ich, würde er den

Erdball aufreißen, und eine züngelnde Flamme würde aus dem Kern heraufschießen, direkt in sein Herz.

Na schön, sagte ich mir, *Mama ist das Gras*. Und ich? Als Kind hätte ich es nicht zu sagen gewußt. Aber jetzt weiß ich, daß ich nicht wie Anna Thunder bin. Ich gehöre zu jenen Samen, die vorsichtig ihre Keime ausstrecken, wo immer sie landen.

6
Das Loch im Laken

Anna Thunder
(1961)

Jeannette McVays Parfüm brachte die Hunde zum Bellen. Es war Chanel No. 5, und ich mußte es wissen, denn ich hatte einmal genug davon, um meine Porzellanbadewanne zu füllen. Ich hatte einst plötzlich Lust, meinen Körper in der Süße des Parfüms zu versenken, und schickte meinen damaligen Liebhaber Roger Bonnin – die Taschen voll mit Pachtgeldern – nach Bismarck, um mir etwas von diesem Nektar zu besorgen. Ich ließ mich ganz langsam hineingleiten, spannte mich dabei selbst auf die Folter, und als die Flüssigkeit mich bedeckte und nur noch mein Kopf herausschaute, wie eine Olive aus einem Cocktail, wußte ich, daß ich aus Gold gesponnen oder aus einer Ader kostbaren Gesteins geschürft war. Ich wußte, daß ich etwas Besonderes war. Und das war Jeannette McVay nicht, wenngleich sie wie berauscht vom Gefühl ihres Mißerfolgs war.

»Hallo-o, hier ist keine Kling-el«, rief sie mit heller und übertrieben fröhlicher Stimme, die ihre Angst kaum kaschierte. Ich ließ die Hunde – zwei bissige Brüder namens Gall und Crazy Horse – an der Küchentür kratzen und hörte, wie ihre Krallen über das Fliegengitter wetzten. Ihr Knurren klang wie tief in der Kehle knirschender Kies.

»Ist gut, seid ruhig«, sagte ich schließlich gelangweilt.

Ich ließ das Mädchen nicht sofort rein. Ich hatte gesehen, wie sie aus Herod Small Wars blutrotem Pontiac stieg, der so schwerfällig war wie eine Matrone, und Herod, der alte Gauner, zählte nicht gerade zu meinen Freunden. *Wen hat er denn da vor meiner Tür abgesetzt?* fragte ich mich, nicht gerade erpicht darauf, es herauszufinden.

Jeannettes Chanel-Duft drang in mein Haus ein, noch bevor sie selbst es tat, vorsichtig wegen der Hunde und bepackt mit dem größten Koffer, den ich je gesehen hatte. Er hatte die Farbe und geschmeidige Glätte eines Haifischs.

»Hier ist keine Pension, was immer man Ihnen erzählt haben mag«, sagte ich.

»Oh, ich weiß schon«, keuchte sie. »Den nehm ich überallhin mit, weil mein Zuhause im Moment da ist, wo ich bin.«

»Sie haben mir schon mehr erzählt, als ich hören wollte«, sagte ich. Ich dachte, damit könnte ich sie von meiner Hintertür fernhalten, aber sie ging einfach weiter und zog das Ungeheuer von Koffer bis in meine Küche. »Wenn ich keine Sioux wäre, würde ich Sie gleich zum Vordereingang wieder hinausbegleiten«, sagte ich zu dem Mädchen. »Aber ich bin eben eine Dakota, und das bedeutet, daß ich Ihnen vorher etwas zu essen gebe.«

Darüber lachte sie, und ich blieb stehen, um sie anzusehen, denn ihr Mund war wie ein Ballon, aus dem man die Luft herausließ. »Ich wußte gar nicht, daß Sie so viel Sinn für Humor haben«, antwortete sie. Ich hatte den Eindruck, daß sie nicht mich persönlich meinte, sondern auf mein Volk anspielte. Ich öffnete eine Dose Pfirsiche und fuhr mit dem kleinen Finger durch den Sirup, um ihn zu probieren. Dann stellte ich eine Schüssel mit den süßen Früchten und ein Glas kaltes Wasser vor sie hin. »Das ist genau das Richtige«, seufzte sie. Die nächsten Minuten saßen wir schweigend da, während sie die Schüssel leerte, und danach eine zweite und noch eine dritte.

Jeannette McVay – so stellte sie sich vor – war groß und dünn und sah aus, als hätte man lauter Lineale zu einer Holzfigur zusammengenagelt. Ihr Haar – auf jedes blonde kam ein braunes – hing als schlaffer Pferdeschwanz bleistiftdünn herunter. Ihre Augen hatten die Farbe von angelaufenen Fünfcentstücken, und ihre Haut sah gelb und fleckig aus wie die Finger eines Rauchers. Nur auf ihren Wangen prangten kreisrunde rosarote Flecken, die fröhlich leuchteten, als ob sie sich in die Wangen gezwickt hätte.

»Wie großzügig Sie sind«, sagte sie, als die Pfirsichdose leer war.

»Sie urteilen zu schnell«, warnte ich.

»Sie werden sich fragen, was dieser Überfall eigentlich soll.« Sie lachte wieder, und ich konnte die Pfirsiche riechen. »Also, ich will Ihnen das genau erklären, damit Sie durchblicken.« Bevor sie mit ihren Erklärungen anfing, setzte sie eine Brille mit dicken schwarzen Rändern auf, die an den Ecken spitz zuliefen wie Flügel. Die Brille saß nicht richtig, und sie schob sie ständig mit einem Finger, an dem die Nagelhaut abgekaut war, nach oben.

»Was ist los?« fragte ich. »Müssen Sie die Worte sehen, wenn sie aus Ihrem Mund kommen?«

»Nein«, erwiderte sie ganz ernst. »Ich möchte *Sie* sehen.« Also war ich still. Sie plapperte drauflos, und dabei ging ihr Kopf immer hin und her. Sie hielt die dünnen gelben Hände zwischen den Knien zusammengepreßt.

»Ich komme aus Pennsylvania«, erzählte sie mir. »Aus einer kleinen Stadt, die Sie nicht kennen werden, obwohl es dort ein paar Großmäuler gibt, die sich einbilden, die Welt zu regieren. Na ja, vielleicht stimmt's sogar.« Hier machte sie eine Pause und schaute mich an, als wollte sie mich fragen, was ich davon hielt.

Ich zuckte nicht einmal mit der Wimper.

»So, jetzt kommt der langweilige Teil der Geschichte«, fuhr sie fort. »Mein Vater ist völlig von seiner Arbeit besessen, seit meiner Geburt hat er noch keine fünf Worte mit mir gewechselt, und meine Mutter hat nichts im Kopf als ihren Country-Club, mit ihrer Wespentaille, die Scarlett O'Hara Konkurrenz machen würde, und einem Verstand, den sie mit Long-Island-Eistee konserviert. Sie hat mir viel erzählt, nichts war von Belang. Das Gute an der Geschichte ist, daß ich die letzten vier Jahre auf einem Mädchen-College an der Ostküste und *nicht* in Pennsylvania verbracht habe, und dort ist ja alles wichtig, ein Ereignis. Ich habe Archäologie studiert, das brachte mich zur Anthropologie und Mythologie. Ich wollte noch weiterstudieren, aber vorher, dachte ich, sollte ich ein paar Feldstudien betreiben, Erfahrungen aus erster Hand sammeln, rausgehen und mir die Menschheit anschauen, anstatt sie unterm Mikroskop zu betrachten oder Dias an irgendwelche ausgeblichenen Schulwände zu projizieren.« Jeannette nahm einen Schluck aus ihrem Glas, dabei schwappte das Wasser so heftig, daß ihr etwas davon über die Lippen lief und auf ihren Rock tropfte.

»Meine Eltern denken, daß ich zu einer Arbeitsgruppe gehöre, wissen Sie, mit festen Projektmitteln und Unterbringung im Studentenwohnheim unter Aufsicht. Sie denken, ich sei geflogen, aber ich bin den ganzen Weg bis nach Bismarck mit dem Bus gefahren und dann ins Reservat getrampt. Und man kann wohl sagen, das war schon eine halbe Doktorarbeit.« Jeannette nippte lachend an ihrem Glas.

»Ich dachte, daß mich hier überall Totes erwarten würde: eine tote Kultur, eine tote Sprache, eine tote Gottheit. Ich bin sozusagen hergekommen, um einem Begräbnis beizuwohnen. Wollte eine Bestandsaufnahme davon machen, wie die Leute einen solchen Verlust seelisch verkraften. Und was finde ich vor? Schwung, Tatkraft, lebendige Mythologie. Es ist, als wäre ich auf ein Geheimnis gestoßen.«

Meine Tochter Crystal, die gerade von der Schule heimkam, stürmte plötzlich in die Küche. Sie war im ersten High-School-Jahr und schleppte eine Segeltuchtasche voll mit schweren Büchern. Mir fiel zum ersten Mal auf, daß ihre Schuluniform – ein grünkarierter Trägerrock – fast unanständig eng war. Sie trug noch eine Kindergröße, war aber fast schon eine Frau. Sie wusch sich die Hände am Spülbecken und spritzte sich Wasser ins Gesicht. Mit ihr war Frühlingsgeruch in die warme Küche geweht, und meine Knöchel fingen zu jucken an.

»Komm her, ich stell dir einen Gast von der Ostküste vor«, sagte ich. Crystal machte keinen Hehl aus ihrem Desinteresse.

Sie gab Jeannette die Hand, zog sich dann schnell aus der Küche zurück und ging nach oben. Ich hörte den Plattenspieler beim Anlaufen summen und dann die Klänge eines Lieds, das ich den öligen Song nannte, denn es war darin nur von Rutschen und Flutschen die Rede.

»Das muß ich erst mal verdauen«, murmelte Jeannette. »Ein Sioux-Mädchen, das Little Richard hört.«

Ich gelte nicht als besonders geduldig. »Sie müssen mir noch erklären, wie Sie in meine Küche kommen«, fragte ich daher.

Jeannette legte ihr Spiralheft beiseite, dessen Metallrücken krumm und verbogen aussah. »Das stimmt. Wir sind noch nicht zu Ende«, sagte sie und schob ihre Brille nach oben.

»Gleich als ich herkam und nach eurer Religion und euren Medizinleuten fragte, hat man mich direkt zu Herod Small War geschickt. Er war soweit ganz nett, aber voller Vorurteile gegenüber Frauen. Er ließ mich nicht in seine Schwitzhütte, und an seiner *Yuwipi*-Zeremonie konnte ich auch nicht teilnehmen, weil ich meine Periode hatte. Und als ich mit ihm zu diskutieren anfing und ihn über ein paar neue Entwicklungen aufklärte, das Frauenwahlrecht beispielsweise, sagte er zu mir, auch ein Stimmzettel würde mir keinen Zutritt zu seiner *Yuwipi*-Zeremonie oder seiner Schwitzhütte verschaffen. Was nützt es, bei jemand in die Lehre zu gehen, der einen ausschließt und nicht als gleichwertigen Partner anerkennt? Also fragte ich nach Frauen, und da wurden Sie mir genannt.« Jeannette nahm die Brille ab und zog einen Zipfel ihrer Baumwollbluse heraus, um sie zu putzen. Als sie die Brille wieder auf die Nase setzte, beschlug sie sich mit nebligen Halbmonden. Jeannette war eine Hitzequelle, ich konnte fühlen, wie das Quecksilber stieg.

»Man hat mir so wahnsinnige Geschichten erzählt – Legenden eigentlich, aber sie waren so lebendig und spielten sich hier und jetzt auf dieser Erde ab. Ich nahm diese Geschichten in mich auf und begriff staunend, daß Sie in nichts der Liebesgöttin Aphrodite nachstehen müssen, deren magischer Gürtel ihr half, die anderen Gottheiten sowie die Sterblichen zu verzaubern.

Und das Wunderbare daran ist, daß Sie nicht in irgendeinem Buch vorkommen oder auf dem Olymp thronen, sondern hier in dieser Küche sitzen und mir Pfirsiche anbieten!«

Jeannette streckte ihre Hand nach meiner aus, aber ich hatte die Bewegung erahnt und meine Hände fest miteinander verschränkt. Sie griff statt dessen auf den zerkratzten Holztisch. Dunst hüllte ihre Brillengläser ein, und ich konnte ihre Augen nicht erkennen, als sie mir eindringlich zuflüsterte: »Anna Thunder, ich möchte Sie kennenlernen, Sie verstehen und Sie bei Ihrem Tun beobachten. Sie verkörpern moderne Zauberkräfte und Wunder, von denen man mir eingeredet hat, daß sie überholt, nein, schlimmer: für immer verloren seien. Kurz, ich bin hier, weil ich Sie verehre.«

Ich war weder Aphrodite, die Liebesgöttin, noch habe ich in meinem ganzen Leben einen Gürtel getragen, nicht einmal einen Hüftgürtel, obwohl ich auseinandergegangen bin wie ein Pfannkuchen. Ich war einundfünfzig Jahre alt, und mein Gesicht war durch frühe Katastrophen gezeichnet, das, was man so unschuldig »harte Zeiten« nennt. Ich war nicht der Typ, der lange in den Spiegel schaute, außer um mir einen Scheitel zu ziehen, und ich wußte, daß meine Fingerspitzen von vielen Jahren Perlenstickerei zerquetscht aussahen, aber mein Atem roch frisch nach wilden Pflaumen, und meine Augen waren schwarz wie die der Würfel von Glücksspielern. Und wenn ich einen Mann anschaute, konnte ich meine Angel so geschickt auswerfen, daß sich sein Herz daran festhakte. Dann riß ich es mit einem Ruck aus der Kehle. Ich sammelte so viele Herzen, daß ich dachte, ich würde sie irgendwann satt haben, aber das war nicht der Fall.

Der Medizin-Zauber pulsierte in mir, schoß durch meine Adern, aber er war keiner von der Sorte, die einem die Ärzte in den Körper jagen. Ich übte weder guten noch bösen Zauber aus noch jene schwache Zauberkraft, die in Gedichten beschworen wird. In mir floß dasselbe Blut, das Red Dress, der Schwester meiner Großmutter, ihre Macht verliehen hatte. Und es gab Zeiten, in denen es mich wie ein Feuer verzehrte oder zu einem

Eisblock erstarren ließ. Schwächere Naturen wären daran zugrunde gegangen.

Jeannette McVay, das kleine weiße Mädchen mit den College-Schuhen, in denen Glückspfennige steckten, und dem karierten Schottenrock, der von einer Sicherheitsnadel zusammengehalten wurde, die eher geeignet war, Babywindeln am Verrutschen zu hindern, diese Jeannette McVay sah mir meine verborgenen Kräfte an, und sie brachten ihr Blut in Wallung. Ihre grauen Fünfcentaugen rieben sich an meinen, und Funken sprühten durch die Küche, als schlügen Feuersteine gegeneinander. *Alles in Deckung*, dachte ich bei mir, und ein Lächeln bahnte sich den Weg durch all meine Falten.

Ich werde die erste sein, die es ausspricht: Jeannette McVay schmeichelte meiner Eitelkeit. Und *wer* würde es nicht genießen, bewundert, zitiert, aufgezeichnet zu werden? Es ist nicht möglich, Außenseiter zu sein, ohne daß man die Konsequenzen zu spüren bekommt, und Jeannette schätzte an mir gerade die Eigenschaften, die meine Nachbarn fürchteten. Ich erlaubte ihr, für unbestimmte Zeit in meinem Haus zu wohnen, und als ich feststellte, daß sie sich auf ihrer Reise eine Kolonie Läuse eingefangen hatte, verbrachte ich mehrere Abende damit, sie mit Kerosin auszukämmen.

»Das tut so gut, daß es sich lohnt, Läuse zu bekommen«, murmelte Jeannette, als ich ihr Haar Partie für Partie durchging.

Ich dachte bei mir: *So fühlt es sich an, wenn man eine Tochter hat*, denn meine eigene Tochter zog sich mehr und mehr zurück, schob immer eine Tür zwischen uns.

»Crystal, dein Essen ist fertig«, mußte ich jeden Abend rufen und dann mit ansehen, wie sie es wie eine Kranke mit nach oben in ihr Zimmer nahm und dort aß. Einen Aufstand hätte ich gerne in Kauf genommen, aber dies war eine komplizierte Form von Kapitulation. Wenn ich darauf bestand, daß sie bei mir am Küchentisch aß, stocherte sie nur lustlos im Essen herum, und ihre braunen Augen wurden von Minute zu Minute größer, bis sie aussahen, als würden sie jeden Moment über ihr Gesicht schlittern wie rohes Ei über den Tellerrand.

Zwei Wochen nachdem Jeannette aufgetaucht war, schalt ich Crystal und sagte zu ihr: »*Du* solltest hier sitzen und zuhören wie dieses *wašičun*-Mädchen. Das ist auch deine Geschichte, die ich erzähle, nicht nur meine.«

»Ich schreib morgen eine Arbeit«, sagte sie leise, und obwohl sie größer als ihre Mutter war, hatte sie sich so weit in ihren eigenen Schatten zurückgezogen, daß sie mir klein genug erschien, um auf meiner Handfläche Platz zu finden. Meine Tochter hatte die Hautfarbe einer kastanienbraunen Stute und rollte mit den Augen wie ein scheues Pony, um meinem Blick auszuweichen. Es war zu leicht, in diese Augen einzutauchen. Ich schaute weg. Jeannette bearbeitete wie wild ihren Kaugummi – es klang, als gingen in ihrem Mund lauter Knallfrösche los, während sie ein paar meiner Perlenstickereien betrachtete: verschiedene Mokassins und eine Kinderweste.

»Überleg dir genau, was du da verpaßt«, sagte ich zu meiner Tochter. »Gib auf deinen Geist acht, er kann sich leicht mit den falschen Sachen füllen. Ich will dir ein Geheimnis verraten«, murmelte ich. Crystal zuckte zurück, und ich mußte mich beherrschen, ihr keine runterzuhauen. Der Duft von Pflaumen wich aus meinem Mund. »Für zu viele Menschen hat die Seele keine Bedeutung, und sie merken es nicht, wenn sie um ihr Herz streift oder durch ihr Gehirn zuckt. Und diejenigen, die an die Seele glauben, lassen arglos andere über sie wachen und verschenken sie unbekümmert, obwohl sie ansonsten, wenn es um Geld geht, knauserig sind. Ich bin im vollen Besitz meiner Seele. Kannst du das auch von dir behaupten? Wie viele können das wohl? Wie viele haben den spinnennetzdünnen Schleier berührt? Deinen hab' ich berührt. Ich weiß, wie er beschaffen ist. Er schmeckt nach bitteren Aprikosen.«

Crystal stolperte in Richtung Treppe und versank in ihrem Schatten. »Ich schreib eine Arbeit«, schluchzte sie.

»Du wirst noch viele schreiben«, versuchte ich sie zu beschwichtigen. Aber sie war schon die Treppe hinaufgeglitten und hinter den Wänden ihres Zimmers verschwunden.

In jener Nacht konnte ich nicht schlafen, obwohl ich die Kissen aufgeschüttelt und die Steppdecke, die für die milde Witterung zu schwer war, ans Fußende geschoben hatte. Die Gedanken meiner Tochter auf der anderen Seite meiner Schlafzimmerwand waren zu laut. Ihr Kopf war voll von Kinderstimmen: Jammern und Litaneien von Wehklagen, eine Abfolge törichter Lieder. Ich wünschte mir Schloß und Riegel unter ihrem Haar, um diese Geräusche zu ersticken.

Erst gegen Morgen fiel ich in einen leichten, quälenden Schlaf, jeder Muskel war angespannt und verkrampft, meine Fäuste würgten die Laken, und meine Zähne bissen ins Kopfkissen. Ich träumte, ich hätte das Ohr meiner Tochter zwischen den Zähnen und stäche mit meiner Nadel in ihr Gehirn, zöge ihre Gedanken auf wie Perlen. Ach, wie leicht ließen sich diese glitzernden Zellen aufreihen!

Ich knüpfe dir ein Medaillon, sagte ich zu ihr. *Ein neues, tapferes Herz, das du um den Hals tragen kannst.* Aber als ich aufwachte, waren keine Perlen, war keine emsige Nadel da, und die Gedanken meiner Tochter lagen überall im Haus verstreut, unaufgefädelt, in alle Richtungen zerstoben wie gesplittertes Glas.

Der Frühling war fast vorüber. Es war ein milder Morgen, und ich saß schon auf meiner Veranda hinterm Haus, um die Morgenröte willkommen zu heißen. Ich war damit beschäftigt, wilde Rüben am Kraut zu einer Girlande zusammenzuflechten, und dabei sang ich ein altes Lied der Dakota, um die Sonne zum Aufgehen zu ermuntern:

Sie kam in einem roten Kleid,
die heilige Frau.
Sie war eine Kriegerin in einem roten Kleid.

Ich hatte eine tragende Stimme, mit der ich ziemlich weit schmettern konnte. An diesem Morgen schlugen die Töne auf den Boden, und es klang, als drängen sie aus einer unterirdischen Höhle. Als ich Staubwolken auf mich zukommen sah, dachte ich zuerst, mein Lied hätte die Tiere aus ihrem Bau aufgeschreckt. Aber gleich danach bemerkte ich einen blauen, schlammbespritzten Wagen inmitten der Staubwolke dahinrasen. Es war Calvin Wind Soldier von der Stammespolizei. Ich fuhr mit meiner Arbeit fort und strengte meine Stimme an, um noch lauter zu singen, bis sie die wirbelnden Reifen zum Vibrieren brachte. Der Wagen schoß die Schotterstraße entlang, daß die Steine flogen, und sah aus, als wolle er sich krachend seinen Weg durch mein Haus bahnen. Ich wich nicht von der Stelle. Schließlich kam der Wagen direkt vor meinem ungestrichenen Zaun zum Stehen und berührte ihn leicht wie ein Pferd den Pfosten zum Anleinen. Ein ehemaliger Liebhaber, dessen Namen ich völlig vergessen habe, beschloß einmal, diesen Zaun zu errichten. Die Liebe hatte aber wohl nicht lange gehalten, denn die Pfähle reichten nur etwa fünf Fuß weit und endeten dann im Leeren, unverbunden und krumm und schief wie wackelige Zähne.

Zwei Personen stiegen aus dem Wagen: Calvin Wind Soldier, frisch wie der Regen, das schwarze Haar leicht geölt und mit knarrendem Revolverhalfter, sowie Jeannette McVay, nackt bis auf ein Handtuch.

»Ich habe meine Kleider aus dem Fenster geworfen«, rief sie. »Nur meine Schuhe nicht.« Sie hielt sie baumelnd in der Hand. »Ich hab' so schmale Füße, da find ich schwer welche, die passen. Deswegen kann ich mit denen kein Zeichen setzen. Aber alles andere hab' ich weggeschmissen.«

Calvin ging an ihr vorbei, als ob sie Luft wäre, und blieb dann an der Veranda stehen, mit dem Fuß auf der untersten Stufe. »Hast du ihr das in den Kopf gesetzt?« fragte er mich.

»Ich weiß nicht, was sie gemacht hat, aber vielleicht erzählst du's mir bei einer Tasse Kaffee«, antwortete ich.

»Geht nicht«, sagte Calvin kopfschüttelnd. »In der Stadt ist

Jahrmarkt, und die Irren werden bestimmt ins Reservat weiterziehen. Sie kann dir erzählen, was passiert ist. Ich bin mir nicht sicher, ob ich's verstanden hab'. Behalt sie im Auge. Wenn sie hier wohnt, trägst du die Verantwortung für sie.«

Ich stand auf und ging auf Calvin Wind Soldier zu. Ich hängte ihm die zusammengeflochtenen wilden Rüben über die Schulter und streckte meine Hand aus. Er drückte sie ganz leicht, berührte sie kaum, so wie es sich gehört. »Nimm die mit«, sagte ich zu ihm.

Calvin bedankte sich und tätschelte die Rüben. »Gibt 'ne Suppe heut abend«, sagte er und schaute mir dabei in die Augen.

Es war, als ob der Morgen plötzlich kalt geworden wäre, die Luft wurde zu Messern, die ihre Klingen an meiner Haut wetzten. Ich zitterte fast und war nahe daran zu sagen: *Ich hatte vergessen, wie es ist, Augen ohne Furcht zu sehen.* Ich weidete mich an diesem Blick, und als Calvin weggefahren war, betrachtete ich den Staub, der wie Rauch hinter ihm herzog, sah ihn in der Luft hängen, sich langsam senken und setzen.

Jeannette stolzierte durch die Küche. Ihre nackten Füße klatschten über den glanzlosen gelben Linoleumboden. »Wir haben Sie schon von ganz weit weg gehört, Anna«, sagte sie. »Ihre Stimme kam von allen Seiten. Und obwohl ich sauer war, stinksauer, fiel mir auf, daß das wieder eins von den unerklärlichen Dingen ist, die Sie machen. Ich wollte, ich hätte ein Tonbandgerät gehabt. Es gefiel mir, wie Ihre Stimme mich umgeben hat, mich erfüllt und mir gesagt hat: *Jeannette, ich bin größer als du und komme von einem Ort, von dem du nichts ahnst.*« Sie blieb stehen, um sich einen Splitter aus der Ferse zu ziehen.

»Dann erzähl mir mal, warum du auf dem Highway einen Striptease machst«, entgegnete ich.

»Nicht doch. Ich hatte mich schon vorher ausgezogen«, antwortete sie, als ob das eine Erklärung wäre. »Ich hatte beschlossen, an einem Schwitzbad teilzunehmen, um die letzten Reste Ostküsten-Snobismus und Ignoranz loszuwerden und meine belanglosen Probleme zu vergessen, die nichtig sind, verglichen mit den Kämpfen, die hier ausgetragen werden. Und dabei möchte ich betonen, bevor ich weitererzähle, daß es für mich bereits eine Leistung darstellt, wenn ich mir dessen bewußt werde. Bei mir daheim würde man nie verstehen, daß die Aufforderung, eine größere Abschlagszahlung auf die Hypothek zu leisten, oder ein zerbrochenes Bleikristallglas von Waterford nicht das Ende der Welt bedeuten.«

Jeannette ging plötzlich in die Knie und gab meinen Hunden Küßchen. Sie hatte sich bei ihnen mit Dörrfleisch und Schmuseworten eingeschmeichelt. »Ich bin den ganzen weiten Weg bis zu Herod Small Wars Haus gegangen. Ich kenne seinen Tagesablauf und weiß, daß er den Tag gern mit einem Schwitzbad beginnt, zusammen mit Archie Iron Necklace und Bill Good Voice Elk. Es war schon in vollem Gange, und ihr Gehilfe legte gerade neue Steine ins Feuer, als ich reinging.«

»Was hattest du denn an?« fragte ich.

»Nichts. Ich war so, wie mich der Herrgott geschaffen hat. Ich hatte meine Kleider am Eingang ausgezogen.«

»Das wird ihnen gefallen haben«, sagte ich.

»Man sollte meinen, daß sie endlich mein ehrliches Interesse, meinen Respekt und meine Bereitschaft zu lernen erkannt hätten, aber sie sind ebenso blind wie meine Eltern. Herod wedelte mit der Hand und sagte: ›Weg. Weg‹, als wäre ich eine Fliege. ›Männer und Frauen gehen nicht zusammen in die Schwitzhütte.‹

Ich antwortete: ›So, wenn ich also irgendein weißer Typ wäre, der womöglich an nichts von alldem glaubt, dann würden Sie mich mit offenen Armen empfangen?‹ Wenigstens war er ehrlich. Er sagte: ›Nein, wenn du ein Mann wärst, würd' ich dir die Nase polieren.‹ Dann rief der Gehilfe Calvin, damit er mich hierher zurückbrachte. Ich protestierte, aber sie packten mich ins Auto und drückten mir meine Kleider in die Hand. Sie sind irgendwo dahinten.« Ihre Hand wies in die Richtung, wo die Straße lag.

Ich schüttelte den Kopf über dieses Mädchen. »Jeannette McVay, wozu brauchst du diese Männer?«

»Dasselbe könnte ich Sie fragen«, sagte sie.

Später am selben Tag fragte sie: »Warum gehen die Leute in spirituellen Angelegenheiten zu Herod Small War, wo er doch nicht eine Spur Ihrer Macht hat, und Ihren Namen erwähnen sie nur im Flüsterton? Die haben etwas gegen Frauen, stimmt's?«

»Ganz einfach«, antwortete ich. »Herod wartet, bis sie zu ihm kommen, wartet auf ihre Tränen und ihre traurigen kleinen Geschichten, ihre Verwirrung, ihre Krankheiten, ihre Angst vor dem Tod. Ich komme ungebeten zu ihnen.«

Während ich im Garten arbeitete, hatte ich Calvins kantiges Gesicht vor Augen. Ich zerkrümelte Erde in der Hand und stellte mir vor, daß das weiche schnelle Fließen sein glänzendes Haar wäre, das durch meine Finger glitt. Schmale, gerade Augenbrauen zogen sich über sein Gesicht wie die ebenmäßige Linie des Horizonts. Darunter strahlten die Augen wie zwei schwarze Sonnen. Beim Tomatenernten liebkoste ich seine Haut und sprach seinen Namen auf dakota aus. *»Tate Akičita.«* Ich grub mit meiner Schaufel und pflanzte den Namen am Rande der Petersilie ein.

»Anna, ich hab' Limonade gemacht«, hörte ich Jeannette aus der Küche rufen. Ich trennte mich von Calvin und dem Namen, der in meinem Garten eingegraben lag.

»Sie haben sich Gedanken gemacht, nicht wahr«, sagte Jeannette. »Sie ärgern sich wohl immer noch über meinen Auftritt? Ich mach's bestimmt nicht wieder.«

Ich behielt die Limonade einen Augenblick im Mund, spürte die bittersüße Kühle auf der Zunge. Kopfschüttelnd antwortete ich: »Ich denke nur an alte Geschichten.«

»Erzählen Sie, erzählen Sie«, bat sie leise. Sie rückte mit ihrem Stuhl näher heran und verschüttete fast ihre Limonade.

»Das ist eine alte Geschichte, von vor fast hundert Jahren«, begann ich. Ich erzählte ihr von Red Dress, der Schwester meiner Großmutter, die eine Kriegerin war. »Sie tötete etliche amerikanische Soldaten«, erzählte ich. Jeannette kicherte. Sie zog die Knie an die Brust und wackelte mit den nackten Zehen.

Ich erzählte von der Liebe zwischen dieser Frau und einem Krieger der Dakota mit Namen Ghost Horse. »Der Polizist, der dich heute morgen zurückgebracht hat, Calvin Wind Soldier, ist ein Nachkomme von ihm. Der Bruder von Ghost Horse war Calvins Urgroßvater. Ghost Horse war *heyo'ka*, einer unserer Clowns aus der alten Zeit. Heute nennt man sie Umdreher, weil sie immer das Gegenteil von dem tun mußten, was sie eigentlich wollten.« Ich riet Jeannette, besser nicht von den Donnervögeln zu träumen, sonst müsse auch sie die Himmelsbeherrscher durch dieses perverse Verhalten besänftigen, das die Leute gegen einen aufbrachte.

»Ich glaube, das tu ich schon«, sagte sie.

»Meine Geschichten haben nie ein Happy-End«, warnte ich sie. Ich fuhr fort und erzählte, daß die Liebenden nie zusammenkamen, und daß manche glaubten, sie suchten einander noch immer draußen im weiten Land.

»Das ist wie bei Cathy und Heathcliff«, warf sie ein.

Ich nickte: »Ja, das ist ein bißchen wie in *Sturmhöhe*.«

»Sie kennen den Roman?«

»Ich hab' ihn mal gekannt.«

Jeannette drückte sich den Daumennagel ins Knie. Sie war neugierig, ich sah, wie Nebel über ihre Brillengläser kroch. Aber ich wollte zu diesem Thema nichts mehr sagen. Diese Straße habe ich hinter mir gelassen und will sie nie wieder gehen, niemandem zuliebe.

Den ganzen Tag schlich Jeannette mißmutig im Haus herum. Ich riet ihr, heiß zu duschen, das würde Pennsylvania sicherlich aus ihren Poren spülen, aber sie lächelte nicht einmal.

»Wir gehen auf den Jahrmarkt«, sagte ich aufmunternd, »das wird dich aufheitern.« Ich klopfte an Crystals Tür. Ich konnte sie so deutlich durch die Holzmaserung hindurch sehen, als hätte ich Röntgenaugen. Ich wußte, daß sie zusammengekauert auf ihrem Bett saß, von Büchern und Zeitschriften umgeben, die sie keinen Schritt weiterbringen würden.

»Komm mit uns auf den Jahrmarkt«, sagte ich durch die Tür. »Wir wollen ein bißchen über die Stränge schlagen.«

»Nein«, war ihre Antwort. »Nächste Woche hab' ich meine Abschlußprüfung.«

Was du für deine Abschlußprüfung lernst, ist unnütz, wollte ich antworten, aber mit einemmal war ich müde. *Mein Blut fließt in dir, irgendwo sickert es hindurch,* dachte ich im stillen. *Es wird sich schon rechtzeitig bemerkbar machen.* Ich hinderte sie nicht daran, sich wie ein Kästchen zu verschließen.

Der Jahrmarkt war schon in vollem Gange, als wir dort ankamen. Die Karussells waren hell erleuchtet und warfen neonfarbene Streifen an den Nachthimmel. Leere Sonnenblumenkerne knackten unter unseren Füßen, und magere Hunde streiften hinter den Buden umher. Jeannette deutete auf zwei, die sich um ein Hamburger-Brötchen stritten.

»Ich habe noch nie ein so hundenärrisches Volk gesehen, überall laufen die Hunde frei herum«, sagte sie. »Dabei dachte ich, daß euer Stamm auch gerne Hunde ißt. Haben Sie schon mal Hundefleisch probiert?«

»Ich esse nur Pudel«, antwortete ich. Jeannettes Lachen kam eine Idee zu spät.

Während sie mit Bällen auf Dosen warf, aß ich Wiener in Maisteig und durchkämmte mit den Augen die Menge. Endlich sah ich ihn. Den einen Arm hatte er um seine junge Frau gelegt, der andere lag leicht auf der Schulter seiner Schwägerin. Die beiden Frauen waren Zwillingsschwestern, aber sehr verschieden. Calvins Frau Lydia war fast einsachtzig groß und bewegte sich anmutig. Die langen Zöpfe hatte sie wie eine kleine Schweizerin um die Ohren herum festgesteckt, und ihr Gesicht hatte wie immer eine frische Farbe, obwohl sie nie Lippenstift oder Make-up benutzte. Ihre dunklen Augen reflektierten das Licht auf eine Art, wie man es nur von Weißen kennt. Calvin schien von ihrem Schein magisch angezogen, immer wieder suchte er ihren Blick. Evelyn wirkte viel älter als ihre Schwester. Sie war einen halben Kopf kleiner als Lydia und ihr Körper schlaff vor Müdigkeit. Die Wimpern, die ihre Augen umrandeten, waren wie kurze Borsten, und ihr Haar glich einem Dickicht. Ich sah sie nur selten zusammen mit Calvin und Lydia. Meist war sie in Gesellschaft eines Rodeo-Cowboys, eines gewissen Philbert, aber in ihrer Liebesgeschichte gab es so viele dramatische Höhen und Tiefen, daß es schwer war, auf dem laufenden zu bleiben. Es überraschte mich, Evelyn lachen zu hören. Es gab mir einen Stich, und plötzlich ärgerte ich mich über die drei: ihren unbeschwerten Gang, ihre verschränkten Arme und ihre fröhlichen Stimmen.

Ich sah, wie Lydia ihre schlanke Hand in Calvins Gesäßtasche steckte. *Sie ist leer,* sagte ich, an das dumme, unbeschwerte Mädchen gewandt. *Da ist nichts.*

Während ich so über das Jahrmarktgelände ging, war ich wie Moses, vor dem sich das Rote Meer teilte; meine Nachbarn wichen wachsam nach beiden Seiten aus, und es summte wie in einem Wespennest. Der einzige, der taumelnd meinen Weg kreuzte, war Chester Brush Horns. Er blieb mit gesenktem Kopf stehen, die Hände tief in den Taschen vergraben.

»Was ist, Chester?« fragte ich ihn.

»Kein Geld«, sagte er, die Augen immer noch am Boden. »Ich könnt' auch ein paar Zigaretten gebrauchen.«

»Kann ich dir besorgen«, sagte ich.

Ich war alles so leid und dabei so trübsinnig, daß ich mir die Mühe machte, Chester Brush Hornes aufzugabeln. Das war alles andere als ein Triumph, denn er war gefügig – sein Geist wie ein eingepferchter Vogel. Ich weiß nicht mehr, was den Schaden angerichtet hatte, ein Autounfall, eine Schlägerei oder der Sturz aus einem Fenster in betrunkenem Zustand. Es war auch nicht wichtig. Stellenweise sah er gut aus, war aber völlig falsch zusammengesetzt. Seine Gesichtszüge drängten sich in der Mitte zusammen und umkreisten seine Nase wie Pfeile das Schwarze einer Zielscheibe. Aber er war stark und lächelte jetzt über die Aussicht auf Tabak. Und es war ja so leicht, ihm die Zigaretten einzeln zuzuteilen und dabei jedesmal eine Prise der zerkleinerten Tabakblätter zu stehlen und sie in meine Rocktasche fallen zu lassen.

»Ich möchte Riesenrad fahren«, sagte ich zu ihm. Ich kaufte zwei Karten, und noch bevor wir uns in die Nachtluft erhoben, suchte Chesters Hand schon nach meiner. Als unsere Gondel die oberste Stelle erreichte und ich von unserem erleuchteten Punkt auf das dunkle Land hinaussah, spürte ich einen plötzlichen Sog. Die Schwerkraft zerrte an den Sohlen meiner Schuhe, und ich fühlte mich schwer, ein von der Erde angezogener Magnet. Es war ein köstlicher Augenblick. Ich glaube, die Anziehung brachte die Mechanik durcheinander, denn das Riesenrad blieb stehen, mit unserer Gondel ganz oben. Arbeiter brüllten zu uns herauf: »Wir kriegen das gleich wieder in Ordnung.« Aber ich war überhaupt nicht besorgt.

»Führ mir was vor«, sagte ich zu meinem Begleiter.

Chester Brush Horns erhob sich in unserer Gondel und verbeugte sich vor mir. Er stützte sich mit der einen Hand auf den Sitz und mit der anderen auf die Metallehne und hob seine Beine vorsichtig zum Handstand. Vergnügt zog er an der Zigarette zwischen seinen Zähnen, und bis auf die Spannung in seinen Armen sah er ganz friedlich aus. Ich hörte Leute nach Luft schnappen, aber keiner schrie.

»Holen Sie ihn rein«, sagte jemand halblaut in einer anderen Gondel.

Ich schmunzelte vor mich hin und versuchte in der schattigen Ferne mein Haus zu erspähen. Ich schnipste die Asche von Chesters Zigarette, als sie heruntergebrannt war. »Aus dir hätte ein Akrobat werden können«, sagte ich zu ihm.

Und dann, einfach um die Sache interessant zu machen, brachte ich die Gondel sanft zum Schaukeln.

Am nächsten Morgen wachte ich in einem Bett voller Asche auf, und mein Schlafzimmer war grau vom Rauch. Chester Brush Horns, dessen Gleichgewichtssinn jetzt Legende war, hustete sich gerade wach.

»Ich höre, daß Jeannette das Frühstück macht«, sagte ich zu ihm. »Wenn du was essen willst, dann hol's dir lieber jetzt.« Er schaute so verwirrt drein, daß ich zur Tür zeigte. Sein Haar fiel nach vorne und bedeckte sein Gesicht, und er zog sich schweigend an.

»Du bist ein starker Raucher«, sagte ich. »Das wird dir eines Tages zu schaffen machen.« Chester Brush Horns setzte sich nicht auf meine Bettkante, um seine Stiefel anzuziehen, sondern sammelte sie zusammen mit den Socken ein und drückte das Bündel an die Brust. Auf Zehenspitzen schlich er in Richtung Tür, leise, als schliefe ich noch. Daher sagte ich: »Ich bin wach, Chester. Geh nur.«

Er stürzte zum Türknauf, fummelte am Türschloß herum und ließ dabei fast seine Stiefel fallen. Die Tür sprang auf, schlug zu, und ich lag da, umnebelt von Dunstschwaden, die Lungen voll beißender Luft. Ich wußte, daß Jeannette allein beim Frühstück saß, genauso wie ich sicher war, daß Chester Brush Horns die mit spitzem Schotter bedeckte Straße entlangrannte, barfuß, mit wehenden Hemdzipfeln, Socken und Stiefel noch immer an sich gedrückt.

Jeannette öffnete das Schlafzimmerfenster und fuchtelte mit ihren dünnen Armen in der Luft herum. »Wie können Sie hier nur atmen?« beklagte sie sich. Sie trug einen steifen Baumwollschlafanzug und ihre Flügelbrille.

Ich winkte sie zum Bett herüber.

»Der Kerl ist hier rausgestürzt wie eine Fledermaus aus der Hölle«, sagte sie.

»Da möchte ich wetten«, sagte ich kichernd.

»Sie haben ihn dazu gebracht, gestern nacht diese Einlage zu bringen, nicht wahr?« fragte sie. »Ich hab' nach oben geschaut und gesehen, wie er sich auf der Gondel hochschwang. Sie hätten hören sollen, wie die Leute geschimpft haben. Ich dachte, die würden Sie aufhängen. ›Er ist ein erwachsener Mann‹, habe ich zu Ihrer Verteidigung gesagt. Aber da war alles schon vorbei.«

»Mich hängt keiner auf«, sagte ich mit Überzeugung. »Paß jetzt gut auf«, sagte ich zu Jeannette, und meine Stimme war leise und ganz ruhig. Das Mädchen schoß auf mich zu. »Ich werde eine Ungerechtigkeit der Geschichte beheben.« Ich hatte ein seltsames Gefühl dabei, als ich meine Gedanken aussprach. Noch nie hatte ich meine Absichten angekündigt. Das Zimmer füllte sich mit Schweigen und wurde schwer; mir war, als brächen meine Knochen zusammen und lägen unter mir. Ich weiß genau, daß in diesem Augenblick mein Herz einen Moment lang aussetzte, bis meine Hand die Stelle massierte und meine Stimme das Schweigen sprengte: »Du brauchst nur zuzusehen.«

Calvin Wind Soldier, dessen Name in meinen Garten gepflanzt war und dessen Vorfahre meine Vorfahrin so sehr geliebt hatte, würde den Weg in meine Arme finden. Wir würden den unglücklichen Kreis schließen, das Ende der Geschichte umschreiben, die man mir so oft erzählt hatte, daß es mir vorkam, als erzählte sie mein eigenes Leben. Calvin war halb so alt wie ich, aber ich würde ewig leben und ihn nie verlassen. Schon hörte ich, wie er mich *»Unči«* – Großmutter – rief und wie wir darüber lachten, weil es so lächerlich war angesichts meiner Hände und Knie, die wie Schraubzwingen waren. Ich war so in diesem Traum gefangen, daß es mir vorkam, als wäre er bereits Wirklichkeit. *Noch nicht, altes Mädchen,* warnte mich eine innere Stimme. *Noch nicht.*

Es würde besonderes Geschick erfordern und tiefe Konzentration. Calvin Wind Soldier fing man nicht mit Pülverchen in der Suppe oder losem Tabak. Er kippte nicht nach vorne, wenn ich in die Hände klatschte, und würde auch nicht seinen letzten Penny ausgeben, um mir einen Wunsch zu erfüllen, den ich ihm ins Ohr flüsterte. Ich schloß mich in mein Schlafzimmer ein und ging auf und ab. Jeannette brachte mir das Mittagessen auf einem Tablett, aber ich rührte es nicht an. Ich lauschte so aufmerksam in mich hinein, daß ich mein Herz sprechen hörte. *Das Einfache ist das Beste,* sprach es. *In der Einfachheit liegt die Stärke.*

Bei Sonnenuntergang stand ich im Garten und hielt völlig

außer Atem den Spaten in der Hand. *Schau dir diese Farben an,* sagte ich zu Calvin. *Schau nur, wie der Himmel sich färbt.*

Wie schade, dachte ich, *daß Calvin Wind Soldier noch immer nichts von seinem künftigen Glück ahnt.* Ich begann, mit meinem Spaten zu graben, trieb ihn mit dem Fuß in das dunkle Fleisch von Mutter Erde. Als das Loch einen Fuß tief war, kniete ich mich daneben und legte zweierlei in den geöffneten Mund: eine alte Klapperschlangenrassel, die einmal als Babyspielzeug gedient hatte, und eine wilde, noch unreife Pflaume. Danach bedeckte ich alles mit einem schweren Stein, damit die Hunde nichts durcheinanderbringen konnten, und schaufelte die Erde wieder zurück.

Heute nacht gehe ich zu ihm, sagte ich. Und einen Augenblick später ging die Sonne unter.

Ich saß auf der bloßen Erde in meiner Kittelschürze und wiegte mich im Takt meines Herzschlags. Irgendwann kippte ich nach hinten auf den Rücken, und der Nachthimmel drückte auf mich nieder. Fiel ich? Die Sterne drehten sich, der Mond wirbelte, flach wie ein Zehncentstück, und das Gras unter mir wob sich in meine Kleider. Ich hörte die Rassel in der Erde klappern, roch die Pflaume. Dann griff ich gierig nach der Erde, richtete meine Füße auf die nur wenige Schritte entfernte Hintertür aus und begab mich auf den Weg zu Calvin Wind Soldiers Haus. Er saß draußen auf einem Lastwagenreifen.

»Den will Lydia anstreichen«, sagte er zu mir, »und Blumen reinsetzen wie in einen richtigen Blumenkasten.«

»Lydia, das war gestern«, sagte ich. »Anna, das ist morgen.« Mein Kittel hatte aufgesetzte Taschen, in die griff ich jetzt hinein und holte die Klapperschlangenrassel und die grüne Pflaume heraus. »Meine liebe Tante, Red Dress, war mit den Schlangen gut Freund«, sagte ich zu dem jungen Mann. »Sie trug ihre Rasseln im Haar, um ihre Stimme zu hören. Dein Onkel hat sie geliebt und ihr zu Ehren einen Pflaumenbaum gepflanzt, aber keiner hat die Frucht gekostet.«

Calvin grinste mich an, aber ich sah seine weißen Zähne nicht gern auf diese Art und Weise entblößt. Ich rief: »Calvin Wind Soldier, du gehörst mir!«

Er legte den Finger an die Lippen. »Lydia fühlt sich nicht wohl, sie schläft«, sagte er. »Ich möchte nicht, daß du sie weckst.«

Da bebte die Erde, und der Himmel war wie schwarzer Musselin – ich hätte ihn in der Mitte auseinanderreißen mögen. »Wo bleibt dein Respekt?« brüllte ich. Aber das klang zu verzweifelt. So verfiel ich in einen angenehmen Singsang. Schmeichelnd trällerte ich: »Wind Soldier, ich bin hier und erhebe Anspruch auf dich. Wind Soldier, Anna ist da.«

»Und ob du da bist«, gackerte eine dritte Stimme. »Wir hatten da so eine Ahnung, daß du kommen würdest.« Ein alter Mann trat aus dem Schatten des Hauses. Es war Herod Small War, Jeannettes großes Hindernis.

»Alter Mann, du bist naseweis«, sagte ich zu ihm.

»Alte Frau, du bist unersättlich. Geh jetzt nach Hause und hör auf mit dem Unfug.« Herod lächelte, und ich sah, daß er keine Backenzähne mehr hatte. Sein weißes Haar schimmerte im Mondlicht. »Auch ich kann ein paar Dinge«, sprach er zu mir. »Du bist nicht die einzige. Siehst du den Gürtel, den Calvin anhat? Den habe ich ihm vor langer Zeit gegeben und ihn geheißen, ihn zu tragen.«

Ich schaute das Stück Leder an, das durch die Schlaufen von Calvins Blue jeans gezogen war. Es war Schlangenleder, kein gewöhnliches Rindsleder. Die Schuppen glänzten vor Öl, es sah aus, als bewegten sie sich.

»Diesen Gürtel wirst du nicht überwinden«, fuhr Herod fort. »Die Finger sollen dir abgleiten und versagen und zittern, und du wirst dich nur selbst zum Narren machen. Ich meine, du solltest nach Haus gehen und diesen Mann seiner Frau lassen. Denk doch dran, wo du herkommst. Dein Volk hatte niemals viel Sinn für solch ein albernes Getue.«

»Es reicht«, sagte ich. »Ich bin zu alt, um mich von dir belehren zu lassen.« Meine Tochter wäre über meine Beherrschung erstaunt gewesen. Ich wußte, sie hielt mich für einen heillos rasenden Wirbelsturm, der sich ganz in seiner Wut vergaß. Aber ich war die Ruhe selbst, kühles dunkles Wasser, das man am Grunde des Meeres findet.

Ich steckte Rassel und Pflaume weg und hielt ihm die Hände hin, um zu zeigen, daß sie leer waren. »Du bist zu schlau für mich, alter Mann«, sagte ich. »Du kennst mehr Tricks, als ich für möglich hielt.« Herod grinste und trat von einem Fuß auf den anderen. Sein Körper schmerzte, die Gelenke taten ihm weh, ich konnte sein Fleisch stöhnen hören. Fast empfand ich Mitleid für den Alten und seine törichten Machenschaften, aber auch für den jungen Mann, der noch immer auf dem Reifen saß, an seine schlafende Frau dachte und wie er zu ihr ins Bett schlüpfen würde.

»Ich gehe«, sagte ich. Ich hatte ihnen schon den Rücken zugewandt, hörte aber trotzdem, wie sie einander zulächelten. Die beiden Männer würden gut schlafen in dieser Nacht, sich ihren Träumen hingeben, das wußte ich. In ihren Herzen war Frieden, denn sie hatten keine Ahnung von dem, was mich beflügelte.

Später in jener Nacht, als ich wieder zu mir kam, fand ich mich in den Armen meiner Tochter.

»Mama, warum hast du das gemacht?« schluchzte sie. Ihre Tränen fielen auf meine Lider und rollten mir über die Wangen. »Ich dachte, du seist tot, als ich dich auf dem Boden liegen sah.«

Ich öffnete die Augen und sah einen rechteckigen Lichtschein, es war die weitgeöffnete Haustür meines Hauses. Jeannette stand auf der Schwelle, links und rechts die Hunde. Ihre Augen erschienen mir seltsam groß und starr, bis ich merkte, daß es die Brillengläser waren. Ich hatte keine Eile, aus den Armen meiner Tochter loszukommen. Ich ruhte mich dort aus, die leeren Hände in den leeren Taschen, die Augen lose in den Höhlen hierhin und dorthin wandernd, die Zunge wie gelähmt.

»Laß mich los, kleine Spinne«, sagte ich schließlich, und

Crystal gab mich so schnell frei, daß mir Zweifel kamen, ob ich je in ihren Armen gelegen hatte. Aber das war gut; ich mußte streng mit mir sein. »Nie wieder wird das Schicksal mit mir durchgehen und über mich herrschen«, sagte ich zu Crystal. »Ich habe dieses Pferd vor langer Zeit zugeritten und ihm die Sporen gegeben. Ich mußte meinen ganzen Geist festhalten, sonst wäre er zusammengeschrumpft und verzehrt worden wie Gaze im Feuer, und mein Verstand wäre in zu viele Stücke zersprungen, als daß ich ihn je wieder hätte zusammenklauben können. Deshalb bin ich hier und bearbeite mein Schicksal, bezwinge es, bevor es mich bezwingen kann.«

Jeannette trat aus dem Licht. Sie kam die Hintertreppe heruntergeeilt. »Was war das?« rief sie mir zu. »Was haben Sie gesagt?«

Ich streckte meine Hand nach Crystal aus und stand mit ihrer Hilfe auf. Ich war keine große Frau, aber in jener Nacht wuchs ich. Ich flog, ohne die Füße vom Boden abzuheben, schoß in der Dunkelheit immer höher, bis Wolken meine Brüste umkreisten, die Sterne leicht auf meiner Haut brannten wie Funken auf bloßem Fleisch und der Planet, auf dem ich stand, nur noch ein Türkis war, zu klein für einen Stein in einem Ring. Ich antwortete Jeannette, obwohl sie weit unter mir verschwunden war.

»Ich bin die Vorsehung«, sagte ich.

Mein Volk geht nicht immer zu solchen Festen wie Hochzeiten und Abschlußfeiern, aber es fährt Hunderte von Meilen, wenn jemand stirbt. Eine gute Totenwache wird zu einem Familientreffen, vielleicht sogar zu einer politischen Versammlung. Festessen werden abgehalten, Ehen gestiftet und manchmal Kinder empfangen, wenn wir zusammenkommen, um die Toten zu ehren. Als ich hörte, daß der alte Albert Elk Nation aus dem Leben geschieden war, wurde ich daher wachsam wie ein Hund. Ich konnte vorhersagen, wo meine Nachbarn in jener Nacht sein würden: in dem großen holzverkleideten Versammlungssaal im Gebäude des Stammesbüros. Dort würden sie zusammenströmen, um ihre Tränen zu vergießen, gemeinsam zu essen und Ehrengesänge zu singen.

Ein Monat war vergangen seit der Nacht, in der Herod Small War mich wegschickte, und in dieser Zeit hatte ich in meinem Kopf Zukunftsszenarien entworfen und beschlossen, welche Wendungen in einigen Leben eintreten sollten. Jeannette fragte mich aus: »Was wirst du tun? Wie soll alles vor sich gehen?« Und ich gab ihr Auskunft, klar und deutlich, ließ zu, daß sie meine Handlungen dokumentierte, als handle es sich um ein wissenschaftliches Experiment im Labor. Sie war so aufgeregt, daß sie immer dünner wurde; Crystal hingegen bat immer öfter um Süßspeisen, die ihre Figur runder werden und ihre Umrisse verschwimmen ließen, bis meine Augen sie kaum mehr wahrnahmen.

Aber was ich tat, bewerkstelligte ich allein. Ich schritt vom einen leeren Haus zum andern, und alles, was ich brauchte, waren Nadel, Faden und eine kleine Schere. Als meine Nachbarn zur Totenwache gegangen waren, lief ich zuerst zu Calvin Wind Soldiers Haus. Ich trat kühn durch die Haustür ein, die zu jener Zeit nie verschlossen war. Im Handumdrehen war ich im Schlafzimmer. Ich ging davon aus, daß er auf der linken Seite schlief, denn bei meinem Volk stehen die Männer links und die Frauen rechts, wenn sie paarweise um die Trommel tanzen. Also deckte ich diese Seite auf, ganz vorsichtig, um die Tagesdecke sowenig wie möglich in Unordnung zu bringen. Nach getaner Arbeit würde ich alles wieder glattstreichen.

Ich versuchte mir vorzustellen, wie Calvin in diesem Bett aussah, wie er seinen Körper auf der Matratze ausstreckte. Mit dem Finger fuhr ich über die Stelle auf dem Laken, an der ich den Ort der Wollust vermutete, kniff den Stoff in der Mitte dieser Stelle zusammen und schnitt mit meiner spitzen Schere ein Stück aus dem Gewebe, das so winzig war, daß mein kleiner Finger nicht durch das entstandene Loch paßte.

Eine halbe Meile entfernt, im Schlafzimmer einer sauberen, aber einfachen Baracke, wiederholte ich den Vorgang, nur machte ich mir diesmal auf der rechten Bettseite, der Frauenseite, zu schaffen. Dort flickte ich das winzige Loch, das ich ins Bettuch geschnitten hatte, mit dem Stückchen Stoff aus Calvins Laken. Es war so einfach, daß ich fast enttäuscht war. Beide Laken waren weiß und der Schaden mit bloßem Auge nicht zu erkennen, es sei denn, man kannte die Stelle. Dann mußte ich zurück zu Calvin Wind Soldiers Haus, um sein Bettuch mit dem Fleckchen Stoff auszubessern, das ich aus dem anderen Laken genommen hatte. Ich schnitt den Faden ab und brachte alles wieder in Ordnung.

Vielleicht konnten meine Hände den Gürtel, den er trug, nicht überwinden. Sie würden einsam bleiben und Calvin Wind Soldier nie glücklich machen. Aber er würde bald merken, daß es noch andere neugierige Finger gab, warme Hände, die nur darauf warteten, ihn zu berühren.

Ich wurde nicht Zeuge jener Liebesbeziehung, die ich eingefädelt hatte. Ich konnte mir die Einzelheiten nur vorstellen. Ich weiß nicht, wie viele Male Calvin Wind Soldier spät nach Hause zu seiner Frau kam oder früh am Morgen von ihr wegeilte, damit er sich an einem verschwiegenen Ort mit ihrer Zwillingsschwester treffen konnte. Auf dem Rücksitz seines Polizeiautos machten sie es vielleicht und fühlten sich dabei wie entlaufene Häftlinge. Oder sie entweihten den Gipfel des Angry Butte, wohin sich junge Männer begaben, um eine Vision zu erflehen. Nur eines wußte ich ganz sicher: Ich hatte diese jungen Menschen mit schmerzlicher Begierde erfüllt und den Lauf ihres Schicksals geändert. Dazu war ich eben doch fähig.

Wenn ich nachts im Bett lag, dachte ich bei mir: *Wer weiß, vielleicht streicht gerade in diesem Augenblick Evelyns Brombeerhaar über Calvins Gesicht, und er fährt mit der Zunge über die stumpfen Enden ihrer Wimpern, kostet die Tränen, die aus ihren Augen sickern.* Ich war davon überzeugt, daß ihre Körper schwer waren und ihre Münder brannten, und die Pein in ihren Gliedern würde nicht enden, denn es gab keine Erlösung in alledem; das Verlangen entbrannte von neuem, sobald sich ihre Körper getrennt hatten. Manchmal sprach ich im Dunkeln zu Lydia: *Ist es nicht komisch, wie es einem manchmal so ergeht? Du bist so jung, so schön und so sanftmütig, wie jeder sagt. Und jetzt sind deine Arme ebenso leer wie meine: Alle beide sind wir Witwen.*

Langsam, nach und nach, wie verbrauchte Batterien, muß das ehebrecherische Paar die Lust aneinander verloren haben. Mein Triumph aber hatte wundersamerweise erst begonnen, denn ein Kind war unterwegs. Und es würde Calvin Wind Soldiers kantiges Gesicht und seine glatte Stirn haben, das Haar jedoch sollte in wirren braunen Wellen wachsen wie das seiner Mutter.

Jeannette McVay hatte aufgehört, ihr Parfüm zu benutzen, und war so dünn geworden, daß ihre Schulterblätter wie Flügelansätze hervorstanden. Der Sommer war fast vorüber, die Hitze noch immer drückend, und Crystal hatte sich angewöhnt, ein Handtuch um den Hals zu tragen. Nur Jeannette, deren Körpertemperatur mit dem schwindenden Gewicht gefallen sein mußte, sah vollkommen frisch aus. Sie war es, die die Nachricht aus der Stadt mitbrachte. Sie fand mich in der Küche bei meiner Perlenstickerei.

»Evelyn ist schwanger«, verkündete sie.

»Na ja, die ist ja auch schon lang genug mit dem dämlichen Cowboy zusammen«, sagte ich, von meinem Erfolg so überzeugt, daß ich keine Anerkennung dafür brauchte.

»Sie wissen genau, daß das Kind nicht von ihm ist«, sagte Jeannette. »Sie hat ihn schon vor Monaten rausgeschmissen, und seitdem ist er unten in South Dakota.« Ich dachte, sie müßte vor Freude ganz aus dem Häuschen sein, aber sie wirkte nüchtern, fast ein wenig besorgt.

»Ja, das Kind ist mein Werk«, gab ich zu.

Jeannette erschauderte. Es war so heiß an dem Tag, daß die Bewegung merkwürdig aussah. »Sie machen also wirklich, was die behaupten«, flüsterte sie schließlich.

Die Dakota haben ein feines Gespür für Zyklen und Zeitabläufe. Ich öffnete eine Dose Pfirsiche, goß Früchte und dickflüssigen Sirup in eine Schüssel und reichte sie ihr. Sie aß langsam, den ersten Löffel berührte sie nur leicht mit der Zunge. Aber als sie die halbe Schüssel leer hatte, kehrte ihr Appetit zurück, und sie bat rasch um eine zweite Portion und dann um noch eine. Die Pfirsiche waren alle, Sirup glitzerte an ihrem Kinn, und sie saugte ihn von den Fingern. Ich erkannte, daß wir bis zu diesem Tag, Monate nachdem Jeannette McVay zum ersten Mal mein Haus betreten hatte, nur einen einzigen Schritt weitergekommen waren. Das Mädchen, das voller Erwartung zu mir gekommen war, eine neue Mythologie zu entdecken, hatte keinen Deut mehr an sie geglaubt als an die Möglichkeit, daß Aphrodite beim nächsten Powwow hier auftauchen könnte, nackt bis auf einen Tanzschal und den magischen Gürtel. Ich weiß nicht, was sie schließlich überzeugte. Alles, was in meinem Leben geschah, ließ sich mit jenen nüchternen Worten erklären, die Ungläubige beschwichtigen. Aber es gab keinen Zweifel, in ihren Augen sah ich die blanke Angst.

»Ich bin keine Gutenachtgeschichte«, sagte ich jetzt zu ihr, »und kein Traum.«

Plötzlich wurde ich böse. Ich griff nach dem bißchen Fleisch, das sie noch am Arm hatte. »Spürst du das? Spürst du mich? Erinnerst du dich noch an Pennsylvania, dein altes College an der Ostküste und die Busse, all die Busse, mit denen du hierher gekommen bist?« Sie nickte. »Das alles sind alte Zöpfe, vorbei und vorüber. *Hier* spielt nun die Musik. Alles ist jetzt so wirklich, daß es ein Alptraum ist, hab' ich recht?«

Jeannette saß reglos und stumm da. Die warme Luft stand im Raum wie dampfende Suppe. Wir waren in dumpfer Lethargie gefangen, und erst Crystal, die von ihrem Zimmer herunterkam, beendete den qualvollen Augenblick.

»Sag ihr, daß es keine Einbildung ist, was in diesem Haus passiert«, befahl ich Crystal.

Crystals Lippen zitterten. »Oh, Jeannette«, stammelte sie.

»Du schläfst nicht, und dies ist kein Märchen.« Sie brach ab und faßte Jeannette an der Schulter.

Ich betrachtete die beiden Mädchen, meine Mädchen, und nickte. »Es wird langsam Zeit«, schimpfte ich. »Jetzt wissen wir alle, wo wir dran sind.«

Am nächsten Morgen zerrte Jeannette ihren haifischfarbenen Koffer die Treppe hinunter und stellte ihn an die Hintertür. »Herod Small War kommt mich abholen«, sagte sie. »Ich nehm an, er hat mir verziehen, oder er denkt einfach, daß ich ein hoffnungsloser Fall bin, und ist froh, wenn er mich von hinten sieht. Jedenfalls hat er gesagt, er fährt mich in die Stadt, und dort hat er einen Verwandten, der bringt mich zum Bus.«

Das wußte ich alles schon, ich hatte sie telefonieren hören, deshalb lächelte ich nur milde und sagte: »Ich hätte dich auch fahren können.«

»Nein, nein. Sie haben schon so viel für mich getan. Es klingt schrecklich abgedroschen, aber ich weiß wirklich nicht, wie ich mich dafür revanchieren soll, daß Sie mich wie ein Familienmitglied hier aufgenommen haben. Meine Eltern würden so etwas nie mit jemand Fremdem tun.«

So plapperte sie weiter und hielt dabei nervös durch das Fenster Ausschau nach Staubwolken, die Herods Ankunft signalisierten. Ich war völlig ruhig, voller Vertrauen in die Zukunft. Ich erinnere mich, daß ich vor mich hin summte. Ich rief die Hunde: »Geht raus und verabschiedet euch. Eure kleine Freundin fährt weg.« Sie leckten ihr die Hände und verdrehten die Augen vor Traurigkeit. »Wie dramatisch«, lästerte ich. »Wer weiß, was sie mehr vermissen werden, dich oder das Dörrfleisch.«

Crystal erschien nicht, was mich nicht überraschte. »Sei ihr nicht böse«, sagte ich zu Jeannette. »Sie ist in diesem verrückten Alter, wo alles ein bißchen überspannt ist. In ein paar Jahren wird sie schon wieder zu Verstand kommen.«

Herod Small War kam nicht ins Haus, und ich ging nicht nach draußen. Zwischen uns lag eine Gefahrenzone, die mich zwar nicht ängstigte, aber ich hielt es für besser, dieses Bündel nicht aufzuschnüren.

»Wiedersehn«, sagte Jeannette. »Wiedersehn, wiedersehn«, trällerte sie vor Erleichterung, und in ihre Arme drang neue Kraft. Sie hob den schweren Koffer hoch, als seien lauter Federn drin.

Auf der Schwelle schüttelten wir uns die Hand. Mit feierlichem Gesichtsausdruck sah ich zu, wie sie die Treppen hinunterstieg, zu Herods Auto ging und schließlich in dem Pontiac verschwand.

Als Herod abfuhr, spürte ich, wie das Lächeln umschlug. Lachen brach aus mir heraus. Es explodierte in meinem Zwerchfell, hörte nicht auf, mich zu schütteln, bis sich mein Körper krümmte. Ich fiel zu Boden, weinte Tränen der Schwäche, verlor die Kontrolle über meine Blase, brannte unter all der salzigen Flüssigkeit meines Körpers und lachte immer noch.

Das Mädchen war so leichtfüßig weggegangen, ihres Entrinnens so sicher, daß sie den Druck meines Daumens auf ihrer Schädeldecke nicht fühlte. »Es ist nicht gut, wenn man in diesem Haus einen zu tiefen Schlaf hat«, sagte ich jetzt keuchend zu ihr. Ich mußte an ihre schmalen Füße denken, die schwierige Größe und an ihre hochgeschätzten College-Schuhe mit den Glückspfennigen, die sie immer so ordentlich unter ihr Bett schob. Ich rief mir ins Gedächtnis zurück, wie ich am Abend zuvor, ihren Verrat vorhersehend, in ihr Zimmer geschlichen war und mir dieses Paar Schuhe ausgeliehen hatte. Ich hatte die Innensohlen mit einem Schraubenzieher abgelöst und ein wenig Erde in die Halbschuhe gestreut. Dann hatte ich die Innensohlen wieder angeklebt und die Schuhe zurückgestellt.

Jeannette McVay mochte vielleicht bis in die Stadt kommen, aber einen Bus würde es nicht geben. Sie würde es nicht schaffen, das Reservat zu verlassen. Sie würde Kämpfe mit sich ausfechten, vielleicht weinen. Sie würde ein- und wieder auspacken und aus dem Koffer leben. Sie würde sich einen Liebhaber suchen und jeden Abend zu ihm sagen: »Ich gehe.« Aber sie würde nie weit kommen. Ich lachte noch in meiner Küche, hörte schon die Frage, die ihre Lippen wieder und wieder formen sollten: »Warum kann ich nicht weggehen, wenn ich es mir doch so sehr wünsche?«

Ich hatte die Antwort, die sie nie hören würde, parat: »Weil ich es so gewollt habe. Und ich bin kein Märchen.«

Ehrenlied

Lydia Wind Soldier
(1964)

Es gibt Leute, die sagen, ich könne unmöglich Erinnerungen an den Mutterleib haben. Aber ich habe welche. Ich erinnere mich daran, wie wir dicht beieinanderlagen und meine Zwillingsschwester Evelyn mit mir redete. Schon damals machte sie Pläne.

»Ich komme als erste dran«, sagte sie zu mir. Und so war es. Sie drängte sich an mir vorbei, jeden Tag ein Stückchen mehr, ging in Stellung und machte sich bereit. Ihre Geburt war eine Explosion, während meine, Stunden später, einer langsamen, vorsichtigen Wanderung glich, hin zum Licht, das meine eigentliche Mutter war.

Meine Schwester wurde mit dichtem schwarzen Haar geboren und war fast doppelt so schwer wie ich. Aber in ihrer schrecklichen Eile, die Welt zu erobern, erschöpfte sie ihre Kräfte; ihr glattes schwarzes Haar kräuselte sich und verblaßte zu Braun, und ihre Knochen hörten vor meinen zu wachsen auf, so daß ich schließlich fünfzehn Zentimeter größer als sie wurde.

Meine Mutter sagte oft zu Evelyn: »Langsam kommt man auch ans Ziel«, und deutete auf mich. Aber dann wand ich mich jedesmal und schüttelte den Kopf, weil ich meine Schwester nicht anders haben wollte. Ich bewunderte ihre glühende Energie, ihre laute Stimme, die bis ins nächste Zimmer drang und all ihre Geheimnisse verriet. Es war daher für alle Beteiligten eine Überraschung, als ich zuerst eine Frau wurde. Ich war zwölf Jahre alt und entsetzt über das Blut. Ich versteckte mich in der

Hütte meiner Mutter und weigerte mich hinauszugehen. Evelyn war von dem ganzen Trubel fasziniert und überhäufte mich mit so vielen Fragen, daß ich schließlich sagte: »Sieh doch zu, daß du selber eine Frau wirst, Kleine. Ich bin jetzt zu alt für dich.«

Sie schaute mich böse an und preßte die Lippen zusammen. Es sah aus, als ballte sich ihr Gesicht zu einer Faust. In dieser Nacht blutete auch sie, allerdings entdeckte meine Mutter rasch, daß sie sich mit einem kleinen Küchenmesser den Oberschenkel aufgeritzt hatte.

»Was sollen wir bloß mit dir machen?« schalt meine Mutter. »So ein Dickschädel! Bete lieber deinen Rosenkranz und danke Gott dafür, daß er dich noch eine Weile ein Mädchen sein läßt. Treib seine Hand nicht zur Eile an. Er weiß, was er tut.«

In dieser Nacht hörte ich Evelyn zum ersten Mal in meinem Leben weinen. Sie hatte nicht geweint, als unser Lieblingshündchen von einem Adler geholt wurde, und auch nicht, als unsere Mutter ein gefährliches Fieber hatte und uns in ihrem Delirium mehrere Stunden lang mit einem Jagdgewehr bedrohte, weil sie dachte, wir seien von einem Internat geschickt worden und wollten ihre Kinder holen. Evelyn hatte nicht einmal geweint, als zwei Tage nach ihrer Blinddarmoperation die Naht aufplatzte. Nur überrascht hatte sie ausgesehen. Aber jetzt schluchzte sie, und ihr bebender Körper ließ unser Bett erzittern. Ich faßte sie an der Schulter, aber sie drehte sich mit einem heftigen Ruck weg.

»Du hast mich allein gelassen«, jammerte sie.

»Ich bin doch gar nicht fortgegangen«, sagte ich. Ich legte den Arm um meine Schwester und drückte sie an mich, so daß wir im Schlaf aneinandergeschmiegt dalagen und eher einem einzigen Körper glichen als zweien.

Über die Jahre hörte ich, was die Leute flüsterten: »Lydia ist die Hübschere. Lydia hat das Gesicht unserer Ahnen.« Aber jedesmal, wenn ich meine Schwester ansah, schien mir ihr Gesicht so lebendig, daß es mich überwältigte, und ihre braunen Augen faszinierten mich wie Bernstein – jenes spröde Harz, das ich so gern gegen das Licht hielt, um darin die eingeschlossenen

Insekten aus einer anderen Zeit zu bewundern. Das war für mich Schönheit. Nicht bloße Körpergröße und glattes schwarzes Haar, so lang und schwer, daß ich davon Kopfschmerzen bekam. Die meisten Jungen in unserer Schule stimmten mit mir offenbar überein. Evelyn hatte immer mehr Verehrer als ich und beherrschte es meisterlich, sie gegeneinander auszuspielen.

»Komm in der Mittagspause hinter den Wildkirschenbaum«, sagte sie zu Jimmy Pleets und zu Truman Keeps Eagle, und wenn alle drei dann am verabredeten Ort zusammentrafen, sah sie ruhig zu, wie die Sache ausging.

»Auf die Art und Weise entscheide ich mich eben«, sagte sie, wenn ich sie ausschalt, weil es mal wieder Streit gegeben hatte. »Der, der stehenbleibt, ist der Richtige.«

Evelyn und ich wuchsen eingeengt von den Rosenkränzen und Skapulieren unserer Mutter auf. Sie übte eine komplizierte Form von Religion aus, ein strenges Programm, das den katholischen Glauben mit den Bräuchen der Dakota verband. Ich bekam so viel über die in beiden Kulturen hochgeschätzte Keuschheit zu hören, daß es mir schwerfiel, meinen Körper zu berühren, sogar beim Waschen; ich schrubbte mich sicherheitshalber lieber mit Bürsten, als mich mit einem Waschlappen zu liebkosen. Evelyn dagegen, bei der unweigerlich die Hälfte dessen, was gesagt wurde, auf taube Ohren stieß, nahm lange Bäder, die ich als Sünde empfand, und wusch ihren Körper so sanft mit einem Schwamm, daß man hätte meinen können, sie seife altes Porzellan ein.

Ich erwartete, daß sie als erste von zu Hause weggehen, sich in eine Beziehung stürzen oder in der Welt herumziehen und jemand anderem beibringen würde, ihren Körper freizügig und behutsam zu berühren. Ich freute mich auf ihre Abenteuer, als wären es die meinen. Ich wartete auf Entwicklungen. Aber dann kam unversehens Bewegung in mein eigenes Leben, als ich gar nicht darauf gefaßt war.

Ich war schon ein Jahr aus der Schule und arbeitete als Köchin in derselben High-School, in die ich gegangen war. Genauer gesagt, ich war die Gehilfin der Köchin, einer Winnebago-Indianerin namens Pearl, die vor fünfundzwanzig Jahren in unseren Stamm eingeheiratet hatte und inzwischen Großmutter war, aber offenbar immer noch nicht recht glauben konnte, daß sie sich im Land der Sioux befand. Wir kamen gut miteinander aus, weil ich ruhig war und fasziniert von ihren Geschichten über Wisconsin, das ihren Erzählungen nach nicht nur das Zentrum des Universums, sondern auch der Ort war, an dem alles Leben begonnen hatte. Zu jedem Feiertag backten wir etwas Besonderes für die Schüler und arbeiteten dann bis spät in die Nacht, und so kam es, daß meine Mutter mich gelegentlich ihr Auto nehmen ließ, ein Gefährt, das so oft repariert worden war, daß sich keiner von uns mehr an die Marke erinnerte oder daran, wie alt es war. Es fuhr wie eine Dampflok, spuckte Rauch, ratterte und rüttelte, und die Scheinwerfer funktionierten nur bei Fernlicht. Der Boden war voller Löcher und würde eines Tages bestimmt ganz herausbrechen, aber das Auto gehörte zur Familie, so wie ein geliebtes Haustier, und galt als tapfer, weil es sich so anstrengte, um uns von einem Ort zum anderen zu bringen.

Ich hatte den Abend vor dem Valentinstag 1960 bei der Arbeit verbracht und herzförmige Plätzchen und kleine Kuchen mit rosa Guß gebacken. Es schneite, und die Luft war so kalt, daß sie mir flach und schwer vorkam, Schichten aus gepreßtem Metall wie die Backbleche, die ich in den Ofen schob. Aber in der Küche war es warm, es duftete, und die Fenster waren mit weißem Dampf beschlagen, wie mit Zucker glasiert. Ich probierte alles, Teig und Guß, bis meine Lippen zuckersüß waren. Aus einer spontanen Laune heraus griff ich nach dem Vanillearoma, und als Pearl gerade nicht herschaute, tupfte ich mir ein paar Tropfen hinter die Ohren und an die Handgelenke. Überrascht lachte ich auf, und Pearl starrte mich an.

»Ach, laß mich nur«, sagte ich. »Hier duftet es einfach zu gut, und ich komme mir gerade so appetitlich vor.«

Pearl grinste breit. »Gut, daß nur ich da bin«, sagte sie.

»Wenn du schon solche Reden führst, ist es wohl Zeit für die Beichte.«

Als wir mit dem Nachtisch fertig waren und die Küche saubergemacht hatten, war es fast Mitternacht. Es hatte aufgehört zu schneien, aber die Luft war noch kälter geworden und gefährlich, weil sie ohne Wind mild erschien. Ich fuhr Pearl die zehn Meilen nach Hause, wobei sie die Beine über dem Loch vor dem Beifahrersitz grätschte. Die Heizung funktionierte nicht, deshalb schlug sie sich während der ganzen Fahrt die Arme um den Leib und faßte zwischendurch immer mal zu mir herüber, um auch meine Arme warm zu klopfen. Als wir in ihrem Hof angekommen waren, stieg sie schnell aus, beugte sich aber noch einmal ins Auto und sagte zu mir: »Fahr direkt heim, so schnell du kannst. Hier drin könntest du glatt erfrieren.«

»Mach ich«, antwortete ich. Ich war nur fünfzehn Meilen von der Hütte meiner Mutter entfernt, aber mir kam die Strecke gefährlich weit vor. Das blendende Scheinwerferlicht strahlte von den Schneewehen zurück; mir war, als schaute ich in den Blitz eines Fotoapparats. Der Schnee war vom Sturm zu mächtigen Bergen aufgetürmt, erstarrten Wellenkämmen, die für die Ewigkeit gemacht zu sein schienen, jetzt, da der Wind sich gelegt hatte. Die Reifen rollten über eine Straße, die einer langen Reihe gestärkter weißer Hemden aus knisterndem Papier glich. Ich mähte sie nieder und hätte fast einen dunklen Felsbrocken gerammt, der mitten im Weg lag. Die Bremsen waren schlecht, und das war vermutlich meine Rettung. Das Auto schlingerte und wedelte aufreizend mit dem Hinterteil. Es gelang mir, vor dem Brocken auf der Straße anzuhalten, aber das Auto drehte sich einmal rund um sich selbst; als es zum Stehen kam, schaute ich wieder in Fahrtrichtung. Im hellen Licht meiner Scheinwerfer bewegte sich der Felsbrocken. Er öffnete sich, bekam Arme und Beine und einen Kopf, der sich wie ein Pendel hin und her bewegte.

»Um Gottes willen! Fast hätte ich jemand umgebracht«, flüsterte ich. Ich stürzte aus dem Auto, um der Person zu helfen, und stellte fest, daß es kein Fremder war. »Calvin Wind Soldier!« rief ich und versuchte, meine gräßliche, krampfende Angst und die Kälte zu überwinden und ins Bewußtsein des Mannes vorzudringen, dessen Ohrläppchen schon ein wenig schwarz waren.

»Hm«, sagte er. Seine Lippen lösten sich voneinander. Ich sah, wie sie sich zu zwei vollkommen geraden Linien spalteten, wie aufgeschlitztes Fleisch, aber es kam kein Blut. Ich stellte mir das Blut blau und gefroren vor und dann matschig wie Blaubeereis. Ich legte seinen Arm um meinen Hals und stellte ihn auf die Beine. Sein Körper knackte, als er sich aufrichtete, und ich hörte es mehrmals hintereinander klicken, als er die Füße vorsichtig einen vor den anderen setzte. Ich führte ihn zum Auto und half ihm, sich auf dem Sitz niederzulassen.

Ich stellte seine Beine fest auf und sagte: »Beweg die Füße nicht von der Stelle, sonst rutschen sie unters Auto.«

»Hm«, antwortete er. Er versuchte, sich über die Lippen zu lecken, aber seine Zunge schien in den Mundwinkeln haftenzubleiben. Es tat mir weh. Ich mußte an Frostbrand denken.

»Ich bringe dich heim«, sagte ich zu Calvin Wind Soldier.

Er wohnte nur ein paar Meilen weiter, aber ich zitterte vor Kälte, als wir ankamen, weil Calvin das Auto ausgekühlt hatte. Er saß so still da, daß ich mehrmals nach dem weißen Hauch sah, der mit jedem Atemzug von seinen Lippen kam. Er war ein Gletscher, kein Mann. Ich wollte ihn nicht noch einmal anfassen, um ihm aus dem Auto zu helfen. Aber er bewegte sich nicht.

»Da sind wir«, sagte ich. Ich zwang mich dazu, meine Tür aufzumachen, ums Auto herumzugehen und Calvin aus dem Sitz hochzuziehen. »Links und rechts und links und rechts«, rief ich, als ich ihn vorsichtig durch den Schnee bewegte. Seine Füße waren ungelenk, wie ungeheure Felsbrocken, aber er stanzte sie in den Boden, bis wir auf der Schwelle seines zusammengeflickten Schuppens standen.

»Es wird wohl offen sein«, murmelte ich. Ich sah weder einen Türknauf noch ein Schlüsselloch, deshalb schob ich die Tür einfach mit der Schulter auf. Sie war schwer, aber sie öffnete sich. Ich nahm Calvins Hand und zog ihn nach drinnen. Mondlicht fiel herein, breitete sich wie ein Teppich vor unseren Füßen aus. Ich fand gleich die Kerosinlampe, die mitten auf Calvins Tisch stand, und zündete sie an. Ich war noch nie hier gewesen; vor vielen Jahren hatte ich mir allerdings oft ausgemalt, wie ich hierherkommen würde, während Calvin unterwegs war, wie ich hineingehen und alles so wohnlich machen würde, daß er mich sofort nach seiner Rückkehr bitten würde, seine Frau zu werden. In der Hütte war es ordentlicher, als ich vermutet hatte, und das akkurat gemachte Wandbett, die gebügelten Hemden an dem Haken und die sorgfältig gestapelten Teller auf dem Holzregal über der Spüle strahlten eine gewisse militärische Ordnung aus. Es gab nur ein Zimmer, in dem ein dickbauchiger Ofen und eine schmutzige Plane, die den Lehmboden bedeckte, den meisten Raum einnahmen. Ich machte ein Feuer im Ofen und setzte Calvin auf sein Bett, wo er auf der Kante sitzen blieb, unbeweglich bis in die Augen, die in den Höhlen festgefroren zu sein schienen. Während ich mich um ihn kümmerte, wurde ich ruhiger und war kein bißchen verlegen, mit einem Mann allein zu sein, in den ich als kleines Mädchen verliebt gewesen war, denn ich dachte, seine Gedanken seien umwölkt von der Kälte, abgeschirmt durch den Frost.

»Gut, Calvin. Mal sehen, ob wir dich auftauen können. Den hübschen Mann wiederfinden, von dem ich weiß, daß er irgendwo da drinnen steckt«, sagte ich kokett. Ich knöpfte seinen Mantel auf und half ihm heraus; seine Arme waren so steif, daß ich das Gefühl hatte, eine Puppe auszuziehen. Schließlich hatte er nur noch die lange Unterwäsche an, die strahlend weiß war und nach Seife roch. Die Luft erwärmte sich, wurde allmählich dick und durchdringend wie klebrige Melasse, und auch ich zog meinen Mantel aus. Calvin Wind Soldier war farblos und geruchlos gewesen, als ich ihn fand, eine Eisskulptur aus ein und demselben Material. Jetzt spannen sich im Weißen seiner Augen rote Fäden, und ein schaler Biergeruch stieg in steten Wellen von seinem Körper auf. Ich sah ihm in die Augen und konzentrierte mich auf die schwarzmarmorierte Iris. Der Dunst klärte sich; ich sah, wie die Gedanken des Mannes in Bewegung kamen.

»Jetzt bist du wieder da«, sagte ich. Er nickte – ein holpriges Herunterkippen des Kopfes. »Da bin ich aber froh.« Mein Mantel lag über der Lehne von Calvins einzigem Stuhl, und ich faßte in die Tasche. Ich hatte eines der Valentinstag-Plätzchen eingesteckt, um es meiner Schwester Evelyn zu schenken, aber jetzt zog ich es heraus, brach es in kleine Stücke und fütterte Calvin damit. Dabei beobachtete ich ihn genau, um ihn nicht zu hetzen. Als das Plätzchen verzehrt war, sah ich ein paar Zuckerkristalle auf seinen Lippen. Ich strich sie mit dem Finger weg und war überrascht von der Berührung. Sein Mund war wie Stein.

»So kalt«, murmelte ich. »Immer noch so kalt.«

Und so fing es an, mit aufwallendem Mitleid, mit dem Wunsch, diesen Mann von irgendeinem eisigen, einsamen Ort zurückzuholen. Zum ersten Mal war ich mir meiner selbst bewußt; ich hatte das Gefühl, groß und stark zu sein, Raum auszufüllen, Luft zu verdrängen mit meinen Bewegungen und dem Strom meines zuckrigen Atems. Ich war eine Decke, ein Gewand. Ich war das sichere Ufer neben dem Wasser. Die Rundungen meines Körpers waren eine Bergkette wie die Paha Sapa, die Schwarzen Hügel, und mein langes Haar war das Nest der Wurzeln, die sich in die Erde gruben.

»Lydia«, sagte ich zu Calvin Wind Soldier. »Lydia Many Wounds«, wiederholte ich. Ich wollte ihm damit sagen: *Hier, hier bin ich*, auf diese vorsichtige Weise. Ich hatte mich der Welt noch nie vorgestellt.

Dann schickte ich mein Feuer durch den Frost. Calvin war überall kalt, und ich war überall warm. Ich nahm seine Finger in den Mund, einen nach dem anderen. Ich hielt seine üppigen Ohrläppchen zwischen meinen Lippen. Ich atmete über seine Stirn hinweg, leckte über seine Lippen und die gerade Reihe von Zähnen, die fest wie eine Mauer waren. Ich steckte seine Füße unter meinen Pullover, und seine Fußsohlen krümmten sich über der sanften Wölbung meines Bauchs. Ich bewegte mich über seinen Körper, Zentimeter um Zentimeter, bis es weh tat, ihn anzufassen, weil sein Fleisch brannte.

»Lydia.« Jetzt war es Calvins Stimme, und ich wurde getröstet, vor der Hitze gerettet. Ich strudelte in etwas hinein, was sich wie eine Krankheit, wie Fieber oder Ertrinken anfühlte.

»Sterbe ich?« fragte ich Calvin, meine Stimme von Steinen erstickt.

»Nein, Lydia.« Er sprach es gegen meine Kehle. »Das werde ich nicht dulden.«

Und dann ließen wir uns zusammen forttragen.

Ich empfand keine Scham, als ich am nächsten Morgen zur Hütte meiner Mutter fuhr. Ich stieg aus dem Auto, stand so gerade ich konnte und hielt einen Moment inne, um mir das Haar glattzustreichen. Ich hatte schon einen Ring versprochen bekommen, kaum daß ich die Augen aufgemacht und in die Sonne geblinzelt hatte, die durch Calvins Fenster flutete. Ich wunderte mich einen Augenblick über meine Spontaneität, darüber, daß ich nicht gezögert hatte, Calvins Antrag anzunehmen. Ich hatte ihn schließlich am Abend vorher nicht im besten Zustand angetroffen. Man hätte sagen können, seine Zukunftsaussichten waren zu dem Zeitpunkt eher trübe. *Wo ist die alte Lydia geblieben?* fragte ich mich. Die, die vor jeder neuen Entwicklung zurückschreckte. *Die ist verbannt worden*, entschied ich, und damit war der Fall erledigt.

Calvin bestand auf einem Ring, obwohl ich wußte, daß es ihm schwerfallen würde, das Geld zusammenzukratzen. Als vorläufiges Pfand hatte er mir statt dessen einen Silver Star geschenkt.

»Aus dem Korea-Krieg«, hatte er einfach gesagt, als habe der Stern nichts mit ihm zu tun und damit, auf welch schreckliche Weise er sein Leben riskiert hatte. Dieser Stern steckte jetzt an meinem Pullover; ich spürte sein beruhigendes Gewicht. Ich streichelte den Orden durch den schweren Stoff meines Mantels.

»Da ist sie ja!« Evelyns Stimme kam über den hohen Schnee. »Du warst bei Pearl, stimmt's?« Sie fragte ohne tieferes Interesse. Ich merkte, daß sich keiner um mich Sorgen gemacht hatte, weil sie annahmen, daß der Schnee mich in der Schule oder bei meiner Freundin zurückgehalten hatte. Wir hatten kein Telefon und Pearl auch nicht, und so hatte es kein aufgeregtes Herumtelefonieren gegeben.

Ich hätte am liebsten gesagt: *Du kannst dir ja nicht vorstellen, wo ich war*, hätte mich Evelyn an den Hals geworfen und die Geschichte erzählt, eindringlich, von Schwester zu Schwester. Aber damit hätte ich mein Erlebnis an jemanden weitergegeben, und ich war geizig. Ich wollte niemanden teilhaben lassen. Ich sagte die Wahrheit, allerdings nicht die ganze. Ich erzählte meiner Mutter und Evelyn: »Ich hätte gestern abend auf dem Heimweg fast Calvin Wind Soldier überfahren. Er war auf der Straße umgekippt und lag halb erfroren da. Ich habe ihn heimgebracht und ihn versorgt. Ich habe die Nacht über auf ihn aufgepaßt.«

Wieder regte sich kein Verdacht. Ich war Lydia, das brave Mädchen, das jeden Mittwoch zur Beichte und jeden Sonntag zur Kommunion ging. Lydia, die mit den Ältesten fließend Dakota sprach, während Evelyn schon über »Guten Tag« und ein paar einfache Sätze stolperte. Ich hatte, wie meine Mutter gern sagte, das Gute von beiden Seiten, wenn ich auch den Eindruck hatte, daß sie dieses ewig umsichtige Verhalten langweilte. Ich ließ die Frauen glauben, was sie wollten. Es reichte, daß ich selbst so aufgeregt war. Ich verriet nichts weiter über die Nacht, bis ich den Ring hatte.

»Dann heiratest du ihn ja doch noch!« neckte Evelyn mich einen Monat später. »So oft hast du davon geträumt und es dir so sehr gewünscht. Ich habe immer geglaubt, daß solche Dinge nicht passieren. Die Welt ist sonst nicht so freundlich.« Meine Schwester überraschte mich mit diesen nachdenklichen Worten. Normalerweise hatte sie nichts als ihr Vergnügen im Sinn. Dies ließ ihr wenig Zeit, die Dinge aus einer gewissen Distanz zu betrachten und über sie nachzudenken.

»Zu mir ist die Welt jedenfalls sehr freundlich gewesen!« rief ich. Diesmal war sie die Überraschte. Ich rang meine Schwester zu Boden, setzte mich rittlings auf sie und kitzelte sie, bis sie schluchzte.

Meine Mutter steckte den Kopf zur Tür herein. »Geh von deiner Schwester runter!« schalt sie. »Was ist bloß in dich gefahren?«

Meine Mutter wußte nicht, wie ernsthaft ich als kleines Mädchen die jetzt bevorstehende Heirat geplant hatte. Ich war zehn, als Calvin Wind Soldier sich freiwillig zur Armee meldete. Er wurde zusammen mit zwei anderen Sioux – keiner der Jungen war älter als achtzehn – nach Korea verschifft. Ich organisierte mit ein paar Mädchen eine Betreuungsgruppe, die unseren Stammesleuten Care-Pakete schickte. Immer sorgte ich dafür, daß eine Haarsträhne von mir mit hineinkam oder daß ich einen Gegenstand sorgfältig mit einem Fingerabdruck markierte, damit etwas von mir in dem Paket war, ein Stück von Lydia die unvorstellbar vielen Meilen mitreiste und durch so viele Hände ging, um schließlich zu Calvin Wind Soldier zu gelangen und von ihm entdeckt zu werden. Nicht, daß ich mich an Zaubereien versucht hätte, es war reine Sehnsucht. Ich spann einfach nur Tagträume. Nie stellte ich mir die Gefechte vor: den Lärm, die Angst und das Sterben. Die erdrückende Schuld. Wenn ich an Calvin in Korea dachte, tanzte er – ich ließ ihn tanzen. Ich brachte ihn dazu, daß er sich an die anmutigen Schritte erinnerte, die ich ihn bei zahllosen Powwows hatte tanzen sehen. Er tanzte an Fahnen vorbei, über feindliche Linien und faszinierte die Truppen auf beiden Seiten mit seinem Adlertanz. Ich hörte, wie die Soldaten ihm zuriefen, er solle fliegen; er konnte natürlich fliegen, selbst in der schweißgetränkten Uniform. Ihm würden Federn wachsen, und er würde sich über alle Schwierigkeiten emporschwingen.

Als ich zehn Jahre alt war, halfen meine Wünsche nichts, sie waren nicht imstande, Calvin aus dem Krieg und in meine mageren Arme zu holen. Aber jetzt besaßen sie Kraft.

*

Zwei Monate nachdem ich ihn fast unter den Autorädern zermalmt hatte, heiratete ich Calvin Wind Soldier. Pater Zimmer hielt den Gottesdienst in Saint Mary's, der winzigen verwitterten Kirche hinter der High-School, die so sehr dem Wind ausgesetzt war, daß die Farbe unaufhörlich abblätterte. Meine Mutter war dabei und Evelyn, sogar Pearl, umringt von ihren Sioux-Kindern und Enkeln, die ihre Drohungen auf Winnebago nicht verstanden.

Herod Small War, Calvins enger Freund, stand neben ihm am Altar und handhabte geschickt die schmalen Ringe. Er gehörte der Generation meiner Mutter an und neckte sie gern, weil sie so eine eifrige Katholikin war, denn als *Yuwipi*-Mann betete er zu *Wakan Tanka* anstatt zu Jesus.

»Im Himmel gibt's keine Indianer-Engel«, sagte er oft zu meiner Mutter. »Flieg nur mit deinen Adlerschwingen rauf, dann werden sie dir sagen: *Das ist die falsche Sorte, Taubenflügel brauchst du.* Und wenn sie erst die Mokassins sehen, die du anhast in der Hoffnung auf ein gutes Powwow, dann weisen sie dir die Tür. Barfuß mußt du da droben gehen oder in Sandalen.«

Diesmal war Herod allerdings ganz ernst und nickte meiner Mutter höflich zu.

Auch Geister waren da, obwohl ich sie nicht sah. Ich war wie ein Pferd mit Scheuklappen, und vor mir war Calvin und füllte mein Gesichtsfeld aus: Das kantige Gesicht und darüber der spitz zulaufende Haaransatz, der seine Züge weicher machte, und dann der dichte schwarze Haarschopf, der fast trotzig wirkte. Wir waren gleich groß und konnten einander gerade in die Augen sehen, ohne das Gesicht zu heben oder zu senken. Calvin hatte seine Armeeuniform an, und ich trug ein eierschalenfarbenes Kleid, das kaum meine Knie bedeckte. Die Bänder an meinem Brautstrauß waren länger als das Kleid. Ich war so mit meinem Wagemut, mit meinen entblößten Knien beschäftigt, daß ich gar nicht hörte, wie die Geister im Gänsemarsch in die Kirche kamen und sich auf den hinteren Bänken niederließen. Aber mein Mann mußte sie bemerkt haben, denn in unserer

Hochzeitsnacht, als wir auf seinem schmalen Bett aneinanderrückten, sprach er im Schlaf und rief Namen, die ich nie zuvor gehört hatte. Einen davon erkannte ich: *Čuwignaka Duta* oder Red Dress. Als ich ihn hörte, regte sich meine Eifersucht, obwohl die Frau schon lange tot war, im Grunde nur eine Legende aus einer anderen Zeit. Ich wollte nicht, daß diese Frau nach meinem Mann griff, während er schlief, deshalb rüttelte ich ihn wach.

»Du hast geträumt«, sagte ich mit der beruhigenden Stimme meiner Mutter zu ihm. »Laß die bösen Träume gehen.«

Mein Mann und ich wohnten nicht lange in seiner Kate. Calvin hatte aufgehört zu trinken, wurde bei der Stammespolizei eingestellt und begann bald darauf, mir ein Haus zu bauen, ein richtiges Haus mit Strom, fließendem Wasser und Telefon. Ich wollte Kacheln im Badezimmer, eine Doppelspüle in der Küche und ein großes Panoramafenster. Ich wollte Noppenteppichboden und einen Kamin aus Backsteinen, der nicht einmal zu funktionieren brauchte. Ich lechzte nicht so sehr nach neuen Sachen als vielmehr nach Ordnung. Ich dachte, ich könnte das Glück durch sorgfältige Haushaltsführung beschwören, durch passendes Geschirr und Besteck, geschmackvolle Vorhänge und einen Staubsauger. Vielleicht dachte ich, ich könnte die Vergangenheit mit Desinfektionsmittel oder dem saugenden Schlauch ausrotten. Aber sie haftete meinem Mann an, laichte in seinen Blutzellen.

»Erzähl mir das Schlimmste«, drängte ich ihn. »Erzähl mir all die schlimmen Dinge, an die du dich erinnerst, dann werden sie dich loslassen.« Aber er tat es nicht. Er meinte, dann würden die Bilder und Alpträume nur auf mich übergehen, als furchtbares Vermächtnis, und das würde er nicht zulassen. Das einzige, was er sagte, war, daß er im Krieg als Kundschafter im Einsatz war.

»Die Kommandeure haben immer die Indianer kundschaften lassen. Ich glaube, das kam vom Kino, von ›Custers letzter Stützpunkt‹ und solchen Filmen. Sie haben uns ohne Umschweife erklärt, wir könnten doch Fährten aufspüren wie Bluthunde und uns so leise bewegen, daß wir förmlich unsichtbar seien. Und unsere Augen seien übernatürlich scharf. Das haben sie gesagt, ohne auch nur auf unsere Papiere zu schauen. Entnahmen das einfach all den Märchen, die sie gehört hatten. Und das Kundschaften war eine gefährliche Angelegenheit.«

Ich wußte, daß von dem Dutzend Dakota, die in Korea gedient hatten, Calvin als einziger zurückgekommen war. Ich sah die Jungen vor mir, wie sie ganz alleine nach vorn pirschten, jung und voller Angst, aber auch stolz, entschlossen, das Klischee zu bestätigen, und wie sie sich einzureden versuchten, daß die Offiziere in ihren Herzen gelesen hätten und Weisheit aus ihnen sprach, nicht Ignoranz. Die Vorstellung, daß sie allein starben, tat mir weh.

Aber das waren nicht die schlimmen Erinnerungen, die meinen Mann überfielen, wenn sein Bewußtsein sich den Träumen öffnete. Dann wurde er verfolgt von dem Silver Star und dem, was er getan hatte, um diese Auszeichnung zu verdienen, die entsetzliche Arbeit seiner Hände, die er mir nicht beschreiben wollte, egal, wie oft ich ihn drängte, weil ich ihn davon befreien wollte.

»Was war denn mit Red Dress?« warf ich ihm ein anderes Stichwort hin. »Erzähl mir von ihr.«

Wir waren schon in das neue, nach frischem Holz duftende Haus gezogen, als er mir schließlich die Geschichte erzählte. Wir saßen uns am Küchentisch gegenüber. Meine Hände glätteten das Resopal, streichelten es voller Besitzerstolz.

»Es wird in diesem Haus verrückt klingen«, sagte Calvin. Ich verstand ihn. Die Deckenlampen waren hell und erleuchteten jede Ecke in dem Raum, und das Haus war so gut isoliert, daß es das Geräusch des Windes, der über die Plains fegte, verschluckte. Bestimmte Dinge waren in einem Haus wie diesem einfach nicht möglich.

»Hast du schon etwas von der Legende gehört?« fragte mich Calvin.

»Natürlich. Ich glaube, jeder im Reservat kennt irgendeinen Teil davon.«

»Es heißt, sie hätte diese Erde nicht verlassen«, fuhr Calvin fort. »Sie ist vor so langer Zeit gestorben, aber sie ist verstrickt in die Geschicke ihrer Nachkommen und sucht immer noch nach ihrem Liebsten.« Ich nickte, um meinem Mann Mut zu machen, hielt aber den Blick auf den neuen Tisch gesenkt. »Dieser Liebste war einer meiner Vorfahren«, sagte er. »Ein Großonkel oder Urgroßonkel, ich weiß nicht mehr genau. Ich bin der letzte dieser Linie, deshalb hat sie wohl ein Auge auf mich geworfen.«

Jetzt sah ich ihn an.

»Nicht auf böse Weise. Ich glaube, sie ist besorgt und will mich vor Schwierigkeiten beschützen. Sie hat doch diese verrückte Verwandte, weißt du, diese Nichte, die so viel Unheil anrichtet.«

Mir war klar, daß er Anna Thunder meinte, die Gegenstand so vieler Gerüchte war, daß ich nicht wußte, ob ich Angst vor ihr haben oder sie bemitleiden sollte. Ich hatte meine Zweifel, was die Zauberei anging, und wenn ich die Leute flüstern hörte, daß sie eine Hexe sei, war ich immer erleichtert, im zwanzigsten Jahrhundert zu leben, wo diese Verdächtigung nicht automatisch zum Scheiterhaufen führt.

»Woher weißt du das alles?« fragte ich meinen Mann. »Woher weißt du, welche Beweggründe ein Geist hat?« Calvin lehnte sich auf seinem Stuhl zurück; seine Finger trommelten auf den Tisch, und ich hörte den Rhythmus eines alten Dakota-Liedes heraus, das die Krieger ehrt.

»Mein Vater hat noch gelebt, bevor ich aufs Schiff nach Korea ging. Er war sehr stolz auf mich, aber auch besorgt, und wollte, daß ich alles nur mögliche tat, um mich heil durch das Kommende zu bringen. Er riet mir, meine Vorfahren um Hilfe anzurufen, weil sie einsam werden und es vermissen, wenn sie ihre Namen nicht hören. Er nahm mir das Versprechen ab, eine Vision zu erflehen. Tag und Nacht hatte er davon gesprochen, bis ich schließlich einverstanden war. Obwohl die Aussicht auf diese Zerreißprobe mich nicht gerade begeisterte.«

Calvin stand auf und ging auf dem gemusterten Linoleum hin

und her und zertrat dabei mit den Stiefeln die kräftigen schwarzen Punkte, die winzigen Spinnen ähnelten. Er erzählte mir die Geschichte seiner Vision, dieser zutiefst persönlichen Erfahrung. Ich empfand es als ein Privileg, die Worte zu hören. Aber es machte ihn ganz nervös, davon zu erzählen, deshalb bewegte er sich beim Sprechen um mich herum, um von den Bildern loszukommen, die er mit seiner Zunge heraufbeschwor.

»Ich glaube, mir kam das ganze Abenteuer ein bißchen albern vor«, gestand mein Mann. »Vier Nächte allein auf dem Angry Butte zu verbringen, stehend, in einem Visionsloch, das in die Erde gegraben ist, und die gesamten vier Tage nichts essen und kein Wasser trinken zu dürfen, das war wirklich das letzte, worauf ich Lust hatte. Aber meinem Vater war es so wichtig, also tat ich es. Nur eines habe ich verändert: Ich hätte nur in eine Decke eingewickelt in der Grube stehen sollen, aber ich bestand darauf, meine Kleider anzubehalten.«

Calvin spielte mit den Münzen in seiner Tasche, nahm sie in die Hand und ließ sie wieder fallen. Er war von seiner Erinnerung wie hypnotisiert. Ich glaube, in Gedanken stand er in der Visionsgrube, aufrecht, nur den Kopf über der Erde. Er roch den Tabak, der rings um das Loch ausgelegt war, und hörte den Wind durch das Gras pfeifen.

»Es regnete leicht«, sagte Calvin, »und mein Kopf und meine Arme wurden naß. In der Erde war es kalt. Würmer krochen mir in die Hosentaschen, und Mücken blieben an dem Schweiß unter meinem Hemdkragen kleben, aber ich wischte sie nicht weg. Mein Vater hatte gesagt, dies sei eine Zeit, in der ich alles einfach hinnehmen solle, was kam. In der zweiten Nacht schlief ich ein wenig im Stehen. Es war gar nicht so schlimm, weil ich mich an die Erdwand lehnte und mir mit den Schulterblättern eine kleine Nische grub. Aber das Mondlicht schien mir voll ins Gesicht und weckte mich. Ich merkte, wie hungrig und durstig ich war, deshalb steckte ich mir einen Kieselstein in den Mund – den Trick hatte mir mein Vater verraten –, und tatsächlich ging es dann besser, und mein Mund war nicht mehr so trocken. Ich wartete ungeduldig darauf, daß endlich etwas passierte, glaubte aber fast nicht mehr daran, außer vielleicht, daß ich mich erkälten und einiges an Gewicht verlieren würde. Ich glaube, ich habe mich beklagt. Hab' so etwas gesagt wie: ›Ich sehe überhaupt keine Geister.‹

Weil du ungeduldig bist, antwortete eine Stimme. Es war die Stimme einer Frau, und das Merkwürdige war, ich hätte schwören mögen, daß sie gleichzeitig Englisch und Dakota sprach. Nicht eine Übersetzung, sondern vielmehr zwei Botschaften zugleich.« Calvin schüttelte den Kopf, stellte sich hinter meinen Stuhl und legte seine Hände auf meine Schultern. »Der Teil der Stimme, der Dakota sprach, war tief und kam aus der Kehle, und der Teil, der Englisch sprach, war hauchend und hoch, und das S klang wie ein Zischen. Ich konnte nichts antworten. Wahrscheinlich haben meine Zähne geklappert wie eine Telegraphenmaschine.«

Calvin ging hinüber zu dem großen Küchenfenster über meiner Doppelspüle. Er schaute starr in die Ferne. »Die Stimme wurde zu einer Gestalt«, fuhr er fort, »zu einer Frau, die über mir auf dem Boden stand, vielleicht drei Meter entfernt. Sie hatte ein langes Wildlederkleid an und passende Beinlinge, das Leder war rot bemalt und mit aufgefädelten Wapitizähnen verziert. Sie hatte dichtes schwarzes Haar wie du, aber ihres fiel ungeflochten bis zum Boden, und sie zog es hinter sich her wie eine Schleppe. Es war voller Geräusche, wie Dutzende von Klapperschlangenrasseln, die darin festgebunden waren. Sie trug eine Bullschlange als Gürtel um die Taille, aber die Schlange war nicht tot und gehäutet. Vielmehr sah ich, wie sie sich fest an den Körper schmiegte und dann wieder nachgab. Die Augen der Frau waren silberschwarz. Sie war so schön, daß es schwerfiel, ihr Gesicht zu betrachten.«

Calvin lehnte sich gegen die Spüle, sein Körper war plötzlich schwer. »Sie hatte die Arme erhoben, so daß ich sehen konnte, was sie trug. In der rechten Hand hielt sie einen Schild aus Büffelhaut und in der linken lagen die Enden von drei Seilschlingen.

Ich heiße Red Dress, sagte sie in beiden Sprachen zu mir, *und dies sind die Beweise meiner glorreichen Taten*. Da wußte ich, wer sie war, nämlich die Frau, die sich damals mit den Armeesoldaten angelegt hatte. Mir gefiel ihr Selbstbewußtsein, und ich fühlte mich schon fast sicher, als sie plötzlich die Schlingen in die Luft warf und einzeln über ihrem Kopf herumwirbeln ließ. Mit einem raschen Wurf fing sie mich ein und zog die Schlingen zu. Ich war an beiden Handgelenken und um den Hals gefesselt. *Ich werde dir nicht weh tun*, sagte sie. *Ich möchte nur deine gesamte Aufmerksamkeit*. Die hatte sie, ohne Frage.«

Calvin kam zum Küchentisch zurück und setzte sich. In meinem Kopf schwirrten Seile und Bilder von offenen Schlingen, und um mich zu beruhigen, sah ich mich in der Küche um – dem wichtigsten Platz in einem Siouxhaus. Jetzt war sie sogar ein Ort der Offenbarungen geworden.

»Dann warnte sie mich«, sagte Calvin. »Sie erzählte mir, daß ihre Nichte verwirrt sei und entschlossen, auch alle anderen durcheinanderzubringen. Red Dress wollte nicht, daß ich mich von den Ränken dieser Frau in die Falle locken ließ. *Sie wird dir hinterhersteigen*, sagte Red Dress. *Sei darauf gefaßt*.

»Mir tat Red Dress leid«, flüsterte Calvin. »Bevor sie ging, sprang sie neben mich in die Grube. Wir standen dicht beieinander, und ich spürte, wie sich die Bullschlange an meiner Taille wand. *Du siehst deinem Onkel so ähnlich*, rief sie mit beiden Stimmen, und dann küßte sie mich. Sie schmeckte nach wilden Pflaumen. Sie sog die Luft tief aus meinem Zwerchfell, so wie alte Männer ihren Pfeifentabak inhalieren, bis mir die Sinne schwanden.

Als mein Vater mich nach der vierten Nacht holen kam, war er hocherfreut, als er mich in der Grube stehen sah und hörte, wie ich zu den Geistern sang und stärker war als je zuvor. Aber er schaute bekümmert, als er die Schürfwunden von dem Seil an meinen Handgelenken und um meinen Hals sah. ›Die Geister waren streng mit dir‹, sagte er. ›Nicht so schlimm‹, erwiderte ich.«

Calvin griff über den Tisch und nahm meine Hände. »Ich habe die Warnung des Geistes nicht beachtet. Ich dachte, in Korea könnte Anna Thunder mir nichts anhaben, und als ich zurückkam, war es mir so oder so egal. Aber jetzt ist alles anders. Ich war bei Herod Small War, kurz bevor wir geheiratet haben, und er hat mir diesen Gürtel gemacht, den ich seither jeden Tag trage.«

Er war aus schönem Schlangenleder gefertigt und fühlte sich angenehm an. Die Berührung mit dem Material tat irgendwie gut, und es fiel mir schwer, die Hände wieder davon zu lösen.

»Soll der dich beschützen?« fragte ich.

»Herod ist ziemlich sicher, daß er wirkt«, sagte Calvin. »Red Dress hat die Schlangen geliebt, sie hat von ihnen gelernt und hielt sie in ihrer Nähe. Dies ist fast wie ihr Siegel, das Zeichen ihrer Gunst, und wenn diese Nichte von ihr mich suchen kommt, dann wird sie nicht viel ausrichten können mit ihren Krallen, denn ihrer Ahnin kann sie nicht die Stirn bieten: Das wäre, als würde sie ihre eigene Seele zerstören.«

»Das ist alles zu viel«, flüsterte mein Mann. »Ich habe das Gefühl, daß ich dich in einen Wirbelsturm hineingezogen habe. Ich hätte vorher etwas sagen und dir eine Wahl lassen sollen.«

Ich glitt über den terracottafarbenen Boden, dessen düstere Farbe mich an getrocknetes Blut erinnerte. Ich zog meinen Mann auf die Füße, so daß wir, gleich groß, dicht voreinander standen. Impulsiv begann ich, mich zu drehen und ihn mit mir. Es war kein Tanz, obwohl wir uns auf den Füßen wiegten. Wir kreisten schneller, drehten uns auf den Fersen und auf den Zehen, bis uns schwindelig wurde und ich meine Stimme rufen hörte: »Ich gebe mich dem Wirbelsturm hin!«

Mein Mann hätte mich zum Schweigen bringen sollen, aber er war jung, noch keine Dreißig, und wir standen in einer Küche, die in eine Werbesendung gepaßt hätte. Wie hätte in solch einer Umgebung Platz sein können für Geister und ihre grausamen Warnungen.

*

Meine Mutter und meine Schwester Evelyn waren seltene Besucher in unserem neuen Haus, einem L-förmigen Bungalow mit überdachtem Autoabstellplatz – dem einzigen seiner Art im ganzen Reservat. Meine Mutter sagte, sie fühle sich nicht wohl darin, weil die Böden zu groß seien. Wahrscheinlich meinte sie, es sei ihr zu geräumig. Meiner Schwester gefiel das Haus sehr, aber sie war mit ihrer eigenen Beziehung beschäftigt. Ihr Freund Philbert war ein Rodeoreiter, der an Wettkämpfen teilnahm und viel unterwegs war.

»Er fährt einfach los«, vertraute Evelyn mir an, sichtlich von dem Gedanken angetan. »Er klappert alle Rodeos ab und fährt bis nach Kanada oder nach Chicago zu Schauwettkämpfen.« Wenn ich mir die beiden zusammen vorstellte, sah ich meine Schwester hinter Philbert auf einem bockenden Brahmabullen sitzen. Sie faßte ihren Freund nicht um die Taille, sondern hielt sich, indem sie die Knie zusammendrückte. Irgendwo in meinem Bild wurde Philbert dann zu Boden geworfen, aber Evelyn hielt sich auf dem Rücken des Tieres, festgebissen wie eine Zecke, und achtete nicht auf Philberts winkende Arme und seine Rufe, sie solle loslassen. Ich hatte die Szene so lebhaft vor Augen, daß ich Evelyn einmal fragte, ob sie jemals auf einem Stier geritten sei.

»Ich habe schon dran gedacht«, gab sie zu. »Manchmal tut Philbert so, als sei es ganz leicht, und dann kann ich mir schon vorstellen, daß ich das gleiche mache wie er. Aber so verrückt bin ich nur einen Moment lang.«

Ich arbeitete weiter in der Schule und gab den Gehaltsscheck meiner Mutter. Sie wurde alt und mußte die Arbeit aufgeben, die sie so viele Jahre lang gemacht hatte: die Kirche und Pater Zimmers spartanische Unterkunft putzen.

»Wir müssen auf Mama aufpassen«, sagte ich zu Evelyn.

»Mama wird noch im Vollbesitz ihrer Kräfte sein, wenn uns die Zähne ausfallen und wir nicht mehr wissen, wie wir heißen«, antwortete sie.

Mir war klar, daß unsere Mutter im Weltbild meiner Schwester die Sonne und wir die Satelliten waren und die jungen

Männer, die unsere Bahnen so feurig kreuzten, nichts anderes als vergängliche Meteore, deren Schicksal es war zu verglühen. Evelyn hatte uns in einem Naturkundebuch wiedererkannt und entschieden, daß ich die schimmernde Venus und sie der heiße kleine Merkur sei. »Der Feuerspucker«, prahlte sie. Ich war nicht so sicher wie Evelyn, daß unser Leben ohne jede störende Veränderung weitergehen würde, aber auf das, was dann kam, war auch ich nicht vorbereitet.

Ein Jahr nachdem ich Calvin Wind Soldier geheiratet hatte, begann ein Alptraum mich zu verfolgen. Jede Nacht war es derselbe, und was ich mir auch ausdachte, um mich abzulenken, weil ich hoffte, damit fröhlichere Träume auszulösen – er brandete immer wieder über mich herein. Sobald ich eingeschlafen war, blickte ich unverwandt in einen lila Himmel, von Sternen erhellt, die schwer wie reife Früchte daran hingen. Dann sagte eine krächzende Stimme: *Kleine Schwester, laß mich ein.*

Ich verabscheute die Stimme und ließ mich von ihrem schmeichelnden Ton nicht täuschen. Vor mir stand immer eine Pappel, an deren Ästen Samenflaum hing. Es gab auch noch andere Stimmen, rauher als die, die ich fürchtete: männliche Stimmen, heiser vor Kummer, die riefen: *Liebe mich, liebe mich.* An den dicken Pappelästen hingen drei Soldaten mit glänzenden Stiefeln und geölten Schnauzbärten. Ihre geschwollenen Zungen hingen aus den Mündern, aber sie sagten noch immer die Worte: *Liebe mich, liebe mich.* Ihre Hände baumelten nutzlos herunter. »Nehmt doch euer Schwert und schneidet das Seil ab«, rief ich ihnen zu. Aber ich glaube, sie hörten mich nicht.

Ich schaute fort und bemerkte eine Frauengestalt, die sich von dem lavendelfarbenen Horizont her näherte. Ihr Gesicht war von einem Schild aus Büffelhaut verdeckt, und ich hörte das Klappern von Schlangen, wenn sie ging. *Kleine Schwester, laß mich ein*, schmeichelte sie. Und als sie an meiner Seite war, beugte sie sich dicht zu mir, und ihre Worte stachen mir ins Ohr: *Ganz hinein*, forderte sie.

Ich war des Traums müde und strengte irgendwann in der langen Reihe von Nächten meinen Willen an. Als die Frau diesmal zu mir trat, sagte ich: »Red Dress, warum tust du das? Ich dachte, du wolltest meinem Mann helfen.« Die Gestalt wich zurück und zog den Schild so dicht an sich, daß sie mit der Nase an das Leder stoßen mußte. Da riß ich ihr den Schild aus den Händen, um den Dämon zu sehen. Aber ich entlarvte nicht Red Dress. Das Gesicht war von Runzeln durchzogen und das Haar ein Gewirr stumpfer Drähte.

»Anna«, sagte ich. »Was tust du in meinen Träumen?«

Ihr bestürzter Ausdruck klappte zu einem Lächeln zusammen. *Nur eine kleine Kundschafter-Expedition*, lachte sie. *Mir meinen eigenen Silver Star holen*. Ich sah zu, wie sie den Schild in den Baum warf, wo er an der Stiefelspitze eines der Soldaten hängenblieb. Ich kniff mich, um wach zu werden, und war noch beunruhigter als alle Nächte zuvor.

Eine Woche später kam Anna Thunder, um sich meinen Mann zu holen. Ich versäumte das Ereignis, weil ich mit Grippe im Bett lag. Ich war selten krank, brauchte dann aber lang, um mich zu erholen, weil ich immer versuchte, die Bazillen zu ignorieren und meine Pflichten zu erfüllen. Calvin bestand darauf, daß ich mich ausruhte; er bat sogar Herod Small War vorbeizukommen und mich zu ermahnen. Der alte Mann versuchte, ernsthaft zu sein. »Lydia, wen willst du eigentlich beeindrucken?« sagte er. »Wir wissen doch, daß du zäh bist. Wir sind doch alle ziemlich ausdauernd hier, stimmt's?« Einen Augenblick später lösten sich seine Lippen zu einem Lächeln, und er legte mir seine Hand auf die Stirn. Es war die sanfteste aller Berührungen, seine Haut zart wie ein Gespinst. Ich schlief ein, während seine Finger sachte meine Gedanken streichelten.

Als Anna in unserem Garten auftauchte, den ich regelmäßig düngte und wässerte, weil ich so gerne einen Rasen haben wollte, war Calvin wie vor den Kopf gestoßen. »Ich hab' sie nicht die Straße herauflaufen oder über die Felder kommen sehen. Es war, als wäre sie vom Himmel gefallen«, erzählte er mir später.

Herod trat aus dem Haus und versuchte, Anna zu beschämen. »Sie hat es ziemlich gut verkraftet«, sagte Calvin. »Sie war einsichtig und ging wieder, aber ich habe sie nur ein paar Schritte machen sehen. Es war ja schon dunkel, und vielleicht ist sie auch nur in der Dunkelheit verschwunden, aber es war trotzdem unheimlich, wie sie plötzlich da war und dann wieder fort.«

Ich erzählte niemandem etwas von meinem Alptraum, und er hatte sich auch nicht wiederholt, nachdem ich die ältere Frau zur Rede gestellt hatte. Ich ließ mich von der Sicherheit einlullen, die ich jetzt verspürte, und sprach von Kindern und von der Zukunft. In meinen Träumen verfolgten mich keine aufgehängten Männer und keine rachsüchtigen Frauen mehr, sie waren vielmehr von kleinen Kindern mit runden Gesichtern bevölkert, die mir oder Calvin ähnelten. Ich brachte mir nach einer Anleitung aus einem Buch das Stricken bei und produzierte einen winzigen blauen Poncho, der sich an den Rändern kräuselte, weil ich noch nicht gelernt hatte, wie man Randmaschen strickt. Ich kochte Gerichte, die kein Dakota, der etwas auf sich hielt, je probiert hatte – Welsh Rarebits und gekühlten Gazpacho. Ihre Fremdheit verstärkte sogar noch mein Gefühl der Sicherheit.

Ich bemerkte die Abwesenheit meines Mannes erst allmählich. Er arbeitete viel, und seine Stelle forderte ihn, deshalb dauerte es eine Weile, bis ich die Wahrheit sah. Meine Mutter erkannte sie zuerst.

»Ich mache mir Sorgen um deine Schwester«, sagte sie zu mir. »Ich glaube, sie hat sich in eine ungute Sache verstrickt.« Sie drückte sich, glaube ich, absichtlich vage aus, weil sie nur meine Gedanken in Bewegung setzen wollte.

Ich kann nicht behaupten, daß das Tun meines Mannes und meiner Zwillingsschwester mir später weniger Kummer gemacht hätte, als ich schließlich davon überzeugt war, daß sie aufgrund eines bösen Zaubers zusammengekommen waren. Es war, als hätte man mir die Adern aus den Armen gerissen oder das Haar angezündet, und es brenne jetzt bis zu den Wurzeln hinunter, um dort meine Erinnerungen zu versengen. Als ich klein war, hatte ich einmal zugesehen, wie eine Gruppe traditionsbewußter Stammesältester einen Hund für ein heiliges Mahl zubereitete. Das Schlachten war ein sorgfältiges Ritual, menschlich, fast anmutig, und im Anschluß daran wurde das Fell abgesengt. Ich erinnere mich ganz deutlich an den beißenden Geruch, und er kam wieder, als ich mich mit dem Betrogenwerden auseinandersetzte. Mehrere Monate lang füllte der Geruch meine Nase, würzte jede Mahlzeit, stieg sogar von meinem Parfümfläschchen auf. Der Gestank begann nachzulassen, als mein Mann zu mir zurückkam, als wieder Verstand in seinen Blick zurückkehrte und der Zauber abgeschüttelt war. Endgültig verschwunden war der Gestank, als ich erfuhr, daß Evelyn ein Kind von Calvin trug. Bei dieser Nachricht stellte sich der beißende Geruch von versengtem Fell nicht etwa schlagartig wieder ein, vielmehr verlor ich meinen Geruchssinn und das Vermögen zu schmecken ganz, und diese beiden Fähigkeiten sollten nie wiederkehren.

Ich kann nicht sagen, daß ich mehr verlor als meine Schwester. Ich sah, wie sie in ihrem Kopf Barrikaden und Festungsmauern errichtete, bestimmte Gebiete sperrte und sich dann in die Ecken zurückzog. Nachdem sie Duane zur Welt gebracht hatte, war es, als habe er nie existiert. Sie stieß ihn aus ihrem Körper, ihrem Herzen, ihrem Denken. Sie betrachtete ihn als meinen Sohn, und dann taten es alle anderen auch. Ich war die einzige, die seine Herkunft klar sah, sie nie vergaß und ihm immer ein wenig übelnahm. Ich hielt ihn zu viel in den Armen, schaffte es, ihn aufzunehmen, bevor er den ersten Schrei ausstieß, denn sein welliges braunes Haar bezauberte mich nicht, und ich fand seine frühzeitige Behendigkeit zermürbend.

»Du kleine Schlingpflanze«, neckte ich ihn mit sanfter Stimme, die meinen Ärger verbarg, wenn er versuchte, sich an meinem Kleid hochzuziehen. Die Leute lobten, was für eine gute

Mutter ich dem Kind sei. Sogar Herod Small War sagte: »Genau so soll es sein. Deine Vorfahren wären stolz auf dich.« Aber die konnten bestimmt in meinem Herzen lesen und müssen meinen Neffen bedauert haben.

Ich werde dir nie etwas zuleide tun, versprach ich Duane im stillen. *Du wirst immer ein Zuhause bei mir haben.* Aber Liebe konnte ich ihm nicht versprechen, sosehr er sie auch verdient hatte. Manche Dinge lassen sich nicht mit dem Willen erzwingen.

Ich wurde bleich, als Duane mich zum ersten Mal »Mama« nannte. Ich arbeitete verbissen daran, ihm »Papa« beizubringen, und muß ihn wohl verwirrt haben, denn eine Weile schaute er immer mich an, ob er nun »Mama« oder »Papa« sagte. Calvin war anfangs unsicher, als Evelyn das Kind ablehnte und wir es zu uns nahmen. Aber ich glaube, es war nur seine Sorge um mich, denn er wurde rasch warm mit Duane. Er fuhr den Jungen in seinem Polizeiauto spazieren und ließ ihn Bekanntschaft mit Pferden machen, noch bevor Duane laufen konnte. Samstag morgens sah man die beiden auf einem geliehenen Pony, Calvin die Arme um seinen Sohn gelegt und über ihm aufragend wie ein Felsenriff.

Ich war glücklich und traurig zugleich, wenn ich sie zusammen sah. Ich wollte, daß Calvin seinen Sohn gern hatte, aber ich war eifersüchtig um unserer ungeborenen Kinder willen und hatte Angst davor, daß sein erstes, von einem Rachezauber hervorgebrachtes Kind lebenslang der Liebling seines Vaters bliebe und meine eigenen Söhne neben ihm bloße Schatten sein würden. Ich kämpfte gegen diese Gedanken an; das war meine Art, mit dem Schmerz und der Verwirrung umzugehen. Ich versuchte, die gemeinen Gedanken zu unterdrücken. Aber als ich erfuhr, daß ich ein Kind trug, raubte mir meine Selbstbezogenheit alle Vernunft. Ich begann, den kleinen Duane als Annas Sprößling zu betrachten. Ich sah eine plötzliche Ähnlichkeit zwischen ihnen, und wenn der Junge mich ansah, wurde mir unbehaglich, weil ich dachte, es sei Anna, die mir in die Seele schaute. Mit jedem Tag war ich freundlicher zu ihm, streichelte ihn noch mehr, lächelte ihn Dutzende von Malen an, aber es waren bedeutungslose Gesten. Ich hortete Liebe, wie Feldmäuse Erdbohnen sammeln; schickte sie durch die Plazenta wie alle anderen Nährstoffe. Ich tat, als sänge ich für Duane, als er von einem Ende der Küche zum anderen krabbelte, aber in Wirklichkeit sang ich für das Baby, das in mir zusammengerollt lag.

Ich wurde schwermütig; egal, wie oft Calvin mir sagte, daß er sich auf die Geburt freute und sie feiern würde, meine Gedanken bohrten immerzu weiter. *Er fühlt sich von der Verantwortung erdrückt*, grübelte ich. *Es sind zu viele Kinder auf einmal.* Das Ungeborene wurde mein heimlicher Verbündeter, unterstützte jeden Entschluß, den ich faßte, stimmte allen meinen Folgerungen zu. Wir waren unsere eigene kleine Familie.

Einen Monat vor meiner Niederkunft bekam Duane einen trockenen Husten und gab nur dann Ruhe, wenn ich ihn in den Armen wiegte. Bei Einbruch der Nacht fühlten sich meine Glieder so schwer an wie versteinertes Holz, und meine Füße waren geschwollene Stümpfe. Und immer noch brüllte Duane, wenn ich versuchte, ihn schlafen zu legen. Calvin bemühte sich, ihn zu beruhigen, aber der Junge streckte seine Ärmchen nach mir aus. Ich lief im Haus hin und her, viele Meilen weit, und einmal fiel mir Duane beinahe aus den Händen, so glatt waren sie vor Schweiß. Calvin wusch mir mit einem Schwamm Arme, Gesicht und Hals.

»Du bist ein Glückspilz«, sagte er zu seinem Sohn. »Du hast die allerbeste Mutter.«

Spät in dieser Nacht fiel ich, betäubt vor Erschöpfung, auf einen Stuhl. Duane wurde rasch wieder lebhaft, und ein Klageschrei bildete sich in seinen verschleimten Lungen. Seine kräftigen Beinchen schossen gegen meinen Schoß, die schnellen Tritte ließen mich nach Atem ringen. *Das Baby*, dachte ich. *Er will dem Baby etwas antun.*

Duane und ich brachen gleichzeitig los. Er schrie, bis ihn der Husten erstickte, und ich schrie nach seinem Vater. »Nimm ihn weg!« rief ich. »Ich kann nicht mehr, er muß eine Weile weg von hier!«

Calvin nahm den Jungen in die Arme. »Du erschreckst ihn ja«, schalt er. Er sah verstört aus. »Ich weiß, daß es heute nacht schlimm ist, aber halte noch ein bißchen durch!«

»Raus!« stieß ich hervor; meine Stimme war schroff, und die Worte zerkratzten mir den Hals. »Bitte nimm deinen Sohn, und geh mir aus den Augen!«

Calvin senkte den Kopf. »Wir machen einen kleinen Ausflug.« Er sagte es so liebevoll, daß ich einen Augenblick besänftigt war. Aber dann merkte ich, daß er mit Duane sprach. Er zog eine Decke aus der Holzkiste, die er abgeschmirgelt, mit einer Matratze aus Federn und Süßgras ausstaffiert und in ein Kinderbettchen verwandelt hatte. Er legte die kleine Quiltdecke um Duane und verließ das Haus.

Ich wollte ihn zurückrufen, aber ich war nicht einsam genug. Ich hatte ja noch das Baby.

Keine Vorahnung warnte mich, kein plötzliches Wissen blitzte auf. Ich hörte erst von dem Unfall, als Herod Small War zu mir nach Haus kam und es mir sagte.

»Du wirst selbst am besten Trost finden«, sagte er. »Aber du sollst wissen, daß ich da bin.«

Pater Zimmer und meine Mutter erschienen mit ihren glänzenden Rosenkranzperlen und zählten auf, wofür ich Gott dankbar sein sollte. Evelyn schickte eine Beileidskarte aus ihrer Zuflucht in der großen Stadt.

In der Nacht, als mein Mann und mein Neffe umkamen, wurde ich zu Asche. Meine Kehle brannte, und meine Zunge schwoll. Sie sagten, ein betrunkener Fahrer sei für den tragischen Unfall verantwortlich, aber ich wußte, daß es mein Zorn und die schreckliche Macht meiner Stimme war.

Manchmal singe ich für meinen Mann, wenn die Trommler ein schönes Ehrenlied spielen. Es kann das Lied für einen Krieger oder für einen Geliebten sein, denn Calvin Wind Soldier war beides für mich. Aber ich spreche nicht mit den Menschen in meiner Umgebung. Ich werde die tödliche Stimme nicht mehr freilassen, nicht einmal, um meinen Sohn zu beruhigen, der mein einziger Trost ist.

Und so bin ich eine andere Person geworden, eine, die auf ihrer Zunge sitzt. Ich höre auf den Namen Lydia, aber wenn ich an mich selbst denke, benütze ich einen anderen Namen: *Ini Naon Win*. Schweigende Frau.

Rote Mokassins

Anna Thunder
(1935)

Meine Nichte Bernardine Blue Kettle, die ich Dina nannte, war dreizehn – und eigentlich zu alt, um auf meinem Schoß zu sitzen. Aber da saß sie, ihre langen Beine hingen über meinen, und ihre Füße streiften den Boden. Unsere Finger waren ineinander verschlungen, und unsere beiden Armpaare lagen um ihre Gertentaille. Mein vierjähriger Sohn Chaske saß auf dem Boden und trommelte mit meinem langen Kochlöffel auf ein Kissen. Er hielt ein Ohr mit der Hand bedeckt und verzog das Gesicht, um die Sioux-Sänger nachzuahmen, die er glühend verehrte – alte Männer, die sich die Stimmbänder an den hohen Tönen versengten. Er hämmerte seine Musik in das Kopfkissen und ließ das Wiegenlied der Dakota so schwungvoll klingen wie ein Powwow-Lied.

»Tanz für mich«, bat ich Dina. Ich wollte, daß sie auf Chaskes Spiel einging. Dina erhob sich von meinem Schoß und tanzte um ihren Cousin herum, als wäre er ein Trommler auf dem Powwow-Gelände. Sie nahm das Tanzen ernst, achtete auf ihre Haltung, war leichtfüßig und streckte die spitzen Ellenbogen zur Seite. Max, der zahme Höhlenkauz meines Sohnes, sah Dina zu, wie sie ihre Kreise durch den Raum zog. Er saß auf seiner Stange über der Kaminuhr und nickte zu jedem unbetonten Schlag. Mein Mann hatte Max entdeckt, als er einmal bei einer Präriehundkolonie vorbeikam.

»Schaut euch Max an«, sagte ich zu den Kindern. »Ihr habt

ihn auch zum Tanzen gebracht.« Aber Max war des Spiels bald überdrüssig und drehte sich auf seinen langen Beinen um, so daß wir nur noch seinen gefiederten Rücken und seine hochgezogenen Schultern sehen konnten.

Ich klatschte unermüdlich, als das Lied zu Ende war, und Chaske gab mir den Löffel, damit ich sein Abendessen umrühren konnte; die gleiche wäßrige Kartoffelsuppe, die wir seit Wochen aßen.

Wir schrieben das Jahr 1935, und ein Gutteil von North Dakota war vertrocknet und weggeblasen worden. Staub würzte unser Essen, lag auf unseren Zähnen und machte unser Wasser zu Schlamm. Wir hatten gehört, daß weit entfernte Städte wie Chicago und New York mit Ackerkrume aus den Plains bedeckt waren. Ich fand, daß sie es irgendwie verdient hatten, und stellte mir vor, wie wütende Vorfahren, die Nase voll vom ewigen Umsiedeln, mit den Fäusten nach der ausgetrockneten Erde griffen und sie nach Washington schleuderten, auf daß der Präsident in Staub und Asche ersticke. Wir beteten um Regen, und als er nicht kam und wir statt dessen von der Schwindsucht heimgesucht wurden, meinten viele, für das Sioux-Reservat sei das Ende der Welt gekommen. Ich glaubte nicht an den Jüngsten Tag. Ich würde das Ende der Welt nicht zulassen, solange mein Sohn Chaske noch sein ganzes Leben vor sich hatte.

»Wetten, daß du nicht errätst, was es zu essen gibt«, neckte ich Chaske, der auf Dinas Schultern saß.

»Kartoffelsuppe!« schrie er, begeistert darüber, daß er plötzlich größer war als ich. Dina verdrehte die Augen, sagte aber nichts. Sie ließ ihn auf und nieder hüpfen, beugte sich vornüber und ging dann auf die Zehenspitzen wie ein Pferd, das sich jäh aufbäumt.

Die beiden waren das genaue Gegenteil, wie Menschen, deren Blut aus unterschiedlichen Flüssen kommt. Chaske, nach seinem deutschen Vater auf den Namen Emery Bauer jr. getauft, war groß und stämmig für sein Alter, und seine kräftigen Wadenmuskeln wölbten sich wie kleine Holzäpfel unter der Haut. Sein Haar war blaßgelb, eine Farbe wie Bienenwachs, seine Augen silbergrau, so hell, daß sie fast weiß erschienen.

Ich konnte weder Sioux-Blut in Chaske entdecken, noch ließen seine Gesichtszüge oder seine Hautfarbe auf seinen Vater schließen. Es war, als entspränge er nur aus sich selbst und wäre allen vor ihm liegenden Familienspuren ausgewichen. Dina dagegen war ein Abbild der Frauen in unserer Familie, langbeinig und anmutig, mit dicken Zöpfen, die ihr bis an die schmalen Hüften reichten. Ihr kleines herzförmiges Gesicht war von einem dunklen Braun, der Farbe einer Vollblutindianerin, und ihre Augen waren so schwarz wie Onyx. Dina war bei mir gewesen, als ich Chaske gebar, hatte meine Hand gehalten, während ältere Frauen mir bei der Geburt halfen. Dina war es gewesen, die ihn mir in den Arm gelegt hatte. Ich weiß noch, als sie ihn so hielt, ging mir durch den Kopf, daß er wie ein Armvoll Sonnenblumen aussah, so gelb vor ihrer dunklen Haut. In Gedanken brachte ich die Kinder immer miteinander in Verbindung, ich konnte mir das eine nicht ohne das andere vorstellen.

Nach dem Essen wusch Dina ab. Das ging so leicht, daß es ihr wie ein Spiel vorkam, denn in meinem modernen Haus, das einer Weißen hätte gehören können, konnte sie das Wasser direkt ins Spülbecken pumpen und nachher zusehen, wie es abfloß. Sie mußte überhaupt nicht nach draußen und Eimer schleppen. Ich holte meinen Nähkorb heraus und ließ Chaske mit einem Glas voller Knöpfe spielen.

»Hast du mein Kleid fertig?« rief Dina über die Schulter.

»Du erfährst es ganz bestimmt als erste«, sagte ich und lachte, weil sie so ungeduldig war, mit jedem Tag ungeduldiger. Ich war dabei, Dinas erstes Sioux-Kleid zu nähen. Eigentlich war das Aufgabe der Mütter, aber Dinas Mutter war dazu nicht zu gebrauchen. Joyce Blue Kettle war einer Nadel noch nie so nahe gekommen, daß sie sich daran hätte stechen können, geschweige denn, um ein Kostüm zu nähen. Als Kind war sie ruhelos gewesen, immer hinter den Jungen her, und so hatte sie nie gelernt, wie man Felle gerbt oder Perlen aufstickt. Wenn ihre Mutter sie schalt und sagte: »Schau dir deine kleine Kusine an. Was die für schöne Perlenstickereien macht«, schob Joyce die Unterlippe vor und ließ ein paar Tränen über ihre flachen Wangen kullern. »Du weißt doch, daß ich nicht gut sehe«, sagte sie dann und deutete auf ihr schielendes linkes Auge, das immer auf ihre Nase schaute. Natürlich sah sie gut genug, um ihr Gesicht anzumalen oder die Filmzeitschrift zu lesen, die sie im Laden der Lugers klaute. Joyce und ich waren Kusinen ersten Grades, was uns in unserem Stamm zu Schwestern machte.

Als Dina die sauberen Teller aufeinandergestellt hatte, rief ich sie ins Wohnzimmer. »Ich bin fast soweit, daß ich mit deinen Mokassins anfangen kann«, sagte ich. Ich zeichnete den Umriß ihres Fußes auf einem Stück Karton nach, damit die Sohlen genau an ihre schönen schmalen Füße passen würden.

»Machst du mir Klapperschlangenhaarbänder?« fragte Dina. Das Küchenmesser, mit dem ich das Muster aus dem Karton schnitt, fiel mir aus der Hand.

»Wo hast du denn solche Haarbänder gesehen?« Ich ließ das Messer sicherheitshalber auf meinem Schoß liegen, denn meine Hände zitterten.

»Ich habe von der Frau im roten Kleid geträumt«, flüsterte sie. »Und die hatte Klapperschlangenrasseln im Haar. Sie hat sie vor meinen Augen geschüttelt und gesagt, ich könne mein Haar auch so tragen.«

»Das kannst du nicht«, sagte ich. Ich wußte, daß meine Antwort böse klang. »Wenn sie zu dir kommt, mußt du dich umdrehen.«

»Hast du sie denn auch schon gesehen?« fragte Dina und starrte mich an.

»Ja. Aber ich habe sie nicht an mich herangelassen.« Ich verriet meiner Nichte nicht, daß auch ich in ihrem Alter von *Čuwignaka Duta*, von Red Dress, geträumt hatte, der Schwester meiner Großmutter. Ich hatte ihre eindringliche, vor Energie knisternde Stimme gehört, ihr geflüstertes Versprechen, eine

Kraft zu erhalten, die über die Blutsbande von einer Frau auf die nächste übergeht. Ich hatte sie neben einem Feuer knien und Gegenstände hineinwerfen sehen, die sie ihren Opfern gestohlen hatte: Knöpfe, Briefe, Haarsträhnen. Sie sang ihre Zaubersprüche zu einem alten Ehrenlied, nur den Text wandelte sie ab. Dann löschte sie die Flammen.

»Hatte sie wirklich Macht über die Menschen?« fragte Dina.

»So heißt es. Aber sie hat sich keinen Gefallen damit getan. Sie hat einen zuviel verzaubert, und der hat sie umgebracht.«

Meine Nichte hielt ihr noch nicht fertiggenähtes Kleid hoch. Sie strich über den blauen Wollstoff und faßte die Schneckenhäuschen an, die über das Kleid und die Beinlinge verteilt waren. Den perlenbestickten Gürtel und den Umhang aus feinem Sackleinen, der mit langgezogenen Glasperlen bedeckt war, hatte ich versteckt, um sie später damit zu überraschen.

Es klopfte an der Küchentür. Dinas Vater, Clifford Blue Kettle, streckte den Kopf herein und winkte mir zu.

»Komm rein«, sagte ich. Er schüttelte den Kopf und drehte am Türknauf, als wolle er ihn abschrauben. Seine Augen waren fast von schwarzen Ponyfransen verdeckt.

»Ist Dina da?« fragte er mit so heiserer Stimme, daß er sich räuspern und die Frage wiederholen mußte. Dina trat auf die Schwelle zwischen Wohnzimmer und Küche. »Die Mama sagt, du sollst heimkommen«, sagte er zu ihr.

»Bei dir ist er so schüchtern«, sagte Dina leise lachend.

Ich winkte ab und tat so, als ob ich anderer Meinung wäre, aber sie hatte recht; der Mann meiner Kusine hegte insgeheim Gefühle für mich. Als wir Kinder waren, folgte er mir überallhin, half mir bei meinen Pflichten im Haus und brachte mir kleine Kostbarkeiten, die er gefunden hatte: Muscheln, Katzengold, reife Wildkirschen. Eines Tages brachte er mir ein rundes Glasauge, das er einer Puppe seiner Schwester aus dem Kopf gebohrt hatte. Das war zuviel für Joyce. Als ich die grüne Regenbogenhaut betrachtete, fuhr sie dazwischen und riß mir das Auge aus der Hand. Genauso nahm sie auch Clifford in Besitz, kommandierte ihn herum und forderte seine Aufmerksamkeit. Da ich Clifford nicht liebte, überließ ich ihn ihr. Er kam offenbar nie auf die Idee zu protestieren. Er war lieb, langsam im Denken und wollte es allen recht machen. Noch heute brachte er mir kleine Geschenke mit oder machte Spielsachen für Chaske wie zum Beispiel seine Babyrassel. Ich sah, daß er auch jetzt etwas für mich hatte. Er hielt eine Hand hinter dem Rücken versteckt.

»Was hast du denn da?« fragte ich. Ich ging zur Tür und versuchte über seine Schulter zu gucken, und er mußte lachen.

»Hab' ich irgendwo geschenkt bekommen. Joyce kann sie nicht brauchen.« Er gab mir ein Weckglas voller roter Perlen, so klein wie Mohnsamen. Ich schüttete ein paar auf meine Hand und bewunderte ihre kräftige Farbe: scharlachrot wie eine frische Schnittwunde. Ich ließ sie ins Gefäß zurückfallen.

»Dank dir, die kann ich gut gebrauchen.«

Nachdem er mir das Geschenk gegeben hatte, schien Clifford erleichtert zu sein. Er stieß mit der Stiefelspitze gegen die Hintertreppe und rief seiner Tochter zu: »Komm jetzt.«

Bevor sie ging, küßte Dina Chaske auf die runden Bäckchen. Er lächelte ihr zu, drückte einen Kuß auf seine Faust und versetzte ihr damit einen kleinen Puff auf den Arm.

Ich hatte vor, an diesem Abend lange aufzubleiben, um Dinas Beinkleider fertigzunähen, aber Chaske begann zu husten. Er preßte seine Fäuste gegen die Brust, als hielte er darin etwas gefangen, eine zirpende Grille oder eine flatternde Motte. Ich wußte, die merkwürdige Geste war seine Art, mit Schmerzen fertig zu werden, er versuchte sie niederzuhämmern. Ich trug Chaske auf mein durchgelegenes Messingbett und legte mich neben ihn. Als sein Husten endlich nachließ, murmelte er: »Max.«

»Max geht's gut«, sagte ich. »Schlaf jetzt.« Ich strich Chaske mit kreisenden Handbewegungen über den Rücken, auf seinen Atem horchend, und fand keine Ruhe. Sein Haar roch wie Süßgras, und sein kleiner Körper, der zu schnell alles Pummelige verlor und sich streckte, wärmte mein Bett. Ich wachte über seinen Schlaf, zwang meinen Atem zu einem gleichmäßigen Rhythmus, so als könnte ich ihm damit das Atmen abnehmen. Am Morgen war ich zerschlagen, aber siegesgewiß, denn ich hatte die Erde auf ihrer Bahn gehalten.

Ich war erst zwei Monate Witwe, seit Ende November. Doktor Kessler, ein berüchtigter Alkoholiker, aber der einzige Arzt im Reservat, hatte bei Emery Schwindsucht festgestellt und ihm geraten, nach Rapid City in das Sanatorium für Weiße zu gehen.

»Lieber nicht«, hatte mein Mann, knapp wie immer, gesagt, aber nach sieben Jahren Ehe konnte ich praktisch seine Gedanken lesen. Er wollte die Familie nicht auseinanderreißen. Mich würde man, falls ich auch erkrankte, nie in das Krankenhaus, das Doktor Kessler empfohlen hatte, aufnehmen. Statt dessen würde man mich in das zweitklassige Sanatorium für Sioux einliefern, wo nur wenige Patienten wieder gesund wurden. Und unser Sohn Chaske würde an keinen der beiden Orte so recht passen. Wer weiß, wo er landen würde.

»Wir lassen es drauf ankommen«, sagte Emery, und so geschah es. Emery blieb zu Hause, wo ich für ihn sorgen sollte, vor allem für die nötige Ruhe. Die Schwindsucht wütete damals, traf fast jede Familie in unserem Reservat, und man versuchte nicht, die Gesunden von den Kranken zu trennen. Mein Mann betrieb, zusammen mit seinen beiden Brüdern, eine erfolgreiche Viehzucht, und ich konnte ihn nicht lange von der Arbeit fernhalten. Am Ende war es nicht die Schwindsucht, die ihn umbrachte, sondern ein wildes Pferd namens Lutheran. Seine beiden Brüder brachten mir, unter Emerys Gewicht stolpernd, den Leichnam meines Mannes. Unter Tränen versprachen sie mir, das Teufelspferd zu erschießen, das Emery abgeworfen und ihm das Genick gebrochen hatte.

»Nein!« sagte ich, und ihr Blick wurde wachsam. Sie ergriffen meine Arme, als erwarteten sie, daß ich vornüber fiele. »Das Pferd hat ihm einen Gefallen getan.« Ich wünschte mir, daß sie gingen, damit ich Emery das Haar kämmen und sein Gesicht waschen konnte. »So ist er wenigstens nicht an Auszehrung dahingesiecht. Er hat schnell gehen dürfen.«

Später in der Nacht saß ich auf der Kante von Chaskes Kinderbett und erzählte ihm, daß sein Vater, der im Zimmer nebenan auf unserem Messingbett aufgebahrt lag, so schön träume, daß er nie mehr aufwachen wolle.

»Träumt er von Max?« fragte mich Chaske.

»Ja«, antwortete ich. »Er träumt von uns allen.«

In jener Nacht geriet ich in Panik, als mir bewußt wurde, daß ich kein einziges Foto von meinem Mann besaß. Nicht um meine Erinnerungen machte ich mir Sorgen, sondern um Chaskes. Er war noch so klein, und ich war nicht sicher, ob er sich an Emery erinnern würde, an die Form seines schwarzen Bartes, seinen enormen Armumfang, sein lautloses Lachen. Als Chaske schlief, erzählte ich ihm von seinem Vater, sang ihm unser Leben vor, und es wurde zu einer Liedergeschichte, der er in seinen Träumen folgen würde, so hoffte ich.

Ich erzählte ihm von dem Tag, an dem ich Emery Bauer kennenlernte. Es war im Winter 1928, und ich war 18 Jahre alt. Ich war mit meiner Familie einige Tage lang in unserer Hütte von Schnee eingeschlossen gewesen und sehnte mich verzweifelt danach, hinauszukommen, um den Krampf aus den Beinen zu schütteln und meine Lungen mit frischer Luft zu füllen. Ich machte einen langen Spaziergang, kämpfte mich durch hohen Schnee und blieb nur stehen, um nach Orientierungspunkten zu suchen.

Ich glaubte, in Richtung Stadt zu gehen, geriet aber auf das zur Bauer-Ranch gehörende Pachtland und kam an einen flachen, zugefrorenen Teich. Das Eis war uneben, von Pflanzenbüscheln durchsetzt, doch ich sah einen Mann darübergleiten, als wäre die Oberfläche spiegelglatt. Er hielt das Gleichgewicht auf silbernen Kufen so dünn wie Buttermesser und trieb seinen stämmigen Körper vorwärts, dann auf wunderbare Weise rückwärts um das Unkraut herum und schnitt dabei mit seinen Schlittschuhen feine Muster ins Eis. Ich hatte schon vom Schlittschuhlaufen gehört, aber noch nie gesehen, wie man es macht. Noch nie hatte ich einen Mann gesehen, der sich wie ein Kreisel dreht. Ich duckte mich neben einen vereisten Busch und hoffte, daß er mich nicht bemerkte. Aber ich war von Weiß umrahmt und schwer zu übersehen. Mit eleganten Bewegungen lief der Mann auf mich zu und bremste so abrupt, daß die Kufen Eis sprühten. Lächelnd stand er wie ein Turm vor mir und faßte sich abwechselnd an seinen schwarzen Bart und an die schweren Arbeitsstiefel, die um seinen Hals hingen.

»Möchtest du auf dem Wasser tanzen?« fragte er. Ich schüttelte den Kopf. Ich wußte nicht, was ich sonst hätte tun sollen. »Ich bin Emery«, sagte er. Er wartete und schaute mir dabei so direkt in die Augen, daß mir unbehaglich wurde.

»Ich bin Anna Thunder«, antwortete ich schließlich.

»Das ist aber ein vielversprechender Name.« Er klatschte in seine großen Hände. »Komm her, das wird lustig.« Emery zog seine Schlittschuhe aus, und ich sah, daß es Arbeitsschuhe mit angeschraubten Metallkufen waren. Er zog die Schuhe an, die er um den Hals trug, und kniete sich in den Schnee. Selbst im Knien war er noch groß.

»Gib mir deinen Fuß«, sagte er. Er war der erste Weiße außer dem Arzt und dem Priester im Reservat, mit dem ich sprach, aber ich vertraute ihm blind. Komischerweise schien es seine Größe zu sein, die mich beruhigte. Er war ein solcher Riese, daß er sich in seinem Körper irgendwie unwohl zu fühlen schien. Vor lauter Entgegenkommen hielt er sich krumm, und seine Gesten waren entschuldigend. Als er von dem Eis herunter war, bewegte er sich unbeholfen. Ich tat also, was er vorschlug. Während ich zusah, stopfte er in jeden Stiefel einen seiner Fäustlinge und zog mir dann die Schlittschuhe an. Er hielt mich an beiden Händen und zog mich übers Eis. Zuerst war ich steif und schwankte auf der rutschigen Fläche, aber dann wurde ich gelöster, lief einfach drauflos und schnitt mit zuversichtlichen Bewegungen Linien ins Eis.

»Du bist wie zum Eislaufen geboren«, raunte mir Emery zu.

Unser Werben war ein einziger Tanz auf dem Eis, und Emerys Hochzeitsgeschenk ein Paar Schlittschuhe, die er aus dem *Sears*-Katalog bestellt hatte. Er schraubte sie an ein neues Paar knöchelhoher Schnürstiefel aus feinstem weichen Leder.

Emery und ich heirateten trotz der Mißbilligung auf beiden Seiten. Joyce Blue Kettle protestierte am lautesten und strapazierte ihre Zunge so sehr, daß man befürchten mußte, sie würde sich abnützen und dünn wie ein Haarband werden. Joyce war zu der Zeit schon einige Jahre verheiratet und bereits Mutter, trotzdem war sie eifersüchtig.

»Die Leute werden sagen, daß du nicht genug kriegen kannst«, vertraute mir Joyce am Abend vor meiner Hochzeit an.

»Wie meinst du das?« Ich hörte nur mit halbem Ohr zu, abgelenkt von den letzten Vorbereitungen. Ich wollte noch meine Schuhe polieren und mein feuchtes Haar mit einem Büschel Salbei durchkämmen, damit es duftete.

»Es heißt, daß du ihn nur heiratest, damit du viele Sachen kriegst. Was ist mit den sieben neuen Kleidern, die er dir gekauft hat, für jeden Wochentag eins? Und dem Roßhaarsofa und dem Messingbett? Hat er nicht auch ein Haus für dich gebaut?«

Zuvor hatte ich Joyce durch das neue Haus geführt, ein hübsches schindelgedecktes Gebäude aus glattgehobeltem Holz. Ich schämte mich, als wir durch die Zimmer gingen, die Zahl meiner Besitztümer überwältigte mich plötzlich. Mein ganzes Leben lang hatte man mich gelehrt, daß materielle Güter entbehrlich seien, etwas, das man mit Freunden und mit der Familie teile. Bei uns besaß man nicht mehr, als man brauchte, und deshalb gab es bei den Tanzfesten auch endlose Geschenkverteilungsrunden, wo man sich von der Last angehäufter Dinge befreien konnte. Aber Emery war kein Sioux, und seine Zuneigung zu mir äußerte sich in verschwenderischen Geschenken.

Sollen sie doch sagen, was sie wollen, beschloß ich. Ich wiederholte es laut vor meiner Kusine Joyce, die den elfenbeinfarbenen Samt meiner Hochzeitshaube zwischen den Fingern rieb.

»Sie wissen, daß Emery anders ist.«

»Wie du meinst.« Joyce zuckte die Schultern, und als ich am nächsten Tag meine elegante Haube auf meinem frisch geschnittenen schwarzen Pagenkopf feststeckte, bemerkte ich scharfe Kniffe im Samt, die sich durch nichts wieder glätten ließen.

An unserem ersten Hochzeitstag veranstalteten Emery und ich ein Festessen für meine Sioux-Verwandten. Ich hatte gedacht, daß die Zeit auch bei Joyce die Wunden heilen würde, aber unsere Heirat war und blieb für sie eine bittere Pille. Sie lief mir bei dem Fest hinterher, unter dem Vorwand, mir in der Küche helfen zu wollen, wo sie dann untätig dasaß und ihr Mundwerk die ganze Arbeit tun ließ.

»*Čuwignaka Duta* ist bei dir genau an die Richtige geraten«, sagte sie und unterdrückte dabei ein verschlagenes Lächeln. Sie sprach von der Schwester unserer Großmutter, von Red Dress. Joyce gefiel sich darin, den Leuten zu erzählen, Emery habe sich nicht in mich verliebt, sondern sei dem alten Zauber erlegen, mit dem ich ihn betört hätte. Ich hörte nicht auf sie, denn ich wußte ja, daß ich diese Kräfte nie erprobt hatte. Wenn sie wirklich existierten, dachte ich, dann mußten sie wohl verkümmert sein wie ein unbenutzter Muskel. Außerdem hatte ich die Leute genau dasselbe über Joyce und ihre Eroberung von Clifford sagen hören. Ich mühte mich um ein angenehmeres Gesprächsthema.

»Die kleine Bernardine wird ja von Tag zu Tag aufgeweckter, und Clifford sieht man an, daß es ihm gutgeht.«

»Ich halt ihn eben bei Laune.« Joyce glättete mit ihrer schmalen Hand ihr widerspenstiges Haar.

»Ach, weißt du, bei uns ist das ganz anders«, sagte ich. »Emery hat so viele Ideen, um mich glücklich zu machen.« Und jetzt ließ ich meine schmale Hand von der Taille über die Rundung meiner Hüfte gleiten.

Später habe ich Joyce vergeben, denn als sie vom Tod meines Mannes hörte, schickte sie mir Bernardine ins Haus, um Chaske zu hüten. Clifford begleitete seine Tochter und bot mir an,

Emerys persönlichen Viehbestand, zwei Pferde und eine Kuh, mit zu sich zu nehmen, um sie dort zu versorgen. Ich war meiner Kusine dankbar, daß sie ihrer Familie erlaubte, mir zu helfen.

Bevor ihn seine Brüder begruben, wusch ich Emery das Gesicht und stutzte seinen Bart. Ich füllte seine Taschen mit den Zitronenbonbons, die er so gerne aß, und steckte ihm das Kartenspiel ein, mit dem wir immer Rommé gespielt hatten. Dann packte ich beide Paar Schlittschuhe in den Sarg, damit er an einem flachen, zugefrorenen Teich auf mich wartete, bereit, mir die Schlittschuhe anzuschnallen und mich zum Tanz aufs Eis zu führen.

Der erste Februartag war so mild, daß ich die Fenster öffnete, um das Haus zu lüften. Ich hatte zwei meiner Kleider gegen ein dürres Huhn getauscht und war erleichtert, etwas anderes als Kartoffelsuppe kochen zu können. Max pickte an der Hühnerleber und blinzelte mir von seiner Stange neben dem Ofen zu.

Zufällig hörte ich, wie Chaske mit Max redete: *»Atewaye«* – mein Vater – nannte er den jungen Kauz. Da verstand ich, daß er auf diese Art seinen Vater lebendig hielt. »*Atewaye*, guck mal«, sagte er und hielt ihm eine Murmel mit einer weiß-blauen Spirale hin. Er schwatzte eine ganze Weile mit Max und störte ihn bei seiner Mahlzeit, bis er zu husten anfing.

Ich nahm Chaske in den Arm. »Du bist nicht krank«, murmelte ich, denn seine Augen schauten ängstlich, rund wie die des Käuzchens.

Fast den ganzen Tag schon quälten ihn Hustenanfälle, und seine Wangen waren gerötet. Als wir mit dem Abendessen fertig waren, spielte ich mit dem Gedanken, ihn warm einzupacken und ihn die drei Meilen hin zu Doktor Kessler zu bringen. Aber der Wind drehte. Der Himmel wurde plötzlich bleiern grau und schien sich herabzusenken, als wolle er unser Reservat platt drücken. Ich hatte Angst, mich zu Fuß, ohne die Pferde, auf den Weg zu machen.

»Schließ die Fenster!« rief ich und kam mir dumm vor. Ich

war die einzige, die den Befehl ausführen konnte. Ich versuchte also, unser Haus gegen den daran rüttelnden Wind und die erdrückende Schneedecke abzudichten. Dann gingen Chaske und ich früh zu Bett. Zum ersten Mal seit vielen Wochen schlief ich wieder die ganze Nacht durch.

Am nächsten Tag ging es Chaske schlechter. Er weinte, weil ihm die Brust weh tat. Ich gab ihm Rizinusöl, was Doktor Kessler meinem Mann empfohlen hatte, aber es schien nicht zu helfen. Ich kannte niemand, der ein Telefon hatte, deshalb zog ich mehrere Schichten Kleider übereinander an und machte mich auf den Weg zu Dinas Haus, das eine halbe Meile entfernt lag. Einer von ihnen könnte dann dem Arzt Bescheid geben, dachte ich. Aber mir wurde bald klar, daß es zu lange dauern würde, durch den tiefen Schnee zu gehen. Ich konnte Chaske nicht so lange allein lassen.

Ich erzählte ihm Geschichten, um ihn von den Schmerzen abzulenken, kramte sogar seine Babyrassel wieder heraus, die Klapperschlangenrassel, die Clifford ihm gemacht hatte und mit der Chaske seit Jahren nicht mehr spielte. Ich schüttelte sie an seinem Ohr und untermalte meinen Gesang mit ihrem reibenden Klappern. Ich sang ihm lustige, sogar schmutzige Lieder vor, und als er vor Schmerz völlig entkräftet war, sang ich ihm das Wiegenlied der Dakota, das er noch vor kurzem zum besten gegeben hatte. Er war zu schwach, um selbst mitzusingen, aber er schwang den Holzlöffel in der Hand und schlug damit gegen die Wand. Das Messingbett bebte unter unserem verzweifelten Rhythmus, und die Luft zitterte von unserem Lärm. Einen Augenblick lang überlegte ich, ob ich wohl selbst in der Lage wäre, Chaske mit einem Zauber gesund zu machen. Doch dann fielen mir die vergeblichen Versuche von Joyce ein, ihr schielendes Auge zu heilen, die Stunden, die sie als Kind damit verbracht hatte, mit dem Finger auf das anstößige Körperteil zu deuten, während sie ihr Spiegelbild in einem zersprungenen Spiegel anstarrte. Ich wußte, daß wir keine heilenden Kräfte besaßen.

Im Haus war es dunkel, und ich hatte fast keine Stimme mehr, als ich ein Klopfen an der Eingangstür hörte.

»Ich komme«, krächzte ich.

Meine Kusine Joyce stand auf der Veranda. Ich sah Emerys rotbraune Stute am Tor und Dina auf meinem schlanken Palomino. Ich winkte ihr zu.

»Ich komme wegen des Kleides«, sagte Joyce. Zuerst wußte ich gar nicht, wovon sie sprach. »Heute abend ist doch das Powwow«, fuhr sie fort, »oben im Saal. Dina hat gehofft, daß ihr Kleid fertig ist und sie es anziehen kann.«

»Ich bin nicht dazu gekommen, es fertig zu machen«, sagte ich. »Chaske ist sehr krank. Er braucht einen Arzt. Könntest du bei Doktor Kessler vorbeifahren und ihn bitten zu kommen?«

Joyce versprach, ihn zu holen. Sie tätschelte mir den Arm.

Voller Zuversicht kehrte ich zu Chaske zurück. »Alles wird gut«, sang ich leise. Meine Stimme war wieder kräftig und klar. Ich wiegte Chaske in meinem Messingbett, hielt seinen Körper an mich gedrückt, als könnte ich sein zehrendes Husten auffangen. Mindestens eine Stunde verging. Ich versank langsam im Dunkeln und fühlte meine Hoffnung schwinden. Ich konnte regelrecht fühlen, wie sie zerrann – ein heißes Tröpfeln auf meinen Händen.

Die ganze Zeit über hatte ich mir vorgestellt, wie Joyce durch nassen Schnee ritt, der dem Pferd bis an die Brust reichte. Ich sah das Pferd durch Schneefelder schwimmen hin zu Doktor Kessler. Aber das Bild veränderte sich. Ich sah meine Kusine und ihre Tochter durch Schneewände brechen, Schneeflocken unter den Pferdehufen zu Matsch stampfen, aber nur bis zum Gemeindesaal. Sie befanden sich in dem flachen Gebäude mit rosigen Wangen, die Hände zum Wärmen in den Jackentaschen. Zusammen tanzten sie um die Trommel, und ihre Füße bewegten sich in perfekter Harmonie zwischen Mutter und Tochter. Dann tanzte Dina allein – anmutig selbst in ihrem weiten Overall –, und ihre Mutter sah von der Seite zu, verfolgte das Mädchen mit dem einen Auge, über das sie Kontrolle hatte. Die Lippen voll

Zufriedenheit zusammengepreßt, saß sie kerzengerade auf einem hölzernen Klappstuhl und war stolz. In meinem dunklen Zimmer war ich so geblendet von dem Bild, daß es sich auf die Innenseite meiner Lider einbrannte. Ich konnte förmlich das Lied hören, zu dem sich Bernardines Füße bewegten. Es fegte über den Schnee und spülte seine Töne gegen mein Schlafzimmerfenster, bis das Glas sirrte.

Schließlich zündete ich die Lampe an. Ich sah mein Spiegelbild im Fensterglas, nahm neue Falten wahr, die sich in mein Gesicht eingegraben hatten und sich von der Nase zum Kinn zogen. Als ich die Lampe hob, um das Zimmer zu betrachten, fiel sie mir fast aus der Hand. Leuchtendrote Flecken sprenkelten die Wände neben meinem Bett, und die verblichenen Flickendecken und auch meine Hände waren bedeckt mit Blut aus Chaskes Lungen. Seine Augen waren jetzt völlig weiß, als habe ihnen nur seine Seele Farbe verliehen. Ich wußte, daß ich ihn verloren hatte. Aber bevor ich mich anschickte, seinen Körper zu waschen, steckte ich meinen Finger in seinen Mund, in eine tiefe Lache aus schwarzem Blut. Ich saugte die Flüssigkeit von meinem Finger und schluckte sie, denn, wohin auch immer er gegangen war, ich wollte ihm schnell folgen.

Den Sarg mit meinem Sohn brachte man in die Stadt und stellte ihn in ein Kühlhaus. Die Erde war gefroren, deshalb konnten wir ihn noch nicht begraben. Joyce Blue Kettle tauchte mit feuchten Augen und kleinen Eimern voll Essen an meiner Tür auf. Sie sagte, Dina sei so mitgenommen, daß sie nicht aufstehen könne. Ich ließ sie nicht ins Haus.

»Geh weg«, sagte ich und öffnete die Tür nicht mehr als einen Spalt.

»Es macht mich ganz krank. Ich wußte nicht, daß es ihm so schlecht ging.«

»Du warst tanzen, nicht wahr? Du warst tanzen.«

Ihre Augen blitzten plötzlich auf. »Was glaubst du denn, wer du bist? Wenn Dina krank wäre, würde der Arzt nicht einen Fuß heben, um zu kommen, das weißt du ganz genau. Er würde sagen, ich soll sie zu ihm bringen. Wie kommst du drauf, daß er für deins ins Haus käme? Ist dein Kind besser als meins?«

Ich ließ den Türspalt offen und ging in mein Zimmer. Ich nahm alle Kleider aus dem Kleiderschrank und zog sogar noch das blaue Kattunkleid aus, das ich anhatte. Im Baumwollunterrock rannte ich die Treppe hinunter.

»Hier!« sagte ich und warf meiner Kusine, die neugierig auf der Veranda vor dem Haus wartete, die Kleider hin. »Die wolltest du doch immer. Nimm sie nur! Nimm sie!« Sie packte die Kleider und nahm sie über den Arm.

Joyce ging rückwärts die Stufen hinunter und rannte weg. Sie fiel fast über eines der Kleider, es war mein Hochzeitskleid gewesen. Ich sah zu, wie sie über den gefrorenen Boden lief, meine Kleider an die Brust gedrückt.

Ich war gefroren wie die Erde, hatte Rauhreif auf der Oberlippe, und meine Zunge war ein Eisblock. Ich war wie betäubt, aber meine Hände funktionierten noch. Ich kramte die roten Perlen heraus, die Clifford mir geschenkt hatte. Anfangs hatte ich vorgehabt, dazu noch dunkelblaue Perlen zu besorgen, um Dinas Mokassins mit den beiden Kontrastfarben zu schmücken. Aber jetzt wollte ich nur mit der Arbeit fertig werden.

Drei volle Tage brauchte ich, um die Mokassins zu besticken. Ich überzog den oberen Teil, die Seiten, die Lederzunge und sogar die Sohlen mit Perlen, bis nur noch eine Handvoll übrigblieb. Die Mokassins waren aus purem Rot. In diesen drei Tagen aß ich nicht einen Bissen. Ich füllte mir den Bauch mit Wasser. Und da die Pumpe eingefroren war, mußte ich schmutziges Schneewasser trinken. An dem Essen, das die anderen für mich gekocht hatten, ließ ich Max picken.

Ich erinnere mich an die Nacht, in der ich Dinas Mokassins fertig bestickt hatte, so, wie ich mich an Geschichten erinnere, die ich in Büchern gelesen habe – aus einer gewissen Entfernung, hinter einer Barriere oder einer Eisschicht. Ich faltete Dinas Kleider und legte die Mokassins darauf. Dann schlug ich das Bündel in einen Kissenbezug ein. Ich zog mich warm an für draußen, trug Emerys Arbeitsstiefel und befestigte Chaskes Babyrassel mit einem Lederriemen an meinem Zopf. Ich warf den Zopf über die Schulter und hörte das warnende Rasseln. Es war nach Mitternacht, aber ich nahm keine Laterne mit; der Mond war ein frostiges Nachtlicht. Ich nahm das Bündel und wollte mich auf den Weg machen, als mich etwas stocken ließ, ein plötzlicher heißer Stich tief in meinem Innern. Als ich auf der Schwelle innehielt, blieb mein Blick am Schnee hängen. Er sah sauber aus, so als könne er den Funken abtöten. Deshalb bedeckte ich Kopf und Arme mit Schnee und packte meine Schenkel damit ein. Ich fühlte weder Kälte noch Feuchtigkeit und schritt voran wie eine Schneekönigin.

Ich höre mich noch immer durch den knirschenden Schnee stapfen. Etliche Schritte vor der Haustür der Blue Kettles blieb ich stehen.

»*Čuwignaka Duta*, du mußt mir jetzt helfen«, bat ich inständig. Ich kauerte mich in den Schnee.

Bernardine, rief ich in Gedanken. *Bernardine.* Ich sprach ihren Namen nicht aus, aber er dröhnte in meinem Kopf, seine Silben füllten meine Kehle. Meine Zähne klapperten ihren Namen. *Bernardine.*

Sie trug das Flanellnachthemd, das ich ihr zu Weihnachten geschenkt hatte, und war barfuß. Sie kam direkt auf mich zu. *Wir müssen dich anziehen*, sagte ich, noch immer schweigend. Sie gehorchte, ihre Augen waren glasig und geschwollen vom Weinen. Sie hob die Arme, damit ich ihr das Nachthemd ausziehen konnte. Sie bekam eine Gänsehaut von der Kälte, aber sie zitterte nicht. Dann kleidete ich sie an, streifte ihr das Kleid über und die Beinkleider, schnürte den Gürtel um ihre Taille und zog den Umhang über den Kopf. Ich glättete ihre dicken Zöpfe und kniete mich schließlich vor sie hin, um ihr die perlenbestickten Mokassins anzuziehen. Ich band die Schuhbänder zu.

»Tanz jetzt«, zischte ich. Die Worte waren weißer Rauch in der Luft.

*

Niemand wird je erfahren, wie viele Stunden Bernardine im Schnee getanzt hat. Sie tanzte sich in eine andere Welt. Clifford fand sie am nächsten Tag ungefähr eine Meile von ihrem Haus entfernt am Rand einer kreisförmigen Spur, die sie durch den hohen Schnee gezogen hatte. Die Leute erzählten, daß sie an einem jungen Zürgelbaum festgefroren war, den sie umarmt hielt, als hätte sie die Powwow-Schritte sein lassen und angefangen, Walzer zu tanzen.

Ich hörte, daß Joyce darum bat, die Lederreste und die Perlen zu entfernen, die von Dinas Mokassins übriggeblieben waren. Aber sie waren mit der Haut ihrer Tochter eins geworden. Eine alte Frau begann, sie aus dem Fleisch herauszuschneiden, und in diesem Moment verlor Joyce den Verstand. So ließ man sie an Dinas Füßen.

Zwei Monate lang ruhten sie und mein Sohn Chaske nebeneinander im Kühlhaus. Die Leute mieden mich und meine Kusine nach einer anfänglichen Runde von Besuchen. Aber alle kamen zum gemeinsamen Begräbnis.

Joyce und Clifford und ich standen an den offenen Gräbern. Alle anderen, fiel mir auf, hatten sich zurückgezogen. Ich erinnere mich an kein einziges Wort des katholischen Priesters. Ich erinnere mich nicht einmal daran, zu dem kleinen Friedhof hinter der Kirche gegangen zu sein. Aber ich höre noch den Klang von Joyces Lachen. Sie kicherte in ihr weißes Taschentuch, und Tränen rannen ihr über die flachen Wangen. Ihr kurzes Haar war schlecht frisiert und an einigen Stellen versengt. Vermutlich hatte Clifford versucht, ihr mit einer Lockenschere die Haare zu wellen. Sie sah um Jahre jünger aus mit ihrem glatten, leeren Gesicht. Es war so anders als mein eigenes, das ich selbst kaum wiedererkannte. Ausgedörrt und zerfurcht wie der Grund eines trockenen Bachbetts war meine Haut.

In jenem Frühling, nachdem die Kinder beerdigt waren, fand ich heraus, daß Zauberei, wenn sie einmal losgelassen wird, ein Eigenleben entwickeln kann. Ich hatte meine Nichte tanzen geheißen, aber niemand hatte ihr befohlen aufzuhören. Bernardine Blue Kettle tanzte noch immer, diesmal um mein hübsches schindelgedecktes Haus herum. Ich sah sie nicht; ich hatte Angst hinzuschauen, Angst, Chaske auf ihren Schultern sitzen zu sehen. Aber ich hörte das Stampfen und Scharren ihrer Schritte. Sie kam nie um dieselbe Zeit, foppte mich mit ihrer Unberechenbarkeit und hinterließ keine Fußabdrücke auf der Erde. Aber jedesmal, wenn das Geräusch aufhörte und ich den Mut fand, auf meine Veranda hinauszugehen, sah ich rote Perlen auf der Erde blinken. Ich berührte sie nicht, sondern stieß mit dem Fuß Staub darüber, damit sie nicht mehr funkelten.

Mir fiel auf, daß sogar die Elstern, die es immer auf Glitzerndes abgesehen haben, auf anderen Höfen pickten. Die glänzenden roten Perlen vor meinem Haus begehrten sie nicht.

Schlangen

Red Dress
(1864)

Pater La Frambois war erpicht darauf, mich im Missouri zu taufen und mir, *Čuwignaka Duta* oder Red Dress, den heiligeren Namen Esther zu geben. Er war ein energischer alter Mann von lebhafter Gesichtsfarbe: Seine Wangen waren hochrot, als habe ihn jemand geohrfeigt, und seine Augen von einem dunklen Nachthimmelblau, das sich in Augenblicken des Ärgers gelegentlich zu Schwarz verfinsterte. Ich ließ mich nicht in den Missouri locken, nicht einmal aus Dankbarkeit für die Stunden, die er damit verbrachte, mich lesen, schreiben und rezitieren zu lehren und mir beizubringen, meine Gedanken in einfachem, trostlosem Englisch auszudrücken, bis ich in wohlgesetzteren Worten zu sprechen vermochte als der Priester selbst. Er bestach mich mit Geschichten vom Himmel und vom ewigen Leben, sagte, es stünde in meiner Macht, meine Seele von einem schwarzen verkrusteten Etwas in eine weiße Schneegans mit silbernen Schwingen zu verwandeln. Als das nichts nützte, bestach er mich mit Zucker und silbernen Kreuzchen, die ich an meinen Ohrläppchen baumeln lassen konnte. Ich trug die Kreuzchen, um ihre Wirkung auszuprobieren, und erwartete, daß Christus mir ins Ohr flüstern würde. Als er nichts sagte, wußte ich, daß die Silberkreuze in Wirklichkeit Symbole des Morgensterns waren, desselben Bildes, das wir auf unsere Wildlederkleider malten. Aber das erzählte ich Pater Frambois nicht, denn es gehört sich nicht, einen älteren Menschen auf einen Fehler hinzuweisen.

Der Missionspriester reiste allein durch das Gebiet der Dakota, auf einem hohen amerikanischen Pferd, das regelmäßig unsere Ponys angriff und deshalb mit einer Decke über dem Kopf durch das Dorf geführt werden mußte. Jahr für Jahr traf der Priester im Herbst bei uns ein, als erster bemerkt von *Sunka Gleska* – Spotted Dog –, der dann wild das Zelt meines Vaters umkreiste und zwischendurch nur stehenblieb, um zu heulen. Dieser kluge Gefährte war ein kürbisfarbener Hund mit drahtigem Fell und weißen Flecken an der Schnauze. Er gehorchte auf Befehle in Dakota und Englisch, was meinen Vater sehr beeindruckte. Von Spotted Dog aufgescheucht, kam das Dorf heraus und zog wie eine verirrte Welle aus dem Fluß Pater La Frambois entgegen, um ihn willkommen zu heißen. Wir gewöhnten uns an seine jährliche Ankunft in unserem Winterlager, wurden vertraut mit seinem schweren schwarzen Gewand, das ihm unglücklich von den schiefen Schultern hing; wie ein Truthahngeier mit gebrochenen Flügeln sah er aus. Er blieb jedesmal bis zum Frühjahr bei uns, paukte mir meine Lektionen ein und überprüfte meine sorgfältigen Schreibübungen. Er brachte mir bei, wie man Esther schreibt, damit ich bereit wäre, mich des Namens zu bedienen, sobald ich meine Seele gerettet hatte; und wiewohl ich den Namen selbst ablehnte, gefiel es mir doch, ihn aufzumalen, mit der Tinte so umzugehen, daß sie anmutig floß, ohne zu klecksen, und das E mit dramatischen Schnörkeln zu versehen, deren Rundungen die Form eines üppigen Bären mit dickem Winterspeck annahmen.

Vielleicht hätte ich dem Jesuiten offen heraus sagen sollen: »Ich werde nie zu der Bekehrten werden, die Sie sich wünschen. Ich bin Red Dress, die von den Schlangen Geliebte.« Aber ich weiß, daß er diese Erklärung für töricht gehalten hätte. Er brachte keine Geduld auf für Geister, Träume oder Tiertotems, obwohl er von sich selbst behauptete, er könne Wein zu Blut verwandeln und eine trockene Oblate in lebendiges Fleisch. Deshalb lauschte ich zwar schweigend seinen Geschichten, studierte die Heilige Schrift und übersetzte seine Lehren in die

Dakota-Sprache, damit mein wißbegieriger Vater Bear Soldier und seine sieben Unterhäuptlinge sich ein Bild über den Wert der Priesterworte machen konnten, erzählte ihm aber niemals meine eigene Geschichte.

Meine Mutter war Black Moon, die Frau, deren schmale Gesichtszüge von ihrem Gesicht zu gleiten drohten, bis ihr wunderschönes Lächeln alles wieder an seinen Platz hob. In ihrer Obhut lernte ich, mich selbst zu erkennen, und ihre Erinnerungen an mich wurden meine eigenen. Ich entsinne mich noch, wie ich zum Spielen auf eine riesige Büffelhaut gesetzt wurde und dann, von der Sonne schläfrig geworden, umfiel und einschlief. Meine Mutter plauderte ein Stückchen entfernt mit Freundinnen, die Hände emsig an ihrer Borstenstickerei. Sie bemerkte die beiden Klapperschlangen nicht, die in den Schatten meines Kinderkörpers glitten, wo sie sich zusammenrollten und mit mir gemeinsam ein Schläfchen hielten. Ich erinnere mich an ihren kalkigen Geruch und ihre anmutigen Bewegungen, und wie sich ihre kühle, glänzende Haut anfühlte. Im Schlaf ergriff ich eine der Schlangen am Schwanz und schüttelte sie wie ein Babyspielzeug. Aber die Klapperschlange biß nicht zu, sondern ließ es geduldig mit sich geschehen, auch noch, als meine Mutter mit ihren Freundinnen entsetzt über ihrem tanzenden Kopf die Hände rang.

»Nicht bewegen«, flüsterten die Frauen einander zu. Sie zogen meine Mutter zurück und befahlen ihr, sich auf die Erde zu setzen. »Schaut nur, wie sie tun, als wäre sie eine der Ihren«, sagte eine Frau. Schließlich entließ ich die Viper aus meinem festen Griff, und sie und ihr Geselle glitten von der Büffelhaut herunter. Ich glaube, ich weinte, weil sie zurückkommen sollten, aber meine Mutter drückte mich heftig an sich, und ich griff nach ihren Zöpfen, im Glauben, es wären schwarze Schlangen.

»Die da betört die Schlangen«, haben die Leute mein Leben lang hinter mir hergeflüstert, aber sie sehen das falsch. Die Schlangen haben mich betört.

*

Der letzte Winter meiner Freundschaft mit dem Priester war der des Jahres 1864 nach seiner Zeitrechnung. Pater La Frambois wollte uns unbedingt beeindrucken und mit der Gottheit bekannt machen, die er den Wahren Gott nannte. Er befahl mir, dem Dorfausrufer mitzuteilen, daß er auf der Prärie eine Messe feiern würde.

»Der gewölbte Himmel ist meine Kathedrale«, schrie er mir förmlich zu. Sein Arm fegte über den Horizont. »Alle müssen kommen. Alle sollen Gelegenheit haben, das Wort Gottes zu hören und das ewige Leben zu entdecken.«

Seine Haut glänzte vor heißer Erregung; ich mußte an schmelzenden Talg denken. Mitleid stach mir ins Herz, und als ich den Mund aufmachte, um dem Ausrufer mitzuteilen, was der Pater gesagt hatte, kamen ganz andere Worte heraus: »Morgen wird Pater La Frambois für uns auf dem Gras tanzen.« Ich ahnte, daß diese kleine Irreführung die Leute neugierig zu der Flußebene bringen würde, die der Pater aus dem Stegreif als Kirche ausgesucht hatte. Sogar die älteren Krieger, die ohne Leidenschaft waren und wähnten, schon alles Bemerkenswerte auf der Welt gesehen zu haben, würden sich zu solch einem Spektakel gewiß auf den Weg machen.

»Du wirst meine Stimme sein«, sagte der Pater an jenem Abend, ohne von meinem Verrat zu wissen. »Du wirst das Instrument der Rettung deines Volkes sein.« Seine leuchtenden Wangen waren wie Feuer; er sah aus, als würde er gleich in Flammen aufgehen.

Ich hatte mich oft gefragt, warum der Priester ausgerechnet mich, eine widerwillig Folgende, zu seiner Schülerin auserkoren hatte. Warum nicht meinen jüngeren Bruder, meine kleine Schwester? Warum nicht ein geduldiges Kind von unbeschwertem Gemüt, das selten in Frage stellte, was es hörte? Auch jetzt stellte ich eine Frage: »Pater, warum bin ich deine Stimme?«

Ich bekam die Antwort, die keine Antwort war: »Es ist Gottes Wille.«

Am folgenden Nachmittag versammelten sich vierhundert

Menschen auf der weiten Ebene, um dem Tanz des Paters beizuwohnen. Er empfing jeden – sogar die krabbelnden Kleinkinder – mit Handschlag und hieß die Menschen, in geraden Reihen Aufstellung nehmen. »Das sind unsere Kirchenbänke«, sagte er. Als alle an Ort und Stelle waren, wandte er sich der geordneten Menschenversammlung zu und begann zu sprechen: »Willkommen in eurer Graskirche. Der Herr ist um euch, lasset ihn in eure Herzen. Ihr wart schon immer ein eigensinniges Volk, eine große Herausforderung für mich. Ich bin dieses Jahr und in vergangenen Jahren hergekommen, weil eure Seelen in Gefahr sind und ihr mir teuer seid.«

Der Pater hielt inne und wartete darauf, daß ich dolmetschte. Ich sagte zu meinen Stammesleuten: »Willkommen, Freunde. Die vergangenen Winter, die wir zusammen verbracht haben, waren sehr angenehm. Ich habe aus diesen Besuchen viel gelernt, und ich habe Achtung vor euch. Ihr seid ein starkes Volk.«

Die Krieger nickten und murmelten »*Ohan*«, und mehrere Frauen trillerten den zustimmenden *Wičağadata*-Ruf. »Sie sagen, du sprichst klug«, erklärte ich dem Priester. Darauf redete er eine Stunde lang über die Notwendigkeit, unseren Geist zu reinigen, bis mir die Seele wie ein Kleidungsstück vorkam, das man im Fluß waschen und dann auf einem glatten Felsen in der Sonne zum Trocknen ausbreiten kann. Und wenn ich ungenau übersetzte, dann gewiß nicht aus Unachtsamkeit oder bösem Willen. Dem Pater mangelte es an Takt, aber er war mir ein Freund gewesen. Ergebenheit war es, die mich dazu führte, über seine unziemlichen Bemerkungen hinwegzugehen und mit meiner eigenen Stimme zu sprechen.

Die ganze Predigt des Paters hindurch blieben die Reihen bestehen. Keiner schwankte in der kalten Luft oder stampfte mit den Füßen. Keins der Kinder plärrte. Danach nahm der Pater aus einem mit Samt ausgeschlagenen Kästchen sein reichverziertes Rauchfaß heraus und zündete den Weihrauch an. Er stolzierte vor den geduldigen Familien auf und ab, schwang das Rauchfaß hin und her und dann dramatisch in einem vollen Kreis. Der unangenehme Geruch von brennendem Weihrauch trieb den Leuten ins Gesicht. Der Pater marschierte vor und hinter ihnen vorbei und hüllte sie mit Rauch ein. Spotted Dog folgte ihm, den würdigen Gang des Priesters nachahmend, und untersuchte mißtrauisch seine Spuren. Ich setzte zu einer Bewegung an, um den Hund zurückzurufen, vollendete die Geste aber nicht. Denn eine hochgewachsene Gestalt sprang zwischen die ordentlichen Reihen, die der Pater als Kirchenbänke bezeichnete. Der Eindringling klatschte in die Hände, krümmte sich, und seine Schultern schüttelten sich vor Lachen.

»*Šunka Wakan Wanaği*«, murmelten die Leute. Sie flüsterten seinen Namen, Ghost Horse, Geisterpferd. Die Gemeinde wich zurück und schaute zu, während er sich auf dem Boden wälzte wie ein verrücktes Fohlen; er wieherte vor Lachen und riß mit seinen weißen Zähnen Gras ab. Pater La Frambois ging hinüber und stellte sich vor Ghost Horse auf. Das Rauchfaß schaukelte noch in seiner Hand.

»Der arme Junge ist von Sinnen«, sagte der Pater.

»Nein, er ist *heyo'ka*. Er hat von den Donnervögeln geträumt«, versuchte ich zu erklären.

»Hör auf, hör auf!« Rauch kringelte sich aus dem Rauchfaß wie bleiche Bänderschlangen, die auf ihren Schwänzen tanzen. Ich konnte das Gesicht des Paters nicht sehen, aber ich hörte seine Zunge scharf in seinem Mund schnalzen. »Ich dachte, wir hätten Fortschritte gemacht. Ich dachte, ihr wäret über all das hinweg.«

Pater La Frambois fiel geschlagen in sich zusammen und schleppte sich zurück zu seinem Gäste-Tipi. Spotted Dog trottete hinter ihm her, schnappte nach den Rauchfäden und hustete jedesmal, wenn er den schweren Dampf schluckte.

Enttäuscht von der Vorführung zerstreuten sich die Menschen rasch, bis nur noch Ghost Horse da war, der sich vor meinen Füßen hin und her warf. Dann wurde er ruhiger, setzte sich auf und wischte den Staub von seinen kraftvollen Armen. Weiße Farbblitze bedeckten seine Arme und Beine, und sein Gesicht war mit senkrechten Linien schwarz und weiß gestreift. Ein Büschel Peitschengras war an seine Stirnlocke gebunden und verdeckte seine Augen, die, wie ich wußte, klar und schwarz wie polierte Büffelhörner waren. Ein kalter Wind blies von Nordwest, der Richtung, aus der der Winter kam, aber Ghost Horse fror nicht. Er fächelte seinem Gesicht Kühlung zu und klagte über die sengende Hitze.

Nachdem er von den riesigen Donnervögeln geträumt hatte, die Blitze aus ihren glimmenden Augen senden, war Ghost Horse *heyo'ka* geworden, ein heiliger Clown. Sein Verhalten war grotesk: Er weinte bei geselligen Tanzfesten, lachte bei ernsten Anlässen, fröstelte in der heißen Sonne und verschmachtete fast bei eisigen Temperaturen. Er eilte vor den anderen Kriegern in den Kampf und nahm den Krieg als Spiel, und stets sagte er das Gegenteil von dem, was er meinte. Ich spürte, daß er einsam war, von einem gewaltigen Traum belastet, der ihm auferlegt hatte, die Donnerwesen zu beschwichtigen, indem er sich öffentlich demütigte.

Ghost Horse stand auf und schüttelte seine Glieder, wie um sich wach zu rütteln. Ich schaute zu Boden, höflich, sittsam, aber die Beine zitterten mir unter meinem Kleid. »Ich habe den Priester enttäuscht«, sagte ich schließlich. »Er versteht die Art nicht, wie wir die Dinge sehen.«

Ghost Horse war lange Zeit still. Dann sagte er zu mir: »Er versteht alles.«

Auch in diesem Winter, wie in den vergangenen Jahren, gelang es Pater La Frambois nicht, auch nur einen einzigen Menschen zu bekehren. »Ich habe doch mit anderen Stämmen Fortschritte gemacht. Warum seid ihr nur so eigensinnig, so vorsätzlich blind?« fragte er mich.

An dieser Stelle werde ich sagen, was ich Pater La Frambois nicht sagen konnte: Seine Geschichten ergaben für uns keinen Sinn. Bear Soldier, Oberhäuptling unseres Stammesbundes und mein Vater, war ein klarer Denker, dessen Rat von anderen

Häuptlingen gesucht wurde. Er hörte sich die Geschichten an, die ich pflichtschuldig für den Priester übersetzte – von Kain, der Abel erschlug, von Abrahams Bereitschaft, Isaak zu opfern, von Joseph, den seine eifersüchtigen Brüder als Sklaven verkauften –, und schüttelte den Kopf. »Warum wollen seine Leute denn unbedingt ihre Verwandten töten?«

Also fragte ich den Pater: »Warum hat Kain seinen Bruder erschlagen?«

Der Pater wies mit dem Finger auf mich und drohte mir dann damit. »Weil er keinen Glauben hatte.«

Ich berichtete meinem Vater: »Wenn die Leute des Priesters nicht an die höheren Geister glauben, werden sie verrückt.«

»Dann werden wir für sie beten«, sagte er.

Mein Vater hatte mit angesehen, wie andere Stämme mit Weißen Handel getrieben hatten und dann Krankheiten erlegen und von den Gütern, die die Weißen mitbrachten, abhängig geworden waren. Er hatte beschlossen, daß wir nur mit unseren traditionellen Partnern Handel treiben würden: mit anderen Bünden und befreundeten Stämmen. Die Spitzen unserer Pfeile waren aus gefeilten Knochen, nicht aus Metall; zum Kochen unserer Mahlzeiten benutzten wir Büffelmägen anstelle von glänzenden Kesseln; wir lehnten Spiegel, Mehl, Kaffee ab; und wir benutzten Stachelschweinborsten und Farbe, um unsere Kleider zu schmücken anstelle der bunten Perlen aus Europa. Ich hatte das Gefühl, es sei unhöflich, dem Priester zu erzählen, daß seine Lehren nur ein weiteres fremdes Gut waren, dem es Widerstand zu leisten galt. Statt dessen erklärte ich: »Wir wollen nicht erniedrigt werden.«

Der Mund des Paters ging auf, und seine Zunge schnellte heraus und dann wieder hinein wie bei einem Frosch. Er schluckte die Worte hinunter, die er fast ausgesprochen hätte. Ich begriff schnell. In Pater La Frambois' Augen waren wir bereits ein erniedrigtes Volk, das er eigenhändig zu erheben beabsichtigte, hinein in das strahlende Reich der Zivilisation.

*

Ich träume von dem Ort, an dem der North Platte River und der Laramie zusammenfließen, einem Ort der Soldaten, der Abkommen und der Einwanderertrecks. Ich bin im wachen Zustand nie dort gewesen, aber ich erkenne Fort Laramie trotzdem. Ich habe gehört, daß die Gegend im Frühjahr ein grüner Teppich aus saftigem Büffelgras ist, doch in meinem Traum ist der Boden tot und weiß. Ich gehe durch ein Feld voll von – wovon nur? Meine Beine kämpfen sich durch hohe Halme aus schlaffem Pergamentpapier, zerfetzt und zerrissen, eine grausige Ernte, die aus dem kalkigen Boden wächst. Der Tod knistert unter meinen Mokassins. Das Gras ist fort und mit ihm die wilden Blumen und zarten Florfliegen, die prallen Grashüpfer, die Pappeln, die lebhaften Regenpfeifer. So weit ich mit zusammengekniffenen Augen sehen kann, erstreckt sich das Papier in alle Richtungen, leckt über das Land wie ein sich wild ausbreitendes Präriefeuer. Ich möchte diesen Alptraum verlassen. Ich sehe auf meine Füße hinunter und merke, daß jeder Schritt, den ich tue, einen verkümmerten Fleck bleichen, trockenen Grases hinterläßt, das sich zu wachsen müht.

Ich bin aus gutem Grunde hier, sage ich zu dem Wind, und er peitscht das Papier, droht, es aus der weißen Ebene zu reißen. *Ich bin die beklommene Stimme des Grases.*

Mein Leben nahm, wie das von Ghost Horse, durch einen Traum eine andere Richtung. Es wurde beschlossen, daß ich nach dem Frühjahrstauwetter nach Fort Laramie reisen sollte. Keiner wußte, was passieren würde, wenn ich dort ankam – vorausgesetzt, ich stand die tückische Reise durch –, am wenigsten ich selbst. Pater La Frambois hatte gesagt, der Herr habe ihn in seine Dienste gerufen, und so fühlte auch ich mich: von den Geistern gelenkt. Den ganzen Winter lang unterdrückte ich eine aufgeregte Euphorie, schwankte zwischen Furcht und Vorfreude.

Mein Bruder Long Chase war zwei Jahre jünger als ich, erst sechzehn, aber er hatte schon Büffel erlegt und an kriegerischen

Streifzügen gegen die Arikara teilgenommen. Long Chase sagte zu mir: »*Tanke* – ältere Schwester –, ich komme mit. Du kannst es mir untersagen, aber ich werde dir trotzdem folgen. Gewöhne dich an den Gedanken.«

Pater La Frambois ging noch vor mir fort, um Stämme zu besuchen, die Besseres versprachen: Indianer, die ihre Lippen an das große Kruzifix drückten, das von seinem Gürtel hing, die lateinische Gebete hersagen konnten. Als er abreiste, schien sein Pferd zu spüren, daß das Dorf zusah, denn es trippelte geziert über die Prärie und hob seine stämmigen Beine höher als nötig.

Ich hatte dem Priester einen förmlichen Abschiedsbrief geschrieben, um meine elegante Handschrift vorzuzeigen, und hatte den Brief in einem letzten Akt der Freundlichkeit mit »Esther« unterschrieben. Aber ich erwähnte in dem Schreiben weder Fort Laramie noch den Traum noch meine bevorstehende Reise. Über Jahre hinweg hatte ich gedacht, ich sei nur darauf bedacht, Pater La Frambois vor Informationen zu schützen, die er nie verstehen könnte, ja, die ihn beunruhigen würden. Erst als ich seine gebeugte Gestalt zu einem Punkt werden sah, wurde mir klar, daß meine Beweggründe fragwürdig waren. Ich hatte mich selbst geschützt, hatte mich geweigert, die Geschichten und Ideen laut auszusprechen, weil ich glaubte, sie würden in nacktem Englisch unsinnig klingen. Ich nährte die Verschwiegenheit, um dem Spott zu entgehen. Vielleicht kam der Traum aus diesem Grund zu mir. Eine seltene Gelegenheit, etwas wiedergutzumachen.

Am Tag vor dem Beginn meiner Reise stieg ich auf den Gipfel des Angry Butte, um zu beten. Ich legte mein Gebet – einen schweren flachen Stein – zu all den anderen. Sie bildeten einen ordentlichen Stapel, der mir bis zum Bauch reichte. Ich achtete darauf, die anderen Anrufungen nicht mit den Fingern zu berühren; dieser Ort war so voller Kraft, daß ich die Steine sprechen zu hören vermeinte. Mein Fuß glitt auf einem runden Stein aus, und ich fiel so heftig auf den Rücken, daß es mir den Atem verschlug. Ich suchte voller Ärger nach dem Stein und fand ihn neben einem zweiten liegen, seinem Ebenbild, und nahm beide in die Hand. Sie waren vollkommen rund und makellos. Ich hob einen an meine Wange; er war unglaublich glatt.

»Das sind Zwillingsschwestern«, sagte meine Mutter, als ich sie ihr zeigte. »Es war dir bestimmt, sie zu finden.« Ich bemalte die Steine rot, mit der Farbe des Lebens, und wickelte sie in weiches Wildleder.

Die Steine bewegen sich mit einer bestimmten Absicht, sagte ich in Gedanken zu Pater La Frambois, wiewohl die Absicht mir ein Rätsel war.

Das nächste zu beschreiben, fällt mir schwer, weil das Bild in mir noch so lebendig ist. Bear Soldier und Black Moon standen vor ihrer Hütte, die Hände auf die zarten Schultern meiner Schwester gelegt. Walks Visibly wand sich vor Schmerz. Sie hielt die beiden dort zurück; sie war zu jung, um mir zu folgen wie Long Chase. Keiner weinte. Es wäre respektlos gegen die Geister gewesen, die diesen Verlauf der Dinge geplant hatten, aber meine Familie muß befürchtet haben, mich und meinen Bruder nie wiederzusehen.

Und so sahen wir aus, als wir uns ins Unbekannte aufmachten: Das eine Pferd trug unsere Haushaltsgegenstände, unser Wasser, das Feuerhorn, den Pemmikan und das Trockenfleisch; das andere ein kleines Zelt, dessen gegerbte Häute an den Stangen festgezurrt waren. Long Chase hatte einen kurzen gedrungenen Bogen in der Hand und sollte vorausreiten. Beide hatten wir Mokassins eingepackt, die feindlichen Stämmen – Crow und Arikara – gestohlen worden waren, um sie auf deren Gebiet zu tragen, damit unsere Fußspuren uns nicht verrieten.

Spotted Dog zitterte vor Aufregung, er hockte sich hin, um gleich wieder aufzuspringen und zwischen die Beine der Pferde zu laufen. »Du kriegst noch einen Tritt an den Kopf«, warnte ihn mein Bruder. »Leg dich hin.« Der Hund seufzte und duckte sich ungeduldig.

Das letzte Gesicht, das ich sah, war teilweise von einem Büschel Peitschengras verdeckt. Ghost Horse bewegte sich rasch an allen anderen vorbei, Arme und Beine blitzten auf, ein Gewitter in unserer Mitte. Er kicherte, als er mir einen gegerbten Schild aus harter Büffelhaut gab. Ich drehte den Schild um, damit ich die Vorderseite betrachten konnte: das Bild einer Frau in einem roten Kleid mit einem Blitzstrahl in der Hand. Sie kam mir wild und fremd vor. Einundzwanzig Klapperschlangenrasseln hingen am unteren Rand des Schilds, so daß ich bei jedem Schritt wie ein Nest voller rastloser Schlangen klang.

Ghost Horse grinste mich an und zeigte seine vollkommenen Zähne, aber das Auge, das ich unter den Grasrispen erkannte, war so rot, als hätte er Blut geweint. Ich hielt den Schild sehr fest, als ich mein Pferd bestieg, und versuchte, meine zitternden Hände ruhig zu halten. Ghost Horse nahm die Zügel und schüttelte einen Augenblick lang das Gras aus der Stirn.

»Du wirst mir niemals fehlen«, sagte er.

An dem Tag war der Himmel weiß. Wolken erstickten den Horizont und drängten sich um die Sonne. Der Himmel hing so tief, daß wir mitten darin waren, wir waren Luft, wir waren etwas anderes als zuvor.

»Tanke«, hörte ich meinen Bruder flüstern. »Die Geister sind rings um uns.«

Wir zogen nach Südwesten, hinter Spotted Dog her, der alle paar Schritte zu uns zurückschaute, um sich zu vergewissern, daß er die richtige Richtung einschlug.

»Uns hältst du nicht zum Narren«, rief mein Bruder ihm zu. »Du hast hier nicht das Sagen.«

Der bleiche Himmel nahm mir meine Lebensgeister. Ich war froh, als die Sonne durch die Wolken brannte und sengendes Licht Schichten von Dunst beiseite schob. Wir ritten in ein Tal voll zitternder Blumen; die Blütenblätter flatterten wie Spitzen im Wind.

»Schmetterlinge«, hauchte Long Chase. Tatsächlich, die Blumen waren in Wirklichkeit Schwalbenschwanzschmetterlinge mit hellen, blaugeränderten Flügeln. Ich hatte noch nie so viele auf einmal gesehen. Sie waren so zahlreich, daß sich die Grashalme bogen; Schmetterlinge tropften von den Stengeln.

»Die Vorfahren beobachten uns«, sagte ich. »Sieh mal, wie viele wir haben.«

Da erhoben sich die Schmetterlinge in einer flirrenden Wolke und nahmen den Himmel in Besitz. Mein Bruder hielt sein Pferd an, um das Schauspiel zu betrachten, einen Schneesturm in umgekehrter Richtung, dessen Gestöber sich am Himmel ballte. »Dies ist ein seltsamer Tag«, sagte er schließlich.

Pater La Frambois ging mir häufig durch den Sinn. Welche Erklärung hätte er wohl für das gehabt, was uns als nächstes zustieß? Ich hätte es ihm so erzählt: *Pater, wir betraten einen Traum, eine von Geistern beherrschte Welt. Pater, zwei Wochen lang sahen wir keinen anderen Menschen: keine Stammesbrüder, keine Feinde, nur vorbeiziehende Herden von Wapiti und Antilopen.* Mein Bruder trug seinen kurzen Bogen, ich hielt meinen Schild, und Spotted Dog gab vor, den Weg zu weisen, den Schwanz wie ein Banner erhoben, und wir durchquerten das Gebiet, als seien wir die einzigen Geschöpfe im ganzen Land. Wir bewältigten die Strecke in zwei Wochen und schlugen dann in Sichtweite des Forts unser Lager auf, benommen und erschöpft. Sogar Spotted Dog ließ sich einfach zu Boden fallen.

»Was soll als nächstes geschehen?« fragte mich Long Chase.

»Morgen besuchen wir das Fort. Eins nach dem anderen.«

Er schaute mich an, und ich sah den kleinen Jungen in seinem Gesicht, die tiefen Grübchen zu beiden Seiten seines Mundes, die er so sehr zu glätten versuchte. Er hatte das Ende eines seiner dicken Zöpfe zwischen die Zähne genommen und rollte es im Mund hin und her, bis es feucht schmatzte. Dann ertappte er sich dabei und spuckte den Zopf aus. Er vertraute darauf, daß ich verstand, was uns hierher gebracht hatte. Ich verstand es nicht, aber als ältere Schwester lächelte ich ihn an und sagte: »Der morgige Tag wird ein Abenteuer werden. Deine Kameraden wären neidisch.«

In der Nacht merkte ich, daß Spotted Dog zu Long Chase

kroch und mit den Vorderpfoten an der Brust meines Bruders schlief. Die ganze Nacht schlugen ihre Herzen zusammen.

Flußaufwärts vor dem Fort lag ein Dorf, das ich die Soldaten später Squaw Town nennen hörte. Diesen Ort besuchten wir als erstes. Die Menschen, die dort wohnten, waren unsere Verwandten – ein anderer Bund desselben Stammes. Ihr Führer trug einen Namen, den ich vergessen habe, weil ich den Mann in Gedanken Death Shirt, Totenhemd, nannte, und auch mein Bruder und ich, wenn wir von ihm sprachen, diesen Namen benutzten. Sein Hemd war aus Stoff und mit winzigen Schnupftabakdosen aus Metall verziert, die unheimlich aussahen, wie kleine Särge. Sie waren von Löchern durchbohrt und so dicht nebeneinander festgenäht, daß sie aneinander klapperten. Er trug eine Soldatenmütze tief in die Stirn gezogen und zerfetzte Mokassins, von denen die Perlen abfielen. Er schaute erst mich mit großen Augen an, dann Long Chase. Wir hatten unsere Festkleidung angelegt, die kostbarsten Wildledergewänder, die wir besaßen. Mein Kleid war rot bemalt und mit Wapitizähnen verziert, das Hemd meines Bruders war blau gefärbt und mit Sternen aus Stachelschweinborsten bestickt – er sah darin aus wie ein Stück des Himmels.

Death Shirt trat von einem Bein auf das andere. Er fragte uns: »Seid ihr die Geister unserer Vorfahren?«

»Nein«, sagte ich. »Wo wir herkommen, kleiden wir uns noch auf die alte Art.«

Er fuhr sich mit der Hand über die Augen, und mir fielen drei parallele Narben an seinem Kinn auf. »Kommt mit«, sagte er.

Wir wurden durch das Dorf geführt, und mehrere Male hörte ich, wie Long Chase etwas zu rasch Luft holte. Er trat dicht neben mich und flüsterte mir ins Ohr: *»unsika«*, bedauernswert. Die Kinder waren barfuß, kauten an ihren Fingern, und ihre Mütter standen mit langem, ungeflochtenem Haar da, das der Wind zerzauste. Viele trugen Stoffkleider, die sich an den Nähten auflösten.

»Diese beiden kommen aus einer weit zurückliegenden Zeit«, erklärte Death Shirt dem Dorf und deutete auf uns.

Ein paar Frauen weinten, jedoch lautlos, und ihre Tränen rannen schnell wie Wasser. Geschenke wurden uns in die Hände gedrückt: Kieselsteine, Beeren, hier eine Handvoll Erdbohnen, dort eine mit geröstetem Mais. »Wir geben, was wir können«, sagte eine ältere Frau. Sie hob den Arm wie ein Jäger, der eine Lanze schwingt, und trillerte so gewaltig, als ob sie tausend Zungen hätte. Mein Bruder und ich schüttelten unseren Verwandten die Hand und packten die Geschenke in Falttaschen, die wir unseren Pferden aufschnallten. Auch wir verteilten Geschenke: Mokassins, Trockenfleisch und den letzten Laib Pemmikan. Die Frauen hörten nicht auf, uns mit ihren Stimmen zu preisen, auch als wir schon fortgeritten waren. Als wir Fort Laramie erreichten, war das Geräusch nur noch ein trauriges Tönen, wie Bienengesumm in unseren Ohren.

Fort Laramie war kaum mehr als ein Durcheinander von Häusern, die über eine Ebene verstreut lagen. Zusammengewürfelte Gebäude aus getünchtem Lehm und hellem Holz standen wahllos in der Gegend, überragt von dem vielleicht fünfzig Meilen westlich liegenden Laramie Peak. Die Soldaten rochen nach ranziger Butter und sahen aus, als sei ihnen in ihren Uniformen unbehaglich warm. Ich stellte mich als Esther vor und Long Chase als Joseph und neigte dabei den Kopf, so daß die silbernen Kreuzchen an meinen Ohren nach vorn fielen. Da ließ man uns wissen, daß der Geistliche des Ortes, ein gewisser Reverend Pyke, uns unbedingt kennenlernen wolle.

»Er ist überzeugt, daß aus den Sioux nie richtige Christen werden«, sagte der Soldat.

Wir wurden am Exerzierplatz vorbei zu einer Gruppe von Pappeln geführt, die wie alte Männer gebeugt beieinanderstanden. Ich sah den Rücken des Riesen und roch seinen stinkenden Zylinder aus schlechtgegerbtem Biberfell schon aus einiger Entfernung. Er schoß auf einen Baum, wie ich dachte, bis wir nahe genug waren und erkennen konnten, daß er ein Dutzend

Zieselschlangen an den Baumstamm genagelt hatte und planmäßig auf ihre Köpfe feuerte. Sie bewegten sich noch, wanden sich vor dem Holz. Ich mußte auf den Boden schauen. Mein Bruder faßte meinen Arm, um mich zu trösten. Seine Finger fühlten sich an wie fünf glatte Schlangen, die sich um mein Handgelenk schmiegten. Reverend Pyke drehte sich um, und ich sah ihm in die Augen. Sie hatten eine bemerkenswerte Farbe, ein Zwischending zwischen Grün und Schwarz, verkohlt wie abgebranntes Gras. Seine breite Stirn beherrschte das Gesicht, und sein brauner Bart wuchs nicht auf dem Kinn, sondern darunter, so als klebte ein dicker Streifen Bärenfell an seinem Hals. Seine rote Haut schälte sich an mehreren Stellen, und er befingerte die Flecken, während er mich anstarrte. Meinen Bruder schien er gar nicht zu bemerken.

Die ersten Worte, die er sprach, waren: »Aber meine Feinde leben und sind mächtig; die mich unbillig hassen, derer ist viel.« Gemeinsam sprachen wir weiter: »Und die mir Arges tun um Gutes, setzen sich wider mich, darum daß ich ob dem Guten halte.«

Pyke stieß seinen Finger in den Bart und kratzte sich an der darunter versteckten Haut. »Hältst du ob dem Guten?« fragte er mich.

»Ich würde es tun, wenn ich wüßte, was das Gute ist«, erwiderte ich.

Er nickte mit seinem riesigen Kopf, der stattlich war wie eine Kanonenkugel. »Du bist aufrecht im Wort«, sagte er.

So einfach band ich mich an das Fort und wurde eine Art Privatsekretär für Reverend Pyke. »Ich will wissen, was meine linke Hand tut«, bellte er an jenem ersten Tag. Er nannte mich Esther Linke Hand. Ich gab mich als die Christin aus, zu der Pater La Frambois mich so lange hatte machen wollen, genoß die Ironie und wäre recht selbstgefällig gewesen, wenn nicht jeder Tag ein Schritt ins Leere gewesen wäre. Noch immer war ich dem Verständnis, was meine Mission bezwecken sollte, keinen Schritt näher gekommen.

Mein Bruder und ich hatten unser Zelt zwischen dem Fort und dem Dorf unserer Verwandten aufgeschlagen und gingen für den größten Teil des Tages in entgegengesetzte Richtungen auseinander. Long Chase hatte mit mehreren jungen Kriegern Freundschaft geschlossen, und gemeinsam zogen sie auf der Suche nach Wild in Richtung Norden. »Du übst einen guten Einfluß auf sie aus«, sagte ich eines Abends zu ihm. »Du bist schon so tüchtig.« Verlegen zog er bei meinem Lob den Kopf ein.

Long Chase hatte Spotted Dog eingeschärft, mich zu bewachen, und so begleitete mich der Hund jeden Morgen zum Fort und ließ sich dann in einer Ecke des zusammengeflickten, fensterlosen Schuppens nieder, den Reverend Pyke als sein Studierzimmer bezeichnete. Über Pykes Schreibtisch hing ein mächtiger Spiegel, auf dessen vergoldetem Rahmen sich gräßliche Ranken und scharfgezackte Blätter zu bedrohlichem Laubwerk verschlangen. Für mich stellte er das verlorene Paradies dar. Bei der ersten Gelegenheit allein im Zimmer trat ich vor den Spiegel und berührte mein Abbild mit einem Finger. Ich sah mich zum ersten und einzigen Mal in einem Spiegel, aber das Glas war so wellig, daß ich genausogut in Wasser hätte schauen können. Mich überraschte, wie sich mein Mund zu einem kindlichen Schmollen nach unten zog, und mir war nicht bewußt gewesen, daß ich die Welt durch meine Wimpern betrachtete. Ich schaute mich nicht sehr lange an. Meine Augen hatten die gleiche Form wie die meiner Mutter, geschwungen wie Flügel; indem ich sie ansah, kam ich mir plötzlich verlassen vor.

Ich schrieb Pykes Predigten auf, wobei meine Hand in die Tinte tauchte wie ein wassertrinkender Vogel und dann über die Seite flitzte, um mit seinen schnellen Worten mitzukommen. Ich kannte die Bibel so gut, daß ich merkte, wann Pyke seine eigenen Worte verließ und die Schrift zitierte. Zu einem Abschnitt kehrte er immer wieder zurück, während er die Finger über den silbernen Revolver wandern ließ, den er auf seinem Tintenlöscher liegen hatte: »Die Gottlosen ziehen das Schwert aus und spannen ihren Bogen, daß sie fällen den Elenden und

Armen und schlachten die Frommen. Aber ihr Schwert wird in ihr Herz gehen, und ihr Bogen wird zerbrechen.«

Oft wütete Pyke in seinem Studierzimmer, seine Predigten wurden dann persönlich und offenbarten vielleicht mehr, als er beabsichtigte. »Ich bin ein Kind der Wildnis«, erklärte er mir. »Gottes Kind. Ich bin aus der Erde gesprossen wie eine Bohne. Keine Mutter, kein Vater, keine erstickenden Bande, die zwischen mich und den Herrn treten könnten.«

Pyke ging nie ohne seinen stinkenden Zylinder, und auch an den windigsten Tagen schaffte er es, ihn wie angewachsen auf dem riesigen Kopf zu behalten. Seine Finger waren merkwürdig platt und bleich wie Maden, bis auf den Schmutzrand unter den Fingernägeln. Ich beobachtete, daß er, wiewohl er seinen Körper nicht allzu sauber hielt und seine Kleider wahrscheinlich noch keine Wäsche erlebt hatten, sehr heikel hinsichtlich seiner Umgebung war. Sein Schreibtisch aus Kirschbaumholz war so glänzend poliert, daß es den Anschein hatte, als brennten rote Flammen unter der Oberfläche; seine Bücher wurden regelmäßig abgestaubt und standen der Größe nach aufgebaut, so daß das kleinste Buch hin zum größten führte; und die Holzbohlen am Boden des Arbeitszimmers – wenngleich uneben und voller Ritzen – wurden gescheuert und blankgerieben, bis das goldene Herz des Holzes zum Vorschein kam. Insekten waren in seiner Gegenwart ihres Lebens nicht sicher; er erschlug alle, die er erwischte. Pyke sagte nämlich, es sei nichts Natürliches an der natürlichen Welt, sie sei ein böses Durcheinander und erfordere die säubernde Hand Gottes. Wenn er in den Falten seiner schweren Jacke ein Spinnennest mit Eiern fand, zerdrückte er es zwischen den Fingern und leckte sie dann ab.

»Ich habe den Speichel des Satans verschlungen«, verkündete er.

Er beobachtete mich, wenn ich arbeitete. Ich hielt die Augen auf das Papier vor mir gerichtet, aber ich spürte seinen starren Blick und roch den säuerlichen Moder seines Huts. Mich wunderte, daß seine Hände mich nie an den Zöpfen packten und von der Erde rissen, damit auch ich nicht mehr ein Teil der natürlichen Welt, sondern allein sein Geschöpf wäre – eine leblose, polierte Trophäe wie der präparierte Präriehund, der auf einem Holzblock stand und als Türanschlag diente. Doch er befingerte nur den Bart an seinem Hals oder den silbernen Revolver, und ich mühte mich ab, Pykes Vision von Amerika niederzuschreiben: einem Ort, an dem Tiere hinter ordentlichen Zäunen zum Verzehr aufgezogen wurden, wo Berge abgetragen, Täler aufgefüllt, Flüsse begradigt und das Gras mit dem Lineal ausgerichtet wurde.

»Der Mensch ist der Ordnende«, sagte er. »Adam gab den Geschöpfen Namen, beherrschte die Elemente und gehorchte keinem als dem Herrn. Dies ist ein Vermächtnis, das wir für uns geltend machen müssen.«

Ich kratzte die Worte auf steifes Papier und hatte dabei den plötzlichen Drang, das Land unter Pykes Füßen wegzuziehen wie einen rutschenden Teppich.

Sonntags saß ich hinten in dem Saal mit der niedrigen Decke, den Pyke für seine Gottesdienste benutzen durfte, und versuchte, Long Chase nicht um seine Freiheit zu beneiden. Pykes Stimme hatte keinen Platz in dem kleinen Raum – nicht einmal die dicken Wolluniformen konnten die heftigen Silben schlucken –, und so bohrte sich seine Erregung in meine Ohren wie das Gedröhn einer großen Glocke. Ich beobachtete die Gemeinde durch meine Wimpern, übte mich in Stille und in der Beherrschung meines Herzens, das mir vorkam wie ein faustgroßes indianisches Pferd mit zuckenden Beinen und hüpfendem Schwanz. Ich verlangsamte seinen Galopp, ließ es im Schritt gehen und setzte den Takt für jede Bewegung. *Ich habe meinen Körper ganz in der Gewalt*, dachte ich.

Die wenigen Offiziersfrauen saßen weiter vorne, umgeben von ihren Männern. Ich konnte nicht sagen, ob die Frauen eingesperrt oder die Männer ausgeschlossen waren. Mich faszinierte ihre Blässe, eine Hautfarbe so hell, daß sie bläulich schimmerte wie dünne Milch. Ihre Kleider drückten ihnen die Luft zum Atmen ab und spannten ihre Körper wie Bogensehnen. Ich hätte zu gern mit dem Finger an ihnen gezupft und ihren Ton zum Schwingen gebracht. Dahinter saßen die Wäscherinnen aus der Soapsuds Row und die Haushälterinnen, deren Hautfarbe entschieden gesünder aussah. Diese Frauen hatten müde Füße, die wie für alle Ewigkeit festgewurzelt schienen, und pfeilschnelle Augen. Ich weiß nicht, wieviel sie von Pykes Worten verdauten; es hatte den Anschein, als trachteten sie ganz danach, die unterdrückten Geräusche der hier eingeschlossenen Menschen in sich aufzusaugen: das Rascheln, Husten, Flüstern, Seufzen.

Eine andere Frau gehörte wie ich keiner bestimmten Gruppe an und saß ganz rechts von der Gemeinde. Sie war so winzig, daß ihre Füße nicht bis zum Boden reichten. Pyke hatte gesagt, sie sei vor kurzer Zeit Witwe geworden, was wohl erklärte, warum ihr schwarzes Kleid noch steif und adrett war, ganz im Gegensatz zu denen anderer Witwen, die ihre Kleider nach einiger Zeit wendeten, um sie länger tragen zu können. Die schwarze Farbe zwängte diese Frau noch mehr ein als ihr Korsett, und im Profil war sie, wie die flache Seite eines Schwerts, fast nicht mehr sichtbar, bis auf ihre Brüste, die klein und rund waren wie Tollkirschen. Mir fiel bald auf, daß diese Frau zwar stets Schwarz trug, aber trotzdem immer irgendwo einen Farbtupfer unterbrachte, einen Klappfächer beispielsweise, ein unter ihre Brosche gestecktes Band oder eine nickende Sonnenblume am Hut. Mir kam es vor, als ließe sie mit diesen Gegenständen ihre Absichten deutlich durchblicken.

Eines Morgens stand ich bei der Parade zufällig neben der Witwe. Sie interessierte mich mehr als die mechanischen Bewegungen der Soldaten, die unseren Gesichtskreis erfüllten, ihre weißen Handschuhe blitzend wie Zähne.

»Oh, diese Standarten«, murmelte sie. Die eine Hand hatte sie an ihren pulsierenden Hals gelegt, mit der anderen tupfte sie sich mit einem Stück zierlicher Spitze die Oberlippe ab. Die Fahnen wehten, vom Wind straff gespannt, hinter den Soldaten her. Die Kompaniefarben kleisterten den Himmel zu. Stürmische Windstöße schluckten fast alle Geräusche – die laut gerufenen Befehle, das Klirren von Sporen und Zaumzeug, das empörte Schnauben der Kavalleriepferde –, so daß die Parade ein unheimliches Schauspiel gewaltiger stummer Betriebsamkeit war. Mich ließ das Schauspiel unbeeindruckt, es kam mir vor wie etwas, das Pyke sich in seinem Verlangen nach künstlicher Ordnung und vorgetäuschter Tugend ausgedacht haben könnte. Aber ich sagte etwas Lobendes zu der Witwe, um sie glauben zu machen, daß ich das Spektakel genauso genoß wie sie.

Als der Befehl zum Abtreten kam und die Soldaten begannen, den Platz zu verlassen, wandte sie sich zu mir. Ihre Augen waren hellbraun und ungewöhnlich glänzend; sie erinnerten mich an die Klümpchen aus Katzengold, die Pater La Frambois in der Tasche herumtrug. »Ich bin Fanny Brindle«, sagte sie. »Du hast mich beobachtet.«

Ich muß wohl gestutzt haben, den sie legte ihren Zeigefinger auf meinen Arm. »Das ist kein Vorwurf, es ist eine Beobachtung.«

Fanny Brindle nahm ihren Hut ab. Ihr dunkelblondes Haar war aufgesteckt, schien sich aber gegen die Kämme zu wehren; weiche Locken fielen um ihren Kopf wie flaumige Samenknäuel. Sie hatte ein straffes kleines Gesicht und eine scharfe Nase, deren Spitze beharrlich wie ein Kompaß nach unten wies.

»Bist du eine alleinstehende Frau?« fragte sie mich.

»Nein.« Ich schüttelte den Kopf. »Ich habe meinen Bruder Joseph und meinen Hund dabei und ...« Hier hätte ich etwas über den Schutz des Herrn sagen müssen, um meinem Ruf als christliche Sioux zu entsprechen, aber ich vergaß mich. »Und meine Vorfahren passen auf mich auf«, sagte ich.

Fanny merkte es nicht. »Ich bin alleinstehend«, sagte sie. »Mein Mann war Sergeant Guy Brindle, aber er ist vor drei Monaten an Scharlach gestorben. Ich habe ihn mit Kaliumchlorat behandelt und ihm verboten aufzustehen, aber du siehst ja, was es genützt hat.« Sie riß eine schlanke Sonnenblume aus dem Boden und steckte sie in ihren Gürtel. »Ist aber nicht so schlimm. Es war keine Liebesheirat. Ich bin als Gouvernante hierhergekommen, und er hat mir ein angenehmeres Leben geboten. Drum bin ich für die feinen Leute wahrscheinlich auch Luft. Weil ich immer durch die Hintertür in ihre Häuser kam.«

»Wir sollten Freundinnen werden«, schlug Fanny vor. Sie lachte und bohrte den Zeh in die Erde. »Tiefer kann ich nicht mehr sinken.«

Fannys Direktheit – manche hätten Rücksichtslosigkeit dazu gesagt – war Teil ihres Charmes. Für mich war sie wie eine Sonnenblume: ein offenes Gesicht, das Kerne ausspie. Sie schlenderte gern von einem Ende des Forts zum anderen, ihren schlanken Gertenarm durch meinen geschoben. Sie brannte darauf, mir den neuesten Klatsch zu erzählen, ganz frisch von Bailey Roe, dem Rekruten, der bei ihrem Mann als Bursche gedient hatte und noch gelegentlich seine Dienste anbot.

»Er ist ein Mann von bemerkenswertem Gehör und Erinnerungsvermögen«, vertraute sie mir an. »Sein Wort ist wie das Evangelium.«

Es war früher Oktober, *Čanwapekasna Wi*, der Mond, in dem die Blätter rascheln. Das Büffelgras hatte ein trübes Braun angenommen, und der Hauch des Winters wirbelte über die Ebene. Pyke arbeitete an einer Abhandlung mit dem Titel »Laramie, der Vorposten des Herrn« und ließ mich und den wachsamen Spotted Dog immer erst gehen, wenn die Sonne sich schon weit auf dem Abwärtsbogen befand. In diesen Tagen holte Fanny mich oft an der Tür von Pykes Studierstube ab, nahm rasch meinen Arm und schlug den Weg zum Fluß ein. Fanny war keine Frau, die ihre Neugier unterdrückte. Sie ging direkt auf ihr Ziel los und fragte mich: »Bezahlt er dich für die Arbeit, die du machst?«

»Ich glaube nicht, daß er viel mehr verdient als die einfachen Soldaten«, sagte ich. »Aber ab und zu geht er mit mir zum Marketenderladen und kauft Vorräte für mich.«

»Das ist wohl auch das mindeste.« Fanny rümpfte die Nase.

Ich hatte die Angewohnheit, Fanny und Pyke und den anderen

im Fort manche Dinge schweigend zu sagen, sie nur in Gedanken auszusprechen. Irgendwie mußte die Wahrheit heraus, sonst wäre ich an mir selbst irre geworden. In der Verschwiegenheit meiner Gedanken sagte ich jetzt: *Fanny* – maszaska –, *das weiße Eisen, das ihr Geld nennt, ist nutzlos für mich. Sogar die Waren, die ich aus dem Marketenderladen mitnehme, das Mehl, der Kaffee, der Zucker, der Tabak, die Messer und Decken, sind Dinge, die ich nicht will. Ich schenke sie meinen Verwandten, die flußaufwärts wohnen.*

Fanny drückte ungeduldig meinen Arm – vielleicht sah sie, wie diese Gedanken über meine Stirn zogen – und sagte: »Weißt du, was sie von dir sagen? Daß du eine Prinzessin bist.« Ich reagierte nicht, aber sie nickte bestätigend. »Ja, eine Sioux-Prinzessin, mit dem Licht der Welt im Herzen und einer so reinen Verehrung für Jesus Christus, daß deine Seele weiß wie Sahne ist. Ich glaube, das kommt von deinem auffallend guten Englisch«, überlegte sie laut. »Sie können das nur als ein Wunder verstehen, und das ist es auch, weißt du. Wirklich.«

Ich lächelte Fanny an, versicherte ihr, daß ich keine Prinzessin sei, und dankte ihr für ihre Komplimente über meine Sprachkenntnisse. In Wirklichkeit sagte ich zu Fanny: Koda – *Freundin –, sieh dieses traurige braune Gras an, das so mutlos ist, weil der Winter bald kommt, um es zu bestrafen. So ist Englisch für mich. Es ist wie kleine Steinchen auf meiner Zunge, Kies, etwas, auf dem du herumkaust, das du aber nicht schlucken kannst. Dakota ist das saftige Frühlingsgras, das sich wie Wasser bewegt und süß schmeckt.*

Im November, *Waniyetu Wi*, dem Wintermond, ließ Fanny sich dann nicht mehr zu langen Spaziergängen bewegen; sie blieb, in ein dickes Umschlagtuch gehüllt, in ihrem Zimmer. Dort besuchte ich sie, obwohl sie sich schämte, an diesem Ort Besuch zu empfangen, und sei es auch nur von mir. Nachdem ihr Mann gestorben war, hatte ein neuer Leutnant seine Wohnung beansprucht, wie ihm das als höherem Offizier zustand. Fanny war aus ihrem Heim in einen schmalen Korridor desselben

Quartiers verdrängt worden. Der junge Leutnant reagierte auf ihre mißliche Lage immerhin so einfühlsam, daß er den Korridor nicht benutzte; er betrat und verließ seine Räumlichkeiten durchs Fenster.

Ein zu hart gepolsterter Diwan an der einen Wand diente ihr als Sofa und als Bett, und sie erzählte mir, daß sie sich in dem riesigen Walnußschrank wusch und anzog, der in dem Korridor so viel Platz einnahm, daß man sich kaum daran vorbeidrücken konnte. Ein Foto von Sergeant Brindle stand auf einem mit Perlmutt eingelegten Tischchen. Er mochte vielleicht strahlend und hoffnungsfroh aussehen, wenn man das Foto für sich betrachtete, aber die danebenstehende laut tickende Uhr warf einen Schatten über sein Gesicht, der ihn wehmütig aussehen ließ, des kommenden Fiebers gewahr.

»Schön war er nicht, stimmt's?« sagte Fanny. Es war eine beschlossene Sache für sie, deshalb antwortete ich lieber gar nicht. »Aber er war kein grausamer Mann und nicht kleinlich. Du siehst die Freundlichkeit hier, an seinem Schnurrbart.« Fanny deutete auf die sparsamen Haarbüschel, die über einer fleischigen Lippe sprossen.

Ich wagte meinerseits eine Frage: »Glaubst du, daß du noch einmal heiraten wirst?«

»Das hoffe ich doch«, sagte sie, ohne Pause und ohne Luft zu holen. »Es wäre ja eine Schande, hier, wo es so viele Männer gibt wie Flöhe im Pelz, keinen mehr zu wollen. Ich arbeite ein wenig daran.« Das Blut schoß ihr ins Gesicht und machte es zu einer roten Maske. »Ich gehe zu jeder Tanzerei und tanze, bis ich die Füße nicht mehr spüre und meine Zehen vergesse. Ich schwebe in den Armen der Offiziere und werde zu einer Wolke.« Sie lachte. »Eine ziemlich schwarze Wolke. Na ja, dann sind sie wenigstens gewarnt!« Fanny sah auf ihre kleinen Füße hinunter, schlug die Fersen zusammen und grinste so breit, daß ihre Augen zu schmalen Schlitzen wurden.

Fannys Erwähnung von Flöhen stellte sich als schlechtes Omen heraus. Das Fort litt unter einer schrecklichen Heimsuchung durch das Ungeziefer, das trotz des kalten Wetters gedieh. Die Soldaten machten eine kürzlich eingelaufene Schiffsladung von Decken dafür verantwortlich, und der Marketender wurde bleich und fluchte, wenn diese Möglichkeit erwähnt wurde. Ich rieb meine Haut und Spotted Dogs Fell mit Büffelfett und Asche ein, und deshalb litten wir nicht, aber Pyke, die Soldaten und sogar die feinen Damen waren mit Striemen und Schorf vom heftigen Kratzen übersät.

Fanny beschloß, eine Theateraufführung zu organisieren, um die Gedanken aller von der Plage abzulenken.

»Ich will auf andere Gedanken kommen, du nicht?« fragte sie. Als ich nicht schnell genug antwortete, sagte sie: »Ach du. Dir machen sie überhaupt nichts. Das sehe ich doch. Die mögen kein Indianerblut, stimmt's?« Ich mußte zugeben, daß es so war.

Am nächsten Tag hängte sie ein hübsches Schild an den Eingang von Old Bedlam – dem Quartier der ledigen Offiziere –, das die Aufführung von »Macbeth« ankündigte.

»Du mußt mir dabei helfen«, bettelte sie, und so wurde ich ihre Gehilfin.

Ich hatte das Stück unter der Anleitung von Pater La Frambois laut gelesen und war gespannt, was Fanny und die Soldaten daraus machen würden. Ich dachte, Reverend Pyke würde den Plan vielleicht mißbilligen, aber er unterstützte ihn und übernahm sogar eine Rolle – genaugenommen drei, denn er sollte alle drei Hexen spielen.

»Richtig bemessener Spaß ist ein heiliges Vergnügen«, dröhnte Pyke an diesem Sonntag über einem Chor nickender Köpfe.

Im vorderen Clubzimmer des Old Bedlam wurde eine Bühne aufgebaut, kaum größer als ein Küchenherd, und abends fand zwischen Stalldienst und Zapfenstreich das Vorsprechen statt. Pyke sollte die drei Hexen spielen, weil es auf der Bühne schlechthin keinen Platz für alle Rollen gab. Viele Rollen wurden zusammengelegt und Texte gestrichen. Fanny bestand darauf, daß wir uns auf das Herzstück der Geschichte beschränken und den Rest zurechtstutzen sollten, und als dann die Offiziere der Kompanie noch ihre Meinung dazu abgegeben hatten, ging es bei den meisten Szenen nur noch um Schwertergefechte mit blanken Klingen und Federhüten. Eine meiner Aufgaben war es, den Schauspielern ihren Text, soweit noch welcher übriggeblieben war, zu soufflieren, und die Worte wurden mir so vertraut wie die Bibel, bis ich beides zu verwechseln begann und Shakespeare mir genauso leicht über die Lippen kam wie Stellen aus dem Prediger Salomo.

Meine Beschäftigung machte Long Chase neugierig, und er fragte mich, was ich mache. In Dakota gibt es keinen Ausdruck für Theaterspielen, deshalb sagte ich, ich würde den *wašičuns* helfen, Geschichten zu erzählen. Dann erzählte ich ihm von den Flöhen und schwang mich auf mein Pferd, um den merkwürdigen Galopp der Soldaten nachzumachen, wenn sie sich im Sattel nach vorn lehnten, um sich an den Knöcheln zu kratzen. Long Chase ließ sich zu Boden fallen, hielt sich den Bauch und wälzte sich vor Lachen. Spotted Dog sprang über ihn, bellte und stupste Long Chase mit seiner nassen Nase ins Gesicht.

»Das war gut«, sagte mein Bruder, als er endlich wieder sprechen konnte.

Während der zweiwöchigen Proben machte ich Bekanntschaft mit mehreren Offizieren, die mir vorher gesichtslos vorgekommen waren. Am besten lernte ich die drei Offiziere mit den größten Rollen kennen, weil ich ihnen am meisten soufflieren mußte. Meiner Meinung nach hatte Fanny sie falsch eingesetzt, alle drei waren für ihre Rolle kläglich ungeeignet. Lieutenant Royal Bourke, der den Macbeth spielen sollte, hatte Himmelaugen und blondes Haar, das ihm wie feuchter Honig auf die Schultern fiel. Er war geschliffen, ohne unaufrichtig zu sein, und hatte die sanfteste aller Stimmen; sie klang genau wie der Ballen Seide, den ich im Marketenderladen gesehen hatte. Nie übersah er den auf der Lauer liegenden Spotted Dog, und er sprach so freundlich mit ihm, daß der Hund zu ihm kam, den Kopf neigte und ihm dann, formvollendet nach dem Brauch der Dakota, die kürbisfarbene Pfote gab. Und dieser Mann sollte den unschlüssigen Tyrannen spielen? Ich hätte Captain Philander Merritt, den bestaussehenden und unergründlichsten der drei dafür ausgewählt. Seine blasse Haut hob sich schimmernd ab von seinem Haar, das dick und schwarz wie meines war, und von seinen Augen, die braun waren wie Eicheln. Seine langen Wimpern flatterten, bevor er sprach, und weiße Zähne thronten hübsch auf seiner Unterlippe, wenn er lächelte. Aber ich sah Spannung in seinem Gesicht und seinen Schultern, Falten auf seiner jungen Stirn, die mich seine Freundlichkeit anzweifeln ließen. Sein Körper war kompakt, aber schwerfällig, und als der verratene Banquo, der als Geist zurückkehrt, um Macbeth zu verfolgen, taugte er nicht recht, weil er so sehr mit beiden Beinen auf der Erde stand, daß ich ihn mir niemals tot vorstellen konnte.

Der kühne, heroische Macduff schließlich, der Macbeth so tapfer bezwingt, sollte von Lieutenant Lemon Van Horn dargestellt werden, dem jüngsten der Offiziere, dessen Fragen oft unbeantwortet blieben, weil keiner sie hörte. Ich sah, daß seine Uniform geändert worden war, um seine schmächtige Gestalt zu verbergen, aber sein Gesicht war rund, in die Breite gezogen von weichen Unterkiefern, die zu glatt für einen Bart waren. Sein Gesicht war vor lauter Sommersprossen ziemlich rot, und sein Haar rotgolden, wenn auch glanzlos, was auch für seine Lebensgeister zutraf. Menschen schienen ihn entweder zu verwirren oder zu ermüden, und wenn er auf dem Höhepunkt des Theaterstücks Macbeth verhöhnte und ihn angriff mit: »Zu mir! Du Höllenhund, zu mir!«, dann tat er das mit tiefen langgezogenen Seufzern.

Die Besetzung der Lady Macbeth stellte sich als die schwierigste heraus, weil die Damen meinten, es sei unter ihrer Würde mitzumachen, und Fanny sich nicht selbst eine Rolle geben konnte. In letzter Minute überredete sie die junge Frau eines Unteroffiziers, die Rolle zu übernehmen. Melody Kendall war erst vor kurzem im Fort angekommen und konnte recht gut rezitieren, mußte aber davon abgebracht werden, Reifröcke und das neueste Kleid aus Boston zu tragen, das mit Stoffrosen in der Größe von Kohlköpfen verziert war. »Die Ringellocken gehen aber wirklich nicht«, schalt Fanny sanft und deutete auf die dichte Lockenpracht, die über Melodys Ohren herunterquoll.

Am Abend der Vorstellung war Fanny großmütiger Laune. Sie führte mich zu einem Platz weit vorn, direkt hinter den Kommandeuren und ihren sorgfältig frisierten Ehefrauen, die sich hinter ausgebreiteten Fächern verstohlen, wie sie glaubten, unter den glatten Wellen kratzten.

»Du machst Furore«, flüsterte Fanny mir laut ins Ohr. »Alle Achtung! Old Bedlam ist nicht wiederzuerkennen.«

»Wie meinst du das?«

»Ach komm. Alle sind halb verrückt vor Liebe oder vielleicht auch vor Lust.« Dabei kniff sie mich in den Unterarm, daß es weh tat.

»Nein, nein«, stritt ich ab und meinte es ernst.

Fanny setzte sich neben mich, und ihre kleine Stirn zog sich zu einem Spinnennetz von Falten zusammen. »Weißt du denn nicht, daß du schön bist?« fragte sie. Ich spürte, wie Spotted Dog sich an meinem Bein bewegte. Fanny hob eine meiner Hände hoch, so beiläufig, als sei sie eine Teetasse. »Schau doch, schau dir nur diese schmalen, feinen Knochen an und die Nägel, sie glänzen wie Porzellan. Nicht auszuhalten!« Sie ließ meine Hand fallen und sank gleichzeitig in ihrem Stuhl zusammen. »Ich glaube, es ist dieses leichte Lächeln, das sie endgültig bezaubert – so ein Zwischending aus Verachtung und Lachen. Da strengen sie sich an, dich zu beeindrucken.«

»Ich dachte, du wüßtest es«, schloß sie. »Ich dachte, du bringst sie absichtlich dazu.«

Ich konnte nur den Kopf schütteln über Fanny, meine Freundin, die sich offenbar von der festlichen Stimmung des Abends und ihren eigenen verwirrenden Liebäugeleien hatte hinreißen lassen.

Ein Brokatvorhang, den Fannys Bursche Bailey angebracht

hatte, hob sich unter stürmischem Beifall und brachte so viel Bewegung in die Zuschauer, daß ich vermeinte, einen Nebel von Flöhen aufsteigen und sich neu verteilen zu sehen. Pykes Hexen waren gut bei Stimme; er donnerte Zaubersprüche und rührte dabei kraftvoll die Seifenlauge in einem von den Wäscherinnen geliehenen Zuber. Als er zu dem bekannten Chor »Mischt ihr alle! Mischt am Schwalle! Feuer, brenn, und Kessel, walle!« kam, ließ sich gleich ein Dutzend Hexen vernehmen, denn die Soldaten im Publikum sprachen die Zeilen laut mit.

Ziemlich oft fuhren sich die Schauspieler mit den Fingernägeln durch den Bart oder über die Haut, um die beißenden Flöhe zu verjagen, aber da die Zuschauer ähnlich geplagt waren, sahen alle darüber hinweg. Lady Macbeth hatte sich doch nicht davon abbringen lassen, modisch aufzutreten, und ihre Reifröcke füllten die gesamte Bühne; die anderen Schauspieler wurden in den Szenen mit ihr von der Bühne hinunter auf den Boden gedrängt und blickten beim Sprechen ihres Texts von dort zu ihr auf. Ihre Löckchen hüpften vor Leidenschaft und riefen beim Publikum Gekicher hervor, und ein Mann prustete laut los, als sie sich das eingebildete Blut auf ihrer Haut mehr wegkratzte als wegwischte, und das alles in ellbogenlangen Kalbslederhandschuhen, ein aufgespanntes Sonnenschirmchen wirbelnd.

Die letzte Schlacht, ein Schlagabtausch, der fast eine halbe Stunde dauerte, wurde sehr lebhaft dargestellt. Aber als der Vorhang fiel, beklatschten wir trotz allem das Bemühen, und der Raum füllte sich mit fröhlichem Summen. Die Damen zauberten Eierflip herbei, und ich war im Begriff zu gehen, als Lemon Van Horn – Macbeths ausgestopften Kopf noch unter dem Arm – mir ein Glas der cremigen Flüssigkeit reichte.

»Du gehst doch nicht?« sagte er mit seiner müden Stimme.

Umringt von Lemon, Royal und einer Handvoll anderer Offiziere, sogar dem argwöhnischen Merritt, erkannte ich die Wahrheit von Fannys Beobachtungen. Ich war von der Aufmerksamkeit der Männer wie erstickt und suchte Trost bei Spotted Dog, der mir zu Füßen lag. Ich ließ meine Hand durch sein rauhes Fell gleiten und spürte den regelmäßigen Rhythmus seines Herzens unter meinen Fingerspitzen. Gelegentlich drehte er die Augen nach oben, um mich anzusehen, und schaute erst weg, wenn ich lächelte.

Was können sie nur von mir wollen? fragte ich mich. Ein mitternächtliches Rendezvous in Squaw Town? Etwas Heimliches und Verschämtes, dem schnellen Vergessen bestimmt? Der Eierflip hinterließ einen sauren Geschmack. Ich fuhr mir mit der Zunge über die Zähne und mußte fast würgen. Ich saß, so aufrecht ich konnte, da und lächelte – oder verzog verächtlich die Mundwinkel, wie immer sie meinen Gesichtsausdruck deuten wollten. Sorgfältig mied ich ihre Augen, um keine Botschaften aufzufangen.

Die Männer plauderten und erzählten Anekdoten, und beim Reden schwankten sie hin und her, ruderten mit den Armen, sprangen auf Stühle oder klopften ihren Kameraden auf den Rücken oder die Schultern. Im Raum mischten sich Geräusche und Bewegungen, die ich mit dem Geruch von geronnener Sahne verband. Irgendwann während des Trubels schob ich meine Hand in den mit Stachelschweinborsten verzierten Beutel, der an meiner Taille hing. Meine Finger suchten ein Stückchen bittere Bisamwurzel, die den Geschmack in meinem Mund rasch ändern würde. Sie berührten etwas anderes: Zwei glatte Steine, die, aus ihrer Wildlederhülle befreit, aneinanderklickten. Ich schloß meine Hand um den einen, um sicher zu sein, was es war. Als ich am frühen Abend das Zelt, das ich mit meinem Bruder teilte, verlassen hatte, waren die beiden Steine in einem flachen Loch unter meinem Lager vergraben gewesen. Eine verborgene Kraft hatte sie durch die Erde nach oben geschoben, durch die Luft geschleudert und in meine Tasche gesteckt, wo sie wie blutrote Eier nisteten.

Die Steine bewegen sich mit einer bestimmten Absicht, sagte ich zu den Offizieren. Allerdings auf meine eigene Art, die keine Warnung war.

*

Ich verlasse das Old Bedlam, das bei dieser Gelegenheit seinem Namen – Tollhaus – alle Ehre gemacht hat. Männer beobachten mich, während ich leichtfüßig die Treppe hinuntergehe. Jetzt bin ich eine dunkle Gestalt, ein Schatten, der sich über den Hof bewegt. Ich bücke mich geschmeidig, noch ohne zu wissen, was ich tun werde, und lege die Steine unter ein Büschel Unkraut. Jeder Schritt, jede Geste ist ganz natürlich, kommt wie von selbst. Wie vor dem Licht oder der Dunkelheit gibt es vor mir kein Entrinnen, ich bin stetig wie Regen. Ich atme aus mit dem Atem des Windes und schwebe in Richtung des Schlafs meines Bruders. Spotted Dog ist mir voraus und grinst vor sich hin, indem er den Weg weist.

Ich komme, singe ich ihm zu. *Ich komme.* Aber jetzt glaube ich, daß ich es den Ahnen-Geistern sage, die so lange darauf gewartet haben, daß ich mich bewege, wie ich mich jetzt bewege.

Als ich da bin, betrete ich das Zelt nicht, sondern setze mich draußen hin, die Arme und Beine achtsam gekreuzt. Spotted Dog lehnt sich an meine Seite und läßt sein Gewicht auf mich fallen. Jetzt bin ich einmal die Wachsame, der keine kühlen Winde und müden Füße, kein Hunger und kein Durst etwas ausmachen. »Ruh du dich aus«, sage ich zu ihm.

Später werde ich mich am Fluß wiederfinden, hingezogen zu der mißhandelten Pappel, die einst von einem Revolver durchlöchert wurde. Ich bin gänzlich allein. Ich werde den Mann hören, bevor ich ihn sehe. Er ist nicht sehr graziös, seine stolpernden Füße wühlen das trockene Gras auf. Wisch. Wisch. Es ist der Schläfrige mit dem roten Haar und den Sommersprossen, der, dessen Stimme so leicht ungehört verhallt. Er kommt ohne Zögern auf mich zu und zuckt nicht zurück, als ich nach seiner Hand greife. Da sind die Steine, umklammert von der Faust, die ich, einen Finger nach dem anderen, öffne. Ich lege die Steine zurück in meinen Beutel und reiße mir eine Haarsträhne aus. Ich stemme mich gegen den Mann, während ich den Haarstrang um einen Messingknopf an seiner Jacke wickle; das langsame Kreisen verzaubert uns beide. Er trägt den Strick wie einen Patronengurt über der Brust. Ich sage ihm, was er tun soll. Ich blicke ihm zum ersten Mal in die Augen und sehe nur mich selbst. Ich habe ihre Farbe vergessen. Ich überlasse ihn seiner Aufgabe und wende dem Baum und dem Mann den Rücken zu.

Ich werde zu Long Chase und Spotted Dog zurückkehren, ihren Träumen ausweichen, wenn ich zu dem Büffelfell gehe, das ich zum Zudecken benutze. Ich werde nicht sehen, wie der Mann, der vor so kurzer Zeit noch ein Junge war, auf den Baum steigt und den Strick genauso zärtlich zu einer Schlinge legt wie ich das Haar um den Knopf unter seinem Herzen. Es wird graziös aussehen, wenn er in schwarze Luft tritt, in den nächtlichen Raum, und einen langen Augenblick fliegt. Und wenn er zu landen gezwungen ist, werde ich die Farbe seines Gesichts nicht sehen. Die plötzliche Leere.

Pyke war es, der beim Durchstreifen der näheren Umgebung des Forts auf seinem frühmorgendlichen Erkundungsgang mit Gott, dem Herrn, Lemon Van Horn an einer Pappel hängend fand. Lemons Stiefel waren nur ein paar Zentimeter vom Boden entfernt, und einen Augenblick lang muß es für Pyke so ausgesehen haben, als stünde er einfach nur vor dem Baum.

»Er hat seine Seele den Hunden vorgeworfen«, knurrte Pyke an diesem Tag in seiner Studierstube. »Er wird in der Hölle schmachten für das, was er getan hat. Schnell, Esther, schreib das auf. Ich will das Thema am Sonntag ansprechen.«

Mir war schon früher aufgefallen, daß jede Erwähnung des Verlusts von Menschenleben Pyke mit eigentümlichem Grauen erfüllte. Ich meine nicht den unvermeidlichen Kummer oder die Wut, die man empfindet, wenn ein geliebter Mensch stirbt, sondern eine schreckliche Furcht, die sein Denken erfüllte und seine Knochen durchbohrte.

»Der Mensch ist der Allmacht nahe, er sollte nicht wie ein Baum gefällt werden. Und sich der Welt selbst entreißen – das ist eine Abscheulichkeit!« Pyke stampfte mit ausgebreiteten Armen und zitternden Händen quer durchs Zimmer. »Ich bin zutiefst verstört«, sagte er. Seine Offenheit überraschte mich. Er zupfte an dem Fellstreifen unter seinem Kinn und schritt an mir vorbei. Er verließ das Studierzimmer und vergaß, die Tür zu schließen.

Ich beobachtete Pyke so genau, um meinen eigenen Gefühlen zu entfliehen, die schwer wogen wie hundert Steine. *Ich befinde mich im Kriegszustand*, sagte ich mir und wußte gleichzeitig, daß es komplizierter war. Ich befand mich auch im Kriegszustand mit mir selbst.

Ich weiß nicht, wen die Steine als nächstes einfordern werden. Es sind rote Augen, die alles sehen. Mondlicht spült über mich wie ein gnädiger Segen. Dieser Mann ist stumm, als er sich dem Fluß nähert, die Seilschlinge in der Hand. Ich höre weder seine Schritte noch den Strick, der gegen seinen Schenkel schlägt, aber ich spüre die Kraft seines Willens. Sein schwarzes Haar mischt sich mit der Nacht, so daß die helle Haut unter dem dunklen Schopf wie eine Fackel flammt. Der Körper des Mannes erschauert, seine Gedanken drängen zur Oberfläche. Das Zittern läßt ihn auf seinem Weg innehalten. Ich bewege mich sachte vorwärts wie ein Luftstrom und nehme ihm die Steine aus der Hand.

Er ringt nach Atem, als ich eine Strähne meines Haars um seinen Jackenknopf wickle. Ich ziehe sie fester als zuvor, weil ich fertig werden möchte, damit ich ihn freilassen kann. Seine Augen brennen im Innersten, jenem Lichtpunkt mitten in der schwarzen Pupille. Er möchte mich umbringen, aber er kann seinen Händen nicht seinen Willen aufzwingen.

»Du bist noch einer, den wir nicht mehr bekämpfen müssen«, sage ich zu ihm, aber das genügt nicht. Ich bin gezwungen zuzusehen. Es fällt ihm schwer, auf den Baum zu steigen; mehrmals rutscht er am Stamm ab. Seine Bewegungen sind langsam, widerwillig. Aber der Strick schlingt sich fast von selbst.

Eine Woche vor Weihnachten organisierte Fanny Brindle ein Schlittschuhfest. »Das wird uns aufmuntern«, erklärte sie. Die meisten Offiziere und ihre Familien erschienen, dankbar für die Zerstreuung, nur Pykes Fehlen fiel deutlich auf.

Nachdem Philander Merritt am selben Baum, an dem Lemon seinen Strick festgemacht hatte, erhängt gefunden worden war, rückte Pyke dem Baum mit einer Axt zuleibe und fällte ihn nicht nur, sondern hackte das Holz auch noch in Stücke. Er sagte, es würde einen bösen Rauch geben, deshalb warf er die Holzklötze in den Fluß und schaute grimmig zu, wie sie davontrieben. Ich wußte, daß er wahrscheinlich in seinem Studierzimmer brütete, während wir uns an dem jetzt gefrorenen Fluß versammelten und dabei geflissentlich den unglückseligen Pappelstumpf mieden.

»Ich bin in einer rätselhaften Welt verloren«, hatte er am Tag zuvor zu mir gesagt. Er hatte sogar meine Hand genommen, als ich mich zum Gehen aufmachte, und sie mit seinen flachen Pranken gedrückt. »Tod ist Chaos«, sagte er.

Ich war froh, auf dem Fluß zu sein, wo der kalte Wind mir Tränen in die Augen trieb und den Kopf klar fegte. Einige Soldaten hatten sich rohe Metallschienen unter die Stiefel geschnallt und bewegten sich über das Eis wie zarte Insekten auf einer Wasseroberfläche. Sie verlagerten das Gewicht von einer Seite zur anderen in einem eleganten Rhythmus, der mich in seinen Bann schlug, während ich in mein Gewand aus Büffelkalbfell eingepackt dastand.

Die Damen ohne Schlittschuhe wurden in hölzernen Stühlen geschoben und rasch auf dem Eis herumgewirbelt, wobei sie vergnügte Schreie ausstießen. Fanny war unter ihnen; sie hatte den Rock um ihre Beine geschlagen, und ihre Hände steckten in einem Biberfell-Muff. Sie winkte mir zu und verlor fast den Muff, als sie nach der Rückenlehne ihres Stuhls griff. Ihr Gesicht wirbelte fort.

Royal Bourke kam näher, die Himmelaugen weit vor Glück, die Schultern mit glitzerndem Schnee bedeckt. »Warum stehst du denn hier?« fragte er mich. »Und lachst gar nicht?«

Ich zählte seine Messingknöpfe und mied seine blauen Augen. »Ich guck gern zu«, sagte ich.

»Das reicht nicht.« Er hielt mir den Arm hin, und ich faßte ihn, so leicht ich konnte. Er setzte mich in einen robusten Stuhl mit Sprossenlehne und schob mich dann vorwärts, hinein in Ströme heller Luft, an einen Ort ohne Atem und Geräusche. Der Himmel war ein Rad, während ich auf dem Eis wirbelte, die Wolken strömten ineinander, und die Sonne wurde zu einem langen Strang von Sonnen. Ich lächelte und beugte mich vor, um in meine Hände zu lachen. Der Stuhl hielt an.

»Was ist?« fragte Royal. Er kniete auf dem Eis. Ich schüttelte den Kopf und lachte noch ein bißchen. »Ah, gut. Ich dachte, dir wäre schwindlig.« Er schmunzelte in sich hinein.

»War mir auch. Aber es war schön«, sagte ich.

Als ich meinte, daß Royal dieses Spiels sicherlich müde sei – obwohl er protestierte, er könne mich bis nach Kanada schieben –, ging ich hinüber zu Fanny an einen Tisch, auf dem Becher mit dampfendem Apfelmost standen.

»War das nicht wunderbar?« fragte sie. »Es bricht mir das Herz, zurück in meinen Korridor zu gehen. Ich sag dir, wenn ich aufwache, habe ich Eis auf den Augenbrauen und nichts Netteres im Arm als eine Schachtel Hefe – damit sie warm bleibt, weißt du, sonst würde sie erfrieren wie meine Kartoffeln. Die sind steinhart.« Fanny nippte zärtlich an dem Apfelmost, und ihre Lippen formten fast einen Kuß dabei. »Wie hältst du das denn durch, nur in einem Zelt?«

Ich erzählte ihr, daß Long Chase und ich eine Einzäunung aus Weiden um unser Tipi gebaut hatten, mit einem kleinen Auslauf für die Pferde, in dem sie vor den Nachtwinden geschützt waren. Und wie ich die Rauchklappen betätigte, damit wir im Zelt ein Feuer machen konnten, dessen Flammen uns die ganze Nacht warm hielten. »Und Spotted Dog wärmt mir die Füße«, sagte ich. Er stellte die Ohren auf, als sein Name fiel.

Später am Abend erzählte ich Long Chase von meiner Schwindelfahrt.

»Ich wollte, ich hätte das sehen können. Du mußt lustig ausgesehen haben«, neckte er mich. »Wir haben auch gespielt«, fuhr er fort. »Ich habe den Kindern einen Schlitten aus Büffelrippen gemacht, und wir sind damit dort hinaufgegangen.« Er deutete auf eine Schlucht in der Ferne.

»Das war gut«, sagte ich. Ich war stolz auf meinen großzügigen Bruder, der sich so viele Stunden mit den Kindern unserer Verwandten beschäftigte und ihnen Dinge beibrachte, von denen in ihrem Dorf nur noch die alten Leute redeten. Aber es war nicht unsere Art, viel Aufhebens zu machen; mein knappes Lob reichte.

Ich freute mich auf den Schlaf in dieser Nacht, da ich mich wie ein Kind verausgabt hatte. Wie jede Nacht fühlte ich unter meinem Lager nach den heiligen Steinen, die ich vom Angry Butte mitgebracht und zu diesem Ort des sterbenden Grases getragen hatte. Meine Finger spürten schon im voraus die Glätte ihrer Oberfläche, streckten sich gierig danach, ihre Gesichter zu streifen. Ich wunderte mich jedesmal über die Wärme, die sie ausstrahlten, auch wenn sie in gefrorener Erde lagen. Ich kratzte den Boden auf, wie Klauen rechten meine Hände die Erde. Aber es half nichts; die Steine waren fort.

Die Wachtposten sind schläfrig, als ich den Rand des Forts erreiche. Der eine träumt mit offenen Augen, und der andere tritt mit den Stiefeln Tiergestalten in den Schnee. Ich streiche an ihnen vorbei, erst an dem einen, dann dem anderen, wahnsinnig vor geballter Energie, entschlossen, unsichtbar zu sein. Ich gehe Risiken ein, weil ich glaube, daß ich der Wind bin. Den Baum gibt es nicht mehr. Es gibt andere, aber ich gehe lieber nicht in diese Richtung. Ich bewege mich auf das Old Bedlam zu und steige die Stufen hinauf, die zur Veranda im zweiten Stockwerk führen. Oben schwanke ich, als ich den Kopf zurückwerfe, um die Sterne zu zählen. *Ich werde ihnen Offiziersnamen geben*, denke ich. *Ich werde ihnen Soldaten schicken.*

Ich höre Schritte und strecke die Hand nach dem Geländer aus. Er tritt auf die Veranda und schließt sorgfältig die Tür hinter sich. Er ist weder schlaftrunken, noch wehrt er sich. Ich glaube, wenn ich ihm auftrüge zu fliegen, würde er die Arme ausbreiten und einen Satz zum Mond machen. Er gibt mir die Steine, bevor ich danach suche, und hält den Strick in seinen Händen hoch. Der Strick ist eine rauhe, zusammengerollte Schlange zwischen uns.

»Gib mir dein Haar«, flüstert er, Komplize der Handlung. Ich umwickle den Knopf, aber nur ein- oder zweimal. Die Strähne flattert lose, und ich reiße keine zweite aus meinem offenen Zopf. Er geht zum Geländer, seine Schritte sind ein Tanz, und bindet den Strick häßlich zusammen. Er steckt den Kopf in die Schlinge, ich strecke die Hand aus, damit er sich festhalten kann. Ein Lächeln zuckt um meine Lippen, weil ich ihn zurückholen wollte. Aber plötzlich ist er ein goldener Vogel, der vom Deck aufgestiegen ist. Er fliegt davon.

Fort Laramie war ein Ort des Todes – das hatte ich schon in meinem Traum gesehen –, aber jetzt war es ein Ort der Geister, von denen einige noch lebten. Pyke zog sich zurück wie eine Schildkröte und studierte den größten Teil des Tages Traktate, das Lesematerial in der einen Hand und seinen Revolver in der anderen.

»Du kannst mir nicht helfen«, sagte er, als ich an seine Tür klopfte.

Alle Stricke wurden konfisziert, bewacht und mehr Soldaten der Wachschicht zugeteilt. Royal Bourke mit den Himmelaugen lag jetzt in einem flachen Grab, das mühsam in die gefrorene Erde gehauen worden war. Die Menschen gingen mit gesenktem Kopf umher und beeilten sich, an ihr Ziel zu kommen. Sogar Fanny hatte sich zurückgezogen und ließ sich selten blicken. Deshalb schickte ich mich an, ihr einen Besuch abzustatten und ihr ein Stück Pökelfleisch zu bringen, das Long Chase von unseren Verwandten bekommen hatte.

Ich klopfte an ihre Tür, aber es kam keine Antwort. Ich öffnete sie einen Spalt, um das Paket hineinzuschieben, und war verblüfft von dem, was ich sah. Fanny Brindle war keine alleinstehende Frau mehr. Sie lag auf dem Diwan, niedergedrückt vom Gewicht ihres Burschen Bailey Roe. Zusätzliche Arme und Beine schienen ihnen gewachsen zu sein und um sie herumzuwirbeln. Sie glichen verknäuelten Krabben.

Ich warf das Pökelfleisch in eine Ecke und floh aus dem Zimmer, bevor die beiden ihre Stimmen wiederfanden. In meiner Eile trat ich fast auf Spotted Dog, der an der Tür stehengeblieben war. Ich war sehr kurz angebunden. »Los«, knurrte ich ihn an. Langsam entfernten wir uns vom Fort. Spotted Dog lief neben mir her, anstatt wie sonst vor mir herzuspringen. Vielleicht merkte er, wie mühsam ich mich dahinschleppte. Meine Glieder waren schwer und schnitten tiefe Spuren in den Schnee. Einsamkeit überkam mich, bis ich dachte, mein Herz würde zerfallen wie Staub. Fanny Brindle war eine Frau aus einer anderen Welt, aber sie würde mir fehlen. Und von dem kurzen Augenblick, in dem unsere Blicke sich getroffen hatten, wußte ich, daß Fanny mir nie verzeihen würde, was ich gesehen hatte.

Die jungen Krieger, die Long Chases Freunde geworden waren, erzählten ihm, daß dreißig Meilen nördlich eine kleine Büffelherde erspäht worden sei.

»*Tanke*, wir bringen dir etwas für deine Suppe mit, damit der Mais Gesellschaft hat«, sagte er. Er rieb an der rauchgegerbten Zeltwand, die so abgenutzt war, daß sie durchscheinend wurde. »Wir könnten auch ein paar neue Wände gebrauchen. Wir leuchten nachts wie eine Laterne.«

Long Chase brach am nächsten Morgen auf, das Büffelfellhemd mit dem rauhen Haar nach innen zur Haut gekehrt. Ich wußte, bevor er mit seinem Pony die Büffelfährte aufnahm, würde er das Kleidungsstück ausziehen. Mein Bruder war durch sorgfältiges Training in der Kindheit gegen Kälte abgehärtet und konnte mit nacktem Oberkörper reiten, selbst bei Temperaturen, bei denen einem Soldaten Finger und Zehen abgefroren wären. Er wusch sich jeden Morgen im Schnee, gemeinsam mit Spotted Dog, der das für eine Balgerei hielt. Ich hatte sie kopfüber in den Pulverschnee tauchen sehen, als sei es der Fluß daheim.

Jetzt umfaßte ich die Hand meines Bruders, der sein Pferd bestiegen hatte, und blickte zu ihm auf. Ich ermahnte ihn nicht, vorsichtig zu sein, ich sprach gar keine Ermahnungen aus, denn an diesem Morgen war das Kind verschwunden und ein lächelnder Mann an seine Stelle getreten. Er drückte meine Hand und gab sie dann frei. Ich kniete auf dem Boden neben Spotted Dog und sah zu, wie er fortritt, die Arme um den Hals des Hundes geschlungen. Spotted Dog sah unglücklich aus, enttäuscht darüber, daß er zurückbleiben mußte. Er wußte, wohin Long Chase ritt, nachdem er *»tatanka«*, das Wort für Büffel gehört hatte.

»Du wirst mich doch nicht ganz allein lassen wollen«, schalt ich ihn. Und einen Augenblick lang hob er den Blick vom entschwindenden Rücken meines Bruders, um mich anzusehen. Seine Zunge rollte heraus, ein sicheres Zeichen der Vergebung, deshalb ließ ich ihn, wo er war, und ging, unser Lager in Ordnung zu bringen.

In dieser Nacht wurde ich von einem Bären heimgesucht. Nicht von *mato*, unserem wilden Bruder, dessen Tatzen so hoch gepriesen werden, sondern von einem menschlichen, in Pelze gehüllten Bären. Reverend Pyke betrat mein Zelt ohne Gruß, er sah aus wie ein Mann aus Schnee.

»Guten Abend«, sagte ich höflich, obwohl sein unvermitteltes Eindringen sehr ungehobelt war. Ich deutete auf den Besucherplatz links von meinem prasselnden Feuer. »Machen Sie es sich bequem«, forderte ich ihn auf.

Pykes Beine waren steif wie Baumstämme; sein Kopf stieß an die Zeltwand. »Ich bin kein Besuch«, sagte er zu mir. »Ich bin nicht hier.« Ich sah Spotted Dog an, als hätte er eine Erklärung. »Aber Gott der Herr ist hier«, fuhr Pyke fort. »Der Herr durchflutet meine Seele und löschet alle Bosheit aus, die er darin findet, mit einem Zungenschlag.«

Ich stand unbeweglich vor dem wütenden Riesen, die Sinne gelähmt von seinem stinkenden Hut und der lauten Stimme.

»Der Herr hat mir gesagt, daß ich gesegnet sei«, fuhr er fort. »Er hat mir aufgetragen, mir die *Erde untertan zu machen und zu herrschen über die Fische im Meer und über die Vögel unter dem Himmel und über alles Getier, das auf Erden kriecht.* Du wirst mir deine Werke nicht aufzwingen«, donnerte Pyke. »Ich habe dich gemacht und deine dämonische Intelligenz gefördert. Ich werde dich auch zunichte machen.« Und dieser eine, den ich nicht verzaubert und mit den heiligen Steinen besucht hatte, zog die flache Hand aus den Fellhüllen, die an seinen Körper gegürtet waren. Er hob seinen silbernen Revolver und zielte auf mein Herz. Der Waffenlauf war ein schwarzes Auge, und als es explodierte, stieg ein Streif leuchtender Farbe auf und gesellte sich zu der Kugel. Spotted Dog fiel zu meinen Füßen. Ich kniete mich neben ihn und streichelte seinen Rücken. Ich rieb die lose Haut hinter seinen Ohren.

»Du bist ein tapferer Hund«, murmelte ich in Dakota, der Sprache, von der ich mir einredete, daß er sie lieber hatte. Sein Blut quoll über meine Hände, und während ich mich mühte, jeden der kostbaren Tropfen einzufangen, explodierte das Zelt ein zweites Mal.

Ich hatte dem Riesen den Rücken zugewandt; er dräute irgendwo über mir.

»Mičeȟpi«, rief ich, aber ich rief es nicht ihm zu. *»Mičeȟpi.«* Mein Leib.

Ich fiel in einen sanft strömenden Fluß, der glatt war wie die Sahne, die die *wašičuns* so schätzen, und in diesem warmen Bad, das mich durch das Herz *Inas*, der Mutter, zog, lag ich, von meinem eigenen Tode unberührt. Das eben Geschehene war aus meinem Denken verbannt, und ich konnte mich frei meinen Empfindungen hingeben, wie ich es im Leben nie hatte tun dürfen. Ich war in dem Glauben erzogen, daß Disziplin und Selbstbeherrschung Zeichen der Reife seien, die es erforderlich machte, persönliches Verlangen zu unterdrücken. Jetzt wehten meine Gefühle über mich hinweg; ich ruhte im Schoß meiner

Gemütsbewegungen. Musik drang durch die Fluten in meine wandernde Seele, die eindringliche Süße der um Liebe werbenden Dakota-Flöte. Es war eine Melodie, die Ghost Horse, der Donnerträumer, erfunden hatte, eine Melodie, die er spielte, wenn ich Wasser vom Fluß holte oder Holz zum Feuermachen sammelte. Das war in den Tagen, bevor unsere – im Rückblick so zerstörerischen – Träume uns in verschiedene Richtungen schickten. Mein Geist bebte vor Wut. Ich war wie eine alte Frau, die um ihre Kinder weint. Ghost Horse und ich waren Opfer reinen Glaubens, das wurde mir jetzt bewußt. Wir waren Hiob, allein und aussätzig. Erwählt. Nur die Musik vermochte mich aus meinem plötzlichen Grübeln aufzurühren. Ich ließ sie durch mich hindurchziehen, bis sie zu Worten wurde, die ich nicht sprechen und zu Tränen, die ich nicht weinen konnte.

Ihr werdet denken, daß ich fortgehoben wurde, aber so war es nicht, sondern ich erlebte alles mit, was sich im folgenden ereignete. Ich spürte Reverend Pyke im Schnee auf, geschickt wie ein Koyote. Er war noch nicht weit vom Zelt entfernt; die Geister der Vorfahren hatten ihn in Schneeverwehungen gefangen, und er war fast von Schnee begraben. Meine Augen waren schärfer als zuvor, und ich konnte jetzt in seine tiefen Taschen sehen, in denen Zwillingsschwestern mit roten Gesichtern aneinanderklickten. Die heiligen Steine hatten sich ein letztes Mal bewegt. In Pykes Revolver hatte sich am Ende noch ein Schuß gelöst, wohl überraschend, denn er sah verblüfft aus, und seine linke Hand war um das rechte Handgelenk geklammert, als hätte es einen Kampf gegeben.

Mein Bruder Long Chase kehrte Stunden später mit genügend Büffelfleisch, Talg und Fellen für den ganzen Winter zurück. Er sang für mich und Spotted Dog, schnitt sich in Arme und Beine, um seinen Kummer zu zeigen und ihn aus sich herausfließen zu lassen. Er nahm den Zettel ab, den Reverend Pyke an mein Kleid geheftet hatte. Mein Bruder konnte die Worte nicht lesen, aber er wußte, daß es ein Zeichen der Verachtung war. Neugierig, wie ich immer gewesen war, las ich die Zeilen:

»Auf deinem Bauch sollst du gehen und Erde essen dein Leben lang.«

Ich schüttelte die Fäuste und mußte lächeln, als ich sie klappern hörte. War es Irrsinn gewesen, fragte ich mich, oder kristallklares Wissen, das ihn diese Worte hatte schreiben lassen?

Long Chase entdeckte Pyke rasch, nachdem ich ihm einen Schubs in die richtige Richtung gegeben hatte. Ich wollte nicht, daß er Vergeltung suchen sollte. *Siehst du, es ist schon vollbracht*, sagte ich zu meinem Bruder. Und dann flüsterte ich: *Geh heim.*

Die Heimkehr war ein Marsch des Leids und der Erschöpfung. Long Chase stapfte durch den Schnee fast ohne aufzuschauen, so niedergeschlagen, daß unsere Feinde seine geringste Sorge waren. Ich ging als Kundschafterin voraus, und die wenigen Male, als ich entfernte Gefahr ausmachte, führte mein Geist sich so unmöglich auf und bombardierte die Widersacher meines Bruders so lange mit Steinen und eisenharten Schneebällen, bis sie die Richtung änderten.

Gras begann sich durch schmelzenden Schnee zu schieben, als Long Chase unser Winterlager erreichte. Er tauchte zwischen den Pferden auf und wurde von Pater La Frambois begrüßt, der gerade einen Spaziergang machte. Mein Bruder ging an ihm vorbei, unhöflich und wie erstarrt, und als der Priester auf den Leichnam zuging, den die Pferde auf einem Bett von Pelzen hinter sich herzogen, hielt Long Chase ihn zurück. Es wurden keine Worte gewechselt, aber Pater La Frambois begriff bald, daß er aus dem weiteren Gang der Dinge ausgeschlossen war. Ihm würde nicht gestattet werden, meine Leiche zu berühren oder mich posthum zu taufen. Seine Segenssprüche und Messen wurden höflich abgelehnt. Er erfuhr auch nie, daß ich im Tod schließlich doch noch Braut wurde.

Ghost Horse brachte meinem Vater drei kräftige Pferde, die er von den Crow erbeutet hatte. »Ich habe meine Pflicht als *heyo'ka* erfüllt«, erklärte er meinen Eltern, »und bin jetzt frei, eine Frau zu nehmen. Eure Tochter hat mir nie nachgeschaut, mir keine Botschaften geschickt oder sich sonst erklärt, aber sie war trotzdem immer hier drinnen.« Er klopfte sich auf die Brust. »Ich trage diese Gefühle in mir, die nur bedauernswerte Saatkörner sind, aber sie sind in mein Blut gesät und wachsen.« Er streckte die Arme aus und betrachtete seine Adern, als erwarte er, kühne Grashalme herausssprießen zu sehen.

»Ich bitte um die Ehre, den Geist Eurer Tochter heiraten und sie betrauern zu dürfen, wie ein treuer Ehemann trauern würde.«

Ghost Horse begrub mich nicht in der Erde und baute auch kein Gerüst für mich, sondern bettete mich nahe der Krone in eine majestätische Eiche. In deren breiten Ästen wurde ich gewiegt, in ihren starken Armen geschaukelt. Mein Ehemann stand neben mir im Baum und schaute in alle Richtungen.

»Du wirst die Welt sehen«, sagte er. Er aß das Fruchtfleisch einer getrockneten Pflaume, und als es verzehrt war, legte er mir den Kern ganz sanft in den Mund. Es war die intimste Geste, die je zwischen uns ausgetauscht worden war.

Bevor er ging, hob mein Mann den Schild, den er mir erst ein Jahr zuvor geschenkt hatte. »Ich möchte, daß du dir ansiehst, was ich gemacht habe«, sagte er zu mir. Er deutete auf Spuren frischer blauer Farbe, die auf die zähe Büffelhaut aufgetragen war. »Ich habe deine Taten aufgezeichnet«, fuhr Ghost Horse fort. »Du bist ein Krieger, und dies ist dein Schild.«

Ich schaute mir die blauen Zeichen an, aber mein Geist brauchte Zeit, um die Figuren zu erkennen. Das Begreifen kam plötzlich, und als meine Hände hochflogen, um meine Augen zu bedecken, entstand ein kräftiger Windstoß. Mein Mann fiel fast vom Baum. Ich zuckte vor der Farbe zurück, vor der Frau im roten Kleid, die Blitze schwang. Der gezackte Strahl war scharf an der Spitze, und drei blaue Gestalten – Männer in Uniform – waren von ihm durchbohrt, aufgefädelt wie Perlen auf einer Nadel.

Ghost Horse drehte den Schild um und betrachtete die wilde

Frau darauf. »Wir verehren dich«, sagte er. Er steckte seinen Arm durch die Schildgriffe und drehte den Arm rasch im Kreis, so daß die Klapperschlangenrasseln zischten. Mein Geist hatte sich im Baum verfangen, war bestürzt und verwirrt. *Wer ist diese Frau?* fragte ich mich und wollte keine Antwort darauf. Aber das Geräusch der Klapperschlangenrasseln tat wohl, und mein Herz wurde weit, als ich die Geschöpfe aus ihren Höhlen und Verstekken herauskommen sah. Schlangen flossen auf den Baum zu, bildeten Bäche und Flüsse von ringelnder Bewegung. Sie brandeten übereinander, hoben sich und sanken; anmutig wurden sie eins.

Die Schlangen tanzen, murmelte ich. Und als sie den Baum umringten, fiel mein Geist demütig in ihre Mitte. Gemeinsam tanzten wir.

Ghost Horse hielt meine Seele ein Jahr lang zurück, die beschwerlichste Form der Trauer. Sein jüngerer Bruder, Wind Soldier, erklärte sich bereit, ihm zu helfen, und gemeinsam bereiteten sie mir das Geist-Tipi und sammelten Güter, die bei dem großen Fest verteilt werden sollten. Aber als das Jahr vorbei war und das Dorf sich zur Zeremonie des Freigebens meiner Seele versammelte, gelang die Freilassung nicht. Ghost Horse tat, was er zu tun hatte, er sprach die Worte und verschenkte seinen letzten Besitz, aber er ließ mich nicht von dieser Erde los. Sein Herz war ein Steingehäuse ohne Türen.

Mein Mann suchte den Tod auf dem Schlachtfeld, und es dauerte nicht lange, bis ein kühner Arikara Entgegenkommen zeigte. Ich tat mein Bestes, um die Pfeile abzulenken, schob die Luft mit beiden Händen, um die Geschosse in harmlose Richtungen zu schicken. Aber das Pferd des Kampfhahns wollte nicht stolpern, als ich ihm an die Beine sprang. Es trug ihn so dicht an meinen Mann heran, daß der Schuß tödlich war und Ghost Horse, als ich ihn erreichte, schon auf dem Boden lag.

Ich dachte, er könne mich sehen, jetzt, wo seine Augen auf die nächste Welt gerichtet waren. Ich hielt seinen Kopf in meinen

Armen und breitete sein langes Haar über meine Schenkel. *Na, Alter*, sagte ich scherzend, *bist du bereit für deine alte Frau?* Aber er blieb stumm, und seine polierten Augen waren wie Stein.

Ich sah ihn nicht aufbrechen, doch es sah ihm ähnlich, sofort ein neues Abenteuer einzugehen. Er zog an den Ort, den unsere Vorfahren bewohnen; es gab keinen Lebenden, der seinen Geist hätte fangen können, wie er den meinen gefangen hatte.

»Du bist ohne mich fortgegangen!« rief ich. Ich schüttelte ihn an den Schultern. Mein Geist klammerte sich störrisch an seinen Körper, und das machte es seinen Oheimen schwer, ihn aufzuheben. »Wir gehen zusammen!« schrie ich ihnen ins Ohr. Ich ließ schließlich los, als Ghost Horses Pferd in panischer Furcht davonhetzte und seinen Leichnam fast zurück auf die Erde geworfen hätte. Die Oheime waren entsetzt und schalten das Pferd, aber ich verstand seinen Schrecken. Es wollte mich nicht auf seinem Rücken haben.

Mindestens hundert Jahre sind vergangen, und aus dem Pflaumenstein in meinem Mund ist ein Hain von Bäumen geworden. Ich rieche die Früchte, wenn sie reifen, und mein Atem läßt die Blätter rascheln.

Ich bin an die Lebenden gebunden, noch immer von ihren Belangen bewegt. Mein Geist verläßt das Volk der Dakota niemals, obwohl ihm manchmal nichts bleibt, als ohnmächtig zuzusehen. Ich war da, als die Armee unsere Pferde konfiszierte, um uns die Beine abzuschneiden. Ich habe hinter den Geistertänzern gestanden, und wenn ihnen in verzweifelter, nutzloser Ekstase die Sinne schwanden, blies ich ihnen einen erfrischenden Wind ins Gesicht. Es gibt schon zu viele Soldaten und zu viele Gräber. Zu viele Kinder sind in Züge gesetzt und quer durchs Land geschickt worden. Viele Male bin ich an den Schienen entlanggelaufen und habe den traurigen Kupfergesichtern zugewinkt. *Ihr seid Dakota*, habe ich ihnen zugerufen. *Ihr seid Dakota*. Einmal stand ich vor einer fauchenden Lokomotive und versuchte, sie am Weiterfahren zu hindern, aber sie donnerte durch mich hindurch. Ich habe gesehen, wie die Sprache schrumpfte, und obwohl ich meine Hände ausstreckte, um die Worte einzufangen, glitten so viele fort, aus der Erinnerung. Ich bin jetzt eine, die redet, und schwätze meinem Volk die Ohren voll, bis ich meiner eigenen Stimme überdrüssig werde. *Ich bin die Erinnerung*, sage ich zu ihnen, wenn sie schlafen.

Mir ist es lieber zuzusehen, wie sich die Gegenwart von Augenblick zu Augenblick entfaltet, als dicht hinter mich oder weit voraus zu schauen. Die Zeit dehnt sich von mir aus, fließt in viele Richtungen, trifft auf den Horizont und bewegt sich dann darüber hinaus, der Rundung der Erde folgend. Aber ich will ihrem Verlauf nicht mit Blicken nachspüren. Das ist zu schmerzlich. Nur für einen einzelnen Augenblick des Verlusts kann ich jeweils Zeugnis ablegen. Und doch flackert die Hoffnung in meinem Herzen, wie ein empfindlicher Puls. Ich setze mich rittlings auf die Welt und bete zu *Wakan Tanka*, er möge einen Augenblick der Freude gepflanzt haben, irgendwo vor mir.

Vögel verschlucken

(1981)

Charlene Thunder träumte, daß sie gepreßt wurde. Sie hatte von dieser Praxis in einem Buch über die Salemer Hexenprozesse gelesen, und nun schob sie die Schuld dafür auf das Buch. *Wenn ich es nicht gelesen hätte, würde das jetzt nicht passieren*, sagte sie sich. Sie war sich bewußt, daß sie träumte, und trotzdem fiel ihr das Atmen schwer. Eine große Tür, die schräg, nicht der Länge nach, auf ihrem Körper lag, drückte ihr auf Unterleib, Brust und Schenkel.

Pumpkin stand auf dieser Tür, ungefähr in der Mitte, damit die Tür nicht wie eine Wippe kippte. Pumpkin trug ihr prächtiges Grastanzkostüm und leuchtete wie eine rotgoldene Flamme. Charlene sah, daß die langen Garnfransen, die wie Kaskaden von Schultern und Hüften der Tänzerin herabfielen, zu Lichtstrahlen geworden waren. Pumpkin tanzte auf Charlenes Brustkorb, und doch war es das Mädchen unter der Tür, das mit gepreßter Stimme flüsterte: »Es tut mir leid.«

Pumpkin hörte zu tanzen auf und öffnete den Mund, um etwas zu sagen. Charlene hoffte, daß Wörter herauskämen, aber wieder, wie in ihren anderen Träumen, kamen nur winzige schwarze Vögel völlig lautlos aus Pumpkins Kehle. Die Miniaturvögel waren bis ins kleinste Detail so vollkommen und so kostbar, daß Charlene es nicht ertragen konnte, wie sie leblos zu Boden fielen. Bald lag ein kleiner Haufen da, genug, um eine Kehrschaufel zu füllen. Pumpkin schaute Charlene an, als der letzte Vogel zu Boden gefallen war, aber es lag kein Zorn in ihren Augen, nur Trauer. Sie stieg von der Tür herunter, und Charlene schrie vor Schmerz auf, denn ohne die Tänzerin war das erdrükkende Gewicht mehr, als sie ertragen konnte.

Das Erwachen brachte nicht die erhoffte Erlösung. Die Last, die auf sie drückte, erwies sich als die kräftige Hand ihrer Großmutter, die auf ihrem Herzen lag.

Mercury Thunder konnte keine Treppen mehr steigen. Ihre Liebhaber hatten vor der Hintertür eine Rampe gebaut, damit sie mit ihrem Rollstuhl hinaus in den Hof und zurück ins Haus gelangen konnte; der erste Stock aber blieb unerreichbar für sie. Charlene hatte sich insgeheim darüber gefreut, weil sie dachte, das gäbe ihr endlich ein wenig Freiraum, aber Mercury bestand darauf, daß ihre Enkelin im Erdgeschoß schlief und so wenig Zeit wie möglich oben verbrachte. Nur wenn Mercury sich mit einem ihrer jungen Männer vergnügte, konnte Charlene ihr Zimmer benutzen, die Tür hinter sich zumachen und der alten Frau entkommen.

Ihre Großmutter schien dieser Tage sehr wenig Schlaf zu brauchen und zog es vor, die Nacht im Rollstuhl sitzend zu verbringen. Es beunruhigte Charlene, auf Mercurys kratzigem Roßhaarsofa zu erwachen, die Augen der Großmutter auf sich gerichtet zu sehen und Mercurys Hand – die unerklärlicherweise noch immer nach Erde roch, obwohl sie keine Gartenarbeiten mehr verrichten konnte – auf ihrem Herzen zu spüren.

Gibt sie, oder nimmt sie? fragte sich Charlene, doch keine der beiden Möglichkeiten bot besonderen Trost.

»Bis zum Tod liebe ich dich«, sagte die alte Frau eines Morgens zu ihr, und Charlene tat, als ob sie niese, um ihr Schaudern zu verbergen. Die Schule war ein Zufluchtsort, aber mit Hausaufgaben konnte sie Mercury Thunder nicht kommen, um Zeit für sich zu haben. Als sie ihrer Großmutter erklärte, sie müsse sich auf die Halbjahresprüfungen der Abschlußklasse vorbereiten, gab Mercury zurück: »Die einzigen Prüfungen, die du bestehen mußt, sind meine. Und meine Fächer findest du in keinem Buch.«

Charlene beschloß, am nächsten Tag früher zur Schule zu gehen, um sich vorzubereiten, aber als sie dort war, entdeckte sie, daß die Großmutter sich über ihre Schulbücher hergemacht und aus jedem gut die Hälfte der Seiten herausgerissen hatte. Charlene nahm ihren Stift und bekritzelte die Ränder der verbliebenen Seiten. Sie schrieb WARUM mit großen Buchstaben und dann in winziger Druckschrift darauf. Mit der rechten und mit der linken Hand schrieb sie WARUM. Sie schrieb das Wort hundertmal, denn sie kannte natürlich die Antwort und wollte sich nur ablenken, um die Wahrheit nicht in ihr Bewußtsein dringen zu lassen. Trotz ihres Bemühens stellte sich die Antwort ein: *Großmutter hat mich von der Außenwelt abgeschlossen. Sie will mich für sich allein haben.*

Charlene Thunder vergoß Tränen über ihrem Trigonometriebuch, von dem die Hälfte fehlte und vermutlich im Feuer ihrer Großmutter verbrannt war. Sie konnte sich Ersatz für alle Bücher ausleihen, wußte aber, daß sie es nicht tun würde.

»Ich schrumpfe«, sagte sie zu sich selbst.

Am Columbus Day war der Himmel von schmalen Wolkenbändern durchzogen, geradlinig wie frische Kondensstreifen von Flugzeugen. Die Luft war ungewöhnlich warm für Mitte Oktober, und Mercury hieß Charlene die Fenster im Erdgeschoß öffnen. Als das Mädchen am Wohnzimmerfenster stand, sah sie ein Stinktier über den Hof wackeln. Es nahm sich Zeit und schaukelte von einem Bein auf das andere wie ein krummbeiniger Cowboy. Seine Zeichnung faszinierte Charlene: Weißes Fell krönte den schwarzen Kopf und zog sich am Rücken entlang.

»Sieht aus, als hätte es eine Adlerhaube auf«, sagte sie leise vor sich hin.

»Ein Stinktier im Hof«, rief Mercury aus der Küche.

»Woher weißt du das, *Unči*?« fragte Charlene überrascht.

»Ich rieche die Drüsen, auch wenn sie nicht aktiv sind«, sagte Mercury. »Laß es in Ruhe. Wir müssen kochen.«

Charlene machte einen Makkaroniauflauf, der eine riesige Kasserolle füllte. Sie verwendete frische Tomaten und scharfe grüne Zwiebeln und bestreute am Ende die goldgelbe Kruste mit Paprikapulver.

»Das Essen ist fertig«, sagte sie zu ihrer Großmutter, die Verschlüsse an die Armbänder nähte, die sie tagsüber aus Perlen gestickt hatte.

»Wieviel soll ich für die nehmen?« fragte Mercury. »Ich denke, drei Dollar das Stück«, gab sie sich selbst zur Antwort.

Charlene konnte nicht verstehen, warum sich Mercury die Mühe machte, die Perlenarbeiten einzupacken. Die Veranstaltung, zu der sie gehen wollten, war der alljährliche »Stomp on Columbus«, ein zwangloser Potlach mit Essen und Tanz, eine Art fröhliche Totenwache. Es würden nur Leute aus der Umgebung teilnehmen, Nachbarn, die selbst Perlenarbeiten machten und Mercury Thunder niemals etwas abkaufen würden, auch wenn sie das Geld dazu hätten. Trotzdem schrieb Charlene den Preis auf ein Stückchen Karton und legte einen kleinen Klapptisch, auf dem Mercury ihre Arbeiten feilbieten wollte, in den Kofferraum des Autos ihrer Großmutter. Sie stellte die Kasserolle vorsichtig auf den Boden vor den Rücksitz, damit sie nicht rutschen konnte, und half ihrer Großmutter aus dem Rollstuhl ins Auto.

»Wo ist meine Stola?« fragte Mercury, als Charlene ihrer Großmutter die Rockfalten unter die spindeldürren Beine schob. Das Mädchen rannte ins Haus und kam mit einer Stola zurück, die auf der einen Seite rot und auf der anderen marineblau war, es war ein *Peyote*-Schal, obwohl Mercury nie von den sternförmig gezeichneten Knollen gegessen hatte und auch nicht der *Native American Church* angehörte. Mercury bestand darauf, diese Stola zu tragen: »Denn sie zeigt meine beiden Seiten«, sagte sie, »die rote steht für mein Herz und die blaue für meine Seele.«

Charlene hatte einmal den Fehler gemacht zu antworten: »Das können wir alle von uns sagen, *Unči*. Hat nicht jeder ein Herz und jeder eine Seele?« Das Gesicht der alten Frau zeigte keine Regung, war wie aus Granit, aber in ihren Augen flackerte wieder Leben auf, und in ihrer braunen Tiefe sah Charlene, sie hätte es beschwören können, die anmutig räuberischen Bewegungen von zwei Rotschwanzbussarden.

»Mit meiner Seele ist es kompliziert«, hatte Mercury ihr erklärt. »Ich war früher einmal anders, und jetzt bin ich so wie zwei Gesteinsschichten.« Charlene hatte genickt, konnte es sich aber nur schwer vorstellen. Für sie war ihre Großmutter bis zum innersten Kern durch und durch Mercury, eine einzige feste Masse. Selbst wenn sie die Außenseite der alten Frau mit Hammer und Meißel bearbeiten würde, wäre es ihrer Meinung nach unmöglich, darunter eine andere Mercury Thunder zu finden, eine junge Frau etwa, sanftmütig vielleicht, ebenso verstört und verloren, wie Charlene sich selbst fühlte.

Es gibt nur eine Mercury Thunder, hatte sie in Gedanken zu ihrer Großmutter gesagt, und Mercury hatte ihr den Kopf zugewandt und sie angesehen, als ob sie es gehört hätte.

Charlene gab ihrer Großmutter die Stola. »Ist das alles?« fragte sie. Mercury nickte und schaute nach vorn durch die Windschutzscheibe. Charlene setzte sich auf den Fahrersitz und startete den Motor mit ein paar sanften Tritten aufs Gaspedal.

Der neue Versammlungsraum im Stammesbüro war heller getäfelt als der alte, wirkte daher freundlicher und hatte eine höhere Decke, die den Stimmen der Sänger mehr Raum gab. Zwei lange Tische am Ende des Saals waren schon mit Speisen bedeckt: mit Kartoffelsalat, gebratenen Hähnchen, Maissuppe, Beerenauflauf, getoastetem Brot und Kuchen. Auf einem Extratisch standen zwei Riesenkannen mit Kaffee und ein Krug mit lauwarmer Kool-Aid-Brause. In der Mitte des Raums war eine Trommel, und im Kreis um sie herum saßen die Sänger und rauchten gemütlich eine Zigarette nach der anderen.

Charlene schob Mercury an einer Reihe von Klappstühlen vorbei zum hinteren Teil des Raums, aber ihre Großmutter griff nach unten an die Bremse. Der Rollstuhl blieb so plötzlich stehen, daß er fast vornüberkippte.

»Schieb mich dort hinüber«, sagte Mercury und deutete mit den Lippen auf eine exponierte Stelle im Raum, den freien Platz unter einem Porträt von Sitting Bull. »Ich möchte in der Nähe des alten Häuptlings sitzen«, sagte sie. »Vielleicht hat er mir etwas zu sagen.«

Ich wünschte, er würde es tun, dachte Charlene. Sie stellte den Verkaufstisch ihrer Großmutter unter dem Gemälde von Sitting Bull auf und brachte ihr einen Teller mit Essen und eine Tasse Kaffee, die zur Hälfte aus Milch und Zucker bestand. Nachdem sie ein Stück von ihrem eigenen Auflauf gegessen hatte, sagte Charlene zu Mercury: »Ich gehe in der Küche aushelfen« und verschwand in diese Richtung.

Die älteren Frauen hatten alles bestens unter Kontrolle. Charlene drückte sich an ihnen vorbei und machte die Hintertür auf, um etwas Luft zu schnappen. Sie stand auf der Schwelle, eine leichte Brise zerzauste ihr Haar. Sie lächelte vor sich hin und entspannte sich, aber ein schrilles Kläffen beendete den friedlichen Augenblick. Ein orangefarbener Komet zuckte über den Parkplatz und raste auf sie zu. Charlene stöhnte: »Nicht schon wieder dieser Köter.« Sie wartete, bis die spitze Schnauze von Chuck Norris nur noch wenige Zentimeter von ihren Knöcheln entfernt war, dann trat sie schnell zurück und knallte die Tür zu.

Chucks scharfe Krallen kratzten an dem Hindernis, und man hörte ein frohlockendes Knurren, das aber so hoch war, daß es fast komisch klang – wie wilder Reis, der in eine Kaffeedose prasselt. Charlene preßte ihre Lippen an die Tür und säuselte: »Chu-uck. Na, komm schon, Kleiner. Warum kommst du denn nicht?« In diesem Moment mußte der Hund mit seinem kleinen Körper gegen die Tür gesprungen sein, denn sie schlug plötzlich gegen Charlenes Nase. Schnell rannte sie aus der Küche.

Harley muß hier irgendwo sein, dachte sie, und einen Augenblick später sah sie ihn mit seiner Mutter den großen Saal betreten. Lydia trug eine flache Form, die mit Alufolie abgedeckt war. Sie hielt sich ganz gerade. Ihr schwarzes Haar war zu einem langen Zopf geflochten. Charlene spürte, wie ihr Rücken es

Lydia nachtat und sich aufrichtete. Sie faßte sich mit den Fingerspitzen an die flachen Wangenknochen. Lydia erschien ihr wie eine Königin, obwohl sie gar nichts Besonderes anhatte, nur Blue jeans, abgewetzte Stiefel und eine glänzende Windjacke. Lydia glitt über den Boden und ging ohne ein Zeichen des Erkennens an Mercury vorbei. Der Anblick verschlug Charlene den Atem. Es war eine ungewohnte Beleidigung. Alle anderen waren eifrig darauf bedacht, ihrer Großmutter die Hand zu schütteln und ein paar höfliche Worte zu murmeln. Sie mochten ihr keine Perlenarbeiten abkaufen und suchten möglicherweise die Schultern nach losen Haaren ab, bevor sie sich der alten Frau näherten, aber sie wagten es nicht, sie zu beleidigen.

Charlene sah zu, wie Harley sich auf einem Stuhl ganz in der Nähe der Eingangstür niederließ. Er stellte einen kleinen Koffer zwischen seine Beine auf den Boden und lehnte sich so weit mit dem Stuhl zurück, daß die vorderen Stuhlbeine sich vom Boden hoben. Charlene setzte sich neben ihn.

»Hey, Harley«, begrüßte sie ihn. Er schaute sie an, aber es dauerte ein paar Sekunden, bis sein Blick scharf wurde und nicht mehr durch sie hindurchging.

»Charlene«, sagte er nur. Seine Augen glitten von ihrem Gesicht ab.

»Ich wollte dir schon lange sagen, daß mir das mit deiner Freundin leid tut«, sagte Charlene. Harley schaute sie schnell und durchdringend an; sein Stuhl krachte auf alle vier Beine zurück.

»Hast du sie gekannt?« fragte er. Er lehnte sich nach vorn, die Hände zwischen den Knien zusammengelegt, und schaute Charlene ins Gesicht.

»Nein, eigentlich nicht. Aber wir haben miteinander gesprochen.«

»Was hat sie gesagt?«

»Nichts. Ich weiß nicht mehr.«

»Ich schon«, sagte er.

»Was?«

»Ich weiß es.«

Charlene hatte das Geschehen ringsum vergessen, aber jetzt schob sich der Lärm der Umgebung wieder zwischen sie. »Was weißt du noch?« fragte sie nach, um sich wieder mit ihm allein zu fühlen.

Harleys Knie zitterten, und seine Hände packten sie, als wollten sie sie ruhig halten. »Sie war etwas ganz Besonderes. Pumpkin war wirklich Indianerin und der beste Grastänzer, den ich je gesehen habe. Aber es gab da noch eine andere Seite an ihr.« Seine Stimme wurde zum Flüstern. »Es war, als wüßte sie all unsere Geheimnisse, aber wir wüßten keines von ihren.« Er schüttelte sich das Haar aus dem Gesicht. »Ich mach mich jetzt besser fertig«, sagte er und schlug sich dabei auf die Schenkel und erhob sich. Dann nahm er den Koffer und ging in die Herrentoilette.

Als er ungefähr eine halbe Stunde später wieder herauskam, überlief Charlene ein Schauder. Sie umfaßte ihre Ellbogen mit den Händen, um das Zittern zu unterdrücken. Harley hatte ein Grastänzerkostüm angezogen, nicht das traditionelle Kostüm, das er früher bei Tänzen getragen hatte. Er hatte Pumpkins Farben gewählt – Rot, Gelb und Orange –, die Schattierungen des Feuers. Ketten goldener Perlen hingen unter seinen Augen und umrahmten sie. Er bewegte sich geräuschlos, denn von seinen Knien fielen Garnfäden statt der üblichen klingelnden Glöckchen.

Er ging zu seiner Mutter und tippte ihr auf die Schulter. Er sagte nichts – vielleicht hielt Lydias Schweigen auch seine Zunge gefangen –, streckte aber die Arme aus, als ob er sagen wollte: *Und, wie sehe ich aus?* Lydia rückte ihm die bestickten Manschetten zurecht. Ihr Muster erinnerte Charlene an einen leuchtenden Sonnenaufgang.

Er tanzt zu Ehren seiner Freundin, sagte sich Charlene. *Und wer wird mir zu Ehren tanzen?* Ihr Blick fiel auf ihre Großmutter. Mercury saß hinter ihrem Tisch, vor ihr die farbenfreudigen Armbänder in einem Halbkreis, als wäre sie die Sonne und die farbigen Bänder Strahlen, die von ihrer Taille ausgingen. Sitting Bull schwebte über ihrem Kopf. Er schien ihre Großmutter zu beobachten, mit traurigem Gesichtsausdruck und tiefen Sorgenfalten um den Augen.

Die Trommler tranken Kaffee, um ihre Kehlen vom Zigarettenrauch zu reinigen, und begannen zu singen. Viele tanzten an diesem Abend, aber Harley war der einzige, der ein Tanzkostüm trug. Charlene beobachtete ihn fast eine Stunde lang, unberührt von der Musik, von ihrem Stuhl aus. Sie fand, daß sich Harley mit Grazie und Ernsthaftigkeit bewegte, aber er besaß nicht Pumpkins Virtuosität. Er war nicht der Geist des Grases, ein Halm, der im Wind schwankt und vom Boden her erzittert. Seine Füße drehten sich so, als sei er von hüfthohem Gras umgeben, das er mit den Beinen niederdreschen müsse. Er tanzte, wie um einer Pflicht nachzukommen, stampfte mit verbissener Konzentration, bis ihm der Schweiß in die Augen rann.

Schließlich sprang Charlene von ihrem Stuhl auf und ging zu ihrer Großmutter hinüber. »Ich gehe heim«, sagte sie zu Mercury. »Findest du jemand, der dich nach Hause fährt?«

Mercury nickte und lächelte. Sie streckte die Hände aus, und Charlene war überrascht, wie glatt ihre Handflächen waren, fast ohne Linien, als seien die einst dort eingravierten Geschicke ausgelöscht worden.

»Ich weiß«, sagte Charlene halblaut. »Ein leichtes Spiel.«

Sie ging aus dem Versammlungsraum, vorbei an den Tischen mit Essen, die inzwischen fast leer waren. Sie suchte Mercurys Auflaufform, entdeckte sie aber nirgends und beschloß, sie ein andermal zu holen. Als sie über den Parkplatz fuhr, sah sie Harleys Hund in der Nähe der Küchentür.

»Immer noch da?« kicherte sie. Charlene richtete ihre Scheinwerfer auf den Hund, aber er schaute nicht hoch. Mit den Vorderpfoten stand er in dem Makkaroniauflauf, den Charlene gebacken hatte. Zwei regelmäßige Stücke fehlten – die beiden Portionen, die Charlene für sich und ihre Großmutter herausgeschnitten hatte –, sonst war die Form, an der sich Chuck zu schaffen machte, noch voll. *Sie müssen den Auflauf weggeworfen haben*, dachte Charlene. *Und dabei war er wirklich gut.* Tränen schossen ihr in die Augen, aber sie blinzelte heftig, damit sie ihr nicht über die Wangen liefen.

Sie gab Vollgas, und der Geruch von verbranntem Gummi erfüllte den Parkplatz. Charlene raste die Hauptstraße hinunter, die vom Stammesbüro die Hügel hinauf führte. Ihr Fuß lag schwer auf dem Gaspedal, und ihre Hände klopften und trommelten auf dem Lenkrad ein Lied nach dem anderen. Der Wagen war schnell und leicht wie ein sausendes Geschoß. Sie mochte den stupsnasigen grünen Maverick trotz des Rosts, der auf den Seiten sproß und sie an die gezackten Blitze erinnerte, die man manchmal auf Sportwagen sah. Sie drückte aufs Gas, fuhr schneller denn je und achtete nicht auf die rote Tachonadel, die sich wie wild immer weiter nach rechts bewegte.

»Ich kann auch etwas Besonderes sein!« schrie sie in den Wagen, und das brachte sie schließlich zur Besinnung. Sie wußte, das hier wäre gar nichts Besonderes, sondern wieder einmal genau das gleiche. Ein toter Indianer mehr auf dem Highway, ein Auto mehr, das als Schrott bei irgend jemandem im Hof landen würde. Charlene hielt den Wagen mitten auf der Straße an und öffnete die Tür. Die Luft war kühl und schwarz und legte sich wie dunkler Balsam auf ihre Haut. Sie roch nichts als Staub und Federn, als sei sie in ein verlassenes Vogelnest geraten. Charlene weinte nicht. Sie setzte an zu einem alten Song von Patsy Cline, »Walking After Midnight«. Beim zweiten Refrain fiel ein Kojote mit ein, die kummervolle Stimme eine Oktave höher als ihre.

Die nächsten paar Tage hielt das Spätsommerwetter an, aber Charlene nahm es gar nicht wahr. Sie war zu sehr damit beschäftigt, ihre dunklen Wimpern in einem Plastikpillendöschen zu sammeln. Mehrmals am Tag rieb sie sich die Augen und suchte dann mit einem Taschenspiegel nach den feinen Härchen, die sich möglicherweise gelöst hatten. Schließlich hatte sie ein Dutzend Wimpern beisammen. Sie streute sie in einen Kuchenteig und buk sechs runde Schokoladenküchlein daraus. Für ihre Großmutter buk sie eine Extraportion, damit sie keine Fragen stellte.

Am nächsten Tag nahm sie die saftigen Küchlein mit in die Schule. Die erste Stunde war *Homeroom*, eine Zeit, in der die Schüler ihre Hausaufgaben durchsahen oder für Prüfungen lernten. Charlene saß hinten im Klassenzimmer, umgeben von unruhigen Jungen, die die duftenden Mitbringsel in der Tüte schnell gerochen hatten. Der Junge neben ihr, Bennett Little Soldier, flüsterte: »Hey, Thundercloud, ich hab' Hunger.«

Sie gab ihm mit einer Handbewegung zu verstehen, daß er still sein solle, und flüsterte: »Später.« Während der Fünfminutenpause vor der nächsten Stunde verteilte sie an die jungen Männer hinten im Klassenzimmer Schokoladenküchlein: zuerst an Benett, dann an Larry Crow's Ghost, Franklin Hairy Chin und seinen Cousin Thomas, an Jerry Grindstone und Mert No Heart.

»Gemeinheit«, sagte sie dann zu ihnen. »Für mich ist keins mehr übrig. Halt, gebt mir eins zurück.« Franklin Hairy Chin wollte sein Plätzchen teilen, aber Charlene winkte lachend ab. »War nur ein Scherz«, sagte sie. »Ihr tut mir und meinen Oberschenkeln einen Gefallen, wenn ihr sie mir wegeßt.«

Mit vollem Mund gingen die Jungen weg. An der Tür drehten sich alle nochmals um und winkten. »Danke«, sagte Larry Crow's Ghost. »Ja, danke«, mümmelten die anderen im Chor.

»Gern geschehen«, antwortete Charlene.

Das war einfach, dachte sie, aber sie mußte nicht lächeln. Sie hatte nicht erwartet, daß die Jungen so vertrauensselig wären, und es rührte sie. *Vielleicht werfen sie mich gar nicht mit Mercury in einen Topf*, überlegte sie. Aber jetzt war es zu spät. Sie konnte ihnen den naiven Glauben nicht wiedergeben, sie konnte den Zauber nicht zurückrufen, den sie durch ihre Adern rinnen fühlte wie dickes Serum, das sie gleichzeitig nervös und schläfrig machte. *Wenigstens ist Harley nicht dabei*, sagte sie sich.

Den ganzen Tag über spürte Charlene, wie die Spannung

wuchs; bewundernde Blicke folgten ihrer pummeligen Gestalt, Herzen klopften, eifrige Finger schrieben Liebesbriefchen. Sie hatte nie zu denen gehört, die am Valentinstag Karten bekamen, aber jetzt wurde sie geradezu mit Liebesgedichten überhäuft: Ihr Aussehen wurde gepriesen, ihr freundliches Wesen gelobt. Ein paar Schulstunden machte es Spaß, aber schließlich wurde es bedrückend.

Denk nicht drüber nach, schalt Charlene sich. *Kämpf nicht dagegen an.* Charlene kam es vor, als hätte sie Mercurys Schatten von den Wänden gelöst, um ihn sich selbst um die runden Schultern zu legen. Sie zog die Schultern hoch, aber er wollte nicht herunterrutschen, sondern wurde zu einer zweiten Haut.

Nach der Schule warteten sechs Jungen an Charlenes Spind. Sie drängelten und schubsten einander, zuerst freundschaftlich, dann zunehmend aggressiver. Sie stellte sich mitten in das Knäuel aus langen Beinen und strähnigem schwarzen Haar und faßte jeden der Jungen sanft an der Schulter.

»Laß uns irgendwohin gehen«, sagte sie zu Bennett, der freudig nickte. Die anderen nickten ebenfalls. »Nur du«, befahl Charlene, aber die Jungen bewegten sich wie eine Einheit, als seien ihre Glieder miteinander verflochten. Vor lauter Zweifel am Erfolg ihres Unternehmens hatte Charlene ihr Blatt überreizt.

»Ach, was soll's«, sagte sie schließlich. »Ihr könnt alle mitgehen.« Charlene und ihre Klassenkameraden drängten sich in ein einziges Auto, Thomas Hairy Chin's Kombi, bei dem der hintere Kotflügel eingedrückt war und der Auspuff auf dem Boden schleifte. Sie fuhren bei Mert No Heart zu Hause vorbei, um die Flaschen mit süßem Muskateller zu holen, die sein Onkel im Garten für dessen kommende Geburtstagsfeier vergraben hatte. Dann machte sich die Gesellschaft auf den Weg über die Hügel zu einem verlassenen Haus, dessen besprühten Wände die Legende des Frank Pipe erzählten.

*

Charlene spürte ihre Lippen nicht mehr; ihr Gesicht war taub, ihre Beine lose wie Gummibänder. Sie saß auf dem Boden. »Ich wußte gar nicht, daß ihr so witzig sein könnt«, sagte sie zu den Jungen und lachte über alles, was sie erzählten.

»Ihr müßt alles tun, was ich sage«, erinnerte sie, und bisher hatten sie mitgespielt. Sie war sich ihrer Macht sicher, glaubte alles unter Kontrolle zu haben. »Ihr seid nur Marionetten«, sagte sie.

Aber die Marionetten waren so eng mit ihr verbunden, daß sie darum bettelten, in Bewegung versetzt und zu ihrem unbeholfenen Tanz angetrieben zu werden. Bald waren es keine Jungen mehr, sondern Hände, zu viele Hände, die ihr Haar streichelten, ihr die Kleider glattstrichen, sie mit spitzen Fingern hochhoben, als wäre dies ein Partyspiel. Die Hände bedeckten ihren Körper so vollständig, daß Charlene einige Minuten lang nicht bemerkte, daß sie keine Kleider mehr anhatte. Als sie es merkte, begann sie zu weinen, aber ihre Tränen wurden von fremden Fingern weggewischt. Die Hände nahmen sie in Besitz, bewegten sich über ihren Körper und in ihn hinein. Sie verlor den Überblick über ihre Glieder, konnte ihre Zehen nicht mehr von den Ohren unterscheiden. Irgendwann in jener Nacht begehrlicher Magie vergaß Charlene Thunder ihren Namen, glaubte einer der sechs Knaben zu sein, wurde jeder von ihnen, so wie sie der Reihe nach ihren kalten, auf den splitternden Boden gepreßten Leib forderten.

Ich bin Bennett, dachte sie. *Ich habe ein ausgefranstes Ohr.*

Nein, ich bin Larry. Und mein linkes Auge ist schläfrig.

Halt mal, ich bin doch Franklin, und meine Zähne sind wunderschön – ein ebenmäßiger weißer Zaun.

Jetzt sehe ich mich: Ich bin Thomas. Mir ist noch nie aufgefallen, daß die Leberflecken an meiner Schläfe einen fünfzackigen Stern bilden.

Wie konnte ich nur vergessen, daß ich Mert bin? Meine Augen sind so von Haaren verdeckt, daß ich gar nichts sehe.

Ach, ich erkenne mich. Ich bin Jerry. An die krumme Nase erinnere ich mich, die war zweimal gebrochen.

Charlene kam erst wieder zu sich, als die Hände sie losließen. Sie war sorgfältig angezogen, ihr Haar war glattgestrichen, und die Tränen waren ihr vom Gesicht gewischt worden. Eine riesige Jacke lag um ihre Schultern und ein Bund mit Autoschlüsseln lag in ihrer Hand. Die Jungen waren fort, beim ersten Lichtstrahl zu Fuß aus dem Haus geflüchtet.

Charlene schloß die Augen und krümmte sich zu einem einsamen Knäuel aus wunden Muskeln und verletztem Fleisch.

Die Sonne war wie eine Hand, die Charlene über das Gesicht strich. Sie lag auf ihrem Mund, füllte ihre Nasenlöcher und kroch ihr in die Augen. Müde und mit einem Gefühl der Übelkeit setzte sie sich auf. Eine Gänsehaut überzog ihren Körper. *Ich bin nicht allein*, begriff sie rasch. Charlene suchte mit den Augen das Zimmer ab; sie wollte den Kopf nicht wenden, weil er bleiern vor Schmerz war. Zwei Frauen beobachteten sie mit unverhohlenem Interesse: eine korpulente weiße Frau mit silbergrauem Haar, die mit schnellen Handbewegungen ein Huhn rupfte, und eine große Dakota-Frau im roten Wildlederkleid, um deren Taille sich anstelle eines Gürtels eine Schlange wand.

»Sie ist wach«, sagte die weiße Frau und schüttelte den toten Vogel.

Charlene blinzelte, sie war zu erschöpft, um ein Gefühl wie Angst entwickeln zu können. Die Dakota-Frau kam mit den fließenden Bewegungen einer Schlange auf sie zu, die silberschwarzen Augen wie polierter Hämatit, klar und freundlich.

»Guten Morgen, Nichte«, sagte sie. Charlene war sich nicht sicher, ob die Sprache Englisch oder Sioux war. »Das ging ja hoch her.«

»Sie hat gefunden, was sie gesucht hat, denk ich«, fügte die andere Frau hinzu. Sie saß auf einem Ohrensessel aus Plüsch, der am Abend vorher nicht dagewesen war. »Aber es war schrecklich zuzusehen.«

»Ich hab' das nicht gewollt«, flüsterte Charlene mit heiserer Stimme. Sie streckte die Hand aus und streichelte die Schlange mit dem Finger. »Die alte Frau hat mich hergeholt, weil sie sich Sorgen gemacht hat. Sie weiß, daß du eine Verwandte von mir bist. Ich bin deine Tante Red Dress.«

Charlene nickte.

»Ich werde das nun Folgende nur einmal sagen, paß also auf, und hör gut zu.« Red Dress legte ihre Hand auf die ihrer Nichte, aber Charlene spürte auf ihrer Haut nur taufeuchte Blütenblätter. »Du hast den Zauber mißbraucht, weil du ein schlechtes Vorbild hast. Wenn du selbstsüchtig damit umgehst, wird der Zauber eines Tages auch selbstsüchtig mit dir umgehen. Wir sind nicht Besitzer dieser Macht, es steht uns nicht zu, sie selbst zu lenken. Hör auf damit, wenn du nicht verstehst, was ich meine. Laß den Zauber sein. Wirst du das um deiner selbst und um deines Volkes willen tun?«

Charlene räusperte sich und antwortete mit kristallklarer Stimme: »Ja.«

»Gut. Auch Geister vertragen nicht alles, und du hast dieser armen alten Frau heute nacht eine schwere Prüfung auferlegt.« Red Dress zeigte dabei auf ihre Begleiterin, die mit ihrer emsigen Arbeit einen Schneesturm aus Federn produzierte.

Charlene legte die klammen Hände auf die Augen und massierte ihren schmerzenden Kopf mit den Fingerknöcheln. Als sie den Schmerz etwas verdrängt hatte, schaute sie sich im Zimmer um. Es war leer und still.

Ich bin vielleicht grade erst aufgewacht, dachte Charlene, aber sie wußte, daß es nicht stimmte. Das Zimmer war erfüllt vom Duft wilder Pflaumen, und den ganzen Tag über begleitete Charlene dieser Duft, sogar noch in Mercurys Haus hinein.

Charlene hatte erwartet, daß ihre Großmutter sich über ihr Ausbleiben aufregen würde, aber Mercury war zurückhaltend, fast respektvoll in ihrem Verhalten dem Mädchen gegenüber.

»Wie wär's mit einem Zimttoast?« fragte sie Charlene, und bevor ihre Enkelin antworten konnte, rollte sie schon durch die Küche, um Frühstück zu machen.

»Nicht für mich, *Unči*«, sagte Charlene. »Ich möchte am liebsten hundert Jahre schlafen.«

In plötzlicher Kühnheit stieg sie die Treppe hinauf und betrat ihr altes Zimmer. Sie schlief schnell ein, aber nicht einmal in ihren Träumen entkam sie dem süßlichen Geruch von reifen Pflaumen.

Am Montag morgen ging Charlene nicht in ihr Klassenzimmer, sondern ins Büro der Betreuungslehrerin.

Jeannette McVay hieß sie willkommen: »Wir haben ja so lange nicht mehr richtig miteinander geplaudert. Wie geht's dir denn?«

Charlene setzte sich auf einen Metallklappstuhl und zuckte mit den Schultern.

»Wie gefällt dir meine neue Bude?« Jeannette ließ ihre Finger über die glatte Lackoberfläche ihres Schreibtischs gleiten. Der Raum war fast kahl, bis auf gerahmte Fotos von Gloria Steinem und Betty Friedan und einem Poster von Chief Joseph von den Nez Percé. Darunter standen in Großbuchstaben seine berühmten Worte: ICH WERDE NICHT MEHR KÄMPFEN, BIS IN ALLE EWIGKEIT.

»Spartanisch, nicht wahr?« Jeannette lächelte. »Das habe ich in all den Jahren in diesem Reservat gelernt. Die Sioux lassen sich von Äußerlichkeiten nicht beeindrucken, stimmt's?«

Charlene hob gleichmütig die Hand.

»Na ja, ich halt jetzt lieber den Mund und überlasse dir das Terrain.« Einen Moment lang fragte sich Charlene verwirrt, ob Jeannette die grobe Teppichmeterware herausreißen wollte. »Was führt dich hierher? Nicht, daß du einen Grund bräuchtest«, sagte die Betreuungslehrerin aufmunternd.

Charlene schaute der Frau in die Augen und merkte, daß sie würde reden können. Seit sie sich zum letzten Mal die Mühe gemacht hatte, Jeannette McVay zu betrachten, hatte die Lehrerin sich verändert. Sie färbte sich das Haar nicht mehr in dem unnatürlichen Tiefschwarz, das jedem Raum, den sie betrat, Licht zu entziehen schien, sondern tönte es mit einem warmen

Braun und rötlichen Henna-Strähnen. Ihre grauen Augen waren jetzt haselnußbraun, zweifellos das Ergebnis gefärbter Kontaktlinsen, und sie hatte ein paar Pfund zugenommen.

»Ich muß wechseln«, sagte Charlene. Jeannette nickte aufmunternd mit dem Kopf. »Ich meine, ich muß die Klasse wechseln. Können Sie mich woanders hintun?«

»Das kommt drauf an«, antwortete Jeannette.

»Auf was?«

»Warum du wechseln willst.«

Charlene schob die Hände unter ihre Oberschenkel, bis sie auf ihnen saß. »Ich hab' ein schlimmes Wochenende hinter mir«, sagte sie schließlich. »Es ist einiges passiert. Und es gibt Leute, denen ich nicht mehr begegnen möchte.«

Jeannette stand auf und ging in den hinteren Teil ihres Büros. Charlene mußte den Hals recken, um sie zu sehen. Zum ersten Mal bemerkte sie einen kleinen Navajo-Teppich auf dem Boden und ringsherum Tabakbänder und Salbeibüschel. Jeannette setzte vorsichtig einen Fuß nach dem anderen auf den Teppich. Sie hob den Rock und ging, als wate sie durch einen Bach. »Einen Augenblick nur«, murmelte sie. »Sieh zu, daß du einen klaren Kopf bekommst, das tu ich auch. Ich muß nachdenken.«

Lange Minuten verstrichen. Charlene drehte ihrer Lehrerin den Rücken zu und konzentrierte sich statt dessen darauf, die Finger auf den Metallsitz zu pressen. Der Schmerz tat ihr wohl.

»Okay«, flötete Jeannette fröhlich. »Ich hab' beschlossen, daß ich nicht wissen muß, was passiert ist. Ich werde dir die nötige Privatsphäre zugestehen. Ich weiß, ihr seid knapp in euren Äußerungen. Ich will damit sagen, daß du mir nicht mehr erzählen mußt, als du möchtest.« Jeannette kehrte auf ihren Platz zurück. »Aber ich bin bereit, dir zuzuhören. Ist da noch was?«

Charlene schüttelte den Kopf.

»Dann schick ich dich nach nebenan. Das ist dann dein neues Klassenzimmer. Was hältst du davon?«

Charlene flüsterte: »Danke schön.« Ihre Hand umfaßte schon den Türknauf, als Jeannette sie zurückrief.

»Vielleicht ist es einfacher, wenn wir uns beide etwas mitteilen. Ich verrate dir ein Geheimnis.«

Charlene ließ die Hand sinken, blieb aber in der Nähe der Tür.

»Ich heirate nächste Woche Alex Holy Hand, und um Neujahr herum erhöhen wir die Zahl der Bevölkerung in diesem Reservat.«

»Herzlichen Glückwunsch«, murmelte Charlene und wandte sich wieder zum Gehen.

»Du kannst mir also alles erzählen, jederzeit.«

Charlene drehte sich um und sah die Lehrerin an. »Ich weiß«, sagte sie. »Wirklich.« Dann floh sie, bevor die Frau noch mehr Geheimnisse mit ihr teilen konnte.

Am Ende dieser Woche bekam Charlene ein Geschenk. Es wartete auf ihrem Tisch in dem neuen Klassenzimmer auf sie, zusammengefaltet in einem einfachen weißen an sie adressierten Briefumschlag.

Die Schrift war elegant, ein wenig altmodisch, wie aus einer Schönschriftfibel abgeschrieben. In dem Umschlag steckte ein Zeitungsausschnitt. Auch hier war die schöne Handschrift zu sehen. In geschwungenen Linien stand über dem Artikel: »Dakota Times, 29. Oktober 1981«. Der Bericht war erst einen Tag zuvor erschienen.

»Da Vinci aus Perlen gestickt«, kündigte die winzige Überschrift an. Charlene las den Text ohne großes Interesse: »Ein erfinderisches Ehepaar in Chicago hat Perlen zu Gold gemacht! Martin Lundstrom und seine Dakota-Ehefrau Crystal Lundstrom, geb. Thunder, die früher in North Dakota ansässig waren, haben die letzten drei Jahre damit zugebracht, Leonardo da Vincis ›Abendmahl‹ in einer neuen Form wiederzubeleben.« Der Artikel beschrieb detailliert, wie Martin Lundstrom von dem berühmten Bild ein Muster für seine Frau erstellt hatte, die dann die Szene auf einem riesigen, selbst entworfenen Webstuhl mit Perlen ausschmückte. Herauskam ein fast vier Meter langer und knapp zwei Meter breiter Perlenteppich, der über 20 Kilogramm wiegt. Crystal hatte an die 1,8 Millionen Perlen in 120 verschiedenen Farbtönen verwendet, und das Ganze wurde von achtzehn Kilometern Nylonfaden zusammengehalten.

»Sie müssen eine sehr fromme Frau sein«, hatte der Reporter gesagt.

»Eigentlich nicht«, hatte Crystal darauf geantwortet. »Ich wollte nur etwas Ausgefallenes tun.«

Charlene wußte nicht, was sie von der Geschichte halten sollte, bis sie das Foto unter den gedruckten Spalten ansah. Ein lächelndes Paar stand neben dem Perlenteppich, der ein Muster für »Malen nach Zahlen« hätte sein können, so genau waren die Linien. Die Frau faszinierte sie.

Ihr Gesicht ist flach wie meins, dachte Charlene, und ihre Finger bewegten sich von den Zügen auf dem Bild hin zu ihrem eigenen Profil und wieder zurück. Sie hielt sich den Zeitungsausschnitt ganz nah vors Gesicht und starrte die Augen der Frau an, die stecknadelkopfklein waren. Sie lagen weit auseinander wie ihre eigenen. *So werde ich eines Tages aussehen*, dachte sie. Sie war so sehr mit der genauen Betrachtung des Bildes beschäftigt, daß sie die beiden dicken Tränen nicht bemerkte, die ihr in geraden Linien die Wangen hinunterliefen. Sie war entsetzt, als die Wassertropfen auf das Foto fielen und zuerst das edle Gesicht eines Apostels und dann das sympathische Gesicht des Ehemannes unkenntlich machten.

Charlene schlug ihr Ringbuch auf, sie hatte das Klassenzimmer um sie herum vergessen, war unfähig, das Ticken der Wanduhr über ihrem Kopf zu hören. Ihr Herz trommelte ein Lied ohne Musik, und ihre Finger waren so ungeschickt, daß sie den Stift kaum halten konnten.

Das ist meine Mutter, schrieb Charlene. Es kostete sie so viel Anstrengung, daß sie sich mit den Zähnen auf die Zunge biß und bitteres Blut ihr die Kehle hinunterlief. *Meine Mutter lebt. Meine Mutter ist in Chicago*. Jeder neue Satz fiel ihr schwerer als der vorherige. Charlene drückte den Stift so fest aufs Papier, daß das oberste Blatt und das darunter zerrissen.

Das sind Fakten, sagte sie zu sich. *Reine Fakten.*

Charlene Thunder reagierte automatisch auf das Klingeln, das den Wechsel des Klassenzimmers ankündigte. Aber anstatt ihrem Stundenplan zu folgen, flüchtete sie in die Schulbibliothek und verbarg sich zwischen Bücherregalen. Sie hatte vor, ihre Gedanken zu ordnen, fühlte sich aber so hoffnungslos verloren in der tiefen Stille ihres Zufluchtsortes, daß sie statt dessen einschlief, die Füße unter das Regal mit den Biographien geschoben, die Nase auf einem Biologiebuch.

Eine Stunde vor Schulschluß erwachte sie erfrischt und voller Tatendrang. Sie fand sich zum zweiten Mal in dieser Woche in Jeannette McVays Büro wieder, aber sie fühlte sich jetzt um Jahre älter. Sie reichte der Betreuungslehrerin den Artikel. »Zeigen Sie mir, wie man in Chicago anruft«, sagte Charlene. »Ich muß eine Nummer rauskriegen.«

Jeannette schaute den Zeitungsausschnitt kaum an. »Ich habe deine Mutter gekannt«, sagte sie.

Charlene fiel auf den Metallstuhl. »Das gibt's doch nicht!« Sie hielt sich die Ohren zu. »Ich muß das alles Schritt für Schritt verarbeiten, und wenn ich zuviel höre oder zuviel denke, laß ich die ganze Sache vielleicht sein.«

Jeannette wählte die Nummer der Auskunft, ließ Charlene aber die Information selbst erfragen. »Haben Sie einen Eintrag auf den Namen Martin Lundstrom?« fragte sie. Eine Nummer wurde genannt, doch als Charlene sie aufschreiben wollte, versagten ihr die Finger, und Jeannette mußte den Hörer nehmen und die Nummer notieren.

»Wir werden folgendes tun«, sagte die Lehrerin. »Ich stelle dir mein Büro zur Verfügung. Du kannst jetzt versuchen, sie anzurufen. Es ist noch in der Arbeitszeit, es kann also sein, daß keiner zu Hause ist. Aber einen Versuch ist es wert, oder?«

Charlenes Kopf senkte sich zu einem zögernden Nicken.

»Ich werde draußen vor der Tür sein und im Gang meditieren. Wenn du etwas brauchst, sag mir Bescheid.« Jeannette faßte Charlene an die Schultern und verließ den Raum.

Ohne Zögern nahm Charlene den Hörer ab. Sie war entschlossen zu handeln, anstatt ihren Gedanken zu erlauben, sich im Kreis zu drehen. »Sei stark«, murmelte sie mit zusammengebissenen Zähnen. »Dein Volk ist stark.«

Das Telefon klingelte und klingelte wie der Aufschrei eines überdehnten Muskels, dann brach eine Frauenstimme durch den Lärm. »Hallo?« Eine zögernde Frage.

Die Worte kamen so leicht, als läse Charlene sie von einem Blatt ab. »Ich rufe aus einem Reservat in North Dakota an«, sagte sie. »Wir sammeln Geld für unsere Waisen und für Kinder, die von ihren Eltern verlassen wurden.«

Es kam keine Antwort, nur das leise Rauschen in der Leitung.

»Nein, das ist eine Lüge«, sagte Charlene mit fester Stimme. »Hier ist Charlene Thunder, und ich rufe an, um mit jemand zu sprechen, der Crystal Thunder heißt, weil ich glaube, daß sie meine Mutter ist.«

Wieder Stille. Charlene konzentrierte sich auf das fast unhörbare weiße Rauschen.

»Ich bin Crystal Lundstrom«, flüsterte die andere Stimme. »Ich bin deine Mutter.«

Charlene war es – so leer und so voll wie die Ruhe im Zentrum des Sturms –, die das Gespräch in Gang hielt. Es gab keine Tränen oder Vorwürfe. Sie sagte zu ihrer Mutter: »Ich weiß, warum du das getan hast. Wir müssen das nicht alles durchgehen. Ich glaube, ich würde das gleiche tun, um wegzukommen.«

Charlene hörte, wie ihre Mutter den Hörer zuhielt, um ihr Schluchzen zu ersticken. »Wein doch nicht«, sagte Charlene. »Erzähl mir von meinem Vater. Sag mir, wer er ist.«

»Dein Vater ist ein Künstler, er fängt alles in seinen Zeichnungen ein. Er hat mich einmal gezeichnet. Und so hat er mich bekommen.« Nach einer Pause sagte Crystal zu Charlene: »Du hast auch eine Großmutter.«

»Was du nicht sagst!«

»Nein, ich meine die andere. Die Mutter deines Vaters. Sie ist eine gute Frau. Du würdest sie mögen. Sag, wann kommst du?« Die Frage war so einfach.

»Jetzt, wo ich dich gefunden habe, willst du, daß ich komme?« Das war Charlenes einziger Vorwurf.

»Ich habe immer gehofft, daß du mich finden würdest.«

Pläne gingen hin und her durch die Leitung, bis sich Charlene an einen losen Gesprächsfaden erinnerte. »Was ist mit meinem Vater? Weiß er, daß es mich gibt?«

Das folgende Schweigen war schlimmer als die vorhergehenden Gesprächspausen. »Er glaubt, daß du bei der Geburt gestorben bist«, gestand Crystal. »Nichts von alledem ist seine Schuld. Er hatte keine Ahnung.«

Charlene spürte schon jetzt Liebe zu ihm; ihr Blut wurde warm. »Ich bewege mich nicht eher von hier weg, als daß du es ihm erzählt hast«, sagte sie. »Und ich will ganz sicher sein, daß ich nicht in ein Kampfgebiet komme. Ich will, daß alles okay ist. Und keine Scheidung heraufbeschwören oder so.«

Es wurde schon dunkel, als Charlene den Hörer auf die Gabel legte und zu Jeannette in den Flur ging. »Ich schulde Ihnen ein Vermögen«, sagte sie zu ihrer Lehrerin.

Charlene setzte sich in der dämmrigen Halle neben Jeannette auf den Boden, ihr Rücken drückte gegen die Spindtüren. »Sie erzählt es ihm«, sagte Charlene. »Meine Mutter erzählt meinem Vater, daß ich lebe und siebzehn Jahre alt bin, und ich werde sie besuchen, wenn sich die beiden nicht gegenseitig umbringen. Sie hat versprochen zurückzurufen.«

Jeannette griff nach ihrer Hand, und Charlene ließ es zu, weil sie in der dunklen Halle nur Schatten waren.

Charlene kuschelte sich in ihren Sitz, vorsichtig, um den Mann neben ihr nicht zu berühren, und ließ die Plains wie aufgewühltes bräunliches Wasser an sich vorbeiziehen. Sie hielt den Abschnitt ihrer Busfahrkarte umklammert, denn er war ihr einziger Besitz.

»Geh bloß nicht mehr nach Hause«, hatte ihre Mutter sie

angewiesen. Charlene war überrascht gewesen, wie schnell die Stimme ihrer Mutter Autorität erlangt hatte. »Diese Frau wird alles herausbekommen und dich dort behalten.« So hatte Charlene die Nacht in Jeannette McVays Büro verbracht und war nicht einmal mehr bereit gewesen, sich auch nur auf die Straßen des Reservats zu begeben.

Die Betreuungslehrerin hatte ihr eine Tüte mit belegten Broten eingepackt, das Geld für die Fahrt gegeben und einen Freund gebeten, sie zum Busbahnhof zu bringen. »Ich fahre nicht mehr in die Stadt, sonst würde ich dich selbst hinbringen«, erklärte Jeannette. Ihr Verlobter, Alex Holy Hand, kam an die Schule, um Charlene auf den Weg zu bringen. Er roch nach bitterem Kaffee, war aber lieb und aufmunternd und lächelte unentwegt auf der dreiviertelstündigen Fahrt.

»Kennst du meine Zukünftige schon lange?« hatte er Charlene gefragt.

Sie bejahte.

»Hast du ein Glück. Ich hab' sie nicht früh genug kennengelernt.« Er zeigte auf eine Reihe von Narben auf der rechten Gesichtshälfte. »Schau nur, in wie viele Schlägereien ich verwikkelt war.« Er lachte. Eine Meile später sagte er dann: »Du bist also eine Thunder-Frau. Da muß ich mich ja in acht nehmen, sonst hebt womöglich der Wagen ab, und ich muß ihn wie ein Flugzeug steuern.«

Jetzt lachte Charlene. »Gute Idee. Ich werd' uns im Flug nach Chicago bringen.« Ihr war schwindelig, als sie in Bismarck ankamen, und sie war hungrig. Sie setzte sich in den Busbahnhof, aß ein Erdnußbutterbrot und zählte die Minuten, bis der Bus die Hauptstadt verließ, fort von North Dakota und von Mercury Thunder, deren Kräfte, so hoffte sie, wie eine Fernsehfrequenz nur eine gewisse Reichweite hätten und dann zu nichts zerrinnen würden.

Charlenes Sitznachbar schnarchte, und sie fragte sich, ob ihr Vater beim Schlafen wohl auch solche komischen Geräusche machte. Sicher nicht. Seine Stimme war so sanft und geduldig gewesen, als er anrief, wenige Minuten nachdem Crystal ihm die Neuigkeit mitgeteilt hatte.

»Hallo«, hatte er gesagt. »Ich bin der Vater. Es ist alles in Ordnung. Ich bin froh, daß sie meine Tochter ist.« Es klang, als könne er keinen Ton herausbringen und stolpere über seine Worte. »Ich bin nicht verrückt«, sagte er. Dann sagte er zu Crystal: »Sag Charlene, daß ich nicht verrückt bin.«

Crystal wiederholte, was ihr Mann gesagt hatte. »Er ist nicht verrückt. Er hat nur Schwierigkeiten, Leute direkt anzusprechen. Ich habe mir über die Jahre meinen Reim darauf gemacht, nämlich, daß er so vorsichtig ist, wenn es um Menschen geht, daß er Umwege machen muß. Er ist ein guter Mensch.«

»Doch, das bist du«, sagte sie zu ihm, als er protestierte.

Sogar seine Mutter hatte an der Unterhaltung teilgenommen und zu ihrer Enkelin gesagt: »Ich bin alt, aber ich glaube, daß ich noch ein paar Jährchen vor mir habe. Klingt, als müßte ich eine Menge nachholen in der Erziehung. Siebzehn Jahre Arbeit. Du wirst jetzt auf mich hören, wenn du hier bist. Wir haben sehr viel zu bereden.«

Crystal nahm ihr den Hörer aus der Hand. »Laß dich von ihr nicht einschüchtern. Sie redet vor allem übers Kochen.«

Charlene schloß die Augen und nahm sich vor, sie nicht mehr zu öffnen, bis sie North Dakota verlassen hatte. *Sie wird immer kleiner*, sagte sie sich und stellte sich vor, wie Mercury schrumpfte, zu einem winzigen Punkt zuammenschmolz, einer Amöbe, und nur noch unterm Mikroskop zu erkennen war. Aber ihr Gehirn spielte ihr Streiche. Sie sah ihre Großmutter auch wachsen, sich ausdehnen, bis ihr Körper das ganze Haus erfüllte, ihre Füße durch die Fenster brachen und ihre Hände den Kamin niederrissen. Das Haus zerbarst, als die alte Frau sich erhob und mit ihrem enormen Rollstuhl über die Trümmer fuhr. Furchen, tief wie Cañons, gruben sich in den Hinterhof. Als Charlene sich auszumalen begann, wie Mercury sie mit ihren Teleskopaugen aufspürte, schlief sie ein. Die Teleskopaugen wurden blind wie eine Milchglasscheibe.

Überrascht stellte Charlene Thunder fest, daß das Dach des Busses auf einmal weg, abgeschnitten war. Der Wind rauschte ihr in den Ohren, und ihr Haar wirbelte durcheinander. Charlene schaute nach rechts durch die fehlende Fensterscheibe und sah Pumpkin neben dem Bus tanzen. Ihre Bewegungen waren ohne Hast und Hetze, und doch hielt sie mühelos mit dem Bus Schritt. Pumpkin winkte Charlene zu, und es war mehr als ein Gruß: eine stilisierte Bewegung, die ein Teil des Tanzes wurde. Pumpkin öffnete den Mund, um etwas zu sagen, und Charlene zuckte zurück aus Furcht vor den wunderschönen kleinen Vögeln, die nur um zu sterben von den Lippen der Tänzerin fallen würden. Aber dieser Traum war anders. Die Vögel flogen heraus genau wie immer, aber diesmal waren sie blitzschnell davon, in einer geordneten Schar, so winzig und so dicht nebeneinander, daß sie wie ein Fischschwarm aussahen. Vor Staunen ging quietschend Charlenes Mund auf. Schnell und leicht flogen die Vögel zwischen ihren Zähnen hindurch und in die Höhle ihres Kiefers. Charlene hustete, aber die Vögel rutschten ihr die Kehle hinunter und kitzelten sie dabei mit den flatternden Flügeln.

Der Augenblick war schrecklich, aber dann war er süß. Charlene schmeckte Lakritzbonbons, und Worte lösten sich von ihrer Zunge. Endlich Pumpkins Worte. Es war eigenartig zu sehen, wie das tanzende Mädchen die Lippen bewegte, die Stimme aber von woanders kommen zu hören.

Es war nicht deine Schuld, hörte Charlene. *So etwas kann passieren. Du konntest nichts dagegen tun.* Sie lachte, die Erleichterung hob sie aus ihrem Sitz. Sie tanzte den Mittelgang hinauf und hinunter, von einem Ende des Busses zum anderen. Immer wieder schluckte sie die Vögel und hörte sie singen: *Es war nicht deine Schuld.* Weil die Stimme aber aus ihrer eigenen Kehle kam, hätte sie nicht zu sagen gewußt, wer ihr eigentlich vergab, Pumpkin oder sie selbst.

Die Visionsgrube

(1982)

Herod Small War war der Vorsitzende des Außenkomitees, das in Zusammenarbeit mit dem Insassenkomitee das jährliche North-Dakota-Gefängnis-Rodeo organisierte. Dieses Jahr sollte es außer etwa einem Dutzend Rodeo-Wettbewerben auch ein Powwow am Abend geben – und das alles innerhalb der Backsteinmauern des Staatsgefängnisses. Das zweite Wochenende im Juni war heiß und staubig, der Wind ein warmer Luftstrom, der die lose Ackerkrume forttrug. Harley Wind Soldier, Frank Pipe und ihre Klassenkameraden der Saint Mary's High-School hatten drei Wochen zuvor ihren Schulabgang gefeiert, mit einer gedämpften Festveranstaltung, bei der mehr vom Ende einer Zeit als von Neuanfang die Rede war; nur wenige Schüler würden ein College besuchen. Doch das Gefängnis-Rodeo versprach gut besucht und eine willkommene Ablenkung für die Schulabgänger, ihre Familien und natürlich die Gefängnisinsassen zu werden.

Mercury Thunder kam als eine der ersten am Freitag morgen an. Ihr alter Freund Roger Bonnin hatte sie hergebracht – der einzige unter all ihren früheren Liebhabern, dem wirklich etwas an ihr lag. Er hatte eine tragbare Laube für Mercury gebaut, mit weißgestrichenem Holzgitter und daran hochrankenden Plastikrosen. Bedächtig suchte er einen Ort dafür aus, der schon im Schatten, aber doch in der Mitte des Geschehens lag. Mercury rollte sich mit ihrem Stuhl in die Laube und legte ein schmales Brett als Tischchen über die Armlehnen. Eine junge Höhleneule, kaum größer als ein Tennisball, saß auf ihrer Schulter, schaukelte rhythmisch vor und zurück und steckte, wenn sie erschrak, den Schnabel in das steife Haarnest der Frau. Mercury ging nie ohne den Vogel fort, der sich mit seinen feinen Krallen an ihrem Kleid festhakte, aber seinen Namen hatte noch niemand herausgefunden. Wenn Mercury danach gefragt wurde, pflegte sie zu sagen: »Das ist ein Geheimnis« oder: »Er hat keinen Namen« oder ganz einfach: »Nichts«. Deshalb gewöhnten sich ihre Nachbarn an, den Vogel hinter ihrem Rücken *Nichts* zu nennen. Und als ihnen auffiel, wie die alte Frau abmagerte und ihre Augen in den Höhlen versanken, verwandelte sich die Angst der Leute in Mitleid, und sie sagten: »Schaut doch, Mercury Thunder hat *Nichts* mehr.« Aber es gab auch andere, die vorsichtiger waren und überlegten, ob Mercury nicht vielleicht mit dem schlauen Regenpfeifer verwandt war – dem Küstenvogel mit der doppelreihigen schwarzen Kette um den Hals, der als geschickter Schauspieler gilt und einen gebrochenen Flügel simuliert, sich dann aber mit einem höhnischen Ruf in Sicherheit bringt, der dem um seine Beute Geprellten noch lang in den Ohren klingt.

»Paßt auf«, warnten sie ihre Kinder und Enkel. »Die ist noch gefährlicher, jetzt, wo das Nest leer ist.«

Mehrere Babys wurden zum Gefängnis-Rodeo mitgebracht und von einem Verwandten zum nächsten gereicht, aber nur eines wurde in der traditionellen Brettwiege der Dakota getragen: Jeannette McVays fünf Monate alte Tochter Gloria Betty Holy Hand. Gloria Betty hatte auf dem ersten Powwow, an dem sie einen Monat zuvor teilgenommen hatte, eine kleine Sensation ausgelöst, denn sie sah wie eine reinrassige Sioux aus, indianischer als ihr Vater und ohne eine Spur von Ähnlichkeit mit ihrer Mutter.

»So weit kann Entschlossenheit einen bringen«, neckte Herod die Mutter. »Du hast wohl mit dem Löffel dagesessen und den weißen Rahm abgeschöpft. Dieses Baby ist eine reine Dakota.«

Dann wurde er ernst. »Aber, Jeannette, sie muß beide Seiten kennenlernen. Sonst kann sie das Gleichgewicht nicht halten und wird komisch laufen und mit schiefem Mund sprechen. Erzähl ihr *beide* Geschichten.«

Jeannette hatte es versprochen, die getönten Augen respektvoll gesenkt. Jetzt pirschte sie über das Gefängnisgelände, das Baby auf den Rücken gebunden. Gloria Betty betrachtete die Umgebung von ihrem Hochsitz aus und blickte mit weitgeöffneten schwarzen Kugelaugen in die Welt. Sie lachte Frank Pipe an, als er vorbeilief, und er antwortete mit einem Gruß.

Frank half dem Chef des Rodeos und hatte den Vormittag damit verbracht, Anweisungen weiterzugeben und zuzupacken, wo Not am Mann war. Sein Cowboyhut aus Stroh war grau von all dem Staub und Schweiß, und die Enden seiner langen Zöpfe hatte er in seine Gesäßtaschen gesteckt, damit sie ihm bei der Arbeit nicht im Weg waren. In einer Pause hatte er zwei Würstchen mit fritiertem Brot gekauft und eines davon Aljoe Big Nest gebracht, dem Stallboß, der so mager war, daß man glauben mochte, sein Rücken säße direkt auf der Brust.

»Wie ist es denn so hier drinnen?« fragte Frank seinen Cousin.

»Nicht schlecht.« Aljoe hielt das Würstchen vorsichtig in der Hand, als sei es eine Blume, und nagte nur zaghaft daran. »Hier gibt's mehr zu lernen als in meiner ganzen Schulzeit.«

Frank hatte sein Würstchen mit drei großen Bissen verschlungen und wischte sich die Finger am Hutrand ab. »Mein Großvater sagt, du bist wiedergeboren worden«, sagte Frank.

»Amen.« Aljoe wurde lebhafter. »Meine Seele war schmutzig, und sie ist reingewaschen worden. Jetzt kann ich sie an meinen Rippen spüren.«

Kein Wunder, dachte Frank. *Wahrscheinlich spürst du auch, wie sich deine Milz und deine Leber an deinen Seiten reiben.* »Wie kommt's, daß du ausgerechnet den Weg eingeschlagen hast?« fragte Frank.

»Das will ich dir sagen.« Aljoe kaute mehr auf seinem mageren Daumen als an seinem Würstchen. »Der kam mir so klar und einfach vor und hat mir keine angst gemacht. Herod, na ja, der redet mit den Geistern. Der sieht Dinge über die Hügel laufen und durch die Luft fliegen, die andere Leute nicht sehen. Der ist vom Geist erfüllt, und ich hab' mein Leben lang zugeguckt, wie er die Geheimnisse der Welt zusammenträgt. Ich glaube, mir gefällt ein Gott besser, der die ganze Macht hat und sie mit keinem teilt.« Aljoe grinste, was ihn um Jahre älter als zweiundzwanzig aussehen ließ, weil ihm die Schneidezähne fehlten. »Das ist längst nicht so verwirrend, weißt du?«

Frank nahm seinen Strohhut vom Kopf und wedelte mit ihm herum, um einen Lufthauch zu erzeugen. »Das hat mir *Tunkašida* auch erzählt, jedenfalls so was Ähnliches. Er hat gesagt, der christliche Gott hat eine große Kerosinlampe, die voll aufgedreht ist, und den Menschen, die um Hilfe und Führung zu ihm beten, denen erhellt er den Weg. Wenn du dagegen *Wakan Tanka* um Hilfe rufst, dann sagt der: ›Okay, schau mal her, so macht man Feuer.‹ Und dann mußt du dir selbst eine Fackel machen.«

»Genau«, sagte Aljoe und zog sich am Ohr. »Mich muß man durch dieses Leben führen. Das geb ich auch offen zu.« Er hielt Frank sein Würstchen hin. »Iß du das auf. Ich bring vormittags nichts runter.« Aljoe ging, um nach den unruhigen Tieren zu sehen.

Frank wippte auf den Absätzen seiner Stiefel und sah zum Himmel. Er spürte im Wind eine Kraft, hatte das Gefühl, in die flaumigen Wolken seien Rätsel eingenäht. Die Dichte und Einfachheit des Horizonts und die reiche Vielfalt des Bodens unter seinen Füßen erfüllte ihn mit Befriedigung. Er begann langsam, den Seherblick seines Großvaters zu schätzen, seine Haltung des Staunens, Erkundens und Hinnehmens. Er glaubte, die Seele seines Großvaters befinde sich nicht im Innern des alten Mannes, sondern um ihn herum, und man berühre ihre Strahlen, wenn man ihm die Hand schüttelte, oder streife daran entlang, wenn man an seinen Ellbogen stieß.

Herod Small War hatte zu Frank gesagt, wenn er sein Helfer werden und seine Religion lernen wolle, dann würde sie sein Leben prägen. »Sie hört nicht mit dem Ende einer Zeremonie auf«, hatte Herod gewarnt. »Sie wird dich ins Bett und zum Frühstück begleiten, und auch bei einem Basketballspiel oder einem Powwow wird sie dabeisein. Die ganze Zeit.«

Frank war noch nicht sicher, ob er so würde leben können, aufnahmebereit für die Welt, die eigene Seele nach außen gestülpt, verletzbar.

»Glaubst du, daß ich das kann?« hatte er Herod gefragt.

»Ich habe schon von Anfang an die Fähigkeit in dir gesehen«, hatte sein Großvater zu ihm gesagt. »Deshalb habe ich dich immer nahe bei mir gehabt. Sonst würde ich dir nichts beibringen, selbst wenn du mich darum bätest.«

Frank Pipe sah zu, wie der Rodeo-Clown sich das Gesicht schminkte, und überlegte, was mit seinem Cousin Aljoe wohl losgewesen war oder besser, was ihm gefehlt hatte. *Warum bedrückt ihn die Schwere des Himmels?* fragte sich der Junge. Sein Cousin hatte früher seinen Lebensunterhalt damit verdient, auf Bestellung zu stehlen. Er ging im Reservat von einem Haus zum anderen und stellte eine Warenliste zusammen:

»Wollt ihr eine 13-Zoll-Sony-Trinitron?«

»Braucht ihr ein Panasonic-Tapedeck?«

»Willst du für deinen Sohn ein Paar Nikes in Größe 14?«

»Wollen Sie vielleicht *Sports Illustrated*, die Ausgabe mit den Badeanzügen, für Ihren Mann zum Geburtstag?«

Seine Preise waren vernünftig, und er brachte auch Tauschgeschäfte in Gang. Als die Polizei ihn schließlich faßte, war seine Abwesenheit für viele Familien im Reservat so, als hätte der Billigmarkt vor Ort pleite gemacht.

Noch bevor Aljoe in Konflikt mit dem Gesetz kam, erinnerte sich Frank, hatte er ihn einmal im Jungenklo von Saint Mary's beim Schnüffeln von Korrekturflüssigkeit gesehen. Frank war damals elf, fünf Jahre jünger als sein Cousin, aber er wußte bereits, wie gefährlich das Schnüffeln war.

»Du machst dir die Lungen kaputt«, flüsterte er Aljoe ins Ohr – er wollte ihn nicht in Verlegenheit bringen vor seinen Freunden, die aus zerknitterten Tüten tiefe Atemzüge inhalierten. »Die Lungen werden davon ganz hart und bleiben so, und dann kannst du nicht mehr atmen.«

»Cool.« Aljoe hatte ein schönes Lächeln; er hatte damals noch nicht die Bekanntschaft mit dem Lenkrad gemacht, das ihm die Zähne ausschlug. »Ist das vielleicht cool. Dann werden sie halt zu Papier, auf dem jemand schreiben kann, und ich hör einfach auf zu atmen.«

Jetzt beobachtete Frank Pipe seinen Cousin, wie er sich die Tiere für das Rodeo genau ansah. Aljoe war locker, aber gründlich und achtete genau auf Einzelheiten – deshalb war er auch so ein guter Dieb gewesen. Frank wünschte ihm alles Gute und beschloß, besser wieder an die Arbeit zu gehen. Nach ein paar Schritten wurde er von zwei Reihen scharfer Zähne, die sein linkes Hosenbein zusammenhefteten, zum Stehen gebracht. Frank ging in die Hocke, kraulte Chuck Norris hinter den Ohren und schubste ihn dann auf den Rücken, um ihm den runden Bauch zu streicheln.

»Wo ist dein Kumpel?« fragte Frank. »Hast du ihn mitfahren lassen?«

Harley Wind Soldier tauchte hinter Frank auf. »Du hast den Chef des Unternehmens also schon ausfindig gemacht«, witzelte er. Sachte gab er dem sich windenden Spitz mit dem Fuß einen kleinen Stups.

Frank richtete sich auf. »Wo warst du?« fragte er seinen Freund.

»Nirgends.« Harley steckte die Hände in die Gesäßtaschen und legte den Kopf zurück, bis er über die Gefängnismauer hinaussah.

Frank überlegte, was Harley dort wohl sehen mochte. »Ich habe mit Aljoe geredet«, sagte Frank. »Der ist tatsächlich fromm geworden. Na ja, wenn 's ihm hilft. Aber komisch ist es doch, ihn so reden zu hören.«

Harley zuckte mit den Schultern. »Ach, was soll's. Ist doch alles nur eine Masche.« Er entfernte sich mit großen Schritten und nach vorne gebeugtem Oberkörper, wie jemand, der gegen einen steifen Wind ankämpft.

Frank lief hinter ihm her. »Ich kapier das nicht, Mann. Wozu denn diese Weltuntergangsstimmung und Trübsalblaserei? Es ist schon ein Jahr her seit dem Unfall, und du hast das Mädchen doch kaum gekannt. Gerade eine Nacht, *koda*.«

Harley warf die Arme zur Seite, als sei die Antwort körperlich greifbar, von seinen geballten Fäusten umschlossen. Er ging rasch weiter, und Chuck hinkte auf drei Beinen hinter ihm her, das vierte war nutzlos, aus dem Takt.

Frank sah Harley mit zusammengekniffenen Augen nach, entschlossen, das Herz seines Freundes so klar zu erkennen, wie sein Großvater es erkennen würde.

Harley Wind Soldier war ein Mensch der raschen Gesten und abrupten Aufbrüche geworden, nicht so sehr, weil er meinte, er müsse irgendwohin, sondern eher aus dem Gefühl, bestimmte Dinge hinter sich lassen zu müssen. Das dunkle Schweigen seiner Kindheit hatte sich ausgedehnt und gleichzeitig verdichtet, war ein bleiernes Gewicht geworden, das überall hindrang, bis in die Fingerspitzen. Harley hatte die Vorstellung, nur noch Oberfläche zu sein, straffe Haut über einem Hohlraum. Am meisten angst aber machte ihm die Erkenntnis, daß selbst ein Mensch, in dessen Seele Träume und Ziele verschmolzen, ein Mensch, der wie Pumpkin gelernt hatte, widersprüchliche Impulse miteinander in Einklang zu bringen, einfach aus der Welt geschleudert werden konnte.

Wozu taugst du denn schon? warf er sich vor. Harley hielt sich weder für besonders interessant noch für begabt. Er konnte nicht tanzen wie Pumpkin, egal wie sehr er sich bemühte; er spielte nicht mit dem gleichen Einsatz Basketball wie Frank Pipe, der höher sprang als andere größere Spieler und so zäh in der Verteidigung war, daß er den Spitznamen *Mosquito Wičaša* –

Moskitomann – bekommen hatte. Harley konnte nicht singen wie seine Mutter, nicht beten wie Herold Small War, und er konnte die Welt nicht mit dem unbekümmerten Optimismus betrachten wie seine Betreuungslehrerin Jeannette McVay. Er konnte sich nicht einmal so gut ausdrücken wie Chuck Norris, der seine Wünsche und Vorlieben klar äußerte.

»Von dir könnte ich was lernen«, knurrte Harley den Hund an. Chuck Norris blieb wie angewurzelt stehen, senkte den Kopf und raste dann an Harley vorbei, in der Hoffnung, von ihm gejagt zu werden. Enttäuscht bremste er ab, als es keine Verfolgungsjagd gab.

Harley lehnte sich an die Backsteinmauer, die warm war wie im Feuer erhitzte Steine. Seine angespannten Muskeln lockerten sich. Das Gefängnis war fast hundert Jahre alt, aber Harley erinnerte sich daran, daß dies nicht die ursprüngliche Mauer gewesen war. Schwere Kiefernbohlen hatten die Insassen von einst eingeschlossen, deren Geschichten seine Neugier weckten: Er sah förmlich Generationen von Gefangenen im Hof herumlaufen. So fasziniert war er von den Bildern, die sein Geist heraufbeschwor, daß er die eine große Gabe, die er besaß, gar nicht erkannte: seine Vorstellungskraft. Harley nahm an, daß jeder, der auf einem historischen Schlachtfeld stand, die gräßlichen Gefechte vor dem inneren Auge ablaufen sah, daß jeder, der zum Mond hinaufblickte, sich vorstellen könne, wie es ist, dorthin zu reisen und Fußspuren im Mondstaub zu hinterlassen. Hier beobachtete Harley Wind Soldier einen ganzen Aufmarsch von geisterhaften Pferdedieben und Betrügern, Schmugglern und Mördern, die sanft wie Kinder aussahen – Aufsässige jeder Art. Harley verwandelte die verschwommenen Schatten in menschliche Geschöpfe mit allen Einzelheiten. Eine fehlende Augenbraue fiel ihm auf, Zehen, die aus Schuhen lugten, ein Mann, der an einem Grashalm kaute, ein anderer, der, nackt bis zur Taille, in geschmeidigen Liegestützen die Nase zum Boden führte. Harley atmete ungleichmäßig, angestrengt, denn manchmal ging eine Gestalt ganz dicht an ihm vorbei und trat ihm auf die Zehen.

Harley Wind Soldier wurde von Geistern fast niedergetrampelt, und hatte dabei nicht die blasseste Ahnung, wie bemerkenswert seine Vorstellungskraft war.

Das Rodeo fing mittags an und war abends zu Ende. Alle Wettkampfteilnehmer, die hier antraten, um die Öffentlichkeit zu unterhalten, waren Häftlinge. Der erste Wettbewerb war das Mad Scramble, gefolgt vom Broncoreiten mit Sattel und Kalbeinfangen, dem Broncoreiten ohne Sattel, dem »Stierkampf«, einer Clown-Nummer, und dem heimtückischen Bullenreiten, bei dem die Gefängnis-Cowboys einander zum Ritt auf dem gefährlichsten bockenden Bullen, Yellow Jacket, herausforderten. Den Abschluß bildete ein Wildpferdrennen, das so viel Staub aufwirbelte, daß es aussah, als steige von einem großen Feuer Rauch auf und wälze sich durch die Arena und über die Tribünen.

Chuck Norris machte die Tiere mit seinem durchdringenden Gebell nervös, bis schließlich ein Gefängniswärter drohte, den Hund zu erschießen. Harley nahm ihn hoch und trug ihn zum Auto. Er sah, daß Herod Small War und Frank Pipe Vorbereitungen für das kleine Abend-Powwow trafen, die Arena saubermachten und die Plätze für die Trommelgruppen festlegten. Harley hatte eigentlich vor, bei den Tänzen mitzumachen, aber die hektische Betriebsamkeit bedrückte ihn plötzlich.

»Komm, wir hauen ab«, sagte er zu Chuck. Das Lächeln des Hundes war schief, aber ehrlich. Er drückte sich an Harley, aber er war so leicht, daß der Junge das Gewicht gar nicht spürte.

Lydia Wind Soldier hatte seit mehreren Jahren an einem traditionellen Dakotakleid gearbeitet. Keiner wußte von ihrem Vorhaben außer ihrem Sohn. Sie hatte das Wildleder auf die alte Weise gegerbt, mit Kuhhirn und einem Schabstein, und die Passe mit dem Muster bestickt, das auf einem alten Foto ihrer Mutter zu sehen war: einer verblichenen Aufnahme des Kleids, das Lydias Urgroßmutter einst zu wichtigen Zeremonien trug und das jetzt unberührt und ungetragen im Field Museum in Chicago vor sich hin schmachtete. Eine große Fläche blauer Perlen stellte einen strahlenden Himmel dar, und durch die glitzernde Luft fluteten die schlanken Gestalten von Dakota-Frauen, die ihren Ehemännern zuwinkten, berittene Krieger, die über den Tod hinwegsprangen, und unermüdliche zottige Büffel, die nie erlegt wurden. Dazu nähte Lydia Beinlinge, die wie die amerikanische Fahne aussahen, die vertrauten Sterne und Streifen in Perlenstikkerei, denn auch dies war ein Teil ihrer Geschichte. Die Mokassins waren Kopien der Hochzeitsschuhe ihrer Mutter, so ähnlich Lydia sie aus dem Gedächtnis dem ursprünglichen Paar machen konnte: die eben erblühten roten Rosen mit schwarz umrandeten Blütenblättern.

Das Material für das Kleid war teuer gewesen. Lydia sparte sich das Geld für die Perlen von der Rente ab, die sie nach dem Tod ihres Mannes bekam, und von dem Lohn, den sie in der Küche von Saint Mary's verdiente. Zwischendurch waren ihr die Perlen ausgegangen, und sie hatte die Arbeit mehrere Monate beiseite legen müssen, bis sie wieder Geld gespart hatte, um welche kaufen zu können.

Lydia zog ihr Kleid, die Beinlinge und die Mokassins zum ersten Mal an, um sie zum Gefängnis-Rodeo-Powwow zu tragen. Das Kleid war schwer, aber Lydia hielt den Rücken gerade, während sie ihr langes Haar bürstete. Sie stand an der Spüle, um die Finger naß machen und widerspenstige Strähnen zähmen zu können. Wenn sie sich bewegte, warfen die Perlen das Licht zurück und glitzerten, aber noch war Lydia nicht ganz zufrieden mit ihrem Kostüm. Sie merkte, daß sie einen Gürtel brauchte. In der untersten Schublade der Kommode ihres Mannes lag eine zusammengerollte Schlange. Lydia nahm den Schlangenledergürtel, den Herod Small War vor so langer Zeit für Calvin gemacht hatte, und schlang ihn sich um die Taille. Dann schraubte sie die Tabaksdose mit der karminroten Farbe auf, die sie eigenhändig hergestellt hatte. Sie zog einen roten Strich entlang ihres Scheitels und malte zwei leuchtende Kreise auf ihre Wangenknochen.

Jetzt bin ich bereit, dachte sie zufrieden. Ihr Bemühen hatte nichts mit Eitelkeit zu tun – obwohl ihr Auftritt Aufsehen erregen würde –, sondern vielmehr mit dem Wunsch, ihre Vergangenheit zu umarmen. Lydia würde niemals ihre Stimme benutzen, um Harley zu sagen, was er wissen mußte. Sie würde ihm eine Geschichte anbieten, die er mit den Augen lesen konnte.

Wir werden zusammen tanzen, sagte sie zu sich. *Endlich wird er mich erkennen und verstehen, wo er herkommt.* Die Erinnerungen, die Lydia an diesem Abend trug, waren ein Geschenk an ihren Sohn.

Harley Wind Soldier saß auf der Ladefläche seines Pickups, fuhr mit dem Daumen über die münzgroßen Rostflecken und ließ sich warmes Bier durch die Kehle laufen. In seiner Vorstellung füllte er damit etwas auf, griff die Leere an, die er wahrgenommen hatte, aber ob es funktionierte, konnte er nicht sagen.

»Langsamer!« schrie er, ohne von der Tatsache Notiz zu nehmen, daß das Auto auf dem Betonparkplatz hinter der Saint Mary's Schule parkte. Chuck Norris winselte nervös. Vorsichtig biß der kleine Hund in Harleys Hand.

»Herrgott, laß mich in Frieden!« schrie Harley und schubste Chuck mit der lädierten Hand quer über die Metallfläche. Vorsichtig kam der Hund zurückgekrochen, Zentimeter um Zentimeter. Harley lehnte sich gegen das Führerhaus und drückte mit dem Kopf die dicke Glasscheibe ein. Den Schmerz sollte er erst am nächsten Tag spüren. Er schluckte Schaum und goldene Flüssigkeit; er meinte, es sei Mondlicht, das durch seinen Mund sprudelte. Er warf den Kopf zurück und bellte. Chuck Norris wich zurück, und seine Augen wölbten sich nach vorn wie schwarze Murmeln, aber schließlich erhob er doch seine Stimme, um gemeinsam mit Harley zu bellen; versuchsweise wedelte er mehrmals abrupt mit dem Schwanz.

»Mann, bin ich besoffen«, sagte Harley, als seine Kehle sich zusammenzog. Er warf die letzte, jetzt leere Bierdose auf den Boden und fiel prompt von der Ladefläche des Autos, als tauche er hinter ihr her. »Sollte mich lieber fertig machen«, murmelte er und kam unsicher auf die Beine.

Harley kleidete sich so gut er konnte in sein Grastänzerkostüm. Er starrte in den Rückspiegel, um sein Gesicht zu bemalen und erkannte die roten Augen und das dümmliche Lächeln nicht. Sie erinnerten ihn an einen Clown, und er beschloß, das *heyo'ka*-Muster zu benutzen, das von seinem Vorfahren Ghost Horse stammte. Die zackigen Blitze verwischten, weil seine Hand zittrig war, aber die Linien kamen in etwa hin. Harley fuhr den Pickup auf die Straße, ohne die Pedale mit seinen gefühllosen, mit Mokassins bekleideten Füßen richtig zu spüren, und ließ Chuck Norris hinten auf der Ladefläche sitzen, wo der kleine Hund in jeder Kurve mitgeschleudert wurde und von einer Seite zur anderen rutschte.

Drogen, Alkohol und betrunkene Teilnehmer waren beim Rodeo-Tanzfest streng verboten, deshalb ging Harley so rasch wie möglich hinein und winkte dabei den Wachen lässig zu. Seine Knie bebten mit den Schlägen der Trommel. Er beschloß, seinen Spaß zu haben. Einer der Rodeo-Clowns hockte auf dem Zaun, der die Arena umgab. Er hatte eine Schlabberhose an und eine rote Gumminase auf. Harley ging zu ihm hin und schüttelte ihm die Hand.

»Von Clown zu Clown«, sagte er.

Der Mann lachte. »Du spürst keinen Schmerz, Bruder? Recht so!« Er zog sich die Knollennase vom Gesicht und hielt sie Harley hin. »Dann nix wie los«, sagte er. »In die Zielgerade.«

Harley klatschte sich die Nase ins Gesicht. »Danke, Mann.« Er hob die Faust. Der Rodeo-Clown hob auch seine Faust und mußte so lachen, daß er vom Zaun rutschte.

Harley Wind Soldier torkelte mit übertriebenen Bewegungen wie ein Powwow-Clown in die Arena. Er schwankte so weit zur einen Seite, daß er fast hinfiel, fing sich dann im letzten Augenblick wieder, um sofort zur anderen zu schwanken. Er stieß ein explosives Kriegsgeheul aus und tanzte gegen den Uhrzeigersinn, gegen den Strom. Er spielte den Narren.

Harley bemerkte seine Mutter in ihrer kostbaren Aufmachung erst, als sie dicht vor ihm stand. Lydia ließ ihn ihre Verachtung spüren. Sie musterte ihn von den Federn auf seinem Kopf bis zu den im Staub scharrenden Mokassins. Sie roch den Dunst seines Saufgelages und verschmierte die fettigen Blitze auf seiner Wange mit dem Finger. Dann trat sie einen Schritt zurück, als wolle sie gehen, und schlug ihrem Sohn ins Gesicht. Die Wucht des Schlags warf ihn zu Boden. Lydia trat über den niedergestreckten Harley hinweg und direkt auf Frank Pipe zu. Mit den Lippen deutete sie auf Harley.

»Keine Sorge, ich nehm ihn mit«, sagte der Junge.

Lydia raffte ihre Sachen zusammen und ging. Chuck Norris nahm sie mit.

Harley wachte in Herod Small Wars enger Vorratskammer auf; sein Grastänzerkostüm hing von einem Nagel an der Wand über seinen Füßen. Die Farben waren ihm zu grell, und er schloß rasch wieder die Augen.

»Kaffee«, rief Alberta Small War aus der Küche.

»Mhmm«, ächzte Harley.

Die alte Frau steckte den Kopf in die Vorratskammer und sagte: »Setz dich hin und trink das. Dann geh zur Schwitzhütte. Mein Mann will dich sehen.«

Harley würgte das bittere Gebräu hinunter und machte sich dann sehr vorsichtig auf den Weg zu der kuppelförmigen Hütte. Dort streifte er seine Kleider ab. Harley schob die schweren Decken, die über gebogenen Weidenstangen lagen, zur Seite und ging hinein. Die erhitzten Steine waren noch nicht nach drinnen geschaufelt worden, deshalb machte er die Klappe nicht hinter sich zu. Im Innern der Hütte war es dämmrig, aber nach und nach erkannte Harley die Anwesenden als Herod Small War, Frank Pipe, Archie Iron Necklace und Bill Good Voice Elk. Er beobachtete sie verstohlen, zu beschämt, um ihnen direkt ins Gesicht zu sehen.

»Wir werden die Krankheit aus dir herausziehen«, versprach

Herod, als die Steine nach drinnen geschoben und mit einem Eimer Wasser begossen wurden.

Harley vergaß alles außer dem Dampf; seine Augen brannten, der Atem versengte ihm die Lungen, sein Kopf schmolz. Nach vier Schwitzgängen traten die Männer nach draußen und schrubbten sich den Körper mit Salbei ab.

»Du kannst heimgehen«, sagte Herod zu Harley. »Jetzt bist du sauber genug, um deiner Mutter gegenüberzutreten.« Harley zog sich an und war bereit für den kurzen Gang zu seinem Haus, als Herod ihm auf die Schulter tippte. »Es gibt Wege, wie du erfahren kannst, was in dir ist. Wir alle haben irgendwann schon ein wenig um uns selbst geweint, das ist natürlich, aber laß es nicht zu lange andauern. Das machen nur Kinder. Ich denke, du willst ein Mann sein?«

Harley nickte; in seinen Taschen ballten sich seine Hände und öffneten sich wieder.

»Frank kann dir helfen«, vertraute Herod ihm an. »Er lernt es auch gerade.«

Harley Wind Soldier stand in derselben tiefen Grube, in der sein Vater vor dreißig Jahren gestanden hatte. Harley war bereitwilliger, als Calvin es gewesen war, und hatte nur seine Turnhose an und eine Decke umgehängt. Er drückte Herod Small Wars Pfeife an die Brust und beobachtete, wie die vier Fahnen, die rings um die Grube aufgestellt waren, sich im Wind hoben. Seine Mutter und Alberta Small War hatten den langen Zopf aus Tabak geflochten, der ihn umgab.

»Ich weiß nicht, wie man betet«, murmelte Harley, aber er verwarf den Gedanken. *Ich werde es lernen*, sagte er sich.

Er erinnerte sich an die Bitten, die Frank Pipe vorbereitend in seinem Namen gesprochen hatte: *»Tunkašida Wakan Tanka*, mein Freund ist bereit für das *Hanbdeč'eya*. Er möchte euch seine Stimme schicken, damit ihr seine Gebete beachtet. Aber vielleicht hat er nicht die Kraft, sich hinzustellen und zu euch zu sprechen, deshalb bitte ich euch, ihm zu helfen.« Frank Pipe sprach Dakota und fand die Worte so mühelos, daß sein Großvater nickte. Harleys Puls ging schneller. Sein Freund war vom Geist erfüllt, und der Anblick bewegte Harley, gab ihm einen Funken Hoffnung.

Aber jetzt war er allein auf dem Angry Butte unter dem Angesicht des Himmels. »Ich muß für mich selbst sprechen«, sagte er laut. Er versuchte ein zögerndes Gebet: *»Tunkašida Wakan Tanka*, du weißt alles, du hast mein Herz gemacht. Laß mich zum ersten Mal hineinsehen.«

Harley brachte sich selbst bei, wie man aus einem Loch in der Erde betet. Es fühlte sich richtig an, in der Erde begraben zu sein und gleichzeitig in die Luft zu ragen, eine einsame, den Elementen ausgesetzte Gestalt. Stunden vergingen, und es war plötzlich dunkel, als hätte eine Frau ihr Schultertuch über den Himmel geworfen. Harley fröstelte unter seiner Decke, fühlte sich schon in dieser ersten Nacht erschöpft. Seine Augenlider flatterten, und er schlief im Stehen, bis er leise wiehernde Pferde miteinander reden hörte. Er sah zu dem leuchtenden Mond hinauf und bemerkte vier Männer, die zu Pferd einen breiten Lichtstrahl, eine Mondstraße, herunterkamen. Es waren Dakota-Krieger, junge Männer, nur ein paar Jahre älter als Harley, und so sicher, so selbstverständlich im Sattel, daß man ihre würdige Haltung für Hochmut hätte halten können. Schon von weit oben hoben sie über Harleys Kopf die Hände zu einem Gruß und bewegten sich graziös und ohne jede Eile auf ihn zu.

»Cousin«, riefen sie, als die Hufe ihrer Pferde den festen Boden berührten. »Komm, reite mit uns!« Der kleinste von ihnen kam auf das Visionsloch zugeritten und schob seinen Arm durch den des Jungen. Harley wurde in den Sattel hinter den Reiter gewirbelt. Er konnte über den Kopf des kleineren Mannes hinwegsehen, als die Pferde den Angry Butte hinunterjagten und lautlos über die offene Ebene galoppierten.

Die Männer lachten; sichtlich waren sie Freunde. »Unser Cousin sagt, wir sind zu langsam«, rief einer von ihnen.

»Er sagt, wir wissen nicht, wie man reitet«, rief ein anderer.

Der Mann, der Harley in den Sattel gehoben hatte, sagte: »Er erzählt mir, unsere Pferde pfeifen aus dem letzten Loch.« Sogar die Ponys schnaubten verächtlich bei diesen Worten.

»Cousin, bist du bereit für ein Abenteuer?« fragte der Krieger neben ihm.

»Hau«, antwortete Harley auf dakota. Ja.

Die Krieger ritten in das Tal, in dem Harley Wind Soldier als Junge nach der Zauberhöhle gesucht hatte. Am Rand einer Felsspalte blieben die Ponys auf dem Talgrund stehen.

»Das ist sie«, murmelte Harley. »Danach haben wir gesucht.«

»Bist du sicher?« fragte einer seiner Führer.

Der kleine Dakota grinste. »Cousin, du wirst allein weitergehen müssen. Krieche durch den Tunnel zur anderen Seite.«

Die Ponys drängten sich ungeduldig aneinander. Harley glitt von seinem Pferd und tätschelte ihm die warmen, seidigen Flanken. »Diesen Ritt werde ich nie vergessen«, sagte er zu den Kriegern. Dann ließ er sich in die Zauberhöhle hinunter.

Stundenlang, wie ihm schien, kroch Harley auf Händen und Knien, überzeugt, er würde sich nie wieder aufrichten und gerade stehen können. Er roch nach Grab und war mit winzigen Spinnen bedeckt; er spürte, wie sie über seinen Rücken und in sein Haar liefen. Der Tunnel führte eine Zeitlang nach unten, stieg dann wieder an und bog an manchen Stellen so scharf ab, daß Harley dachte, er kröche vielleicht im Kreis. Das Ende des Ganges kam überraschend, nach einer Haarnadelkurve. Harley blinzelte in die flackernde Helligkeit eines Feuers.

»Willkommen am Ratsfeuer, *takoja.*« Kleine Hände zogen ihn aus dem Tunnel und wischten ihm den Schmutz und die Spinnen vom Körper.

»Unči!« rief Harley und ergriff die Hand der Frau.

Margaret Many Wounds führte ihren Enkel näher ans Licht.

»Ich habe dich gesehen!« sagte er zu ihr. »Als ich klein war, habe ich dich im Fernsehen gesehen – ich meine, auf dem Mond. Du warst schön, *Unči*, und du hast getanzt.« Harley erinnerte sich erst in diesem Augenblick wieder an das Erlebnis.

»Ich weiß schon«, sagte sie. »Ich habe gespürt, daß du da warst und zugeschaut hast. Du mußt das Bild bei dir behalten«, schalt sie sanft. »Es kann ein großer Trost sein, wenn man weiß, daß so etwas möglich ist.«

Harley dachte darüber nach, wie strahlend alt seine Großmutter war, jede Falte in ihrem Gesicht ein erstaunlicher Lichtfaden. »Ich wußte gar nicht, daß die Leute im Himmel alt werden«, gestand er.

Sie lachte und hielt dabei die Hand vor den Mund. »Dies ist nicht der Himmel«, sagte sie. »Wer will denn dort schon hin? Dies ist der Rand der Welt, und der ist eigentlich gar nicht so anders als das, was du kennst. Die Zeit geht immer weiter, ganz ohne Zutun.«

»Siehst du.« Sie zog einen jungen Mann nach vorn, den Harley bisher noch nicht bemerkt hatte. »Dies ist dein Bruder Duane. Ich glaube, er ist drei Jahre älter als du.«

Die Brüder gaben sich die Hand. »Du bist größer als ich«, sagte Harley.

»Aber du siehst stärker aus.« Duane schlug seinem Bruder auf die Schulter. Die beiden betrachteten einander eingehend, mit Augen, die nach Einzelheiten hungerten. Ihre Gesichter waren von demselben kantigen Schnitt, aber Duanes Haar war braun und gewellt und seine Haut ein wenig heller.

»Du bist ein hübscher Bursche«, sagte Duane neckend.

»Du auch«, sagte Harley.

Dann zog Margaret einen anderen Mann nach vorn, und Harley erkannte seinen Vater. Er hielt sich zurück in Ehrfurcht und Respekt, aber der Ältere rief ihn zu sich und zog ihn in eine rauhe Umarmung.

»Du machst es gut«, flüsterte Calvin Wind Soldier. »Ich habe zugesehen, wie du beten gelernt hast. Du machst es besser als ich.« Er schüttelte seinem Sohn die Hand.

»Wir müssen aufpassen mit dem, was wir sagen, denn du sollst deine eigenen Antworten finden. Aber du bist mein Sohn.«

Harley wollte die Hand seines Vaters nicht wieder loslassen.

Er war fasziniert von dem Gesicht, das wie sein eigenes war, von dem festen Kinn, das so freundlich sein konnte.

»Da ist noch jemand«, unterbrach ihn seine Großmutter. Calvin drückte Harleys Hand, und der Junge ließ mit einem kurzen Nicken los. »Dies ist dein Onkel«, sagte Margaret.

Der schönste Mann, den Harley je gesehen hatte, trat aus dem Feuer. Seine Augen waren schwarze Fackeln, sein Mund eine gerade Linie unter dem vollendeten Dreieck seiner Nase.

»Mein Neffe, ich bin Ghost Horse«, sagte er. »Du stammst von Kriegern ab, die ihrem Volk stets ihr wahres Herz gaben. Ich will dir die Hand schütteln, damit du es erfährst.« Ghost Horses Berührung war sanft; er strich kaum über Harleys Hand. »Siehst du? Ein Krieger ist nicht, was du denkst.«

Ghost Horse lächelte nicht, aber Harleys Herz erwärmte sich für ihn. Er hatte noch nie solches Vertrauen verspürt. *Ich könnte mein Leben in seine Hände geben*, dachte Harley.

»Takoja«, rief Margaret ihren Enkel. »Du weißt es nicht, aber du bist schon drei Tage bei uns.«

»Es ging so schnell!« protestierte Harley.

»Wenn du dich in Zukunft an diese Vision erinnerst, wirst du merken, daß sie lang war. Du hast viel gesehen. Wie wirst du das alles in dir bewahren? Denke an uns über die Jahre, und ich verspreche dir, daß du jedesmal etwas Neues lernen wirst, wenn du uns im Sinn bewegst.«

Margaret ging mit Harley zurück zur Zauberhöhle. Er wandte den Kopf in alle Richtungen, aber das Feuer war so blendend hell, daß er seine Verwandten nicht mehr sehen konnte.

»Du mußt zurück zu deinen Gebeten, *takoja*«, sagte Margaret. »Dort ist noch jemand, der dich sehen möchte.« Er spürte den Druck ihrer Finger im Kreuz und hatte keine Erinnerung an die Rückreise. Die Berührung von Margarets Hand wurde ein Höcker in der Wand der Visionsgrube, ein leichter Vorsprung, der sich in seine Wirbelsäule drückte.

*

Harley schloß die Augen und schlief und betete am Morgen mit neuer Kraft. In der Abendämmerung spürte er eine außergewöhnliche Anwandlung von Freude. *Dies ist die letzte Nacht*, dachte er. *Ich habe es fast geschafft.*

»Fast, aber noch nicht ganz«, sagte eine Stimme aus der Dunkelheit. Eine junge Frau tauchte über ihm auf, die Mokassins nur ein paar Zentimeter vor seiner Nase. Sie kniete sich auf die Erde, um ihm ins Gesicht zu sehen. Harley wußte, daß er von Red Dress aufgesucht wurde. Seine Zunge schwoll ihm im Mund, und er sehnte sich danach, den Fluß von Haar zu berühren, der sich auf den Boden ergoß und in die Grube schlängelte.

»Ich habe dich tanzen sehen«, sagte Red Dress in zwei Sprachen, zwei verschiedenen Stimmen. »Es gibt etwas, das solltest du dir merken, wenn du dir Gras an die Schultern und Knie bindest und Schritte machst, als verstündest du etwas von solchen Bewegungen.« Red Dress strich so zart über eine in ihr Haar gebundene Klapperschlangenrassel, daß sie kein Geräusch von sich gab.

»Weißt du, wofür das Gras steht?«

Harley schüttelte den Kopf.

»Du bist sogar noch einen Schritt weiter von der Wahrheit entfernt, weil das Gras zu Garn geworden ist, ein Ersatz für einen Ersatz.« Red Dress fuhr mit dem Finger über den Rand der Visionsgrube und lockerte dabei die Erde an der Kante. »Dies ist nichts Erfreuliches, aber du bist schließlich kein Kind mehr. Vor langer Zeit war es Sitte, wenn wir unsere Feinde in einer Schlacht vernichtet hatten, einen Siegestanz zu veranstalten und die Kriegstrophäen zur Schau zu stellen – das lange Haar unserer Gegner. Wenn du dich also durch diese alten Schritte bewegst, denk dran, daß du einen Aufstand tanzt und daß hinter den hübschen Fransen Fleisch und Blut und erbeutetes Haar stecken.«

Red Dress erhob sich, und ihr Troß von Klappern zischte. »Eine letzte Frage«, sagte sie. »Hast du deinen Onkel gesehen?«

Harley antwortete: *»Hau.«*

Red Dress seufzte. Sie sah Harley an und trat widerstrebend

zurück. »Ich möchte, daß du glücklich bist, denn ich weiß, wie es ist, traurig zu sein.« Red Dress wandte sich zum Gehen.

Iyotiye wakiye, klang es in Harleys Ohren wider. *Ich bin traurig*. Die Gestalt der Frau verschmolz rasch mit der Dunkelheit. Harley meinte, sie wäre fort, da wurde eine letzte Botschaft über die Erde getragen: *Du tanzt einen Aufstand.*

Harley Wind Soldier sehnte sich nach der Morgendämmerung, denn seine Beine zitterten vor Erschöpfung, und sein Hals war so trocken, daß es sich anfühlte, als schlucke er Nadeln. Er dachte, er würde nie wieder fähig sein, ein weiteres Gebet zu sprechen.

Mit schmerzhafter Gründlichkeit blutete Farbe in den Himmel; für Harley war der Vorgang an diesem besonderen Morgen zu schleppend. Endlich hörte er die Trommel näher kommen: Ihr dröhnender Gesang war begleitet von den Stimmen seiner Stammesbrüder und Stammesschwestern, die den Berg heraufgestiegen kamen, um ihn zu holen. Er erkannte den Gesang seiner Mutter als erstes und hatte plötzlich Heimweh nach ihr. Dann hörte er Herod Small War, der wie ein Ochsenfrosch quakte, und Frank Pipe, näselnd wie eine Elster. Er hörte sogar das rasende Gekläff von Chuck Norris, der vier Tage lang im Haus eingesperrt gewesen war, damit er nicht zu Harley lief.

Der Ehrengesang schwoll in Harleys Ohren, und die vereinigten Stimmen trösteten ihn, erhoben ihn, so daß er aufrecht in der Visionsgrube stand. Jeden Augenblick würde er sie über die flache Kuppe kommen sehen: seine Freunde und Verwandten. Niemand, der ihm fremd war. Doch eine kräftige, neue Stimme, die Harley nicht vertraut war, störte seine Ohren. Wer war der unbekannte Sänger? Ein wenig ärgerlich dachte er bei sich, daß es nach solch einer Prüfung wie der *Hanbdeč'eya* nicht recht sei, Außenstehende in den Kreis zu holen.

Harley lauschte aufmerksam, die Hände zu Fäusten geballt, und erst als der Gesang fast zu Ende war, erkannte er die Wahrheit: Was er hörte, war die Musik seiner eigenen Stimme, die sich über die anderen erhob.

Danksagung

Für die großzügige Unterstützung beim Schreiben dieses Buchs danke ich James A. Michener, der Copernicus Society of America, dem Mary Ingraham Bunting Institute of Radcliffe College und dem Atlantic Center for the Arts.

Herzlicher Dank gilt meinem Agenten Henry Dunow und meiner Lektorin bei Putnam, Faith Sale, die sich enorm für mich eingesetzt haben.

Für warmherzige Ermutigung und frühes Zutrauen bin ich zutiefst dankbar Connie Brothers, Frank Conroy, Margot Livesey, Tobias Wolff und vor allem Lois Rosenthal – dem Lektor, Mentor und Freund.

Dankbar bin ich auch meinen vielen lieben Freunden, deren Unterstützung so wichtig für mich war. Ohne alle aufzählen zu können, möchte ich diejenigen namentlich nennen, die Woche um Woche so geduldig für mich da waren: Lan Samantha Chang, Stephanie Griffith, Alyssa Haywoode, Beth Herstein, LeAnne Howe, Pamela Leri, Nancy Linnerooth, Meg Lysaght, Brian Ragan, Karen Straus, Rhonda Strickland und natürlich Bradley Pritchett (seit den Tagen Ophelias da und eine wahre Stütze).

Besonderer Dank gilt meinen Verwandten, vor allem Jan McKinney, Douglas Power und meinen Tanten und Onkeln aus dem Standing-Rock Sioux-Reservat sowie den Menschen, die vielleicht nicht mit mir blutsverwandt sind, aber unbedingt zur Familie gehören: Anne Collamer, Angeline DeCorah, Mary Green Deer, Irene Jaske, Anne Lim, Malcolm Robinson, Soiesette Robinson, John Salter jr. und Katharyn Yamamoto.

Zu tiefstem Dank bin ich schließlich meiner Mutter Maȟpiya Boğawin (Gathering of Stormclouds Woman) verpflichtet, die mich meinen Vorfahren nähergebracht hat und die stets eine Quelle der Inspiration für mich ist.